湖南文学蓝皮书（2023）

HUNAN WENXUE
LANPISHU（2023）

主编◎胡革平　汤素兰

湘潭大学出版社
XIANGTAN UNIVERSITY PRESS

图书在版编目（CIP）数据

湖南文学蓝皮书．2023 / 胡革平，汤素兰主编．--
湘潭：湘潭大学出版社，2023.10
ISBN 978-7-5687-1219-4

Ⅰ．①湖… Ⅱ．①胡… ②汤… Ⅲ．①中国文学－当代文学－文学研究－湖南－2023 Ⅳ．①I206.7

中国国家版本馆 CIP 数据核字（2023）第 164685 号

湖南文学蓝皮书（2023）

HUNAN WENXUE LANPISHU (2023)

胡革平 汤素兰 主编

责任编辑：单　越
封面设计：李　平
出版发行：湘潭大学出版社
社　　址：湖南省湘潭大学工程训练大楼
电　　话：0731-58298960 0731-58298966（传真）
邮　　编：411105
网　　址：http://press.xtu.edu.cn/
印　　刷：长沙创峰印务有限公司
经　　销：湖南省新华书店
开　　本：710 mm×1000 mm 1/16
印　　张：24.75
字　　数：368 千字
版　　次：2023 年 10 月第 1 版
印　　次：2023 年 10 月第 1 次印刷
书　　号：ISBN 978-7-5687-1219-4
定　　价：99.00 元

《湖南文学蓝皮书(2023)》编委会

前言

党的二十大报告指出，坚持以人民为中心的创作导向，推出更多增强人民精神力量的优秀作品，培育造就大批德艺双馨的文学艺术家和规模宏大的文化文艺人才队伍。党的二十大精神为新时代文学事业高质量发展指明了前进方向、提供了根本遵循。

2022 年，湖南省作家协会以习近平新时代中国特色社会主义思想为指导，以迎接宣传贯彻党的二十大作为工作主线，落实省委、省政府要求，持续推进文学创作和文学人才“双高峰”建设，团结带领广大作家和文学工作者坚持以人民为中心的创作导向，投身伟大时代，书写人民史诗，攀登文学高峰，开拓湖南文学新境界，续写湖南文学新辉煌，湖南作协和湖南文学工作呈现出欣欣向荣、气象一新的可喜态势。

高举伟大旗帜，能量充沛，旋律高昂

2022 年，省作协将迎接宣传贯彻党的二十大作为首要政治任务，按照全面学习、全面把握、全面落实的要求，在思想引领、宣传宣讲、融入创作上下足功夫，在全省文学界掀起学习宣传贯彻热潮。

制定《推动党史学习教育常态化长效化方案》，组织开展听一堂党课、学一位党史模范、颁发一枚纪念章、读一套好书活动，巩固拓展党史学习教育成果。按照“五个牢牢把握”“九个深刻领会”“七个聚焦”的学习要求，分层分类深入学习领悟二十大精神。完善优化“湖南新时期文学名家展”“湖南文学史展”，推出“湖南现当代作家作品展”，弘扬湖南作家听党话、跟党走的优良传统。围绕“青年干部成长成才”“讲责任敢担当”“不负韶华争朝夕”等主题开展讨论，引导青年人才坚定理想信念。

“挥毫当得江山助，不到潇湘岂有诗？”湖湘盛景，自古皆然，党的二十大精神厚植阡陌大地，文学创作呈现奔涌磅礴之姿。值此契机，省作协在全省文学界开展“奋进新时代，抒写新湖南”征文活动，引导全省广大作家和文学工作者，描绘社会主义现代化新湖南建设实践中的时代风貌和感人故事；在湖南和湘籍大学生中开展“少年凌云志，时代正当燃”主题征文，引导广大青年厚植家国情怀、涵养进取品格，以奋斗姿态激扬青春，不负时代，不负华年，让党的二十大精神进学校、进课堂、进青年学生的心间。持续推进“新时代山乡巨变创作计划”，坚持“山乡人写山乡巨变”，在广大农村中发现、支持、培养那些最基层、最草根的作者，帮助他们把好故事写好。召开“新时代山乡巨变创作计划”推进会，对一批沾泥土、冒热气的新时代乡土之作，问诊把脉、改稿提升。

勇攀文学高峰，精品迭出，创作奔涌

作品是检验文学成就的试金石。省作协引导广大作家深入生活、扎根人民，从时代之变、中国之进、人民之呼中提炼主题、萃取题材，镌刻山乡巨变，奉献伟大人民。

2022 年，省作协确定重点创作专项 49 个，其中 2 个专项入选中国作协重点扶持项目。建立健全审读、研讨、奖励机制，为作家保驾护航，为作品摇旗呐喊，组织召开《戴花》《大国制造》等作品审读会，《家山》《戴花》《如何是好》《新山乡巨变》《城堡之外》《坪上村传》等重点作品研讨会。聘请全国知名文学评论家为顾问，与知名文学评论期刊合作，推动文学创作和文学评论双轮驱动、比翼齐飞，湖南文学荣光再现。《大湖消息》《中国北斗》获第八届鲁迅文学奖，《报告文学史论》获第八届鲁迅文学奖提名。《家山》《戴花》两部长篇小说入选中国作协第一批“新时代文学攀登计划”项目。郑朋获第四届茅盾新人奖，《空山》获首届“高晓声文学奖”，《从前有一个故事》获第 34 届陈伯吹国际儿童文学奖。《赘婿》《惜花芷》入选“中国网络文学影响力榜”，《寄寓的诗性与想象的超越》入选“21 世纪文学之星丛书”，《对河》入选“中国少数民族文学之星”丛书。2022 年全省作家在全国重点文学期刊发表文学作品、在省级以上文学期刊发表小说比上年大幅增加，其中 9 部长篇作品在《当代》《十月》《收获》等重要文学期刊发表，324 人获省作协发表作品奖励。

聚力人才发展，新人迭出，未来可期

青年强则国强，文学人才的梯队建设是更长远而重大的任务，省作协对基层作家和新近涌现的青年写作者格外关注。《并村》《关山咀》等 19 部一线和基层作家的创作选题入选扶持项目，18 名青年作家第一次入选省作协重点扶持项目。与鲁迅文学院合作举办湖南中青年作家高级研修班，湖南省中青年作家研讨班实行教学改革，引入一对一、一对多改稿模式。创新文学采风方式，将教学与采风相结合，让青年作家在一对一的辅导中，提升创作质量。邀请全国知名作家、编辑陆续来湘，开展讲学、交流，指导青年作家文学创作。与《收获》里程文学院深度合作，组织“新青年”写作营改稿行动，联合多所高校，邀请近 80 位知名作家、编辑参与互动，确定 16 名入选作者作品，开展一对一改稿教学。这批青年作家已陆续在《十月》《北京文学》《天涯》《青年文学》等刊物发表作品，在《西湖》推出青年作家专辑，出版小说集《南方蝶道》。出台《关于支持青年作家中短篇小说创作的办法》，加大对青年作家小说创作的扶持、奖励力度。全年培训作家 300 余人次，37 名同志成为中国作协会员，147 名同志成为省作协会员。扎根文学沃土，湖南青年作家稳步成长，基层作家舞台广阔。

深耕文学沃土，活动缤纷，荣光粲然

“惟楚有才，于斯为盛”，湖南文学的高质量发展离不开丰沃深厚的文学土壤。湖南作协广泛开展文学活动，激活“一池春水”，激发创作热情。

中国作家协会在湖南召开第十届主席团第二次会议，举行“新时代山乡巨变创作计划”“新时代文学攀登计划”启动仪式和“深入生活、扎根人民”新时代文学实践点授牌仪式，沿着习近平总书记的足迹，到十八洞村领悟精准扶贫重要论述的思想伟力，感受新时代的山乡巨变。中国作家协会在湘系列活动引起社会各界强烈反响，作家和读者深情互动，文学重现昔日荣光。湖南省作家协会联合省内相关单位和益阳市持续推进清溪中国文学村建设，将清溪村打造成为新时代山乡巨变的“文学地标”。联合举办中国（永州）山水散文节和《诗刊》社第 38 届“青春诗会”，在全国率先成立湖南省作家协会生态文学分会，召开生态文学研讨会，举办生态文学专题培训班。文学持续照亮三湘，6 名作家深入机关、高校、社区，与基层文学爱好者分享新时代文学的荣光。缤纷活动滋养文学沃土，文学沃土助推文学创作荣光粲然。

提升服务能力，面貌一新，成效初显

省作协党组紧扣“做人的工作”使命任务，强化服务管理，增强服务意识，给予作家创作宽松的环境。改革创先争优方法，通过评先评优，评出干劲、闯劲、创劲。多措并举下，机关干部精气神提振，创作活力迸发，2022年在报刊发表文学作品80余篇（部），其中长篇作品3部，出版专著12部，发表和出版的文学作品数量为省作协独立建制以来最多的一年。制定出台《关于加强退休干部职工经常性学习教育工作的意见》，对老作家的创作给予最大的人文关怀。拍摄老作家影像资料，举办老作家创作成就展，向老作家致敬，弘扬和传承老作家的创作精神。召开老作家座谈会，为新时代湖南文学发展建言献策。聘请老作家为各类培训班讲课，让老作家在活动中感觉到青春力量，笔耕不辍，佳作迭出，用优秀作品致敬新时代，启迪后来人。省作协连续三年获评中国作协“深入生活、扎根人民”主题实践先进集体和文学信息工作先进集体。机关软硬环境建设进一步加强，机关文化进一步涵育，工会、青工委、妇委会等部门职能得到进一步发挥，成功创建2022届省级文明单位，夙愿终成真。

党的二十大擘画了中国特色社会主义文化事业繁荣发展的宏伟蓝图，璀璨时代为文艺繁荣提供了广阔舞台，湖南文学在这丰饶沃土中，与人民同心，与时代同频，凝心聚力向未来。

目　录

● 2022 年度文学创作概况 ●

● 2022 年度期刊观察 ●

● 2022 年度市州文学概况 ●

● 2022 年度省级文学学会（协会）工作概况 ●

● 2022 年度湖南文学作品汇总 ●

● 附录 ●

2022年度文学创作概况

2022年度湖南长篇小说创作综述

2022年，在湘和湘籍作家认真践行党的文艺政策，奋力谱写了新时代湖南长篇小说创作的新篇章，取得了令人瞩目的成绩。不管是从小说作品数量还是从小说作品质量抑或是从湖南长篇小说创作历史来看，2022年都可以说是湖南长篇小说创作的丰收年。这一年，在湘和湘籍作家公开发表和出版了近30部长篇小说，数量可观；这一年，相当一部分长篇小说具有比较大的全国性影响，湖南长篇小说作品在全国性重要文学期刊如《收获》《当代》《十月》《民族文学》《花城》等都有登榜亮相，在人民文学出版社等国家级出版社公开出版了多部单行本作品，其中多部作品入选了中国作协“新时代文学攀登计划”“新时代山乡巨变创作计划”“中国作协重点扶持项目”和湖南省作协的主题专项创作项目或重点创作计划，有的作品还成了“茅盾文学奖”的有力角逐者；这一年，公开发表或出版长篇小说的作家包括了老中青三代作家，出现了文学湘军齐心协力繁荣湖南长篇小说创作、攀登长篇小说创作高峰的新时代气象。

从2022年湖南长篇小说创作的总体面貌来看，这一年的长篇小说或聚焦现实问题，或关注历史风云变化，偶有科幻想象创作，以现实主义为主要创作方法，塑造了一批具体可感的人物形象，史诗追求与地方色彩相结合，体现新时代文艺创作的要求，在全国长篇小说创作上产生了广泛影响，体现了文艺湘军亮眼的年度实力。

紧跟当下社会生活，与时代保持共振，秉持现实主义文学的审美价值取向，表现中国式现代化进程的诸种现实问题，是2022年湖南长篇小说创作的首要特点。当代湖南长篇小说创作的现实主义传统在2022年的长篇小说创作中依然得到继承和发扬，并在多方面对现实问题聚焦。

其一是聚焦脱贫攻坚、乡村振兴这一重大现实问题。脱贫攻坚与乡村振兴是党和国家实现新时代山乡巨变的战略行动，既呼唤也需要作家对此主动担当作为，在湘和湘籍作家由此创作了一批有影响力的小说作品，交出了一份满意的答卷。陈茂智的《红薯大地》入选湖南省作家协会“新时代山乡巨变”主题专项，刊发于《民族文学》第11期，显示出湖南少数民族作家不俗的创作实力。小说以湘南大瑶山卖米洲的“吃饭问题”为主线展开叙述，通过冯民富祖孙三代人不同的人生际遇却又都与红薯结下了不解之缘的故事，凸显了新时代乡村建设者冯家驹等在乡村振兴和中国式现代化进程中的作用，呈现的是新时代乡村振兴在湖南的生动实践，以一个湖南地方样本见证了百年中国从站起来、富起来到强起来的时代征程。何永洲的《拼布绣》是向脱贫攻坚致敬的作品，入选了湖南省作家协会签约的重大题材作品。小说以湘南传统手艺拼布绣传承之地雷公寨村为原型，通过描述张春芝遇上扶贫攻坚时代大趋势，积极投入家乡传统手艺拼布绣传承发展的致富队伍中的故事，生动塑造了于书荣等优秀扶贫干部形象，讲述了他们带领村民脱贫攻坚的典型事迹，描述了脱贫路上人性的复杂和创业的艰辛，歌颂了共产党领导下的脱贫攻坚成就。此外，身居贵州的湘籍作家欧阳黔森也创作了《莫道君行早》，该作入选了中国作协“新时代山乡巨变创作计划”，小说采用大时代与小切口相结合，以贵州紫云镇三个典型的贫困村为点。写出了贵州乡村实现脱贫攻坚、乡村振兴的故事，成为湘籍作家讲述脱贫攻坚、乡村振兴故事的代表之作。

其二是集中关注和表现当下人们尤其是女性的婚恋、就业、家庭、工作等现实问题。阎真的《如何是好》是这方面的首要力作，小说承接作者多年来对知识分子叙事的关注，以细腻且真实的笔法描述了年轻女大学生许晶晶在求学、求职、情感道路上的经历和成长，在反复呈现“如何是好”的选择难题中对青年女性知识分子的婚恋问题、就业问题进行了思考，同时也以主人公的选择告诉了人们人生选择需要坚持个人对理想价值的追求与对伦理底线的坚守。一贯走先锋路线的残雪也一反自己往常的写作立场而进入写实，创作了《激情世界》和《迷人的异类生活》。在《激情世界》中，残雪回归到现实写作层面，讲述了一座虚构的蒙城里几对青年阅读者的爱情故事，该作在某种意义上也可视作残雪多年来文学实践的“创作谈”，小说围绕小城几位青年人的阅读生活展开，描摹了他们之间的爱情与成长，对情感生活与心灵世界进行了具体而又真实的书写，显现出了人物跃动的心绪与生命历程。他们通过阅读抵御痛苦，认识性格上的难题，建立生活的信心，直到他们从阅读中抬头。虽然这是残雪回归现实、朴素直陈爱情的小说，但《激情世界》的象征性指涉仍然十分丰富，这也凸显了残雪一贯的写作特色。而《迷人的异类生活》（第一部）同样聚焦一群活跃在城市各处的读书人，小说用其中几对情人之间的复杂爱情体现了阅读之于人类社会的深刻力量，探索了以文学为纽带的人类精神社群生活如何可能。万宁的首部长篇小说《城堡之外》是 2019 年中国作协重点扶持项目、湖南省作协重大现实主义题材长篇创作项目。《城堡之外》是一部有鲜明现实关怀的小说，它架构了多条叙述线，写出了几代人的婚姻生活，塑造了郁寒雨、蓝青林、沐上川等个性鲜明的女性形象，通过人物写出了株洲从新中国新建重点工业城市到加速崛起的制造名城的辉煌发展历史，具有典型的地方性叙事品格，表明了作者以文学自觉对生活的还原能力和艺术表现力。与此同时，苏更生的《女人的秘密生活》也用充满烟火气和温情的叙事笔调，讲述了同父异母却素未谋面的三姐妹的人生和情感故事。三人因为父亲的离世聚到一起，在父亲遗留下来的小房子里共同生活的故事。她们虽然有半分血缘关系，但又是陌生人。同住的两年里，婚姻、爱情、家庭暴力、情感欺骗、职业危机，把她们推到了“东亚孤女”边缘，一路惊涛骇浪，三人从焦虑、痛苦、绝望、破产、抑郁症自杀边缘仓皇出逃，最终找到了家，找到了爱，摆脱了“东亚孤女”的命运。

其三是表现和思考人与自然如何和谐相处生态问题。在“绿水青山就是金山银山”这一理论的支持下，生态文学创作近年来越来越受到作家的重视，谢长华的系列动物小说《猎神·虎王》《岩鹰雷鹏》《义犬金虎》是这方面的代表之作。《猎神·虎王》以湖南雪峰山脉 1957—1958 年的打虎史实为背景，以英雄打虎队如何剿虎以及华南虎群如何保护种群的生存为两条主线，形象地表达了生态主题。“猎神”在与老虎斗智斗勇中终于悟到了不能杀绝老虎的道理，而“虎王”也在种族即将灭绝时主动靠近猎神，猎神与虎王成了亲如兄弟的朋友，以此象征并呼吁人与自然的和谐共存。《岩鹰雷鹏》讲述了湘西雪峰山中猎人雷贱狗猎杀了一对岩鹰后，把小岩鹰带回家中驯养，并给它起名叫“雷鹏”。雷鹏长大后遭人盗卖，后经过千辛万苦逃脱贼人的魔爪，最终重返山林，小说旨在唤醒人类对动物和生态的关注，挽回人与动物之间的友谊，促进人与动物的和谐共生。小说《义犬金虎》讲述的是湘西雪峰山脚下山里人杨志诚一家与驯养的猎犬“金虎”之间的温情故事。金虎是一只重情重义的优秀猎狗，它帮助杨志诚看宅护院，帮助妈妈看护养鸡场，与父亲巡江禁渔，协助警方破案，通过写人与狗的彼此互需与和谐，表现了人与动物之间纯真的友谊。

从历史叙述出发，着力表现社会史、革命史、社会主义建设史、家族史和个体成长史，以一种回望历史的姿态，写出历史的真实性和变化性，这是 2022 年湖南长篇小说创作在主题内容上呈现的又一特点。

王跃文的《家山》是家族史和革命史叙述中具有巨大影响的作品，小说承续废名与沈从文的乡土抒情传统，描述了中国南方乡村的风土人情，呈现了近现代乡土中国社会的沧桑巨变，是近年中国乡土小说创作作品的集大成者。小说对中国乡村社会形态、宗族文化、伦理秩序、生活方式、风土人情的嬗变进行了深描，以沙湾村作为农耕社会的样本，表现了在传统儒家文化观念浸染下生生不息、代代相承的生活图景，揭示了中国现代化进程中的传统文化力量，是一部向优秀传统文化致敬的作品，呈现出深厚历史内蕴与独特艺术魅力交融的史诗品格。

就家族史叙述而言，万宁的第一部长篇小说《城堡之外》也是获誉颇多的作品。小说曾入选 2019 年中国作协重点扶持项目、湖南省现实题材重点项目，描绘了都市白领蓝青林与网络作家郁澍相识相恋的过程，通过二人的生活又引出各自父辈祖辈的家族史，讲述了郁澍青林夫妇、沐麦两大家族女性三代 70 年的命运，以几代女性的命运故事为核心，在中国近百年社会剧变的历史大背景下呈现了一个家族的变迁史。

熊育群的《金墟》系中国作家协会“新时代文学攀登计划”项目，入选了中宣部“2022 年主题出版重点出版物选题”，小说从侨乡赤坎的旅游开发切入，在粤港澳大湾区建设和乡村振兴的时代背景下，在一百多年、横跨太平洋两岸的宏大时空中，以司徒氏和关氏两大家族代表人物为主角，抒写百年的传奇人生，在国家、家族与人的命运与共中，挖掘富有民族性的人性之光，表现中华民族内在的精神气象，既有文化传统赓续、社会变迁、命运沉浮与生命历程的呈现，又有当下粤港澳大湾区旅游、华侨文化和乡村振兴的宏大篇章，写出了两代侨乡人民的生活与命运，古镇百年的兴衰与悲欢也正是广东、中国乃至世界的历史风云缩影。

此外，苏启平的长篇纪实小说《读谱记》则是具有纪实性的家族叙事作品。《读谱记》既是一本纪实小说，也是一部另类谱牒，是现代人写的历史读物，体现了历史和逻辑的统一。小说如实反映了苏轼第九世孙苏裕伯（图南公）带领全家迁浏以及后裔辗转迁徙、开枝散叶、繁衍生息的历史，同时以小说的形式演绎族谱，描绘家族的发展迁徙史，生动地讲述了苏东坡嫡系后裔图南公五次迁徙、六次修谱的历史事实。小说将浏阳苏氏的历史变迁置于中国社会发展变化的大背景下，所描述的图南公一家的变化正与中国社会的发展变化密切相连，在家族迁徙史中见出的正是社会发展史。

湖南是中国近现代革命的重地，故事资源丰富，因此对革命历史的表现一直是湖南小说的焦点，2022 年仍然如此。晚清湘军作为历史舞台上的一支重要力量，其历史在 2022 年的小说创作中再次得到呈现。楚天舒的长篇历史小说《天下湘军》以传统的章回小说形式全景式讲述湘军长达八十余年的发展历史，作者也花了十三年时间完成该书。全书分为《风云际会》《鼓响衡岳》《东南带甲》《鏖战天京》《血战天下》《大江东去》六部，共一百二十回，在众多民间传说、野史、传记、专论、札记、小说等的基础上，描写了晚清、民国初期各个政治、军事集团之间的矛盾和斗争，在展现湘军命运之时，着力塑造了“曾左彭胡”等一批湘军将领群像，是一部具有湖湘文化味道的鲜活的历史小说，为如何利用历史事件讲好中国故事作了个体性努力。

辛亥革命是重大的革命历史事件，其中有不少湖南人。刘大程的长篇人物传记小说《黄兴》是签约湖南省作协“湖湘历史文化名人长篇小说”选题的作品，它以黄兴为主人公，通过写他对同盟会和孙中山地位的维护、拒任大元帅、处理宋教仁被刺案等黄兴一生中的典型事迹，显现了黄兴的清醒冷静、大智大勇及远见卓识，描绘了辛亥革命这一波澜壮阔的历史画卷，既是一部英雄谱，又是一卷大历史。

抗日战争作为民族革命战争也在2022年的小说中有所表现。谢长华的《雪峰豺》是一部抗日题材的少年传奇动物小说，它在国人抗战的宏大叙事背景下，述说了一段少年与动物的故事。特殊的历史年代，残酷的战争环境，雪峰山中，放牛娃龙二狗立志消灭山中豺狗却和聪明勇猛的豺狗结下了深厚的友谊，当日寇大举入侵雪峰山脉，当地山民成立抗日武装之时，背负国仇家恨的龙二狗带领一群豺狗朋友加入抗日武装，一举消灭了敌人。谢长华的另一部《鹿原三唱》是一部充满异域风情的极地动物小说，其历史叙述也转到了“二战”时期，父辈全部入伍参战，少年伯特和爷爷，还有一群猎狗、一架雪橇，走向茫茫极地苔原，等待一年一度长途迁徙的驯鹿群……驯鹿丰收了，爷爷却长眠于冰雪极地。伯特历尽艰险独自回到家后，得知二叔和四叔已经牺牲，他更加坚强地独自面对生存的艰险，在重回苔原之后立下功勋，迎来了第二次世界大战的全面胜利，并且意外等到了战功卓著的父亲与三叔的归来，以儿童小说的叙述形式表现了革命历史。

湖南丰富的红色资源为红色革命历史题材的创作不断提供营养。盘树高的《探路》入选2022年湖南省作家协会重点作品扶持项目及“红色革命历史题材”创作专项。小说是一部描写土地革命战争时期的红色革命军事题材小说，以某军团为中央红军战略转移西征探路，在永州境内转战15天的故事为中心，展现以郭忠诚连长为代表的共产党员、红军战士听党指挥，在危难面前不怕牺牲、英勇斗争的革命精神，具有浓郁的地域特色，是追寻红色记忆、传承红色精神、赓续红色血脉的革命历史之作。

社会主义建设史中的当代工业题材创作在近些年湖南长篇小说创作中有所沉寂，这一状况因为《戴花》等小说的出版得到了根本改变。老一辈作家水运宪钟情当代工业史，其《戴花》是中国工业题材小说的力作。小说的时代背景设置在20 世纪60 年代末，采取一条主线勾连起多条副线的拧绳式框架结构，叙述主线始终沿着杨哲民和师傅莫正强之间的工作、生活和师徒关系展开，讲述了“我”与师傅两代炉工劳模的奋斗史，是非常难得的一部工业题材小说佳作，作者在小说中“讲好劳模故事、讲好劳动故事、讲好工匠故事”的努力显现了老作家在新时代的文学担当。王成刚的《重中之重》是湖南首部描绘重工业创新发展、转型升级的小说作品，也是国内近年来较为罕见关注重工业发展的重大题材作品。该书以湖南装备制造业为背景，展示湖南践行“三高四新”战略定位和使命任务的生动实践，写出了传统重工业从“制造”到“智造”的蝶变之路，是一部党的十八大以来中国装备制造业困境突围、勇攀行业顶峰的创业史，更是对大国工匠的“工匠精神”的致敬。年轻作家袁姣素的《白驹过隙》则是一部表现中国的铁路建设事业的现实主义长篇小说。小说描摹了女主人公柳汀的人生岁月，她十六岁随父亲来到铁路工地，跟随着铁路施工队伍走南闯北，逐渐从一个普通的山里姑娘成长为勘测和设计铁路的工程师助手、工程师，并成为了一名优秀共产党员，她的成长与中国铁路提速、升级、飞跃的变革同向而行，充分展示了中国铁路人在中国共产党的领导下不怕艰苦、不畏牺牲、以血肉之躯克服艰难困苦的铁路精神，呈现出新中国在铁路建设上的中国速度、中国力量与中国精神。

在宏大的革命历史和家族历史叙述之时，2022 年也有部分作品叙述个体成长史并且集中出现了几部小说，分别是桑凯的《归去来兮》、龙良如的《窑》、陈茂智的《虎牙项圈》、向立成的《龙门守望者》、殷当生的《归途》和田润的《碧水为凭》。

桑凯的《归去来兮》主要讲述了农村青年易凡夫通过考试跃“农”门，成为一名税务人员，迅速成长为中层干部。他极为重视这份工作，积极勤奋，锐意进取，但现实生活远不是他所想象的那样，性格善良厚道的他遭遇了职场挫折，后来他毅然申请到农业农村局工作，积极投身新农村建设，为基层群众提供惠农服务的故事，表现了他一方面要坚守自己的人格，另一方面又不得不虚与委蛇，这种进退维谷的痛苦，也彰显了他信念不失、人格不坠、斗志不衰的可贵品质。主人公从农村闯入社会生活的舞台，到最终走向田园自然，正好呼应了“归去来兮”的题目。

龙良如的小说《窑》是一个来深务工者的成长史，这是诸多深圳拓荒者的成长史。主人公颜小怜出生在湘西大山深处的秀水村，从小在重男轻女的责骂声中长大，无奈从师范学校退学去深圳打工，多样的人生磨难又等着她，硬气的小怜并没有被接二连三的不幸遭遇击倒。她起早贪黑，带领高考落榜的弟弟创业，终于打拼出属于自己的天地。事业有成后，颜小怜致力公益事业，竭力回馈社会，完成了人生的华丽蜕变，她是 21 世纪中国优秀女性的代表。

陈茂智的《虎牙项圈》以瑶族神话传说中的“猎神”和“虎牙项圈”为主要线索，讲述的是瑶族少年谷米的成长经历以及他和爷爷的故事。留守少年谷米与爷爷相依为命，在爷爷的陪伴和老师们的鼓励下，他勇敢面对生活中的种种苦难，始终没有放弃自己希望成为“世界飞人”的梦想，并通过努力夺得市县中小学生田径运动会短跑冠军，成就了梦想，小说描写瑶族少年谷米“追寻梦想”与“难舍家园”的心路历程，刻画了他善良勇敢、乐观向上的美好形象。

向立成的《龙门守望者》反映出新时期以来时代青年的奋斗历程，将背景设定在“文革”后，以主人公王志伟的视角进行“时代体验”，写出了个体命运的跌宕感，其个体人生实际上是中国改革开放四十年的一个微型缩影，折射的是中国奋进的进程。

殷当生的《归途》多棱镜式地展示改革开放前后平凡人物的人生百态，小说时间跨度较大，小说的主人公是一对双胞胎兄弟，一个是企业家，一个是工人，两个不同的人就有两种不同的人生。作品从企业家的荣辱兴衰，以及下岗职工重启生活风帆的对比入手，展现了两位主人公的人生发展历程，也表明了人生不管走多远，最终都会踏上归途的感悟。

田润的《碧水为凭》讲述的是一个农村孩子艰难而不屈的人生经历，主人公田建新高考落榜之后，以不屈的精神同命运抗争。为了跳出“农门”，多病的父母不惜举债资助他考上了国企合同工。可当他的命运正要发生转机的时候，却遭遇了国企改革和工人下岗。随后，在举目无亲的城市里，他白手起家，艰苦创业，遭遇了创业的种种艰辛和世俗的冷嘲热讽，但他最终以坚强和自信赢得市场，以诚实和善良收获了爱情。事业取得成功之后，他又以满腔的热情回馈生他养他的故土，最终赢得家乡村民的一致赞誉。

从艺术成就方面来看，2022 年湖南长篇小说创作主要呈现出四个主要特征，其一是扎根人民、扎根生活，以现实主义创作方法为主线。新时代以来，习近平总书记倡导“以人民为中心的创作导向”，并且指出“文艺创作方法有一百条、一千条，但最根本、最关键、最牢靠的办法是扎根人民、扎根生活”。2022 年的湖南长篇小说创作践行了这一要求，连最具先锋色彩的作家残雪推出的两部小说都是立足现实、关注现实之作。聚焦现实问题的作品从新时代人民生活出发，关注和表现脱贫攻坚、乡村振兴、就业、家庭、工作、生态等诸种现实问题，遵循现实主义“塑造典型环境中的典型人物”这一法则，塑造了一批新时代的典型。至于叙述历史的作品，也从正确的历史观出发，着力表现在中国近现代社会革命、社会主义建设中的重大历史事件，遵循历史的真实性，既突出历史英雄如曾国藩、黄兴等在关键时刻所发挥的作用，又呈现出人民群众作为推动历史发展的根本性作用，如红军战士、社会主义工厂的劳模等。在家族史和个体成长史叙述上，摒弃新历史主义的立场，采用雅正的笔法来叙述普通人的生活史和奋斗史，追求历史的可信度，揭示出家族历史发展的传统文化动力和个体成长的拼搏奋斗精神，实现了历史真实和艺术真实的统一。

其二是塑造了众多特色鲜明的典型艺术形象。这些典型艺术形象绝大部分是人物，也有极少部分的是动物。就前者而言，时代英雄和普通人物形象构成了两大谱系。“一时代有一时代的英雄”，2022 年湖南长篇小说中的时代英雄形象贯穿了近、现、当代，他们是阶级或民族革命时代的英雄、社会主义建设时代的劳模、新时代的扶贫攻坚或乡村振兴领头人与实践者。这些人物的言行与精神品质呈现出特定时代的品格，体现了时代的要求，具有鲜明的时代感。就普通人物形象而言，他们多是社会主义建设中的个体奋斗者，是在特定时代背景下追求人生梦想、不断遭遇种种生活难题又始终在克服困难并且最终成就自我的典型，是大众中的“这一个”，也是特定的“这一群”“这一类”的代表，其中不少奋斗者还具有湖湘文化“吃得苦、霸得蛮”的精神烙印和人格特征。就动物形象而言，谢长华的系列动物小说贡献了老虎、岩鹰和义犬等一系列有情有义的动物形象，它们作为人类的朋友而出现，与人类具有友谊，这种动物形象中既有人格化的寄寓，也有生态伦理的诉求，体现的正是当前动物书写的正统路径。

其三是史诗品格的追求。长篇小说因为情节时间跨度长、涉及的人物多以及反映的生活深度而容易具有“史诗性”，但容易并非都自带或自有，这其中离不开作者的自觉追求，而这种自觉追求体现在小说创作中除上述一般性标准之外，就是要指向一种总体性视野下的历史叙事。《家山》《戴花》《城堡之外》等长篇小说体现的正是这种史诗品格追求。这些小说从中国历史上的大动荡和大转折期入手来再现人物和历史事件，在家族历史和个人遭遇中折射出的是时代命题与社会变迁，能够重现那段历史的重大风云事件。小说同时将社会重大命题纳入到个人经验之中，小说中的典型人物形象体现为“一切社会关系的总和”，是在巨大社会关系网络中成长并呈现出时代精神的存在。由于从宏观视野关注个体命运，以几代人的人生经历折射出社会、家国、情感和伦理的嬗变，进而表现中国式现代化的进程，这些小说担当起了史诗性追求。

其四是想象美学的张扬，它体现在科幻想象、历史想象以及基于现实主义真实之上的现实想象等方面。科幻小说是在尊重科学的基础上进行合理想象的小说，想象美学是科幻小说的必然追求。长篇小说《地脑风暴》讲述的故事发生在“脑库索取”时代到来之时，故事背景被设定在公元23世纪中期，简称“地脑文明时代”或“飞行时代”。在那个家庭和亲情观念非常淡薄的年代，联合国秘密成立了“脑库索取司”，希望通过偷偷扫描顶尖科学家或学者们的大脑信息，挖掘他们大脑的知识资源，然后通过“地脑”的智能数据库进行重组、提炼，以违背自然规律的冒进做法，让人类科技获得飞跃性发展。对此，反对“脑库索取合法化”的人权组织建立了“反脑库索取中心”，并动用“清道夫”病毒导致整个地球智能系统彻底瘫痪，让人类重回从前的农耕文明和田园时代。小说主人公作家肖理夫从最初支持脑库索取，到转变为铁杆反对脑库索取者，经历了一系列波折，最终重建地球新秩序，小说具有天马行空的想象力，既有宏大浩然的宇宙观，又不乏对人类文明、道德伦理思考的叙事伦理。历史想象在历史小说增加了文学性，是对历史事实的丰富和补充，它思接古今，为人们提供了一幅历史想象的图景。历史想象是历史小说创作中绕不开的艺术问题，2022 年湖南历史题材长篇小说的历史想象多表现在对特定历史事件的叙述过程中，或对历史细节进行虚构，或对历史人物的心理进行描摹，或是基于历史必然性和真实性基础上的“失事求似”，小说中多形态的历史想象为历史的艺术表达增加了文学性的力量。基于现实真实之上的想象是聚焦现实问题的现实主义小说的题中之义，它借助语言的力量构建现实想象，在聚焦现实问题的表达时，融合了真实与虚构、写实与抒情，为个体、国家和时代情感的表达提供了文学载体和通道，在表现真实生活时实现了创作主体的艺术精神灌注，增强了把握和反映现实的艺术魅力。

当然，2022 年湖南长篇小说创作也存在有问题。新时代生活丰富多彩且变化多样，这需要广大湖南作家在紧跟大时代主题创作之时，保持一定的艺术定力，加强提升表现生活的能力，用贴近时代、贴近生活、贴近人民的语言艺术和叙事技巧来追求中国作风和中国气派，将重大历史题材和重大现实问题的故事讲好，为讲好新时代中国故事，塑造可亲可信的中国形象作贡献。与此同时，要坚定扎根生活和人民，坚持现实主义美学、人民创作导向和个人艺术创作个性的有机统一，开拓小说反映现实生活尤其是新时代生活的深度和广度。再有就是要注意处理好地方性写作及其超越的问题，地域文化对作家的影响不可避免，湖南作家创作具有湖湘地方色彩的小说实属自然，但要有超越地方性写作的自觉意识和视野，把地域性或地方性写作融入中国和世界文学的大格局之中，从地方走向世界，以小说见出人类情感和命运共同体的必然。

（罗宗宇）

2022 年度湖南中短篇小说创作综述

2022 年，湖南中老青三代作家们凝心聚神，笔耕不辍，中短篇小说创作再现井喷之势，一道小说湖南、小说湘军的风景线又在刷亮、变新。老年作家继续保持着旺盛的创作力，并能时刻注目防疫赈灾、乡村振兴等时代光影，频频在大刊名刊上绽放常开常妍的艺术花朵；中年作家沿着自己已经形成的稳健风格，在质量的追求道路阔步前行，出手便力求成名篇，他们是湖南在重要文学选刊上攻城拔寨的主力军；80 后已经成名的作家，不忘为“80 后作家”这一具有特定文学史命的群体贡献出湖南力量、湖南特色；90 后正脱颖而出，来势喜人，过去的一年，在诸如由湖南省作协联合《收获》杂志主办“‘新青年写作营’改稿行动”等一干计划、措施、工程下，这些文学青年近卫军不断被发现、被扶植……总体来说，2022 年湖南中短篇小说在作家自我的观照、基层生活体验的发掘、地方经验和历史风情的勾画、人性的洞察等方面表现出年度性、个性化的特征。

一

《玫瑰之名》的作者安伯托·艾柯说过：“我认为在某种意义上每部小说都是我的自传”，类似话语在阿·法朗士、库切等人那里也流露过。现代中国作家郁达夫也说过“文学作品，都是作家的自叙传”，其本人“惊世骇俗”的小说叙述似是最直观、最有力的印证。约略如此，人们常常将“自我”视为完全等同于作家“本人”个体性、生理性的一切，误以为“私小说”大行其道，包打天下。这显然掉入思维陷阱。郁达夫笔下的“我”也有“零余人”的类属性，沈从文文学世界中的“我”也有“乡下人”的普遍特征……湖南小说家在2022年的自我观照上，一方面是紧贴着个体自我的生存体验，另一方面更多的是表达了与个体生存紧密相关的一个群体、一种代际、一类身份的感受与思想，并与时代、文化等有着清晰的勾连。在“私我”与“大我”，表现与呈现等边界处理上，是有机、辩证、合度的。就此，总体上有如下四个方面的表现。

“老有所为”的养老时代之寄寓。这一类题材确乎更多出自老年和接近老年的作家之手，向本贵、聂鑫森、阿良、廖静仁等是其中的代表。向本贵的创作带有明确的自觉性，《盛世家园》《七步巷》便是对应的结晶物。一者立足于群体世相，一者聚焦单个际遇，营构了一种写作图式的布局、意义的对称、精神结构的圆适。《盛世家园》讲述了一群基本上是从农村搬迁过来而聚居小镇商品房小区的“老人们”，如何在物质生活中不选择“躺平”与等待“投喂”，而又在精神追求上以求“此心安处是吾乡”。大约碍于篇幅，小说出场人物并不算多，却有典型性，囊括了性格有异、文化有别、条件有离的各色老人。正向主人公是伍祖煌，是“闲不住”的，先是在小区种菜，后主动承包修筑河堤。由于家风较正，在外打拼的儿子争气、孝顺，伍祖煌并不缺粮少钱。伍祖煌的所作所为都是充分见证了“老有所为”的人文价值和时代命题，退休女教师吕菊香对其“倾心”是以辅线、陪衬方式凸显“老有所为”的意义和价值，吕菊香本人一直也是“退而不休”地帮扶乡村困难户。《七步巷》中的孙艳娣同样是活在“平凡的世界”的老人家。她在高档小区打扫卫生，微薄收入都捐赠给远房亲戚，并在“含垢忍辱”和“下自成蹊”中感化所谓城里的“上等人”。孙过庭在《书谱》的结语说道：“通会之际，人书俱老”，向本贵基于老年题材的写作，其相应的艺术表达技巧是进入了“通会之际”：克制——“老好人”伍祖煌与“老美女”吕菊香的结合遥遥无期，留下“空白”，但这种克制中又绽放激情——老年人们依然为爱痴狂。

聂鑫森发表过一组小说，其总题就冠为《人生易老》，包括《首饰盒》《遛鸡》《师徒仨》等。作者从中传达的是亲情与伦理之于安度晚年的功效。《遛鸡》写的是一位进城娭毑“不合时宜”地在公园里遛鸡，一举两得：一者以解思乡之苦，二者可助鸡下蛋，以解决孙辈的早晨营养问题。娭毑的举动更多的是实现了马斯洛所说的“自我价值的需要”。“老有所为”从本质上而言，就是精神的安放和寄托。聂鑫森的《人在山外山·画眉》就强调了审美、文艺追求之于养老的意义。社会老龄化与社会现代转型并驾齐驱，由此而来所制造出的话题空间是宽广的，新的文学生长点在迅猛破土。廖静仁的《两个老人一条江》着眼于地方风土，有种“新寻根文学”意味，从中亦包含了健康的地方文化对人性和对老年人的滋养。杨长春的《淹窝来信》与“老有所为”的主题似乎有点距离，但从另一方面揭示了老年人落叶归根的心理之迫切和焦虑。“老有所为”是社会的心声和呼声，“老有所养”的声音也不应落下。“养”不仅是物质生活的供给与满足，更应是精神的抚慰和安顿。子辈不能以自己的思想和心态取代和强加于老人。在都市化程度如此空前的时代里，让老人在老家颐养天年不仅仅是一桩棘手的家务事，也应该是一道难以求解的时代课题。但青年人不能予以正视和重视。进之，“养”（本文主要是指精神之“养”）都成问题，“为”又何能成其“为”呢？

“不屈女性”命运的切身体察。在某种意义上，湖湘女儿丁玲当之无愧是五四一代最有女性意识的作家。这与湖湘文化中的反抗意识、不屈精神是有一定的关联。不过，人们对“湘女多情”的性别想象，又是从另一侧面赋予了湖湘女性比较固化的定义。娥皇、女英对舜帝至死不渝地忠贞与追随，是植入了男权的霸道、自私、自恋。以技术为宰制的都市社会的到来，毋庸置疑也是对女性构成新的逼迫。多年前，美国的帕特里夏的《第三性》中就表达了这种忧患与关切。因此，女性作家对女性命运俯身慰抚，就蕴含自我观照的内在选择与外在表达。谈雅丽的《半生漂在广福桥》讲述了秀芸先是抱着嫁给爱情的希望，远嫁他乡，丈夫不能生育，婚变回乡；出于现实的考量，再嫁他人，丈夫移情别恋，二度婚败，所幸她能从千疮百孔的感情中走出，最终拥有了一份足以自立的事业。正如小说中写道：“女人只有心疼自己、保养自己才是硬道理”，这大概既是作家本人的心声，也是渡尽生活劫波的广大女性的肺腑之言。秀芸先是被界定为生育机器，后被视为赚钱养家“合伙人”，自我是缺席的。“心疼自己、保养自己”便是“不屈”的最好宣言。

简媛的小说在心理叙述上一直是比较深入尖锐的。这样叙述也是与作者的女性意识比较浓郁有关。《去南方》有两条叙事链即离婚中年女性的工作和生活、中学生的生存状态，而且两者互相交织。主人公美蓝性格要强、能力出众，所谓女强人的悲剧由此“命中注定”。一次“任性”不给醉酒的老公颜面，两人婚姻日趋崩盘。离婚后的美蓝，在工作和生活中，特别是在抚养和教育小孩上陷入一地鸡毛境地，患上了抑郁症。小说结尾暗示为了小孩的“健康成长”，于百般无奈中，美蓝将屈就前夫，“重归于好”。小说揭示现实较有深度，似有哽咽式地“天问”：为何现实落得不堪时，终将以女性的“屈服”为收场？美蓝谐音“没男”，没有男人，女性世界真就不成？刘瑶的《向小美的小镇日常》中的女主人公虽然不乏被爱所包围、滋润，但同样流露出“做女人挺难”。玉珍笔下的《恩枝的故事》里的主人公恩枝谈不上“屈服”与“不屈服”，但她疯疯癫癫的生存状态，却辛辣地指向了整个男权社会的霸道与凶险。

“同代人”构型的成长叙记。湖南80后、90后乃至00后作家业已崭露头角，他们或多或少地都接受过正规学院教育，文笔训练比较扎实，思想视野也相对开阔。成长叙事类型写作中有一个突出精神暗影——对时间无声地感喟。通常而言，时间之于青年不足挂齿。但青年作家是敏感和动情的，他们在被人所讥讽的“为赋新词强说愁”中揭示了时间的流逝、美好的流散、生命的流走……更令人感慨、感思，因为反差鲜明，对比感更强烈。江冬的《红姨》中的红姨曾是“我”心目中的“女神”，漂亮又有点音乐特长。但在后来的人生道路上，红姨并没有获得鲜花和掌声，年纪大了才结婚，而且既没有嫁个金龟婿，也没有给家里增光添彩、光宗耀祖。红姨虽是长辈，但却是“我”的“同代人”，其中暗含着自己心中的美好与希望，并没有随着时间的推移如约而至，“播下的是龙种，收获的却是跳蚤”，让人略有抱憾、略感无奈。故事叙述的情感把控比较到位，同时极富生活现场感。

罗志远是95后湘籍青年作家，发展势头看涨。《梦想家，关于爱》《青歌》《表演家》等都是以“成长叙事”为底色。《梦想家，关于爱》讲述的是胖姑娘小南，其貌不扬，大龄未婚，父亲迫于生计，自作主张将其许配给本分勤劳的后生，但不管生活如何变迁，在其生命中就判定丈夫不懂爱，最终弃家而去。作品告诉了人们，爱本身应与生命和时间一起成长。《青歌》正是包括作者在内对所经历过的一段清贫也清闲日子的追忆，迷惘、惆怅中带着简纯、青涩与缓慢，并在感喟这样的真实日子可能一去不复返。《表演家》直指在时间之手的拨弄下，一些本来简单的同学之谊进入社会后可能被伪饰，人人都将成为生活中的演员，原因就在于成长也可让“同代人”成为“陌生人”，人性在成长中裂变。

邓湘子的《夏月冬雪》、二湘的《双棱镜的夏天》等以近乎“回忆”的方式讲述了成长路途中某一“刻骨铭心”的节点深刻影响后来的性格铸就、人生塑形等，相应的某些经验是60后、70后所独有的。范朝阳的《孔雀》以诗人之笔勾勒出了一个跳腾在成长途中的小姑娘其内心世界的微妙变化，干净、纯粹而又萌动，这不免令人怀念起20世纪80年代。《孔雀》是20世纪80年代的时代隐喻。老作家曾令超的《少年李小牛》旨在唤醒人人献出一点爱，让“失爱”的少年得到爱的搀扶，不从同代人中走失流散。一年之内，在校生王子健发表了《宝贝布鲁斯》《枯山水》《晚霞艺术家》《不要说你对我释怀》《玉朗拖在胡志明市》等多部作品，创作的激情与言说的势能蓬勃而出。将其划归为成长叙事之类，主要不是基于作品主题，而是其中的艺术思维和语言质感洋溢着青春气息，在气质上散发着在“z时代”里成长起来的精神印痕。

“自虐”母题下的文人自省。梅兹格认为，“知识分子是不断批判社会和自我批判的人”。这与鲁迅所说的“我的确时时解剖别人，然而更多的是更无情面地解剖我自己”构成了对话关系。不过，这样的“自我批判”或者“解剖我自己”，进入文学家的笔下又往往会横生出几分枝蔓，平添出几分声色来，所谓的自省，在抒情、夸张、想法等手法的调弄下，就可能出演成“自虐”。“文人自虐”在中国文学长廊中几乎成为母题性的存在，中间弥散着许多精神张力。

吴昕孺的《归期》是书信体小说，以李白的口吻向知己——杜甫一诉衷肠和“大倒苦水”。小说在表达上的汪洋恣肆、纵横捭阖中写尽诗人李白的“无家可归”，在话语形态上充满了反讽、自我解嘲的意味，“文人无能”的形象诠释到了极致。作品是想说——诗人本身只是一个“人”，而不像其他群体阶层在身份标识上往往佩戴着一个“家”字，可能冥冥之中注定他在现实中“无家可归”。幸哉？悲哉？显然，作者是在探询“诗人究竟何为？”李白的遭际抑或就是诗人的寓言。进而言之，作者亦是在续写“人何为？”这一亘古而又常新的文学母题。盛可以的《黑色雪片》在某种意义上不排除有“实录其事”的成分与意向。作品中的主人公 A 是志大才疏之辈，染有很多恶习，形诸“文人无行”，尚不为过。这种类似杂文的笔调如果着意于一类人，而非某一具体对象，则能显示出作者对作家这个队伍本身的伦理裁判。人们寄望作家是社会的良心、正义的化身，通过文字最终传达求真、向善、尚美的路径指向。但现实生活中的作家又是具体的、充满个性的。两者之间存有许多交集的同时，又可能表现出碰撞和分裂。这就需要作家敞开胸怀，在整体和抽象层面上自我反思、自我鞭笞。这样的反思和鞭笞，又恰恰是作家这一身份的独特使命和独有荣光。自不待言，“人”“文”合一还是“人”“文”可分，这又是文论史上一桩聚讼纷纭的公案。

马笑泉的《隐士协会》中的“我”主要功能是充当叙事视角，其身份也是位作家。正如小说中所写下的“写作本是一件乐事，然而一旦成为工作后，就慢慢沦为苦差”，这就意味着从抽象层面上，作家也就有异化的可能。一次阴差阳错，“我”当选为“隐士协会”的理事，被邀请参加成员大会，于是乎就上演了一出啼笑皆非的闹剧。所谓“隐士协会”本身就是一个沽名钓誉、追名逐利的机构，通过“我”的体验和观察，更是见出了它的滑稽可笑。这类隐士协会的现身正好从反面印证了社会的轻浮急躁，身为作家的“我”也不能免俗。由此，一记警钟敲向了“自我”。小说叙事流畅，戏剧性情境活灵活现，同时叙述情感又能做到平和克制，作品在调性声线的把握上极见功力。楚荷的《龙兴石》更是将笔锋剑指野鸡泉市作协主席产生的非常态局势和一帮作家文人的无聊滑稽。作品不乏诙谐讥讽的笔调，更有凝重忧患的底色，是喜剧和正剧的结合。

二

基层话语是当前一个热门文学景观。作家深入生活、扎根生活、理解生活的深度和广度都得到了强化。相应的是，作家在对文学与时代、文学与人民之间的关系理解上也有了新的提升和推进。基层话语在身份圈层划分上应包括两个方面即基层干部、基层群众。在文学畛域中，广大群众的具体生活情况和生存世相是这两个圈层共同介入、共同关心的话题。沈从文和周立波都将自己的笔触伸向过底层百姓，但两人视角是不同的，一者主要是从文化与历史，另一者主要是从社会运动。其中后者明显以解决某种具体问题、现实性诉求为指要。从这个意义上，本文是将一些作品触及了百姓的衣食住行、吃喝拉撒等问题，以及一些湘籍作家所写的某些平民英雄在现代化的标志——深圳或其他人生地不熟的外埠打拼江湖也纳入基层话语之中。现实主义映照现实的力量与能量得到极大的释放。

“乡村振兴”中基层干部的苦乐年华。作为农业和乡土文化的大国，基层干部的所作所为、一举一动都牵涉百姓的神经末梢。新时期以来，基层干部的形象在文学世界中已经获得了极大的改观，其丰富性、多元性的一面得到了最大程度的呈现。在“扶贫”和“乡村振兴”这些前后相继的时代大工程中，基层干部从中所展现出的所想、所做、所长、所处等，都是丰腴的文学资源，值得发掘。向本贵的《腊八粥》中的郑成安为了对口村里的乡村振兴行为，“连哄带骗”退休的老同事去购物、去带货。先抑后扬，故事最初的郑成安在老同事眼里是不靠谱的，让人总不免怀疑有猫腻伎俩发生。广大基层干部被误解、成见所裹挟是家常便饭。另则说来，乡村振兴也是一场教化运动，身上本来存有疵病的干部由此会受到洗礼，内心被萃取得纯洁而坚毅。

“用最经济的文学手段，描写事实中最精彩的一段，或一方面，而能使人充分满意的文章”，这是胡适对短篇小说的经典“说法”。沈念的《金钉子》抓住“乡村振兴”事实中“最精彩的一段”，一个偏远小镇的镇长，在一个项目建设攻坚的节骨点上毫无征兆地“消失”了，引起小镇上下一干人员一阵“遐想”与骚动。实际上，在小镇茶厂建设过程中，镇长的确是苦于财政困难，“躲账”去了，在一个鲜为人知的废屋里冥思苦想“如何破局”。小说是礼赞镇长面临重重困难，在压力的包围中，像钉子一样钉在脚下这片土地之中，毫不动摇。镇长就是“金钉子”的隐喻与象征，也必将给小镇带来闪光和财富，尽管每一锤——每一个重大的工作计划下去都可能扎向自己的内心。万宁的《千年古莲》文字和故事都比较清新，虽然其中还穿插着地方掌故和历史传说。其中的主人公郁澎是村支书，小说没有对其所遭遇的资金短缺、村里人心复杂等有过多的着笔，而把重心放在他如何从历史和文化中悟出一些可资以文化旅游开发的“金点子”来。郁澎是快乐、幸运、成功的，乡村振兴除了需要资金和政策，更需要像他这样重视思考和注重智力投入的村干部。小说有两个突出的亮点，一者突出了文化、历史的古莲在文化振兴中所绽放出的鲜亮与清凉；二者彰显了思考的快乐与力量。从而与一般意义的写作即多是局限于精神的弘扬、性格人物的塑造等，有了相当的区别。余丹钦的《良药》使用隐喻和双关手法表达了地方特产在“医治”乡村经济贫病中的作用，而“郎中”正是一位向县委宣传部请缨的先前还不那么“成熟”的干部。

基层干部日常状态中的酸甜苦辣。“扶贫”和“乡村振兴”是时代主题。但正如上文中已经提到，无论在何种时段之内，基层干部身上所蕴含值得发掘的精神空间都是丰盈的，有着“说不完的故事”。当然，如何采取客观、审慎的立场与眼光予以呈现，又是在考量作家们的艺术水平、思想能力和表达才华。不加选择性地“美化”和彻底地“污名化”，曾是中国当代不少作品在相关书写中所走的“二元”对立的路数，当然也是对基层生活、基层工作缺陷深入体验和了解的必然结果。少一的《在车上》《好大一个坑》的主人公都是基层警察，一者交警，一者刑警。《在车上》中的交警好不容易有了一次回家过年与家人团圆的机会，但作为交警首先他面临的是在最后时刻挤上回家的车程并冒着车辆超载的风险，又在路途中遭遇扒手歹徒。他拍案而起，卷入一场恶斗之中，最终得到看似吊儿郎当司机的理解与支持，取得“分外之事”的胜利，捍卫了尊严。《好大一个坑》则带有一点侦探悬疑的味道，实则是要表达在日常生活中，基层警察可能随时卷入一场“无底洞”式的案件中去。诚然，有可能收获成功破案（包括一直无从了结的陈年老案）的喜悦，但也更可能面临盘根错节的头绪和疑窦，在现实中难以理顺的人事关系……甚至在不经意之间，都可能搭上自己的性命。在这两部作品中，作者并没有将看似威风凛凛的警察拔高，而更多的是将他们视为普通的血性男儿，有苦也有累，有哭也有泪。主人公同样为警察的小说《瓦西里的清白》，其故事结构是筑基在纪委对叫作瓦西里的“我”的“无端”“问话”之上。从中牵涉出一桩不大不小的贪腐案，“我”在整个作案的流程中其实只扮演了看似无足挂齿的角色，“我”并始终不以为然。但最终“我”还是被裁定为警告处分，更不堪的是老婆提出离婚诉讼。小说想表达的是警察只能是时刻遵守纪律和作风的表率，一点“出格”和“想当然”都绝不姑息。在日常生活和人情交往中，有铁拳之喻的警察是时时处处都活在制度和纪律的铁拳之中的。与之有精神谱系相近的便是向本贵的《玉石之间》。其中主人公是一位县纪委书记，同样处处要接受来自各方面的“磨砺”。“玉不琢不成器”，从日常生活到工作实践中，这位书记都是顶着重重难题，没有权力也无法任性。

向本贵的另一作品——《桂花香》就不是基于上文所谈的“一段”或者“一方面”，它所涉及的情节比较零散，故事时间跨度也较长，这正与本文所谈日常生活相契合，因为基层干部的日常生活确乎有些“一地鸡毛”。先是村主任后为村支书的刘二，诚恳本分，与人为善。他看到寡妇的田地没有劳力翻耕，主动揽责，结果落下瓜田李下之嫌，夫人邹桂花大闹一顿，从此刘二落下一个家有悍妇的“美名”，令其在世人面前有些抬不起头。但正是这位“胸有醋意”的悍妇，在刘二退缩时，她予以助推；在刘二一时半会儿无法应对突如其来的难题时，她挺身而出。刘二的“成功”是因为背后站着一位平凡而又了不起的女性。刘二是在终其一生地享受着烦恼的幸福和幸福的烦恼。

“打拼江湖”生意客的泪笑人生。随着产业结构升级，“打工仔”“打工妹”故事、“车间”诗歌等在陆续退场。但基层的人生体验是不会终结的，因为个体存有差异，劳动存有分工，就像社会学家涂尔干所说，“人们普遍认为，在这种人类的自然差异里，我们甚至可以发现劳动分工的先决条件，换言之，劳动分工的主要依据就是根据每个人的能力来分配工作”。湖南人口稠密，是劳务和人才输出大省，在外埠书写着一个个就业与创业的传奇。多年前，就相应地产出过比较有影响的作家与诗人，譬如谢湘南、李傻傻，等等。自然，本文所言的基层话语与通常圈划的底层文学有着较大的区别，从下面的例证亦可现出印痕。优秀的湖南作家在艺术追求的道路上精进不已。

邓润寅的《亿家人》讲述的是一位年近花甲的湖南男人在贵州一小镇开超市的故事。名叫义鱼的男人早年就在外打拼，近乎各种生意都尝试过，总算支撑了几个小孩的健康成长和整个家庭开支所需。该故事就在他独自开着一台面包车闯荡云贵高原中拉开序幕。不甘虚度时光，就历尽千辛万苦、殚精竭虑地开办超市。生意越做越大，积累的经验越来越丰富，后来又回老家投资开连锁店，并反哺家乡的新农村建设。义鱼是在践行途径“一家人”的努力和先富起来，而抵达“亿家人”的幸福。小故事见出湖南人的血性、温情与理想。

坊间有言，深圳是湖南人的省会。此言有所夸张、有所失实，但也道出了深圳是湖南人谱写泪笑人生的“天选之地”。卫鸦的《海钓》、邹谨忆的《嘉禾》等在故事设置上惨淡经营，引人入胜。《海钓》是过去“下海”故事的升级版。无论自己做老板，还是跟班老板，都让“我”自觉通体散发铜臭，商场即战场。历经过短暂的事业高光、以金钱为纽带的婚姻、肝胆相照的友谊……“我”累了，整夜失眠，唯独“海钓”令人平静与澄明。作品的意象是古典的——“渔翁”，“渔翁”钓的不是鱼，而是一份闲适和“忘记”，抛舍身外之物，回到本真之我。深圳累了，“我”也累了。人在疲惫过后，有最喜欢捡拾来时路，深圳故事就多以回忆视角出现。《嘉禾》将回忆的触角伸向了新冠疫情暴发的近几年。“我”见证了师傅通过第一桶金发迹，但他一直活在原罪之中，尽管他也教化过“我”——“闯荡深圳许久你明不明白，男人就是要敢拼，敢闯，敢于打硬仗”，但他生命的烛焰过早地枯萎和熄灭了。“我”是想告诉世人，在深圳一路打拼通过非正常手段发迹起来的平民英雄们，其内心是不安的，有自我毁灭倾向。这也是一座城的象征和其文化症候之所在。文化和伦理才是城市的血脉。幸好，“我”作为“外省人”，既能“入乎其内”又能“出乎其外”，有所参悟，有所感慨。

基层群众的“锅碗瓢盆”变奏。平民百姓的生存、生计问题是基层话语的终极指向之一，也是有着人道情怀的作家其目光不能游离的对象。在过去的一年内，有两篇即少一的《过门喜》和学群的《两间半房子》是有关于修建房屋题材的作品，虽然时间维度一者是20世纪80年代，另一者是抗战期间。修房建屋是当代文学中近乎类型化的存在，但总体上精神向度还是因作品而异。《过门喜》一方面客观逼真地再现了80年代农村社会真相，有“史”的意味；另一方面也对充满希望和力量的过往时光以“诗性”寄寓，那样的日子就像一杯老茶，先是有点苦涩，过后稍加回味便是甘甜清洌无比。学群的《两间半房子》是借古寓今，在友人、敌人的区分上老百姓自有心中一杆秤。能让老百姓安居乐业，不再颠沛流离便是王道。少一和学群的两篇作品共通之处都指涉了——安宁、祥和的社会环境和人文氛围永远是老百姓所渴求和关心的。《过称》的叙事背景和故事主体是20世纪90年代的小镇商贸生活，并且在每一节都标写上简单引子，以示构成今昔对比。在20世纪90年代，商品经济、市场经济正处于雏形，坑蒙拐骗、敲诈勒索时有发生，这就是当时小镇的社会生态。随着经济改革和社会改革深入，当年成天想着捞油水的税务所长到了今天都成了对口扶贫的主力，基层群众在新的历史境遇中有了新的期盼，实属必然。

吴刘维的《虎皮人》《我炒菜的方式有点特别》等都着墨于基层群众中的弱势群体。作者是用反映社会问题的方式凸显文学的硬度和力度。小说有隐喻，也有夸张变形，总体上是用另一种方式为我们洞开了社会的实际状况。在某种意义上，是“新问题小说”写作精神的延续，作家的胆识和良知在另一个层面上予以了释放。

赵文辉的《回家》《分家记》聚焦更具体而微的家庭伦理、夫妻关系。《回家》是写为家辛苦操持的男子本已坐上回家的大巴车却在服务区被遗落了，阴差阳错的是大巴车肇祸起火，他却幸运地躲过一劫。结果待他历尽千辛万苦，徒步回到了家后，发现妻子已经和别人私通偷欢了，所谓丈夫尸骨未寒已得新欢，且全不顾自家小孩的感受与成长。“夫妻本是同林鸟，大难当头各自飞”，基层百姓的家庭伦理建构是值得关注的。《分家记》却是唱出了一支献歌，赞美了农村妇女在“清官难断家务事”面前的睿智和大度。家庭伦理、夫妻关系是成年人每天都要直面和处理的人生课题。

三

揽镜自照、探照基层，表征作家们在对生活、对世界的观照上，采取的是近焦距离。相关写作对应的是作家们有近乎“直白”的立场介入，个体倾向性较为清晰可见。大千世界，人生万象，作家自我身段的略微撤退，让长镜头的拉伸也是世界本来面孔和视点之一。湖湘作家本来就有追求浪漫情致的文化传统。近些年来，有南方文学概念的提出，讲究风情与重视诗情是这一概念中的重要内涵之一。无论从哪个角度都有理由相信，湖南文学当仁不让地位居于南方文学概念的精神版图之上。这样的“圈地运动”是有助于湖南作家在创作风格、艺术特征上形成自觉性选择、集约化认同。当然，需指出的是讲究风情、重视诗性，主要针对文学作品的整体意蕴而言，因此其所对应的写作对象，并不一定就是湖南本土的“人”“事”“物”。

好似记忆中的“那人那事”。文学与记忆之间的关系，人们已经探讨得比较多了。当然记忆本身存在种属问题。实际上，给人以回味和深层共鸣的记忆，其内容载体和艺术成品多是那种“若无其事”但又“似有其事”。“众里寻他千百度。蓦然回首，那人却在，灯火阑珊处”，除了惊喜，这更是风情，更是意味深长、诗性绵延。在这条路上深耕已久的蔡测海在过去的一年，写下了《吴青梁子》《马车》《荒路》《下一场雪》《崇山峻岭》《西南镜话》《河东街事》等，表现出惊人的创造力。蔡测海是文体特征比较明显或者说是一个辨识度较高的作家，善于用短句子，叙述节奏舒缓并曲折有致，地方色彩鲜明又常与现代主义技巧等纠缠在一起，在叙述形态上多呈现出散文化的韵味，意境和氛围令人半醒微酣……简而言之，他是一位诗性思维比较发达的作家，湘西文化对他的充分滋润功不可没。譬如《马车》中两位萍水相逢的陌生人，他们毫无机心，遑论歹意了，彼此毫不吝啬地帮扶。在今天的语境里，“马车”是“旧物”，但它凝结着人性的美好与善良。作者是在叹惋过往在一天天地流逝，美好的事物也在一步步地消失。命乎？天乎？在不经意的、散漫的故事叙述中，蔡测海常常流露出常与变、古与今、天与人等相关命题的深刻体验与深邃思考。

叶之蓁的《水火张铁陀》是一部出彩的作品，作者用心良苦，是在反思现代教育包括对正常人性的钳制，即“水”灭“火”之喻。不过，小说再现小镇人家的烟火气、人间味，再现一个放养时代的男生其可爱、干净的文化性格，似乎更令人动情。那是一幅生动的画卷，代入感极强，让几代在小镇中成长起来的男生能迅速地找到自己的前世今生。一切都在记忆中复活，但又不复存焉。大概这就是小镇的风情之所在、魅力之所在。李健的《青杏》读起来，是另一种熟悉感、亲切感。小说的故事空间是西北某地，故事时间是革命年代。这样的时空好像注定要发生一些不同寻常甚至有点惊世骇俗的爱情故事。小说中的青杏是敢于追求爱情的女性，尽管面对的是严苛的生存环境。爱不是什么奢侈品，但爱才会使得脚下这片土地变得多情、变得丰饶，并为他人和后世所识记，正如小说在结尾部分所写道：“她想起她被马驮进四道沟的那个冬天的早晨，竟恍若隔世。远处的人影子小如蚂蚁，人在这山野里算个啥?”

总体来说，这种好似记忆中的“那人那事”型的写作，更像是生活本身在令作者发声，并似乎在告诉世人生活本身就是令人一往情深的。王琼华的《裕后街三题》与叶之蓁的《水火张铁陀》中所展示的小镇一样触手可及。“寓贵”作家李晁在拿捏生活质感与文学题材上展现出惊人的天赋。《赶在暴风雨之前》《婚礼》《家庭相册》《月色照人》虽然不是写记忆，但其现场感、感染力同样了得，“那人那事”所经历的生活有点令人不爽、有点淡灰色，但这样的生活又令你欲罢不能，不能自休。桂爱广的《红砖》回放了20世纪八九十年代的爱情，是有生活质感，也印证了鲁迅在《伤逝》中所说的两句话：“人必生活着，爱才有所附丽”“爱情必须时时更新、生长、创造”。田耳的《突如其来的一切》是站在反思历史主义的台阶之上，但其中的“那人那事”给人以身临其境之感，作者想表达的大概就是生活本身就没有“导演”和“彩排”的，就如婚礼，突如其来才是生活的本来面目和固有质地。

“平凡的世界”里的“奇人奇事”。“奇”是中国传统小说的美学追求之一。随着人们认知水平和审美意识的提高，“奇”的美学在中国现当代小说中分量大幅下降。但作为积淀已久的审美根性是不会消失殆尽的，当然也有各种适合它生长的土壤不断产生。总体来看，相关“奇人奇事”，其故事空间多已不在仙窟、魔洞、海山等光怪陆离的世界，不然就是科幻小说所承担的职责范围了。愈来愈多的人共识到，“平凡的世界”才是自己最真实的安身之所。因此，“平凡的世界”里的“奇人奇事”在本质上就是文学风情的流溢和呈递。

张黎华的《杨捉鱼决定骑马去云南》写的是已届中年的编剧，在被世俗生活所包围中，依然不忘诗与远方，灵感突来，想骑马去云南采摘激情与梦想。无心插柳柳成荫，想法居然得到了一位才貌双全的青年女子的心灵共振。骑马去远方，无疑是这个时代的“异数”。这是隐喻，意在步履匆匆的物质生活所主宰的时代里，谈理想、念想有点过于奢侈了。不可思议的是，还是有人应声而起，并且能产生一段爱情。这爱情是跨越年龄代际的，是跨越世俗眼光和社会舆论压力的。相辅相成的是，这爱情理所当然会令心灵和情感尚未格式化、板结化的人们怦然心动。要知道是情感让人成为人的。黑格尔认为“爱”是“在他者中的自我存在”，爱有益于遏制人的变异与分裂。

类乎“野史逸闻”中的正常人文精神建构。这种类型与“平凡的世界”里的“奇人奇事”，在理论和逻辑上正好相向，两者不仅两江汇流地建构了人们对风情、诗情的想象，而且共同承担了现代理想人格的塑形。易清华的《日记中的祖父》，从标题形式来看，以“正史”来拟结构框架。但其中的主人公人物身份及其情节展开，就决定了它本身更类似“野史逸闻”，尽管作者在笔调上也是“煞有其事”。饶有意思的是，主要故事空间设在长沙，里面不断地穿插着鸳鸯蝴蝶派作家的出场，显然作者是有意暗示读者不必对其中的人和事过于较真。其中故事情节的安排确乎也与“鸳蝴”小说有几分“神似”，同时沾染着几分古代“传奇”色彩。不难看出作者在通俗文学的阅读量上以及对文学史的掌握上还是下了一些功夫。小说中的祖父只是一个普通报人和诗人，不是那种风度翩翩、人见人爱的公子哥。故事的主轴就围绕祖父因办报而被有司拘捕，离奇的是他不久又被保释出来了。究竟是哪位“恩人”的功劳呢？乱世纷纭，性命朝不保夕，祖父走上了一条“寻恩”之路。无论是暗线中襄助的“恩人”，还是明线中奋不顾身地“寻恩”祖父，两者都只互相印证一个道理——真情的力量锐不可当、所向无敌。

卫鸦的《小镇画师》在叙述视角上是第一人称，“我”是采取近距离视点，这些与一般意义上的“野史逸闻”有所区别，但整体意蕴上依然散发着“传奇”色彩。画师宋一北本来艺术修养不错，人品正直，但遭遇了非常时代，在县城教书，遭遇过学生的举报和他人的陷害，蹲过监狱。遭此一劫后，尽管落实了政策，但他不愿再作冯妇，而是选择在小镇做一个画师，主动将自己与“喧哗与骚动”隔离。老宋坚持唯美至上的理念教育小孩投身美术学习，并以美育来改变小孩的顽习和引导他们走向健康的人生道路。加之老宋与世无争，不计回报、不留后路地奉献……一切给人印象就是“怪”，甚至“傻”。毋庸置疑，老宋身上散发的是正常的人文精神。人文精神的一个突出特点就是，在很多时候它悖逆于理性和世俗的尺度。诗性便在如此裂缝中产生。陶沙岸的《牛牯拉》讲述的牛通人性，是通灵的，对大自然和脚下的土地有着挚爱。动物通灵和具有情感无疑是指向对人的情感、灵性的呼唤。

因“异地异域”而产生“非常态”的精神空间。所谓“非常态”精神空间是指在接受美学上打破了固有的、常态性的生活格式与审美范式，从而给人以耳目一新的精神体验，主体的心灵得到激活。鲁迅的“走异路，逃异地，去寻求别样的人们”，浪漫主义对异域的激情抒写，现代人对诗与远方的渴慕，大体上都演绎了同一心曲。老作家少鸿的《去琅勃拉邦布施》在故事编写上有点“潮”，折射出当代青年时尚的交友方式。医院诊断其患上癌症，继而男友决绝弃她而去，张小琴近乎万念俱灰。所幸无意之中得到了仅有一面之交的刘远晨的抚慰，张晓琴从心灵崩溃的边缘上悬崖勒马，并与之结伴出游老挝。在充满异域情调、佛教色彩浓郁的国度里，张小琴再度燃起生活的勇气，两位男性陪伴左右，以“互相吃醋”的方式激发她的生活自信。更大的惊喜还在于她根本没有患上乳腺癌，患病的是同名的病友。而刘远晨实际上是白血病患者，本来接近痊愈，但曾掉入河中，一番折腾后复发了，最终逝世。异域和传奇叠合在一起，使得整部作品在一半悲伤一半惊喜中，平添了多重审美意蕴。读者不能不为人生和命运的繁复性多出几分感喟，多出几分惆怅。

于怀岸的《未来的酋长》是以云南边境之外的另一个国家的某一部落生活为题材，表达了对现代性社会的反思，提出了文明的重返。这种不受现代文明的约束状态，是自由与浪漫的象征和在内涵上的具体映射，是对卢梭、沈从文等人的思路的承接和延伸，并指向着人类命运的未来关切。与少鸿和于怀岸所写的异域有所不同的是，残雪的《西双版纳之夜》的故事地点是国内的西双版纳。其中“我”的身份是外来到访者，这使得作品同样蒙上了一层“异”的色彩。小说是以构绘一座情感的乌托邦或者“异质空间”为旨要，为西双版纳抒写了一支动人的歌。小说的基调总体上比较明亮轻快、略带神秘而又令人神往。这样的都市是与传统意义上的都市已然为两个不同概念、两个不同世界。自波德莱尔之后，“恶之花”是都市文明的代名词。这种“污名化”的到来无疑是与“欲望”的无节制膨胀有关，都市往往成了欲望的同一语。有无可能，城市的主体空间是由“情感”而非“欲望”所搭建呢？作品似在无声地发问。所以，在作者笔下的这座西双版纳城里，无论本地的还是外来的，无论年纪大的还是豆蔻年华的，都在“寻爱”；城中处处都是“断崖”，男和女都在山盟海誓，为爱披肝沥胆和奋不顾身，以爱求得人生的平和与圆满。“西双版纳不存在危险，脚下的道路四通八达”，以富有风情和浪漫为特色的都市文明在作者心中呼之欲出。

四

文学是人学。作家们观察生活、体验社会的目的还是在于对于人的理解。将观照生活和世界的焦距无限拉近时，文学将发挥一种类似显微镜的功能，将人性深处的红橙黄绿青蓝紫都在镜头下显示出来。自不待言，人性是多维的。正如上文中所分析到的几个方面，实际上都是或远或近、或多或少地与人性勾连在一起。本处所讲的烛微人性，意味着相关作家、相关文本在写作指向和精神聚焦上相对更集中在人性话语之上。随着文学观念的嬗变和创作方法上的更新换代，湖南作家在人性话语的聚焦技巧上也是越来趋于多元和深入，从另一层面展示了湖南作家特别是青年作家不故步自封、善于学习、精于进步的良好情状。

从夫妻关系透视人性的褶皱。张爱玲曾说过，“我相信人，但我不相信人性。”这就认定了人性本身常常逸出简单的二元对立，表征出理性主义或者庸俗社会学难以论定的多层性、广幅性。简媛的《八月的最后一个周末》，诚如标题上就给人以猜想和悬念感，但又笼罩上了一层拂拭不去的沉闷与压抑。小说写到父亲在生命晚期突然受到来自母亲对他的不公待遇，送进精神病院，最终折腾、折磨致死。人们常言，少年夫妻老来伴。小说中母亲却表现出一定的报复欲，有秋后算账的味道。从心理学的角度来解释，这只说明了母亲这几十年来个人情愫、个人恩怨已经暗化，但她在父亲年轻时又不采取措积极措施解决两人家庭生活问题，两人还生活在同一屋檐下。小说直抒胸臆，诸如：“我想母亲害怕吗？她和父亲的关系是否真的恶劣到了这个程度？或者，母亲对父亲说出那些话，她会不会为此后悔呢”，或许不大符合常规意义小说的写法，但这恰好证明了波澜不惊、熟视无睹的生活之下可能已是雷霆万钧，这大概正是人性的褶皱。

社会的流动多变，夫妻关系“说不清、道不明”的指数与日俱增，正应对人性的复杂难测。绿釉的《虾线》是一语双关，既指主人公温久的子宫被切除后的身体现状，也是暗喻了横亘在温久内心世界中不足为外人道也的内心渴求：她希望得到男人的关心和支持。实际上，这也是所有正常女性的正常诉求，但现实给不了她，她无法诉说。作品已经不是女性主义写作所能涵括的，更不是善与恶所能指称的，也就是人性。人性的褶皱在更多的时候都显示出人的丰富性、广延性。小说在结尾部分写到温久一方面不断收到老公的电话，决定回家；另一方面又断然接受承担化解别的男人的困难。这反映的正是情和理两者的冲突，人性由此产生张力。向祚铁的《有机女郎》更是有时代和社会的某种寓言味道。其中的夫妻关系变得自由宽松了。这种“说不清、道不明”主要落在夫妻可以不像夫妻，男女朋友可以不像男女朋友的关系处理上。应该说，这是从某一层面道出了部分群体的人性呼声。传统家庭观念的消失，“不落俗套”“不合时宜”的夫妻关系和家庭伦理之所以出现，不是说对婚姻关系的“返祖”，而是人性深处有以自由作为生命冲动的必然反应。易言之，在常态语境中，这就是人性的褶皱。

生存语境的不良与人性的裂变。人性的裂变与不良生存环境之间的对应关系，在中外文学史上已经有大量的作品触及了。现代主义文学的发轫之作——卡夫卡的《变形记》就是直道生存环境的窒息和压抑导致人性的扭曲。萨特有惊人之句，他人是地狱。西方文化中一个突出景观，就是对主体的自觉捍卫和认同感十分强烈，所以主体与自然、与他人、与社会甚至与自我的矛盾和冲突，成了文学和文化的重大命题。湖南作家基于人性与环境之间的考虑，是对文学现代性的承接，也是内心体验趋于细腻与丰富的客观呈现。

马笑泉的《离乡》构思缜密，在实与虚的把握之上极见火候。小说既有鲁迅的《铸剑》《出关》的意味，又有卡夫卡的《地堡》《美国》之风采。小说讲述了雷安野练成铁布衫意欲行走江湖，结果尚未开始，难堪或者不利的事情接踵而至。小说整体上笼罩着“出师未捷身先死”“英雄无用武之地”的潜在意蕴。可怕的还在于，有时并不是真刀实枪、龙虎相斗使然，而是一些“软刀子”“冷枪暗箭”，或者说就是鲁迅所言的“无物之阵”，它们甚至对你挤眉弄眼、眉开眼笑。当下文学老生常谈回乡，故乡回不去，实际上离乡都成问题——有些“乡”让人寸步难移，更遑论弃绝和“仰天大笑出门去”。最后的雷安野内心迷惘，不知如何是好，这就是生存环境对主体的钳制与掣肘。

秦羽墨是湖南近年来成长迅速的青年作家和实力作家。《欢迎来到莫索镇》的标题就标识了人与生存环境之间的关系。小说中的莫索镇是一个有矿可采的边远地方，当地百姓有钱的不少，而且山清水秀，但先天性智力缺陷的也不少，打光棍的更不少，从贫穷偏僻的省外娶妻成风，愚昧落后是莫索镇的最为突出的特征之一。小说主人公李玉娥下嫁给智障者，可能是有出于认命的味道以及基于自身是残疾人。村民却总以为她是奔钱而来，每天飞短流长、冷言闲语，“像一群讨厌的蚊虫，看得见抓不着，整日在她头顶盘旋”，这就是她的生存环境。实际上，她天生就是一个诗人，居然教衣服游泳，理由在于“天上不是鸟在飞，是翅膀在飞，是翅膀飞起来了，才把鸟带上天的；鸭子不会游水，会游水的是鸭毛”。这样的理由让人忍俊不禁，但你还不能不佩服她的直觉与创造力。问题在于当这样的直觉与创造力遭遇愚昧的生存环境时，可以预见未来与结果将是如何一番情形。问题更在于“我”心智正处在开发之中，对比之下、反衬之中，自是新一代“智障者”即将诞生和人性将遭到扼杀。

郑小驴的《南方巴赫》虽然没有直接针对某个生存氛围、生存空间的挞伐，但正如作者后来在创作谈中所说下的，“这是一次关于他人即地狱的探寻之旅，每个人都是一座巴别塔，相互充满了误解，暧昧，绝望，妄图获得真爱的最后却收获了谎言，想逃脱桎梏的却掉入新的陷阱”，小说是想表达“人”或“自我”的“无地彷徨”，无论何时何地都有着一种类似金钟罩的东西，让人无处遁逃。实际上，每个人本身都是这种“不良”环境的制造者，浑然不觉甚至总觉无辜。人性不仅是“他虐”，也有可能是“自杀”。钟二毛的《最后一天有效期》更是以“性”的无处安放，以展示环境压抑人性的焦虑感、不适感。

舒文治的《忍者飞飏》在题记中就引用佩阿索的诗句：“我是我想成

为的那个人/和别人把我塑造成的那个人之间的裂缝/或半个裂缝……”阐释了他人对自我的“塑造”或“压抑”。小说在结构安排和情绪流动上，有刘勰所说的“神思之谓也。文之思也，其神远矣。故寂然凝虑，思接千载；悄焉动容，视通万里”，古今中外的意象和材料信手拈来，大有艾略特的《荒原》的气质。网络与现实掺杂在一起，随物赋形，有着“穿越性”的特征，或者“故事新编”性质，是现代主义写法的继续和沉入。与之同时，“我”一直在梦碎与追梦之中，皆因为他人他物的介入。在“百般忍耐”中，“我”的人性已经悄然裂变。

人性恶的不惮揭示。周国平说过，“在人身上，神性和兽性彼此纠结、混合、战斗、消长，好像发生了化学反应一样，这样产生的结果，我们称之为人性。所以，人性是神性和兽性互相作用的产物。”这也是人们所逐渐达成的共识。事实上，善与恶的二元对立曾是不少人的基本观点，譬如儒家文化是持性善说，法家则性恶说。而且有个基本的判断便是，西方总体上是性恶说，因为在基督文化中提出救赎精神。本处无意也无力就性善与性恶做出辨析，单就性恶说作出一点理解便是，它与国民性反思和文化批评是有着内在逻辑的勾连。自不待言，如果从一开始它就是立足“类”或抽象的高度，更有着对人本身的反观、反思，是更有跨越时空的力量。残雪对人性恶的持续而强劲地揭示，在某种意义上是她的标志性文学动作。《书中宇宙》《兵马俑》《菜市场的老人与猫》《蛤蟆村》等这些作品都从正面或侧面对人性的幽暗处予以了透视。它们的书写对象基本上都是着眼于日常生活和小市民。《书中宇宙》中的“偷窥”，《兵马俑》中的“入地狱”，《菜市场的老人与猫》中的“欺老”，《蛤蟆村》中的“隐身”等等，都是敞屣人性之恶。很多年前，鲁迅被李长之称为战士兼诗人。在当代文坛中，残雪是新版的战士与诗人。

田耳的《蛊毒娃娃》中写道：“所有的不应该的事情，都有人干，要不然怎么知道不应该呢?”说得比较直白，既道出人性恶的可能性，又奠定了该小说的基调。这与后面小说中的“我”所想的“小孩海边玩沙，你是不能指望他们有各种创意的，大多时候，他们只会堆坟”构成了互文互证。确乎，小说所叙述的兄妹通奸、小孩诱骗小孩进而将诱骗者予以拐卖，包括“我”采取种种不良措施进入小孩房间和对小孩的不人道手段……在某种意义上，都成了可能中的必然，或者必然中的可能。按照这样的逻辑推断或者言下之意，一直蒙罩着神秘色彩的“放蛊毒”就是一种可能性的存在。因为人性从娃娃时期就表现出一定的恶了。裴非的《我们离星星有多远》以“我姨”抱养的孩子不亲的故事，亦暗含了人性之恶。

盛可以的《天真的妇人》讲述一个寓居在美国的老妇人的其人其事。一个现实背景便是移民太平洋西海岸的华裔很难跻身较为高端的生活圈、交际圈。小说主人公梅其悲剧性的一生折射出了中西文化在某些方面的冲突，同时更也凸显了其人性的顽固不化和爱慕虚荣。标题的“天真”就应是针对老妇人在心智上不合常态。死要面子活受罪，心性善良却又故作高矜，渴望得到别人的认同却又不断弄出一些低劣的动作……从本质上，她是善与恶交织的典型，但恶的一面是占据了主导，这是毋庸置疑的。虚荣心和个性固执便是这“恶”的集中体现。

人性净化后的精神之美。上文中已经论列到善与恶的交织，是人性的常态和自然之理。与之同时，去恶求善是人类的不懈追求。这样的过程就是一场人性净化。人性净化之后的那种精神之美、心灵之快、境界之高，自是难以溢于言表的。亚里士多德说起悲剧的伟大意义时，认为“激起怜悯和恐惧，从而导致这些情绪的净化”，其实中间也是涉及人性中的善恶之间博弈和最终的和解、升华。艾玛的《在阁楼上》有种“元小说”的意味，肯定了故事、小说、文学对人性的疗救作用。凌鹰的《葡萄园》与之有着异曲同工之妙。它是肯定了画——艺术对人性的救助价值。它将一位在生活中有点“坏”的女子，与“我”动了真感情，并且为“我”不计代价、不求回报地付出，一股城市的清流，并与“老土”的乡下恋人构成比对。作者是在想告诉世人一种纯粹的艺术，总会有人为之感动和心领神会的，哪怕这人其实根本不懂艺术，但它从中所传达出的精神总会有人“慧眼识珠”和为之倾倒。这样的精神无疑是传递性和感染力的，甚至在人性上改变这些“惺惺相惜”者。《葡萄园》的故事有点“奇”，但艺术是会制造奇迹的。

钟二毛的《晚安》是以母亲临终前的点滴为故事主轴。与一般意义上特别是散文写作颇为不同的是，作品中的“我”并没有在因患癌而告别人间世的母亲面前表现出那种“以头抢地尔”的悲痛状。因为母亲已经淡看生死，按照存在主义说法“向死而生”。整个患病过程之中，母亲的淡定所展现出的力量是惊人的。“向死而生”的观念是人性的过滤和净化，大无畏、大放下，一瓣心香不染尘。与《晚安》不谋而合，或者说有着精神姊妹关系的是刘威成的《心病谁不曾有过》，大体表达了“向病而生”的意思。严彬的《雪山镇》则是体现了远方对人性的洗礼。

众所周知，中短篇小说在某种意义上于当下成了小说或者整个文学的艺术监测点。因为每年几千部长篇小说的出版，绝大多数是湮没不闻的。中短篇小说从文体上令写作者可能更心性纯粹、态度投入，进入编审流程后接受着更严格的程序，读者对它们的挑剔眼光更毒辣……在过去的一年之内，湖南作家在中短篇小说耕耘的态度上是极其严肃的，守正创新、步履铿锵，坚持以现实主义为主要笔调的同时兼容并蓄、博采众长，以艺术至上的精神锲而不舍地跋涉和攀登。老作家能紧跟时代，中年作家沿着既定的步伐不断创新，青年作家在接受文学教育的历程中创作“举止得体”。就凭着他们对中短篇小说创作精神的忠实践行和对脚下这片土地的深情观照，有理由期待在三五年之后，一批领军人物会在湖南文坛上冉冉升起。

（刘长华）

2022 年度湖南诗歌创作综述

2022 年，在高科技持续飞速发展的同时，世界格局也发生了深刻的变化，芯片和货币之战有愈演愈烈之势，俄乌战争仍在你死我活中僵持，人们看待世界的心态和眼界也随之发生了变化，梦想和现实需要更为客观的界定和评判。这一年，中国迎来了二十大的胜利召开，同时也面临着诸多未知的挑战。在这样的大背景下，事实证明，诗歌仍然是不可或缺的一种存在，与新冠疫情之前不同的是，各地与诗歌有关的活动明显锐减，湖南也不例外，但似乎并没有影响到湖南诗人们的创作活力，因此本年度对于湖南诗歌而言，仍是丰收的一年。

一

近十年来，湖南诗歌悄然崛起，诗坛湘军已呈现出前所未有的强大阵容。2022 年本土名家和实力诗人再度发力，以成熟、厚实的文本闪耀于当今诗坛。

继 2021 年大型交响史诗《心中的颂歌》在长沙音乐厅公演之后，谭仲池先生的“歌”系列主旋律创作又不断结出新的成果，在 2022 年他写出了长诗《献给十月的歌》和组诗《唱给故乡的歌》等，其中《唱给故乡的歌》发表于《湘江文艺》。

近几年，梁尔源先生的创作一直处于井喷期，除了不断有新作品问世外，其作品质量也比较稳定，他的作品主要侧重于亲情、历史和时事，也密切关注着时代的发展和进步，今年他又结集出版了他的新诗集《蝶变》，诗集一出版就倍受读者好评。因其诗歌被社会和诗界广泛关注，被评论家誉为“梁尔源现象”。2022 年，他的组诗《北京老火车站的钟声》发表于《诗刊》6 月上半月刊，组诗《给妈妈喂饭》发表于 10 月的《星星·诗歌原创》，《大象睡美图》（外一首）发表于《草堂》诗刊第 4 卷。

邹岳汉先生是散文诗界的元老，从创办《散文诗》开始，他几乎将自己献给了中国的散文诗，现年逾八旬仍精力充沛，除了每年给出版社编散文诗年度选本之外，近两年他还一边在整理自己以前的作品一边在坚持创作。11 月，《星星·散文诗》“特别推荐”栏目发表了他的散文诗组章《伞· 碑魂及其他》。

胡丘陵先生擅长于写作长诗，他的长诗紧扣现实，不乏冷静而客观的思辨色彩，这使得他诗歌中的抒情以思为依托，具有一定的深度和广度。这一年，他的长诗《我与雄安一起思考》发表于《诗选刊》第 4 期的头条栏目，他的《家乡送来了一车辣椒》则发表于《草堂》诗刊第 1 卷。

曾在早期以诗集《剪影》名动诗坛的周实先生一直笔耕不辍，这一年他除了写小说和散文外，还创作了不少与诗人和诗歌相关联的随笔，也时常有新的诗歌作品问世，其中他的小长诗《那天》读来令人印象深刻，这首小长诗视角独特，开合自如，语言也干净有力，诗歌饱含针对现实和人生的灵魂之问。

酷爱摄影的罗鹿鸣先生是个闲不住的人，他最近将拍摄的重点放在拍鸟上，江河湖海都留下了他追逐鸟群的身影，同时他也写下了大量与鸟有关的诗歌，他的两本新诗集也即将由出版社正式出版，值得期待。

这些年来，海上主要辗转于深圳、湘潭、长沙等地，除了岩画创作之外，他的诗歌创作也从未间断。其诗歌文本在当今诗坛一直是一个独异的存在，他的诗有属于自己的词汇库，文本中既有对现实世界的剖析，也不乏对形而上的思考。

退休后的冯明德（皇泯）一直在忙碌，他忙着游历祖国的大好河山，忙着写生，也忙着写诗。本年度，他以人和巷为抒写母题的组诗将笔墨倾注在小人物的命运上，厚重而深情。今年 6 月的《星星 · 散文诗》在“特别推荐”栏目推出他的散文诗组章《生命的密码》，他的另一个组章《人和巷，回来了》载于《诗刊》7 月下半月刊推出的“散文诗专辑”，还有散文诗在《诗潮》7 月号刊发。

张战是一位世事洞明仍心存美好并活得纯粹的诗人，她一直在挑战自己，也一直在挑战诗歌写作的难度。她的诗大多有独到的视角，意象奇崛而富有张力，平常事物一到她的手上就会焕发出新的生命。今年，她的《蜗牛与我》获得“第十二届丁玲文学奖”，她出版的新诗集《张战的诗》获“艾青诗歌奖”提名奖。《诗选刊》第 3 期“女诗人”专号也重点推介了她的作品。

近几年来，草树不仅在诗歌创作上高产，结集出版了新诗集《淤泥之子》，他的诗歌评论在这一年也格外引人注目，不仅由山西出版传媒集团和北岳文艺出版社联合出版了当代诗歌艺术随笔集《文明守夜人》，他的个案研究文章《嶙峋和冲淡之间：论陈先发》《语言的花样滑冰》《论小海诗歌的语言艺术》《大地之诗——论赵雪松诗歌》还分别刊发于《诗潮》7 月号、《诗潮》11 月号、《作家》第 4 期和《延河》的第 1 期，他的组诗《音箱》《飞鸟与幕墙》也分别刊发于《扬子江诗刊》第 2 期和《广州文艺》第 1 期。草树的诗是在自己亲历和亲证的现实生活中提炼金子，他的评论则建立在自己的诗写经验和对诗学的宏观把握上，洞若观火，往往一针见血。

刘年喜欢骑摩托车出行，他骑到哪里，他的诗也跟到哪里。刘年的朴实让他的诗也在朴实里扎根，朴实已成为一种稀缺的力量，大地正是因为朴实才让万物生生不息。这一年他出版了自己的新诗集《世间所有的秘密：刘年诗歌自选集》，并获得第五届博鳌国际诗歌奖“年度诗集奖”，他的《石头颂》则刊于 6 月《星星 · 诗歌理论》“读者推荐”栏目，还有作品发表于《诗潮》6 月号和《诗选刊》第 2 期。

欧阳白和吴昕孺是“好诗主义”倡导者，两人在工作之余编辑《诗屋》年选已届 18 载，18 载，意味着一个婴儿已长大成人，更何况是 18 本厚厚的年选，会有多少诗人在书中共同见证彼此的成长。他们这份对诗歌的热爱和坚守令人感佩。除了为他人作嫁衣之外，两人在诗歌上的创作也颇受关注。近两年，欧阳白自长诗《心经》之后，又创作了不少短诗，他的诗取材都比较特别，视角也很独到，平常事物一到了他的笔下，就会呈现出新的面貌和深度。吴昕孺仍自由穿梭在各种文体之间，皆收获颇丰。这一年，他创作了大型组诗《湖湘山水经》，将湖湘山水放在历史和当下的双重语境中进行考量，是为少有的力作。本年度，他的《在石洞口傩庙看傩舞，兼赠张战》发表于《诗刊》10 月下半月刊，后被收入《中国诗人生日大典（2023 年卷）》。另有作品刊于今年 8 月的《星星・诗歌原创》。

近两年，罗长江的创作颇引人关注。一位耐得住寂寞的诗人需要有超乎常人的稳定心神，才会写出像《大地五部曲》这样厚重的文本。1 月 11 日，他在北京举行了长篇叙事散文诗《大地五部曲》研讨会，著名诗评家谢冕评价道："《大地五部曲》是关于大地的伟大交响曲。"12 月 12 日，他的《大地五部曲》获"第七届中国长诗奖・最佳文本奖"。另外，他的《少年与白鹭洲》（节选）刊于 7 月的《星星・散文诗》。

陈群洲是蓝墨水上游诗群发起人，他的诗歌擅长于将人性、万事万物、社会现实融为一体，能轻易找到三者之间的隐秘通道并做到逻辑自洽。2022 年对他而言是获奖之年。他的作品继获得第二届湖南省文学艺术奖、第五届张家界国际诗歌节诗歌大赛一等奖、第二届杨万里全国诗歌大赛三等奖、首届半岛诗刊年度诗人奖、首届诗魔方诗歌奖之后，又获得第七届栗山诗会中国诗人奖。

陈新文既是社长、主编，也是书法家和诗人，笔者一直很喜欢他的书法，也一直对他的诗人身份充满期待。他是一个在诗歌写作上有洁癖的人，语言干净明了，又深藏寓意。这一年，他在诗歌的创作数量上有明显提升，他的组诗《单曲循环》刊于 6 月的《星星・诗歌原创》，另有作品发表于《诗刊》3 月上半月刊。

卜寸丹主编的《散文诗》杂志改版后，不仅容量增大了不少，设计和编排上也更为大气美观，再结合视频和音频，现在的《散文诗》还是一本可以听的杂志，开了纯文学杂志可以听的先河。卜寸丹似乎对散文诗情有独钟，她的创作一直以散文诗为主，在内容和形式上时常有新的突破。今年，她的《人民作家周立波》刊于《诗刊》7 月下半月刊“散文诗专辑”,《中国诗歌》的年度散文诗作品选也推出了她的散文诗组章。

谈雅丽是一位高产的女诗人，每年都有大量的作品面世，是各大专业诗歌刊物的常客。今年，她的组诗《鹤镇悲欢》及随笔《鹤镇的欢喜与悲痛》在《星星・诗歌原创》的重要栏目“文本内外”推出，组诗《春至》发表于《诗刊》6 月下半月刊，组诗《独自前往银河系》发表《扬子江诗刊》5 期，组诗《夜海雁鸣》发表于《诗潮》4 月号，组诗《河流上的乌托邦》发表于《草堂》诗刊第 7 卷。另外，她的《海南岛，浪花洁白的春天》在“首届海口新春文旅诗歌季”征稿活动中获奖。

郭辉近几年的写作让人感到惊喜，他的诗写观念和诗歌文本，似乎一直在证实一个诗人的创造力与年龄的增长成正比，他的诗题材多样，极有张力，越写越好。今年，他的组诗《飞雪寺》发表于《诗刊》5 月上半月刊，组诗《雪花笺》发表于《诗选刊》第 1 期，散文诗《石头记》（三章）刊于 7 月的《星星・散文诗》，另外，还有诗作刊发于《扬子江诗刊》第 3 期。

向未的 3 卷本、2 万多行的长诗《十二因缘》由南方出版传媒股份有限公司和花城出版社联合出版后，于 1 月 8 日在常德举办了作品研讨会，与会专家、学者对这部长诗给予了高度评价，草树评价道：“《十二因缘》是一部东方智慧的顿悟之诗。”向未的诗歌语言无论体现在短诗还是长诗上都隽永、灵动，读他的诗，读的是万物的枯荣和人间的悲欣。

陈惠芳这辆“新乡土诗派”的三驾马车之一还奔驰在路上，这么多年过去了，基本上是跑到哪里就写到哪里，乐此不疲。今年，他的《陈惠芳作品》获第七届栗山诗会中国诗人奖，组诗《清溪村》发表于《诗刊》4 月上半月刊，另有作品见于《诗刊》10 月下半月刊和《诗歌月刊》8 月号。

说到聂沛，我仍然会想起当年他的那首小长诗《下午是一条远逝的河》，仍然记得当时读这首诗时的快感。如今数十年过去，仍然能不断地读到他写的新作。他的小长诗《雨中秭归行》于今年 6 月获得《诗刊》

社举办的“第二届屈原诗歌奖创作奖”，其节选刊载于《诗刊》2022 年 9 月下半月刊。另外，他还有诗作在《诗潮》2 月号发表。

李春龙近几年来的诗歌大多以自己的出生地大兴村为抒写背景，他的诗集《我把世界分为村里与村外》获得湖南文学艺术奖文学类“青年文学奖”，另有诗歌发表于《诗刊》。

今年 9 月，《诗刊》上半月刊推出“第十三届青春回眸专号”，我省有三位诗人露面。谭克修发表代表作《蚂蚁雄兵》、新作《虎形山的冬天》和随笔《城市的本质和存在的线索》；张绍民发表代表作《夏夜美丽》、新作《根的舞会》和随笔《作品展示一个人另外的相貌》；方舟发表代表作《机器的乡愁》、新作《白鹭》和随笔《在南方以南行走，城市以及草木恩情》。其中，谭克修另有组诗《橘子洲》发表于《诗刊》2 月下半月刊，张绍民也有组诗《野生诗歌》发表于《诗潮》5 月号。

在笔者的印象当中，还有一些诗人也同样耀眼，不得不提。

马笑泉在早期是以诗歌为主的，后来把精力主要放在小说上，颇有建树，直到近两年才又开始关注诗歌。今年的《诗歌月刊》5 月号和《诗刊》2 月下半月刊都刊发了他的作品；近几年，刘起伦除了诗歌创作之外，还不时有中短篇小说问世。他的诗朴实、沉稳、有气度。他的《初冬的雾》（外一首）发表于 11 月的《星星・诗歌原创》，另有作品刊于《诗刊》1 月下半月刊；刘晓平将自己的生命体验融入大地，不断创作出新的作品，他的组诗《大地行吟》刊发于《人民文学》第 4 期，另有作品在《诗刊》3 月上半月刊发表；邓朝晖擅长在生活的日常中阐发诗意，有敏锐的视角和深刻的感悟。她的组诗《你不在的日子》发表于 3 月号《北京文学》（精彩阅读），《母亲的牡丹》（外一首）刊发于 2 月的《星星・诗歌原创》；田人创作的大型组诗《宋湖情史》给笔者留下了较为深刻的印象，他的诗重在一个“情”字，往往情到深处又能自然流露，让人沉浸其中。今年，他有作品刊于《扬子江诗刊》6 期；近两年，米祖除了在永州操持潇湘诗社之外，在创作上也突飞猛进。2022 年，她出版了诗集《与你慢度时光》，她的《米祖作品》获得第七届栗山诗会女诗人奖，并在永州举行了诗集分享会。另外，她还有作品分别发表在今年的《星星·诗歌原创》《诗歌月刊》和《诗刊》；陈颉一直是一个比较勤奋而沉静的诗人，他以自己的所在地为主要抒写对象，也在默默地为自己的诗写贮存能量。他的组诗《红枫是一座起落的城池》和组诗《等风吹》分别刊发于5月号《北京文学》（精彩阅读）和《诗潮》12月号，另有《茅岩河》（外一首）发表于《草堂》诗刊第3卷；被称为“老诗骨”的李不嫁不断有新作问世，他的诗歌总是通过对历史与现实的审视和拷问，直击人心。今年，他的诗发表于《诗选刊》第1期；甘建华除了诗歌创作外，一直致力于搜集、整理、编辑出版与地域相关的诗集和散文集。他的《甘建华地理诗选》由百花洲文艺出版社出版，还出版了由他主编的《洛夫纪念文集·诗歌卷》，并于7月9日在衡阳举行首发式暨诗作者朗诵会；林目清于11月由上海文艺出版社出版诗集《天空之下》。该诗集分上、中、下三集。他以一种“格物”的状态，更多地去关注身边所熟悉的事物，并通过诗歌语言与万物发生密切的关联，也通过审视人性、人与自然的关系，揭示世间万物生命一体化的本质；刘炳琪近几年的创作也由小说慢慢倾向于诗歌，他的诗分别刊于1月号的《诗潮》、8月的《星星·诗歌原创》和《诗歌月刊》9月号；聂泓的组诗《海南之南》在“2022首届海口新春文旅诗歌季”征稿活动中获奖。诗歌《记不清母亲年轻的样子》发表于《诗刊》8月下半月刊；叶菊如每年都有作品见于专业性诗歌刊物，她的诗既有女性的细腻也有身为检察官的理性，她的《杜甫墓地》发表于2022年《诗刊》1期下半月，《在白桦林》刊于2022年《诗刊》11期下半月；夏宏的诗个人特征十分鲜明，其文本有很强的魔幻现实色彩。今年，他的组诗《多重现实》刊发于《诗潮》10月号；陈旭明既是编辑也是诗人，诗如其人，他的散文诗细腻而厚重，今年，他的《行走九寨沟》和创作谈《累了，坐在河边发发呆》在5月的《星星·散文诗》重点栏目“读本”隆重推出。

湖南还有一支由高校老师和教授组成的诗歌创作和品鉴队伍。路云在大学教书之余，一直在跟自己较劲，也一直在跟诗歌较劲，这与他内心世界的丰盈有关。他的组诗《咸嘉湖志》获得“第七届卡丘·沃伦诗歌奖中国诗人奖”；程一身集写、译、评于一身，三方面都有很深的造诣，他今年出版的《读诗课》是一本难得的诗歌评论专著，他的组诗《程一身的诗》和诗歌评论《一身评诗》分别刊发于《诗潮》6月号和8月号，由他翻译的圣卢西亚诗人德里克·沃尔科特的《〈白鹭〉诗选》发表于《诗选刊》第5期“国际诗坛”栏目；吴投文也在写诗和评诗上同时发力，今年，他获第七届栗山诗会诗歌批评家奖，为《诗刊》3月上半月刊“每月新星”栏目推出的育邦的作品撰写专评《想象方式及其效应》，另外由他推荐的石世红的《舌尖上的月光》载10月《星星·诗歌理论》，他还在《诗潮》1月号和《诗刊》10月下半月刊发表了自己的诗歌作品；李作霖教授一直很关注诗坛，对提携后辈不遗余力，他于《诗刊》7月上半月刊为“每月新星”栏目推出的王峰的作品撰写专评《新的认知向度》；茉棉一边在高校教书育人一边进行诗歌创作，她的诗特征鲜明，隽永耐读，为人则十分低调；贺予飞近两年来势喜人，除了理论方面的研究之外，她的诗歌创作也越来越引人注目；胡建文则亦文亦武，这么多年，他一直坚守在诗歌的现场，今年他的诗获“2021年度中国儿童诗歌奖”；刘忠华近几年的创作比较活跃，他结集出版了诗集《对一条河流的仰望》，此诗集出版后进入书香力扬精品书单；徐蓓每年都有一定数量的作品问世，她的诗有一种温婉如玉的质地，耐读耐品。还有易彬、刘长华、杨厚均、刘创、王飞、刘芬、潘桂林、乐虹等，他们身在高校也心系诗歌，有的专注于诗歌方面的研究，有的从事诗歌方面的批评，有的在进行诗歌创作，都在自己所擅长的诗歌领域发光发热。

除此之外，刘羊、廖志理、欧阳斌、鲁丹、拾柴、海叶、苏启平、仲彦、罗耀霞、田瑛、刘舰平、王馨梓、梅苔儿、湘小妃、范朝阳、朱开见、吕本怀、杨拓夫、莫莫、胡平、吴群芝、马小车、徐正华、李群芳、乐虹、刘永涛、蒋双超、莫莫、石智安、周缶工、黄曙辉、向延波、袁碧蓉、何曲强、铎木、邓流沙、李红霞、唐曼等人的短诗或组诗分别刊发于《诗刊》《星星》《诗潮》《诗歌月刊》《草堂》《北京文学》等刊，在此不再赘述。

另外，叶梦、彭国梁、韦白、周石星、李少白、李冈、易清华、龙红年、蒋三立、高宏标、赵海洋、黄爱平、黄明祥、解、吴茂盛、陈敏华、谢小青、余海燕、庄庄、易安、汤凌、匡瓢、袁剑虹、方程、陈渡风、曾冬、李虹辉、周伟文、方雪梅、奉荣梅、菊女、袁姣素、余晔、王丽容、胡勇平、邓建华、江世炎、夏平艺、张一兵、谢午恒、谢蓄洪、汤集安、妙不可言、淹月、喻剑平、王丽君、朱继忠、李亚雄、胡雅婷、杨孟军、江星若、刘丙坤、胡剑英、沈祁士、楚子、秋实、李志高、独孤长沙、法卡山、吕宗林、楚狂人、莫溷、陈益群、宁乔、萧萧、天晴了、杨震、杨超群、芷青、丁小平、邱红燕、李小英、柴棚、刘跃儒、邹联安、楚子、李静民、凌小妃、谭清红、刘赤虹、董几何、杨亚杰、唐益红、毛一民、谢晓婷、陈小玲、张惠芬、龙向枚、宋庆莲、谭晓春、黄飞跃、刘冰鉴、刘双红、刘翼平、王敦权、南蛮、文紫湘、桑显瑛、王一武、吴山、盘子、唐常春、吴泽军、杨进汉、秦华、空格键、水柔、戚寞、许立君、丁恩义、楚天之云、卢旺兴、李祖新、张雪珊、熊烨、钟石山、车晓浩、唐志平、吴和君、素素、烟雨湘湘、刘超武、李红霞、谢正龙、谢乐勇、陈静、李定新、雨典、黄成玉、韩新卫、黄鸣凯、曾国辉、正行、黄鹂、李厚军、熊小英、甘晓群、吴敏、逆舟、郑石华、刺客、唐象阳、更夫、柳晓烟、梨汁汁、黄鹤、陈遗志、谭鹏飞、龚志华、李一红、柴棚、雄黄、钦丽群、小北、鲁絮、陈素凡、江左融、杨汉立、陈绪保、许百经、黄承智、朱爽生、侯体俊、王力黑，等等，虽然没有在上述这些刊物上看到他们的身影，但是他们的身影要么出现在别的报刊上，要么在默默地为诗歌提供助力，要么在积蓄能量潜心于各自的创作。鉴于笔者手头所掌握的资料有限，也不再一一评点。

二

“江山代有才人出”。近些年，湖南的青年诗人和一些刚崭露头角的新人成长得也非常迅速，他们中有的已成为湖南乃至全国诗坛的重要力量，未来不可限量。

雷晓宇是湖南青年诗人中的佼佼者，他的小长诗《薄雾》获“2021年度青花郎·人民文学奖”诗歌奖，授奖词这样评价他：“雷晓宇的诗歌最大的辨识度在于对日常与超现实想象的拿捏和统驭。”今年，他还有组诗《孤山行》《陶罐》分别刊发于《草堂》诗刊第3卷和《扬子江诗刊》1期，还有短诗发表于《诗歌月刊》8月号；青蓖既写小说也写诗歌，属于厚积薄发型，她的小说和诗歌都具有较强的辨识度，是湖南最值得期待的女诗人之一；玉珍在创作上则属于早熟型，能驾驭多种体裁。她的诗大气、内敛，具有一定的思想深度。她的《一切是天才而完美的》发于《诗刊》12期，《玉珍的诗》发于《作品》6期，另有诗作发表于《诗潮》9月号和12月号《北京文学》（精彩阅读）；康雪在诗歌写作上有着极高的天分，她有举重若轻的能力，平常事物到了她的笔下都会呈现出超乎寻常的诗意。今年，她的组诗《白鹭失去踪迹》在《诗潮》2月号“开卷力作”栏目重点推出，《当怀斯的手在阴影中移动》（外二首）刊于4月的《星星·诗歌原创》，还有作品刊发于《诗刊》4月下半月刊、《诗潮》9月号和12月号《北京文学》（精彩阅读）；梁书正、刘娜、也人于今年共同参加了《诗刊》社第38届“青春诗会”，《诗刊》12月上半月刊“第38届青春诗会专号”发表了梁书正的组诗《大地》和随笔《人世间》，刘娜发表了组诗《另外的炊烟》和随笔《存在与感召》，也人发表了组诗《花期》和随笔《山水情怀》，他还有作品发表于《诗刊》6月下半月刊和6月的《星星·诗歌原创》；衡阳青年女诗人朱弦刚崭露头角就引起关注，她的诗总能在自然中找到与人的内心相对应的意象和路径，别致而灵动，本年度她的组诗《雪上行》刊于3月的《星星·诗歌原创》，《诗刊》10月下半月刊在其重点栏目“双子星座”推出她的组诗《初雪》和随笔《诗歌是心灵的庇护所》，她的散文诗《蒸阳景象》（二章）载10月《星星·散文诗》；胡小白也是近两年才进入笔者的视野，她的诗开合自如，张弛有度，大气而又不失灵动。今年她的诗歌发表于《十月》第十一届“十月诗会”青年诗人作品选；从沅江突然冒出来的女诗人一江让人眼前一亮，她的诗自带锋芒，其组诗

《刀》发表于7月的《星星·诗歌原创》，另有短诗《篝火》和《无题》发表于《十月》第6期；胡鲲是一位很敏感的诗人，他的诗往往通过对自然的抒写找到情绪释放的出口，他的《胡鲲作品》获第七届栗山诗会新锐诗人奖，并有作品发表于《诗选刊》第9期；隆世滢也是刚冒出来的一位新秀，大学毕业后刚参加工作不久，他的诗作无论是取材还是视角都非常独特，语言讲究，不乏深思，受学院派的影响却又不拘泥于此，今年他出版了自印诗集《悬倒是我》；王琛现在在英国求学，小小年纪就展现出不俗的实力。他的小长诗《北桥新村的重构》（节选）刊于9月的《星星·诗歌原创》；李小今也是最近冒出来的诗歌新人，她写诗的时间很短，起点却不低。今年3月的《星星·诗歌原创》发表了她的处女作《冻米巷》。在由《诗刊》社、快手、中国作家网和中国诗歌网联合主办的“春天送你一首诗”朗诵作品征集活动中，她用短诗《春日》做成的朗诵视频获得人气奖；这一年，汤红辉在诗歌创作上比较活跃，他还是一些重要诗歌活动的策划者和组织者。他的组诗《橘子苦涩》发表于《诗选刊》第10期，还有作品分别刊发于《诗刊》6月上半月刊和《扬子江诗刊》2期。另外，胡了了的组诗《剃刀咏》发表于《扬子江诗刊》5期“新星座”栏目；冯祉艾在《草堂》诗刊发表诗评《生活与诗歌的交织》；余艳萍的作品发表于《诗刊》3月下半月刊；曾跃红的作品发表于2月的《星星·诗歌原创》；窗外的诗歌《梯子》刊发于《诗刊》3月下半月刊；吴湘岩的《夜读》（外一首）刊于《星星·诗歌原创》2022年增刊第1期，《明月颂》（四章）刊于《星星·散文诗》2022年第8期；一梅的《苦楝树》发表于12月的《星星·诗歌原创》；黄成玉的组章《短歌》刊于6月的《星星·散文诗》，他还有散文诗发于《诗潮》8月号；苏启平的散文诗组章《与水稻有关的记忆》载10月《星星·散文诗》；邵孝文的散文诗组章《那些经常使用的动词》刊于9月的《星星·散文诗》；焱引的散文诗组章《爱在》刊发于8月的《星星·散文诗》；元宝的散文诗《岁月是一指流沙》（三章）刊于5月的《星星·散文诗》；肖和元的散文诗《携一窗暖阳》（外一章）刊于1月的《星星·散文诗》；倪美群的《母亲送我过河》发表于2022年1月14日《人民日报》海外版；吴群芝诗歌《禾滩侗寨（外一首）》发表于《民族文学》2022 年第 2 期；值得一提的是，青年女诗人黄腾飞还是一位在校的大学生，她的诗对人间冷暖有超越其年龄的认知，作品质量也非常稳定。

在出版方面，熊芳的诗集《玫瑰的眼睛》由南方出版集团和广东人民出版社出版；央央的诗集《试图表达》由广东旅游出版社出版；株洲诗人林晚同爱情诗集《只因有了你》由线装书局出版；邵阳诗人刘艾清的散文诗集《穿过季节》由团结出版社出版；怀化诗人肖评的诗集《浮现》由中国书籍出版社（北京）出版。

本年度除了上述提到的青年诗人外，蒋乌、马迟迟、尹祺圣、王铁韬、陈丹、谢亭亭、范果、丁琪、吴彪焕、范献任、周廖玲、芳草、聂磊、邹莹、刘兰岚、龙儿、小猪、衣巫虞、夏夏、王蕾、黄晶晶、夏雪、小不、陈建明、杨柳、青眉、亦筌、在在、王子健等也在暗中发力，他们的创作同样值得期待。

三

省外的湘籍诗人一直以来都比较活跃。他们中有的是诗歌刊物的主编，有的是诗歌活动的组织者，有的擅长于驾驭各种文体。他们对诗歌所葆有的热情从未退却，每年都会有相当数量的诗歌作品问世。

《诗刊》主编李少君一直是诗坛的焦点人物，除了诗歌创作之外，他的有关诗学主张方面的文章也格外引人关注；周瑟瑟既是一位高产的诗人，也是诗歌的推动者。11 月 6 日，由他创立的栗山诗歌奖在长沙举行第七届颁奖活动，200 多万人在线观看。11 月 27 日，周瑟瑟在深圳南山区金台创业园举办“在当代诗歌与先锋文学之间写作”的讲座中担任主讲嘉宾，他认为“写作是生命的狂欢”。他的组诗《倦鸟像一群没谱的孩子》《明亮的一天》《一座语言的发酵厂》分别刊发于《草堂》诗刊第 12 卷、《诗潮》9 月号和《诗选刊》第 7 期；在湖南 70 后诗人和作家当中，远人的博学多才加上常人所不及的勤奋，体现在他创作的质量和数量上都是有目共睹，他每年以出版四、五本书的速度在成就自己的创作。今年，他的新书《寻找光明记忆·岁月祠堂》和词集《愿换一江明月》已出版发行，另有《应是飞鸿——苏东坡的诗旅人生》即将出版。他的诗歌创作就如同一条流淌的河流，自然、包容、开阔，又有属于自己的纵深和远方；舒丹丹是诗人翻译家，她翻译的卡佛和拉金等外国诗人的作品已深受读者和诗人们的好评，她自己在诗歌创作上的造诣也比较深厚，今年，《诗刊》5 月上半月"每月诗星"重点推出她的组诗《树木怎样交谈》，并配发评论家刘波的专评《在与万物的对话中召唤隐秘的诗意》；师飞持续在《散文诗》开设"师飞荐书"专栏。在我对他有限的了解中，师飞是青年诗人当中少有的具有哲学思维和一定思想深度的优秀诗人，今年，他的组诗《从我的窗口》发表于《诗刊》2 月下半月刊；文西也是青年女诗人中的佼佼者，擅长于多种文体，她的诗歌《三哭》（六首）获第一届"任洪渊诗歌奖·青年诗人奖"，她的组诗《时间的颤音》和组诗《早餐插曲》分别刊发于《诗潮》4 月号和《扬子江诗刊》6 期；张翔武给笔者的印象是沉稳如磐石，他一直在诗歌的现场又好像与诗坛没什么关系，是一位在寂静中默默打磨自己的诗人。他的组诗《山地生灵觅食图》和随笔《在时间的河流中乘船旅行》发表于《诗歌月刊》12 月号头条"独秀"栏目，《鸥群中的苍鹭》（外一首）刊于5 月的《星星·诗歌原创》，另有《离乡的人们》（外一首）刊于《草堂》诗刊第 9 卷；李立今年出版长诗集《深圳叙事》，作为"环中国大陆边境线自驾行吟第一人"，他近几年的创作大多与自己的游历紧密相关，他还有短诗刊发于《诗潮》1 月号；今年 7 月，湖南锈才的诗歌《月光，穷人的利息》被《北京文学》评为 2021 年度诗歌类优秀作品；另外，诗人、翻译家雷武铃在《诗歌月刊》11 月号发表诗话文章《随时间而来的智慧》；太阿的《观山湖》（三首）发表于《草堂》诗刊第 3 卷，还有短诗发表于《诗刊》7 月下半月刊；严彬的《旅途》（外一首）刊发于《草堂》诗刊第 5 卷；罗小凤于《诗刊》8 月上半月刊发表诗学文章《感觉盛宴的建构》；唐朝晖的散文诗组章《我们在姚庄的日常生活，之嘉善田歌》发表于 11 月《星星·散文诗》，另有《她的寂照》刊于《诗刊》7 月下半月刊推出的"散文诗专辑"；流泉的《金村记》（外一首）载于 10 月的

《星星·诗歌原创》，另《扬子江诗刊》4 期和《诗歌月刊》也发表了他的诗作；鲁橹的组诗《十面埋伏》发表于《诗选刊》第 3 期“女诗人”专号；老刀的组诗《老刀的诗》刊于《诗潮》8 月号；笨水的组诗《白荷为师》发于《诗潮》5 月号；宋志刚的《写作》（外一首）发表于7 月的《星星·诗歌原创》；谢湘南的组诗发表于《诗潮》3 月号；蓝紫的作品发表于《诗刊》4 月下半月刊；龙扬志的作品发表于《诗刊》8 月下半月刊；叶耳有诗作刊发于《扬子江诗刊》1 期。

除了上面提到的诗人，还有马萧萧、横、鲁橹、叙灵、海啸、冷阳、蒋志武、易翔、王唯、胡游、江湖海、李晃、郑德宏、云飞扬、郝小峰、袁叙田、彭海波、杨伯悦，等等，他们散布在全国各地，无论是在各自的事业上还是创作上，都有一片属于自己的天地。

湖南诗人的骨子里或多或少都承续了楚文化的基因和敢为人先的湖湘精神，他们的创作相对独立而又各具异彩，总体上所呈现的是一种斑斓的诗歌景观。

四

2022 年，国内各大期刊相继推出一些小的专辑，湖南诗人备受关注。

《诗刊》4 月下半月刊推出“湖南青年诗人小辑”，同期的《诗歌月刊》也推出“湖南红丘陵诗社作品小辑”。《诗选刊》11—12 期出版的“当代诗坛：全国文学内刊诗选”，湖南入选的诗人有梁书正、陈颉、向延波、袁碧蓉、吴群芝、刘大程、黎凛、梅苔儿等。另外，《诗刊》公众号推出“湖南乡土诗歌选”上、中、下三辑和“湖南新时代散文诗选”上、下两辑，集中推出湖南诗人的新诗和散文诗佳作；《散文诗》于11—12 期合刊上推出“‘人社情，人民心’全国著名诗人、作家走进益阳人社采风作品选”专辑，其中刊发了梁尔源、陈惠芳、鲁丹、吴茂盛、舒放等十余位湖南诗人的佳作。

本年度，湖南的民刊仍在坚守着自己的阵地，邓如如以一人之力主编的《湖南诗歌》已出满 11 期，由衡阳市迴雁诗社主办的《湖南诗人》

和黎凛主编的《中国风诗刊》仍然以大容量主推湖南诗人的诗歌作品，他们这份对诗歌的坚守令人称道不已。

除了民刊，湖南各地兴起的诗群都在以自己的方式为湖南诗歌群体凝聚有生力量，如：蓝墨水上游诗群、二里半诗群、浏阳河西岸诗群、新湘派诗群、潇湘诗社、迴雁诗社、三度诗社等。这些诗群的人员相对比较固定，有的具有鲜明的地域色彩，有的则基于共同的创作理念而走到一起，从而形成一股强大的合力。

另外，这一年湖南诗坛有些活动也颇引人关注。

1 月 8 日，“今我来诗，在河之洲”新年诗会在乐之书店举行，张战、草树携新书分享诗歌之美；7 月 29 日，汨罗市诗歌学会举行成立大会，选举产生了第一届领导班子，会长由韩新卫担任，曾国辉、黄鸣凯、黄鹂、郑雄、余卫勇为副会长，周巍任秘书长；8 月 19 日，《诗刊》社第 38 届青春诗会在衡阳市石鼓书院举行；9 月 9 日，有“湖南省诗歌强市”之称的邵东市举办“喜迎二十大 · 放歌新时代”中秋音乐诗会，这已是该市连续举办的第七届中秋音乐诗会，共有来自中国诗歌学会、《诗刊》社、湖南省作家协会、湖南省诗歌学会以及全国各地诗歌爱好者 1000 余人参加；9 月 12 日，由易清华、李不嫁、张一兵精心策划的湖南、湖北两地诗人“重返稻田”活动在长沙濯梦园举行，湖北诗人和湖南诗人共 30 余人参加。诗人们在重温稻田之余，也写出了一批较高质量的诗作；10 月，湖南电台音乐之声 FM89.3 特别策划《诗意湖南》开播，胡丘陵、欧阳白、张战、草树、黄明祥、陈惠芳、方雪梅、贺予飞等诗人接受记者周小媚的专访，他们所朗诵的作品被拍摄成视频或制作成音频分别在电台和网络媒体上推送，引起社会的广泛关注；11 月 6 日，二里半诗群成员到袁家岭中央文化区调研并举行座谈，共寻芙蓉文化产业发展的诗与远方。

2022 年，湖南省诗歌学会在省作协、省民政厅的关怀和指导下，始终坚持正确导向，学会的各项工作得以顺利展开，尤其是公众号改版后，陆续推出了“学会资讯”“湘诗百年”“名家新作”“诗坛湘军”“汉诗英译”“会员诗选”“童诗大会”等重要栏目，还不定期推出了周实、吴昕孺、草树、远人、萧逸帆等诗人的专栏，成为湖南诗人发表作品的重要阵地。另外，《2021 湖南诗歌年选》的出版也受到广大会员的好评。

2023 年已经到来，希望在新的一年里疫情的阴霾尽散，诗歌湘军在创作上再续辉煌，写下更为浓墨重彩的一笔。

（梦天岚）

2022 年度湖南散文创作综述

2022 年，文学湘军在新时代的历史格局中赓续湖湘精神，从 2021 年的乡土回望、自然生态、人性探索中更新传统、接力优良、思考生命；以时代变迁、历史见证、生活日常等方面体验人类与自然的生命观照、社会进程的发展等现状；在历史语境下体察万物生灵的喜怒哀乐、爱恨情愁，呈现湖湘文化的历史态势与话语体系。这种丰富多元的时代格局构建出湖南散文的根底与宏阔气象，他们在个体经验中跨越时空、探索未来、追溯往事，从容、理性、碰撞、交融，抵达有效的文明叙事。

2022 年，是湖南散文具有重要意义的一年。文学湘军勠力同心，扎根生活，砥砺前行，不负时代，创作了大批精品力作，获得了多项荣誉。沈念的散文集《大湖消息》首次荣膺鲁迅文学奖（散文杂文类）奖项，为湖南散文创作奠定了历史性的里程碑，这一重大突破，引领着湖湘散文高地，创下最新的历史辉煌。赵燕飞的《来，我们来玩跑得快》获第四届三毛散文奖；叶梦的《百手联弹》、刘诚龙的《回家地图》、秦羽墨的《通鸟语的人》获得第二届湖南文艺奖、青年文学奖；在中共湖南省委宣传部主办的“青山碧水新湖南”文艺创作征稿活动中，谭谈的《雨雾之中看天湖》、梁瑞郴的《湖光山色大草原》、水运宪的《话说洞庭湖》、叶梦的《福村》、蔡测海的《从洞庭湖到长江》、姜贻斌的《麋鹿记》获特别奖，沈念的《大湖消息》获长篇散文一等奖，张远文的《河流在人间》、肖辉跃的《醒来的河流》获长篇散文三等奖，谈雅丽的《河流上潇湘：四水溯源》获中篇作品二等奖，赵燕飞的《也是你的完美生活》获短篇作品一等奖，杨凌的《苗寨的香格里拉》获短篇作品二等奖，谢宗玉的《云上的日子》获短篇作品三等奖。在四川省散文学会举办的第四届“四川散文奖”活动中，张雄文的《月挂眉山》获单篇散文奖，王亚的《明月前身》获第二届“教师文学奖”散文奖等。这些作品紧贴时代脉搏，聚焦生命感悟，体悟情感交融，集文学性、历史性、思想性、主题性于一体，折射出不同凡俗的历史光芒。

一、湖湘特征下的审美路径与思想融合

在社会历史进程的发展中，随着城乡二元对立的加剧、乡土的凋敝、观念的转换、钢筋水泥的进军，乡土叙事在乡村被城市覆盖的节奏中逐渐淡出人们的视野，隐入尘烟。于此，社会环境进入另一种价值追寻，自然与生态、人类与环境、生命与思考、历史与文化等等渐次呈现各种状态。在时代前行的大命题下，作家们的使命担当、文化坚持是一剂社会良药，在意识时空中给心灵一隅安放、给精神一次洗礼，亦是迫切需要。

2022 年，在创作氛围的整体态势下，湖南散文集的出版呈现一定的历史景观，在关注精神延续、探寻心灵密语、更新生活日常中占据一方天地，给人们留下深刻的生命轨迹与时代印记。

沈念的散文集《大湖消息》以“自然”之眼关注人类与环境的物事变迁，唱出一曲呼吁人们保护环境生态、共同营造人与自然的美好家园、深度剖析人性与时代命运的“多声部”之作。从某种意义上说，《大湖消息》唱出的是作者对人生的态度与追求，是对当下生态环境保护的一种热切的呼吁，写出了人类命运共同体的担当与责任，体现了作者广阔的境界与深刻的悲悯情怀。谭谈的《奔跑的山寨》是纪实散文。所写之人、所道之事、所说之地，是当下时代的真实记录。收集了 91 篇精选散文，真实地记录了作者近年间行走山乡大地，亲身体验与感受党的乡村振兴战略，书写新时代下中国农村的时代巨变。文笔质朴无华，情感真挚，语言干练，现场感强。书中所见所闻所思所感紧跟时代步伐，多方位多

维度地体现时代风貌与人民生活的品质，具有鲜明的文学品质与鲜活的时代印记，是为时代、为人民而歌的精品力作。王开林的散文集《湖南人的境界》“以人为经、以文化为纬”，讲述了2000年来的100余位湖南历史人物，深刻阐释湖湘文化的精神文明。以哲学家冯友兰先生“人的四重境界”（自然境界、功利境界、道德境界、天地境界）为思想契机，溯古通今，跨越时空，描摹了不同时代不同特质的湖南人。文本底蕴深厚，文笔练达，以正史为准绳，不夸张、不矫饰，人物体现活灵活现；文本构思严谨，匠心独运，妙趣横生，启人心智，带给人们历史与文化、生活与现实的多重思考。刘克邦的散文集《太阳花开》则另有创意，以“人”“景”“事”分为三章，分别体现人的真诚、景的美好、事的特殊。刘克邦写人叙事注重真实与情感的联动，突出淳朴、细致、真挚的细节需要，以情动人、以心感人、以己渡人；写景抒情亦有其独到的发现与心灵呓语，让人流连其中，不忍归去。

罗长江的《美丽千古的约会》是一部文字版的张家界大峰林交响乐。其将地质学、天文学、生物学、人类学、美学、风土志、民间艺术等糅融于诗性的书写，彰显了浩然大气的文学品质。细品之下，有一种站在自然、人生、历史的节点爆发而出的穿透力和俯瞰感。文本构思恢弘，意境灵动，诗情浓郁，饱含哲思，给生态散文的写作路径提供了一种互动共融的诗性氛围。丘脊梁的散文集《一条河流的走向》吸纳了丰富多样的人生体验与生活阅历。在乡村和城市间行走，融入社会、历史、地理、文化等视野的探究。也许，当人生进入不惑之年，更能体现一种豁达、沉静、干练的气质。这些思想的汇合交融，从某种意义上呈现出一条人生的河流，那经岁月沉淀的灵光，隽永真挚，余韵悠长。

秦羽墨的散文集《我在今生》以诗性的语言微观世界，体味人情冷暖；跨越时空，以理性的笔触体现历史表情。文笔深沉，融情入理，以寓言式的叙述，呈现撕裂的疼痛，以及城乡转变中的时代尴尬。其悲天悯人的情怀体现出人性的微光，在阳光照耀的地方，苦难与诗意并存，城市和乡村互为参照，理想与现实隐入光芒。张觅的散文集《小园香径：小镇姑娘的草木时光》是城乡之外的某种社会交集，以故乡的草木为媒，讲述沉淀在时光中的童年往事。草木、自然是她生命里收藏欢喜与忧愁的密钥，从自然的花草能窥见亲情、友情、乡情。这个吐故纳新、默守岁月的湘北小镇，是家的方向，是心灵的寄托，那里草木犹在，馨香远溢，未来可期。

魏佳敏的《云上的年轮》是一部书写瑶族村落风物的散文集，作者以充满哲思和诗意的语言抒写云上瑶山的器具风物与民俗风情，文思悠长，情绪饱满，地域文化色彩浓郁，描述了神秘而梦幻般的瑶族生活，展示了一个古老民族独特的人文之美。在古代，节庆是沟通天人、自然、先祖的一种神秘方式，它浸润着人们最原始的情感、信念和人生态度。黄孝纪的散文集《节庆里的故乡》是继旧器物、食单、农事主题之后，重点关注乡村节庆习俗的又一力作。全书按照时间顺序，从大年初一拜年到年尾的除夕，围绕着婚丧嫁娶、生老病死、日常伦理，以散文的方式讲述作者故乡春、夏、秋、冬四季的四十种乡村重要节庆习俗，真实地再现了传统农耕生活的喜怒哀乐、习俗传承，留存了一段宝贵的乡土记忆。在乡村，世世代代的农人为了生产和生活，创造了许许多多的老家什，它们是一方乡土的宝贵财富，更见证了文明的传承、岁月的流转、人世的更替。在《老家什》这本书中，黄孝纪仍以故乡为样本，选取了乡村常见的60余件老家什为写作主角，按照其使用功能，分为劳作、炊饮、起居、村俗、公用五辑，对老家什进行了全面而系统、细腻而深情的描述，讲述它们背后的那乡、那人，还有那纯朴而温暖的故事。岁月流逝，那些过去与人们朝夕相伴的老家什正逐渐退出历史舞台，蛰伏于记忆的深处。当我们有机会再次看到它们，一种既新奇又温暖的感觉便会油然而生。刘明的《追寻沈从文的足迹》以行走的姿态，追踪沈从文的足迹与往事。文本以沈从文的作品和书信为资料线索，同时关注同时期的历史事件和人物，记录了沈从文的文学之路与行走。作者既追忆历史，更关注当下和思索未来，以笔录写实，给人一种特别的享受。

二、追溯历史，呈现生命思考

2022 年，湖南散文在梳理历史风物、融合思想文化上呈现出湖湘特征的经验探索，底蕴深厚，思路开阔，在美学意蕴、审美旨趣上有一定的拓展与延伸，以贯穿之力抵达有效的话语体系。

王跃文的《香炉记》（外一篇）讲述了儿时对香炉的隐约记忆，而奶奶经常焚香的那个神龛下的香炉却突然被人抄走了。不管它值钱不值钱，是不是宣德炉，香炉焚香是老祖宗传承下来的一种意念生活，也许，宝贝的不是那个颇具年代的香炉，而是那种能寄托心灵慰藉的方式罢了。《襄阳隐士》则在历史的烟尘中追寻古人踪迹，襄阳历史上多有能隐而不隐的高士，他们的侠义之气与悲天悯人的家国情怀决定了他们的思想高度、襟怀风骨。作者文随心意，信手拈来，文思悠长，更具古风雅意。

梁瑞郴的《曲靖二宝》由颜真卿和王羲之的书法探讨进而转至文学立场，作者以历史的视角深刻阐释了云南曲靖闻名遐迩的《爨龙颜碑》与秦始皇举全国之力打通的中国历史上第一条川滇交通要道“五尺道”。文本纵横捭阖，交织历史烟云，在时空漫溯中呈现中国文化璀璨的历史光芒。沈念的《照见光芒》以李庄的历史年轮契合时间，在新旧交替的光影流连中呈现李庄的千年历史与文化脉络。那些时光里的人们，默守过往的建筑，因静而动，自带光芒。作者文笔诗意，意蕴绵长，集思想碰撞与心灵感悟于一体，唤醒真实的时光。谢宗玉的散文风格有所调整，在乡土叙事的高潮之后，逐渐转换视角，在历史文化的思想挖掘上呈现波澜之势。

《一个背着赞美诗上路的狂僧》叙写了怀素在书法道路上的一波三折，以及背负盛名的种种人生际遇。譬如怀素与李白的相遇耐人寻味，值得考究。作者行文恣意洒脱，诙谐有趣，穿越时空，仿与古人沏茶而坐，娓娓道来，古人千古事，尽在挥毫中。而《被误读的永州》以一条文化的河流道尽永州的历史底蕴与地理特征。所谓“湘水东流，文化西去”，潇湘意蕴留给后人一条永久的探寻之路。《江南江北，尽是潇湘意象》则从“潇湘八景”联想出发，以潇湘意象及文化诠释《潇湘八景图》之精髓，精妙贴切，恰到好处，给博大精深的潇湘文化留下了无限的想象空间与可能。谢宗玉的永州三题，从历史考究到书法溯源，再到《潇湘八景图》，凸显了湖湘文化的地理特征及丰富内涵，更为可贵的是其在史料的贯穿中，博古通今，旁征博引，融合情感，给人以亲临现场之感。从散文写作风格上审视，历史与文化的融合共鸣是其风格转换的一大特色，引人关注，令人期待。

石川的《难忘的桌山》以质朴无华的文笔讲述了开普敦桌山的山形山貌。这座位于非洲最南端、大陆最边缘、海洋最靠岸的山体是简单的、洒脱的，有着干脆的挺拔、从容的坐姿，它的陡峭与奇险让人们过目不忘，而触动作者心灵的却是大山稳健的根基，并非刺激的快感。简单的桌山有着深厚的自然与历史底蕴，赋予人们前行的生活勇气与力量。在作者文思泉涌的笔端，予人丰富的联想、深切的思考。秦羽墨的《在平原》延续了他以往的痛感、犀利、沉郁的风格，在个体经验之上开枝散叶，深入肌理向内扩展，以绵密、细微、饱含张力的细节与语言直抵灵魂。探究了乡村伦理变迁中人性的迷失与挣扎，凸显了可贵的文学品质，充满了精神内核，予人深思。邓跃东的《斯万家那边的风景》以周克希先生的选择为情感纽带，联袂斯万家那边的风景，由书及人，感念抒怀，摆渡灵魂。文本立意新颖，构思精巧，承转起合，情理相生，给人以碰撞心灵的震撼之力。文中人物琴瑟和鸣的共情共融，激活了岁月往事，带给人们时空跨越的另类享受。

王亚的《饮馔书》是将古代饮馔与现代美食结合的一组美文。作者立意巧妙，文思新颖，运气行文，梳理与接续古典与现代美食文化的脉络，以简约有力的语言擦拭温存之旧气，向阳而生，幽光可喜。周万水的《石头和夜一样空旷》书写了关于高庙文化遗址和那些石器、白陶的故事，从而证明远古的沅水流域曾是人类的摇篮。作者穿越时空，与旷野和河流对话，探寻神秘的高庙遗址，贯穿历史和现代意识，意象丰沛，垂询大地，倾听远古之幽思，颇具哲性思考与放达诗意。李少岩的《一城山水》展现沅水河畔浑然天成的奇美景观。作者字里行间无不浸染着湘西山水的灵气与神秘。在时光中追溯那些老巷道、老物件和斑驳的古墙，品味历史沉积与发酵的醇美气息，恍惚之间，于一城山水，承载起岁月的回响，令人迷醉。

张强勇的《生长在老宅里的树》用心用情叙述了祖孙三代与树的情缘，在绵密的生活肌理中呈现人与树的情感轨迹，那些根与叶的情意永恒在岁月的长河里。文本注重生活细节，抒写有声有色，情感丰沛，富含哲思。寄寓了树能承载一种乡愁，更是一种积极向上的生活态度。舒维秀的《去白水滩寻旧石器》讲述了沅水上游支流舞水河岸，人类先祖逐水草而居，繁衍生息。在新晃白水滩附近，仍可寻见先祖遗下的旧石器。作者有条不紊地切入生活肌理，佐入史料，展示中华民族源远流长、筚路蓝缕的悠久历史，留给我们简约的时代记忆。

三、以生活日常体察人间烟火，探析生命之流

散文叙事在新乡土的困境中追寻着时代前行的脚步，“乡土主流”的渐缓与慢速转型，让乡村记忆产生多重隔膜，故乡母题的氛围也日渐淡出人们的视野，乡土凋敝，故园不再，这与乡村被城市覆盖的节奏有着紧密的联系。在散文创作的道路上，作家们对写人叙事、触发心灵，仍然保持着难舍难分的情愫。

谭谈的《有一个朋友在山西》追忆了20世纪七八十年代与山西作家王东满相识相遇的往昔。文人写文人，各有其进入的技巧与方式，作者行文练达，情感真挚朴素，生发自然，以平实的口吻抵达心灵，深切缅怀已故友人，尾声中作者回到现实，眼望湘江滚滚而去，无语凝噎，令人潸然泪下。《不留遗憾在人间》亦是怀念与文友吴中心的文学交往。作者与他因文学相识，因作品相知，用心关注其在文学路上的成长，并提供热心的帮助。然物是人非，友人不再，作者回首往事，痛心不已。吴中心一生痴迷文学，留下著作未能出版，作者奔走呼吁，终于得以出版，不留遗憾，作者文心不老，宅心仁厚，令人动容。

刘克邦的《难忘的旅途》叙述小人物的热心肠之陈年旧事，以质朴

无华的文字写人叙事，取材与视角精心剪裁，擅于在庸常的生活河流中打捞真情，突出人物形象，以小处见精神，彰显可贵的人物情操，令人动容。《斯人如虹》同样是写人叙事，字里行间却饱含深情。作者真实地记录了与肖念涛文友加同事的那段珍贵的过往，文本情思饱满，娓娓道来，由人及物，触景生情；叙事沉稳从容，缅怀友人，以细节感人，以情动人，给人烙下深刻印记。

孟大鸣的《电影往事》讲述了20世纪80年代初电影在人们生活中的情趣与享受。以“我”的朋友南和苏姑娘因看电影结缘的故事为引线，串联出一个精神生活平泛的年代，在时代氛围的浸染下，看电影成了年轻人的精神盛宴。作者以简练而达观的文笔呈现了一代人有一代人的氛围，一代人有一代人的追求与价值。凌鹰的《芭蕉花》通过一丛芭蕉树下的童年记趣，回味往事，赋活像芭蕉一样纯美的童年生活。那朵正在绽放的芭蕉花，鲜艳美丽，仿若我们最早最美最纯的美好童年。芭蕉花作为一种人生意象，象征着我们的多味生活与充满朝气的人生未来。

周缶工的《读书与喂猪》讲述了浏北一带在时代环境的制约下，追忆当年读书与喂猪是人们笑谈“养崽不读书，不如喂只猪”的社会时尚，生动地反映了那个年代物质与文明的对立与内里联系。文笔朴实，观察细微，深入生活，呈现了那个年代劳动人民的真实生活和价值观念的思考模式。而《微雨燕双飞》则以诗意的笔触描摹了乡村一景。屋场人管云上雨叫“一线雨”，当云上雨来去匆匆，太阳雨就在此刻发生，田野里燕子翻飞，紫云英长势正好，农人在劳作，小孩在撒野。村民惯常的生活正如一种烟雨人生，静默而悄然，美好又动情。

江月卫的《点赞》讲述了现时代下与现实生活紧密相连的一种生活情趣——点赞。然每个人有不同的生活圈子，有人喜欢发朋友圈、求点赞，成为一种生活常态。有人忙于生活，无暇围着手机转，有人偶尔为之。如此种种，却带给人们种种的情绪困扰，为一个点赞，疲于应对，甚至得罪人，生活也变得复杂起来。作者取材生活，反映出真实的社会常态，留下生活思考。王爱的散文擅长以痛感体验呈现生活中另类的生命感悟。《呼救者》《劫掠者》《治疗术》挖掘了一些边缘人被遮蔽的命运和凉薄人生，以生活在场的视角体验人生的悲喜与伤痛。为了填补生命中的遗憾和空缺，这群人依仗着自身本能，在营造的幻境中努力生存，却集体走在一条偏离世俗轨迹的人生道路上。而这种无意中引发的另类自救恰恰承受着失败，遭受着嘲弄。他们无法自主选择，也发不出有效的声音为自己呼救，最终因命运的惊悸之痛而被劫掠。作者文思深刻，立意新颖，在构建痛感叙事中体现了非同一般的审美能力与灵性才气。

申瑞瑾的《两丫坪往事》以细腻动情的笔触叙述了因两条小河在谷地里交汇成“丫”，因而得名“两丫坪”。这是作者参加工作的第一站，在绵延起伏的雪峰山，那个叫“两丫坪”的地方留下的是一个时代的青春年华，以及被时代洪流裹挟着前行与消逝的酸甜苦辣的多味人生。杜华的《小镇裁缝》讲述了湘江边上的工业小镇上一位对服装工艺精益求精的老裁缝的故事。笔调缓慢而忧伤，饱含真情，尤其是作者童年时期在老裁缝家“偷师学艺”的往事令人难以忘怀。袁师傅作为手艺人的“憨”与“慢”令人着迷，而如今的小镇上，再也没有了“袁裁缝”。唐树清的《榆树湾的灯火》描摹了榆树湾这个边陲小镇的繁衍生息，这是沈从文当年弃武从文的地方，被埋在了满城灯火辉煌里。随着火车而来的形形色色的人流，穿梭在万家灯火之中。娟和燕顺着铁轨寻梦而来，这满城的灯火照亮着寻梦者前行的陌路。三年疫情，很多人离开了，燕走了；也有很多人坚守着梦想，娟留下来了，为这个城市的夜空守望着温暖的灯火。

周万水的《被一片树叶砸中》是一种关于落叶的思考。大千世界，芸芸众生，人们的生活总与社会或者万物发生千丝万缕的联系。而生活在树下，也许会获得另一种不同的生命体验。作者的思绪缘于多年前夹在书中的一片三角枫，以丰沛的意象、富有质感的诗意语言，表达复杂丰富的情感，感悟生命真谛。文本叙述详尽，富含哲思。唐星火的《苗岭神泉》讲述了古井在现实生活中度过了苦难、艰难的岁月，亦承载着祖辈传统的寄托与愿望。文本以憧憬与现实映衬，以严谨的思维构建了普通苗岭人家在古井边真实的生活脉络。古井的神奇究竟在于拭去浮尘显露的印记，还是时代赋予的变迁？值得人们思考。谢德才的《上洞街的鸭》讲述了作者两次去上洞街的见闻与感悟。上洞街的鸭能歌善舞，欢乐无比，给人以想象。文本构思巧妙，文笔朴实，人物刻画细腻传神。作者以真实的生活感悟生发，介入情感体验，为生活而艺术，为真实而歌舞，给人以另类的精神享受。汪桂玲的《今天你有没有哭》以沅江中游北岸的人们悲欢离合的生活为视角，追寻码头的情思与断想。岁月流逝，亲人相继离去，码头日渐荒凉。串联起那个哭泣的小孩背影、码头、吊脚楼、学校、远去的人和事、时光与河流，留下了太多沉潜的往事与情感，令人百感交集。

四、纵情日月山河，洞察时代印记

时光如水，岁月不居。日月与山川，总与时光同在，然星移斗转，沧海桑田，春风大地，在时代前行的车轮中滚滚向前。2022 年，文学湘军紧跟时代步伐，书写人民心声，以主题写作展现时代之变、新风新貌，在个体经验中体察生命之流、物事变迁，于日常细微的交集中感悟人生之悲欢与喜乐，折射出新时代下的时代风貌与历史存证，其或细微或绵长的熠熠光芒升华着湖湘文明，照亮岁月与大地。

马笑泉的《阿坝行》在高原反应中体验雪的涌动与温情，给人特别的感受。雪的表情丰富多样，也许并不局限于地域条件，无论时代如何变迁，人心与生活都需要雪一样的本真与纯粹品质，就如文中“玄水之侧，白雪无声”的自然状态。作者文笔灵动，诗意充盈，语言平淡冲和，饱含生命哲思。赵燕飞的《杨梅湖的翅膀》以诗意的笔触放飞，以饱满的真情实感切入现场，行文恣意洒脱，文思泉涌，将杨梅湖的美丽风光与作者的心路历程杂糅融合，呈现物我难分的迷离意境，于自然中感悟生命的价值和意义，余味悠长，予人深思。

周伟的《在幸福路上》以抒情的笔调怀想那片生生不息的土地上正在进行着他们和他们的故事。在岁月更迭中，新旧交替，庄稼轮茬，苍翠日新。作者以旷达的胸襟展现苍生与大地的亘古永恒，绽放生命的芳华，为幸福而歌。《在山乡大地》则让人有安魂归乡的畅想。作者以平淡冲和的笔墨展现出劳动人民的敦厚朴实，其诗意的放歌呈现出大山深处幸福花开的声响，让人真实地体悟到人民本色，以及在山乡大地奏响的时代进行曲，烙下深刻的时代印记。刘晓平的《奇美大化，有一条美丽的红水河》既讴歌了大革命时期大化人民与革命根据地融为一体的牺牲精神，又陈述了中华人民共和国建设发展时期大化人民的生活变化，深刻体现出新时代的乡村振兴、深化发展的新篇章。

张雄文的《雪峰村之晨》以清新淡雅的文笔，勾勒出雪峰山深处一幅令人沉醉的晨光卷轴。行文有条不紊，不动声色，由小处见精神，讴歌了青山碧水间的自然之美与山民日子的贫富变化，呈现出人民的品质生活与山乡巨变的时代风貌。《冷水江的气韵》亦以冷水江的早晨入笔，回顾小城往昔。而小城当下的昂然崛起与日新月异给人以岁月轮转的现代气息，从土壤复绿，换上绿装的锡矿山，以及古码头、古风雨桥的原貌复出……充分展现出小城生活的甜美与欢畅。丘脊梁的《城陵矶看大江》以近三十年来与城陵矶的因缘交集为背景，叙写了这个码头和这片水域的唇齿依存与物事变迁。作者用对生活的真诚与幽微体察，触碰心灵，开启慧眼，让人们在这个宏阔的时代中追忆往昔，感叹生命，探寻时光深处的流变。

江月卫的《长高的村寨》以细腻的笔触描摹了湘西村寨的旧颜与新貌，随着人们经济条件的改善与生活水平的提升，老旧的木板屋被结实的砖瓦房替代，整个村子的“高度”凸显，各种便利条件的更进，让人们体味到生活的无穷乐趣。蒲海燕的《天雷寨的灯火》通过总结各种灯火是不同时期村民物质生活的写照，表达出承载村民情感记忆的容器，以及更替一个村落精神命脉的载体。作者语言平实生动，场景描写逼真而具质感，其以天雷寨灯火的微观变化折射出中国农村半个世纪的社会变迁，彰显了时代洪流下的社会进步这一宏大主旨。谢德才的《龙潭坪的粽子》取材于现实生活，挖掘乡土美味，助力乡村振兴，以扶贫路上真实动人的故事，深刻人民的生活足迹。作者语言平实生动，情理相生，真挚感人。笔下书写的桑植女人勤劳、朴实的品质，以及龙潭坪的粽子所蕴含的内涵升华了主题与精神。

甘建华的《遥远的金银滩》描写了“西部歌王”王洛宾与藏族姑娘萨耶卓玛感人而浪漫的爱情故事。作者以朴实的情感链接触动生发，遥想当年，澄清故往，还原了金银滩草原曾经感人至深的一幕，令人深刻。《祖先的山水清明》则通过对家族史的铭记感念，抒写湘南大山深处的茅洞桥的今昔过往，使人们清晰地看到蓝墨水上游的故土风情，领略这条重要支流的魅力风采，其虔诚的笔墨延伸令人对山川大地顿生敬畏与倾慕之心。唐树清的《季风掠过太阳坪》以藏身在大湘西的一座江心小岛为背景，描摹了苗族侗族岛民日夜坚守的耕种岁月。在古老的文明中，湘西民族风情的延续与更新，在新时代的春风里诠释了另一种农耕文明的探秘与意义。粟远和的《云天里的苗寨》描述了桂北山上一个叫小岩底的苗寨在扶贫攻坚中开发与飞跃的变化过程。在党的召唤与引领下，村民集思广益，群策群力，团结发展，采取梯田搞旅游开发的方案，充分利用本土光照充足、土壤肥沃的地理优势，大力发展种植业，取得了可喜的成果，体现出浓郁的时代气息。文本叙事详略得当，语言简练，予人回味。

姜雪峰的《乔迁之喜》以真实的故事展现出时代变迁的纹理，云表姐豪华气派的新居让人看到山乡与城市的经济发展并轨而行。山民生活水平的飞跃，幸福指数的攀升，彰显了这个伟大时代的日月星辰与高歌猛进。舒维秀的《尝新节》以湘西侗寨伞寨传承的尝新节为视角，体现农人对土地、神灵、先祖的敬畏之心。而尝新节的推陈出新，就不仅仅是一种对劳动付出的犒赏，新时代中对文明乡里、传承农耕的人家加以表彰奖励的政策出台，让尝新成为一种以文化力量助推乡村振兴的时代风尚。而《小城暖心人》则表达了新时代下的人情风貌。世界需要热心肠，小城新晃老年服务协会会长黄献琼不辞辛劳、不畏脏臭，经年奔走在服务孤寡人、残疾人、留守人的路上。不是亲人，胜似亲人，爱心与辛劳让她收获了“侗家好媳妇”的赞誉，更彰显了崭新的人民形象与时代力量。朱彩辉的《鼓寨及岩墙田》以一块刻有“乾隆七年曾氏家族造田记”的石碑，记载一个家族的繁衍和一个村落的兴衰。作者文笔简约，结合时代与历史的变迁进程，体现出这个古老村落的文化名片与历史底蕴。

五、从自然生灵中回归生命本真

新时代下，自然生态与环境保护成为人类命运共同体的话语叙事。湖南散文紧跟时代步伐，在场记录这一时代命题下的自然万物，体验日常下的生灵动态与生命感悟，以生动饱满的笔触开启自然生灵的密语，回归生命本真。

梁瑞郴的《湖光山色大草原》从白马湖畔的时代变迁与风景回归，到大熊山上的两棵树，再到仰天湖的高山草原，作者感受到环境与自然生态对人类繁衍生息的至关重要，在山水之间，畅想生命与未来，给人以切身的现场之感。诗意之外，更需面对生活中的现实，所谓道法自然，天人合一，这或许给我们带来更多的思想启迪。罗长江的《少年与白鹭洲》以充满生机生趣的世界展示了生命的律动、自然的大美。少年的憧憬与诗意是白鹭洲的一种意象，少年天籁般的歌声象征着生命的张力、自然的灵性，带给人无限的视听享受与美好。赵燕飞的《也是你的完美生活》以第二人称的方式，以丰富生动的生活细节体现圭塘河风光带的繁华景致，今昔对比，折射出圭塘河治理的巨大成就与时代变迁。周缶工的《屋场那时节》以生活日常的细微体现旧时光的温润宜人，无论是姑妈的牌楼，还是屋场晚间的皮影戏，抑或移动式的露天电影，那些远去的故人在老屋场的消弭中变得模糊而清晰，令人感叹时光、追忆流年，留下无限的情思。

在湘西碧澈、灵动的栖凤湖，熊幽的《会笑的鱼》呈现的是一幅浅墨清韵，旖旎人家的动感图画。以写实风格展示了栖凤湖自然生态的细微精妙，令人感受到劳动人民的付出与大爱情怀。蒲钰的《舞水在这里拐出一个湾》以陈年旧事到父亲放排走水的各种见闻，沿舞水而上，移步换景，娓娓道来。舞水在这里拐出一个湾，也拐出了无数日新月异、令人心生向往的故事。肖辉跃的《醒来的河流》以独特的视觉，写出了现时代的青山碧水和飞鸟虫鱼。靳江既是湘江的一条支流，更是作者体察生活的家园之流，天然的河流、村庄、田园，以及血脉亲情，让作者以自然之眼在一方故土构建了飞鸟的“鸟托邦”。而《等鸟来》在生态环境的呼吁下，作者以细致的观察描绘了鸟类的生活习性，在遵从自然规律、保护环境资源的视角中，绘制了一幅人与自然和谐共处的画卷，搭建了一个人鸟和谐的百鸟乐园。在如何平衡人与自然、如何保护碧水青山的时代命题下，肖辉跃的生态散文从某种意义上给出了良性的应对与积极方式，给人受益，予人思考。

袁道一的《怀念鹰》以朴实的笔调抒写儿时记忆里的鹰以及和鹰有关的童年往事。而随着时代前行的步伐，生态环境一度遭到严重性破坏，许多生灵在大自然销声匿迹，鹰的一度消逝亦让作者怅然若失。所幸的是，人们逐渐认识到生态保护的重要性，随着生态环境的向好，鹰再次出现在村子的上空。由此，折射出人类和自然万物和谐共生的美好愿景。黎孝明的《春日大荆湖》由发脉于天井山山脉的东山河和狮子山发源的伏寺坳河汇流而成的一个天然湖泊为视角，追忆往昔，缅怀旧日时光，循着童年的足迹来到大荆湖畔赏春观鸟，感受大自然的绝美风景，净化心灵，与自然合二为一，呼吁人们保护环境，热爱自然。张强勇的《绿满百年矿山》运用白描与抒情婉转的笔触，勾勒出了一幅在工业化时代满目疮痍的图画。时过境迁，人们痛定思痛，通过“山水林田湖”项目的生态整治，曾经是生态污染严重的矿山有了翻天覆地的变化。真正让污水荒山成了绿水青山，绿水青山成了当地老百姓的金山银山。

2022 年，湖南散文契合时代需要，用在场的精神以多种角度进行了不同维度的探索与开掘，无论是主题写作的提质升华，还是历史文化与思想碰撞，抑或人类生命与自然和谐等方面的深挖、延展与突破，都集中体现了湖湘文明的新起点、新高度、新历史，在个体经验中抵达了有效的话语体系。从整体趋势看，湖南散文在 2022 年呈现了一个历史性的突破，比如沈念获得第八届鲁迅文学奖（散文杂文类），首次打破了湖南散文在全国最高奖项的记录，赵燕飞获第四届三毛散文奖等。尽管如此，2022 年湖南散文在创作中亦有其美中不足，在老中青集体创作的格局中，新生代力量明显薄弱，也许因资料的收集与局限，体现得还不够全面，但从创作的角度出发，湖南散文不能沉湎于获得的荣誉之中，应以更加广阔的思维深耕时代，勤学多思，努力探索，创作出更多不负时代、不负光阴的精品佳作。

（袁姣素）

2022 年度湖南报告文学创作综述

2022 年，党的二十大胜利召开。党的二十大报告指出，要坚持以人民为中心的创作导向，推出更多增强人民精神力量的优秀作品，培育造就大批德艺双馨的文学艺术家和规模宏大的文化文艺人才队伍。这一思想为新时代文学事业高质量发展指明了前进方向、提供了根本遵循。社会进步方向对报告文学作家而言就是写作的广阔空间。

湖南报告文学作家有敏锐的时代使命和题材意识，坚持以人民为中心的创作导向，在乡村振兴、社会民生、国防科技等重大主题写作上持续发力，取得了有效成绩；同时又能开拓新题材领域，有意识拓展写作边界，塑造文学“新人”。这一年，龚盛辉的长篇报告文学《中国北斗》获第八届鲁迅文学奖报告文学奖，黄菲药的理论专著《报告文学史论》同时入选该奖文学理论评论类作品提名。在获得荣誉的同时，湖南报告文学也存在不少问题，亟待我们思考和解决。

一、乡村振兴、国防高科等优势题材的持续书写

在从脱贫攻坚转向乡村振兴的历程中，一路艰辛，一路收获。那些为此付出心血、汗水，甚至生命的人物，那些感人至深的事迹，那些需要直面的问题，都值得我们回望与铭记。湖南教育出版社适时出版“精准扶贫在湖南”丛书，包括《精准扶贫在湖南·回望》《精准扶贫在湖南·印记》《精准扶贫在湖南·手书》《精准扶贫在湖南·口述》4 卷，

聚焦非凡历程、伟大成果、帮扶干部、脱贫群众四个维度。其中，《精准扶贫在湖南·回望》以报告文学的形式，全面讲述湖南精准扶贫的艰辛历程、丰硕成果；《精准扶贫在湖南·印记》以图片与文字相结合的方式记录湖南精准扶贫的历程；《精准扶贫在湖南·口述》采用贫困群众口述历史的方式展现精准扶贫的过程和成果；《精准扶贫在湖南·手书》通过各地参与扶贫的干部、扶贫队员的扶贫笔记、手记，反映精准扶贫的曲折过程、扶贫参与者对相关问题的思考和总结。"精准扶贫在湖南"丛书充分展现了精准扶贫的湖南作为，全面反映了三湘大地脱贫攻坚历程、成果，为人类减贫史上的伟大壮举留下了一份历史底稿。

余艳是一位有敏锐题材意识的作家，她去年创作的《新山乡巨变》紧扣乡村振兴主题，以周立波先生出生地清溪村为聚焦点，写出这个在当代文学有标志意义的村庄在新时代发生的历史性的"山乡巨变"，与60多年前周立波先生的《山乡巨变》和清溪村构成历史与现实、文学与时代的双重对话。作品应和了时代主题，也回应了历史期望。评论家白烨评价道："《山乡巨变》是周立波以文学的方式，对养育了自己的家乡故土，所作的自觉的反馈与主动的回赠，而以清溪村为代表的《新山乡巨变》，是清溪村人以他们怀揣梦想的不懈追求带来的现实新变，续写'山乡巨变'的新的华章，并以这种方式彰显文学本有的能动力量。"今年，作者发表的《清溪村记》是这个作品的延续，八个月时间，作者与村民同吃同住，感受这里的山水民俗，生活就是体验，聊天也是采访，与其说她作为外来者采访这里的故事，不如说她拉起了家常，作者已经在不知不觉之中融入了清溪村的乡土乡情。村民们对周立波先生满怀尊敬和留恋，为他的故居保护做了大量工作，为保护好青山绿水而治理潜在的污染，也在这美好的山乡上实现了产业致富之路。在勾连起跨越60余年的两次山乡巨变之间，作者巧妙插入周立波先生的原文，如"在清理猪场、三水共治"之后的两年，村支书谌清平看到了立波先生描绘的春天，又回来了。

山里有各种野花。到了春天，一种接着一种开。映山花，即杜鹃花，首先开得满山红……映山花开时，阳雀子（杜鹃）正叫，因此，这花又叫杜鹃花。老百姓的山歌里唱着："阳雀鸟子本是催春鸟。"在阳雀子叫时开花的映山花给人一种特别浓烈的春天的感觉。

——摘自周立波日记

由此形成文本与文本的对话，呈现现实对历史的回应。

公安作家欧阳伟，多年来一直致力于书写公安战线上的平凡英雄和他们的人生故事。今年，他突破题材选择，在乡村振兴的大背景下，聚焦农业、农村、农民的山乡巨变，从一粒种子改变农村现状入手，写下中篇报告文学《种子的魔力》，描绘一个村庄党建强、农民富、村庄美的嬗变历程，写出了一群人与一个村的蝶变故事，一群人与一粒种子的创新传奇。作者抓住了"农业科技"这个核心力，找到了一粒水稻种子改变农业发展格局的中心点，"种子的魔力"使每一株水稻都被赋予顶尖科研成果的使命，在明月村这块沃土上生根发芽，实现了农村变景区、稻田变公园、民居变民宿、农民变股东的现代乡村生活。生态农业、休闲农业、观光农业、文创农业……一条以文化和科技为核心发展的农业致富之路在今天的乡土中国上开启。作品节奏明快，语言生动，人物群像多而不乱，以言行刻画人物性格颇为成功。有情怀有担当的闵军，雷厉风行、头脑活络的李晓媚，把科研做在水稻田里的科研人黄璜等人物都令人印象深刻。在短篇的容量里，能做到故事饱满、人物塑造有特点，体现了作者的写作成熟度。

革命历史人物题材的写作一直是湖南报告文学作家的重要领域，也取得了不俗的成绩。作家张雄文以多部长篇报告文学的写作表达了他对粟裕大将的深刻了解和崇敬，也获得了文学与史学领域的认可。近两年，他拓展题材方向，关注湖湘大地脱贫攻坚现场，在《雪峰山的黎明》之后，又推出《燕啄红土地——时代楷模黄诗燕》这部长篇报告文学。作品饱含深情，为读者真实、生动地再现了时代楷模——炎陵县委原书记黄诗燕为炎陵百姓摆脱贫困，奋战乡村振兴，鞠躬尽瘁，死而后已的生命历程。作品以"燕"为意象来喻人，革命家瞿秋白诗云："万郊怒绿斗寒潮，检点新泥筑旧巢。我是江南第一燕，为衔春色上云梢。""江南第一燕"的豪情壮志和家国抱负也正是主人公黄诗燕的人生追求和精神境界，同时作者还赞美主人公是高尔基笔下勇敢的海燕，不畏艰险，迎着风暴前行，是红土地的“第一燕”。作者在主人公黄诗燕的姓名上巧妙关联起“燕”的精神人格，寓意遥深。在人物塑造上，作者善于抓住典型场景和细节表现，黄诗燕的面部表情随着乡亲们摆脱贫困的处境而发生变化。面对“蝶变的村庄”，黄诗燕“有些疲倦的脸上，笑意像池塘的清波荡漾开来”，主人公的心灵世界在这样的书写中呈现出来。值得注意的是，作者有意在炎陵深厚的历史人文和红色革命历史背景下叙事，黄诗燕身上“集中了一脉相承的炎帝精神、新时代井冈山精神和伟大的扶贫精神”，或者说，这片历史丰厚的红土地滋养了黄诗燕这样高尚伟大的人格。“斯人已去影犹在，清气长存燕归来。”敢于吃苦、甘于奉献、舍身忘我的共产党人精神在黄诗燕身上挺立起来，这份浩然之气在红土地上和百姓心中永存。

尹红芳的《在红豆杉树下聆听》记录了获“全国脱贫攻坚先进个人”称号的湖南省耒阳市长坪乡潭湖村党总支书记王仁子扎根家乡，带领群众脱贫致富、助力乡村振兴的故事。主人公从生活的艰难辛酸到自立自强的成功人生正是沿着改革开放的历程而展开，他的人生故事是改革开放致富之路的一个侧影。在乡村振兴题材的写作上，尹红芳投入了诸多心力，坚持深入生活现场，写作从脚步所到之处开始，因此具有丰富的细节和真挚的自我感触。

刘双红、林朝志的中篇报告文学《最后的“剩土”》描写了一个四周都是悬崖峭壁、不通电不通公路的孤岛，一个与世隔绝、近半个世纪来人人忌讳惧怕的“麻风村”脱贫致富的感人故事。这里是一个被人称为现代文明始终没有到达的最后一片“剩土”。这样的地方是否“春风可度玉门关”？这里能否改变贫困落后的面貌？生活在这里的百姓能否跟上时代的步伐？作者以这里几十年间发生的沧桑巨变给出了肯定的回答。在复兴圆梦、脱贫致富的道路上，总有敢于拼搏、勇于担当的“摆渡人”去实现梦想，剩头林场场长范永国就是这样的摆渡人。作者从剩头的地理面貌和人们对麻风病恐慌写起，写出这里落后隔绝的历史和客观原因，这里要摆脱贫困也就更多一份艰难，主人公范永国带领乡亲们建设家园的决心、毅力和智慧也就更为可贵。作者选取重要事件和场景推进情节发展、塑造人物性格。如写到抬电杆过铁索吊桥时，汉子们的勇敢和血性体现了出来："俺丁汝美跟你抬第一杠，难道俺的命是娘老子给的，你范老二的命是从水捡来的？你是剩头堡的汉子，但俺也绝不是软柿子!"说着，他走上前站在范永国的旁边。他的话像石头抛进池塘激起无数涟漪，产生了连锁反应。"我杨春平算一个!""还有我，傅关圣!""我，傅关志!""俺，龚汉中!"六个汉子，在范永国的带动下，组成了剩头有史以来的第一支敢死队。这每一步跨出的都是勇气，是生死抉择，是信念，是梦想啊！同时，系列人物塑造上，语言个性化鲜明，叙述生动。在同题材创作中，这是一篇有辨识度的优秀作品。

胡小平的《陈家桥的美丽屋场》在乡村振兴主题的表现上重点突出美丽乡村建设和农村人居环境改造，生动记录了陈家桥村美丽屋场建设过程，以及乡村由外在到内在的变化。他们秉持"尊重自然原生态，保留原汁原味，绝不做形象工程，绝不搞重复建设"的原则，制定可持续发展的旅游发展规划，打造集旅游、餐饮、休闲、娱乐、居住于一体的都市近郊田园休闲综合体，既要实施交通畅达、山塘整治、屋场建设，又要保证垃圾减量、秸秆利用、绿水青山。乡村振兴与美丽乡村建设相辅相成、互为表里。而村里也实施基层民主建设，从组织召开屋场会、群众讨论商议到达成统一意愿、积极参与建设、共同管理维护，这一条美丽屋场建设的路径更是新时代乡村治理的未来和希望。

谭晓琴是湖南报告文学队伍中的新面孔。她的长篇报告文学《村原白描——乡村振兴走访纪实》以白描形式讲述了一系列浏阳乡村振兴的故事。作者熟悉浏阳地理和历史文化，努力将乡村振兴放在地域历史发展脉络上考察。如写东门时，历数此地文化渊源，"浏阳有俗语称：'东乡出蛮汉，西乡出小旦，北乡出书担，南乡出煤炭。'相对浏阳其他的地方来说，北乡人多地少，自然资源不丰富，如果想过上好日子，只有发奋读书。位居浏阳四大书院之首的文光书院正在北乡，更使得这里的文风昌盛，涌现出不少的人才，如焦达峰、寻淮洲、王震、彭珮云等。"这样既让读者了解地域，又指出此地身世不凡，让人对东门的重新发现发展都充满了期待与信心。在叙述中，作者还有意通过老干部二十世纪七八十年代的日记来呈现时代变迁和精神不渝。日记在此有历史文献的意义，也有现实回望的价值。

笑称自己为“高科技时代的文学小蜜蜂”的作家龚盛辉长期深耕于国防科技报告文学领域，创作了有关“银河”“超算”“北斗”等系列国防科技题材报告文学。继《中国北斗》之后，再写《北斗，争当天上最亮的“星”》，在短篇中浓缩了从北斗立项到北斗三号全球卫星导航系统星座部署全面完成共26载的艰辛历程，讲述了孙家栋、郭熙业、林宝军等北斗人矢志不渝的奋斗故事，体现了北斗人坚定不移、勇攀高峰的科学精神和深沉真挚的爱国主义情感。

二、题材突破和文学“新人”的出现

纪红建的短篇报告文学《在飞溅的焊花里……》是一个有突破性意义题材的作品。作品以制造业工人、“七一勋章”获得者、72岁的湘钢焊接顾问、被誉为“钢铁裁缝”的大国工匠艾爱国为核心人物，展示新时代中国制造业的瞩目成就，属于工业题材作品。

自1949年7月周扬在第一次全国文代会上的报告《新的人民的文艺》中提出“工业题材”以来，工业题材文学就成为文学创作的一种重要类型，张洁的《沉重的翅膀》、蒋子龙的系列小说等是其中典型的代表作。但近年来，工业题材的创作极速弱化，在《作家评论家谈工业题材写作的新可能》一文中，蒋子龙说道：“现代人似乎已经淡化了‘工业’的概念，忘记了庞大的产业工人队伍、技术工人、先进生产者、技术标兵等等，谁能说得出我们的机械、钢铁、化工、材料等基础工业有什么骄人的成绩？人们知道的只是合资企业、生产流水线、农民工，似乎中国的工业仅仅靠农村进城的年轻人在苦苦支撑。工业题材写作本来就是‘好汉子不愿意干，懒汉子干不了’，现在的文学何等聪明、轻巧，哪儿热闹往哪儿去，怎样能吸引人们眼球就怎么写，很少有人愿意下苦功去钻进被冷落的甚至会吃力不讨好的工业题材。每到‘五一’才想起‘劳动'、想起'工业'，这正说明工业题材的文学作品像工业本身一样被长期冷落了。现实生活还没有真正进入成熟的工业时代，却跳进了后工业社会，有开场没有收尾，有剪彩没有完成……这其实是深刻的创作素材，若能真实而深刻地写出中国工业特别是基础工业的现实和命运，将是一部大著，甚至是功德无量的事。"这段话非常准确地指出了当下工业题材写作的处境和问题。恰在此时，湖南作家水运宪的《戴花》、纪红建的《在飞溅的焊花里……》应声落地，切中这一创作空白，引人瞩目。

中国制造业随大国崛起，用几十年的时间几乎走完了整个西方工业化进程，这是真正波澜壮阔的宏图伟业，是提振中华民族自信自强的坚实底气。制造业也被认为是世界经济的心脏和主动脉，是立国之本、强国之基、兴国之要，始终与国家和民族的命运休戚与共。追溯中国制造业的发展历程，书写以科技创新为核心竞争力的现代产业工人，是时代的命题，也是作家的使命。

《在飞溅的焊花里……》作者塑造了艾爱国这位大国工匠的新时代产业工人形象。他从学徒做起，刻苦钻研、攻坚克难，终成技能大师，攻克焊接技术难关400多个，改进工艺100多项，为企业培养后备人才队伍，做出了平凡而又极不平凡的事业。艾爱国们正是中国制造业神话的创立者和书写者，多年后，他们再一次证明了"劳动价值论"的深刻内涵，从这个意义上说，艾爱国这个人物具有时代"新人"的价值。这个作品应可看作是纪红建正在创作的长篇报告文学《大国制造》的先声。与此同时，张雪云也将笔触投向先进制造业，开始采写由湖南科技大学万步炎教授领衔自主研发的"海牛号"。特别是"海牛二号"海底多用途钻机，在南海超2000米的深海海底成功下钻231米，实现了重大技术突破，刷新了世界海底钻机海上实际钻探深度的纪录，标志着我国在这一技术领域已达到世界领先水平，成为振奋人心的大国重器。书写以万步炎为代表的"大国工匠"们"敢为天下先"的奋斗精神、科研精神、爱国精神。

青藏高原自然和人文的独特性历来吸引着无数文学创作者的目光。小说里神话寓言的瑰丽、风俗宗教的神秘，诗歌中恣肆挥洒的豪情，展示着这片高原尘世之外的美丽雄奇。但这充满生命禁忌的高地，究竟藏着多少自然的奥秘，科学家们在青藏高原又有着怎样的艰难和奇遇？这部分内容文学创作涉猎极少。报告文学作家介入了这一有必要也有价值的写作。

2019 年，中国科学院、中国作协、中国科学技术协会联合组织出版了“‘创新报国70 年’大型报告文学丛书”。杨丰美、纪红建两位作家合作撰写的《世界屋脊的光芒》是其中一册，从地理生态、动植物生存等方面揭开青藏高原神秘而艰难的工作。今年，杨丰美以“青藏高原来了科考队”为主题进行改写，创作了面向青少年读者的科学系列丛书：《探秘无人区》《百变藏东南》《挺进第三极》，以重要科学家为核心人物展开科考故事讲述，向青少年展现青藏科考的故事，传扬热爱科学、毕生奉献的科考精神。正如作者所说：“青藏科考是一部可歌可泣的史诗，早期活跃在青藏高原地区的科学家有的已经作古，有的到了耄耋之年，有的则是疾病缠身，但那些珍藏在他们记忆中的经历和故事却像珍珠一样闪着光芒。”“作为一个写作者，我更希望能用文学的方式让青少年了解青藏科考这段峥嵘历史，知道中国科学发展的道路上有这样一批无私奉献的老科学家曾经默默付出过。”

其中，《百变藏东南》写的是青藏科考队对藏东南地区的考察，包括横断山区、雅鲁藏布江等地区，展现藏东南地区丰富动植物资源和山林大川的奥秘。《探秘第三极》以青藏科考队对青藏高原的极地探索，包括对高山之巅、冰川大气、地质土壤等探索为主要写作对象。《挺进无人区》讲述了青藏科考队深入无人区的科考故事，羌塘高原、阿里高原、可可西里等生命禁忌之地的科学考察艰难而充满价值。作品让读者看到了真实的科学家形象，也把神奇而伟大的科学的种子播种在年轻人的心间：“他们或爬到崖壁上，或蹲在草丛里，眼睛不断地在不同的植物身上搜索。偶尔挖得一株奇特的草，便像收获了什么奇珍异宝似的，开心得手舞足蹈起来……相处久了，老乡才知道，这些人不是逃荒的，也不是来淘金挖宝的，而是来青藏高原做科学考察的科学家……‘远看是逃荒的，近看是要饭的，再仔细一问，才知道是科学院的。’”此外，《“湘”

遇非洲》则展现了在对非援助和与非合作的多条战线上，湖湘儿女响应国家号召，深入非洲，攻坚克难，急非洲人民之所急，用无私大爱纾困解难，用实际行动诠释人类命运共同体的生动故事和大爱。

“五四运动”以来，“青年”“青春”就被视为中华民族最宝贵的新生力量。从摆脱旧中国桎梏迎接启蒙的“五四”青年，到肩负起天下兴亡的革命者，到一代代投身祖国建设的年轻人，无不凝聚着青年们的家国情怀和报国之志。这里面就有甘愿献身祖国边疆建设事业的青年志愿者群体。曾散以同龄人的目光投向这些可敬可爱的人们，以“大学生志愿服务西部计划”“研究生支教团”等青年志愿者群体为主要写作对象，创作了长篇报告文学《青春中国》。作品全景式展现了青年志愿者贡献青春力量的动人故事和有理想、有本领、有担当的精神风貌，彰显和诠释了新时代新青年的独特风采和蓬勃精神，可谓记录新时代青年群体学习和践行雷锋精神的生动样本。青年志愿者们放弃城市发展的机会，走向祖国西部，以青春的足迹践行报效祖国的诺言，去基层参与志愿服务，在西部大地上写下生命之歌。这里有保定学院毕业生辛忠起、侯朝茹、李桂枝、庞胜利等人，他们像一株株红柳，在这个只有10多万人口的沙漠县城扎根坚守23年时间。除了支教，就是植树，将塔克拉玛干沙漠逼退5000多米。还有从湖北到贵州绥阳县支医最后扎根下来的志愿者黄贵军，他说“生锈是一种氧化，燃烧也是一种氧化”。被问及是什么力量让他们义无反顾地选择扎根边疆时，他们坚定地回答：“是理想。”他们在青年人“躺平”的迷茫之中，选择了另一种人生的高度。最开始的新鲜、兴奋，到真正见证和走入西部志愿者日常后的沉重、感动，作者在这场绕行大西部的行走中得到洗礼。评论家李朝全评价道：“《青春中国》主题积极而且重大，具有强烈的现实针对性，体现出青年志愿者群体作为社会青年榜样模范的价值和力量，他们的支援营造出优良的青年青春的生态与氛围，这种氛围及生态对于整个国家、民族活力的激发、未来的缔造所具有特别重大的意义。”

他的另一个作品《追梦天使江梦南》同样写了一个青春的故事。把残疾青年江梦南敢于挑战命运，实现自我的故事记录下来，为青少年读者点燃青春梦想，传播青年能量。

三、纪实人物与文化笔记

徐文伟的短篇报告文学《湘江边上种茶人》追溯经典民歌《挑担茶叶上北京》的故事，再现了衡阳湘江边上种茶人彭友胜与伟人毛泽东由茶叶而相识通信的一段佳话。伟人的传奇人生和革命故事不乏文学表现，而通过信件展示领袖与普通人交往的小历史则显得新奇独特。信中展示出领袖对种茶人的真挚关怀令人尤为感动。作者正是以此揭示出一代伟人心中那无异于普通人的情感，以及真正把人民当作亲人的无私关爱。作者的另一个中篇报告文学《萧培和衡阳保卫战》为读者讲述了湖南文史学者萧培 40 年来研究衡阳保卫战的故事。作者深度还原了萧培的个人经历，讲述了他对历史和家国的深情，以及对抗战老兵的敬意，在讲述主人公故事的同时，为读者勾画了衡阳保卫战的诸多史实。

对今天而言，“赤脚医生”是一个久远而陌生的名词。二十世纪六七十年代，他们匆匆行走在农田阡陌间，亦农亦医，在普及爱国卫生知识、除“四害”、根除血吸虫病等方面起了很大作用。王丽君的《春风拂过的心灵》讲述了赤脚医生张漫珍的故事，她善良质朴、勇敢聪明、敢于奉献，是一代农村赤脚医生的缩影。这一份赤脚医生的存照帮我们树立了对这个可敬可爱的人群的了解和敬意。

甘建华立足于衡阳本土，对衡阳地理、历史、文化、人物等颇有研究。多年来有关衡阳的系列纪实文化笔记可看作是衡阳文化的读本和指南。他的《南岳文化的提灯人》记录了才华横溢的罗步庵致力于推进南岳文化，乐于做南岳文化的提灯人，用智慧之光照亮自身的前路，同时培养了大衡山众多学生的感人故事。作品从人物交往细节上挖掘文化内涵，凸显衡阳深厚的历史文化底蕴。正如他所说的“提灯人”一样，作者在某种程度上而言也是衡阳文化的一位提灯人。

四、成绩、荣誉及挑战：湖南报告文学的思考

2022年8月25日，第八届鲁迅文学奖揭晓。经评奖委员会严肃投票表决，共产生7个奖项35部（篇）获奖作品。湖南作家龚盛辉长篇报告文学《中国北斗》荣获第八届鲁迅文学奖报告文学奖。这是继纪红建《乡村国是》获第七届鲁迅文学奖后湖南报告文学的又一重大成果和荣誉。本书是第一部全面讲述中国科学家顽强奋斗20余载，攻坚克难、独立自主建设北斗卫星导航系统的作品。作品以宏大的视角、细腻的笔触，立体地描述了在关键核心技术“要不来、买不来、讨不来”的困境下，北斗系统从无到有、由弱到强的艰辛建设历程；生动刻画了北斗人不忘初心、攻坚克难、无私奉献的科学家群像；记录了北斗人在党的领导下，坚定创新自信、勇攀科技高峰的奋进之路；诠释了“自主创新、开放融合、万众一心、追求卓越”的新时代北斗精神，最终绘就了一幅“中国科技工作者自立自强、攻坚克难、勇毅前行的壮美画卷”。继获鲁奖之后，10月30日，《中国北斗》荣获第十六届精神文明建设“五个一工程”优秀作品奖。本书作者龚盛辉是我国国防科技报告文学代表作家之一，已创作出版长篇报告文学《铸剑》《向着中国梦强军梦前行》《决战崛起》《中国超算》《国防之光》和长篇小说《绝境无泪》等，其中《铸剑》曾获中宣部精神文明建设“五个一工程”奖。此次获奖的《中国北斗》是其国防高科技报告文学的集大成之作。

与此同时，青年文学评论家黄菲药的理论专著《报告文学史论》获第八届鲁迅文学奖文学理论评论奖作品提名。这是我省文学理论发展的一项重要成果。该论著是我国第一部报告文学史论专著，以“精神向度”为问题意识，考察时代语境与百年报告文学发展的互动关系，为认识近代以来中国社会历史进程提供一个报告文学的参照系，并尝试为报告文学理论话语建构提供一个新的研究视角。论著为报告文学基于本体特性建构自身理论话语作出突破性贡献，也是从报告文学研究维度丰富当代中国文学理论建设的重要成果。学者张陵撰写专门书评高度评价该著作，

认为作者“针对强势攻击和企图取消中国报告文学的思想言论，敢于直面，敢于发声，体现了一个学者应有的思想勇气和理论品格”。此外，学者刘大先和杜学文认为，《报告文学史论》“系统梳理了中国报告文学的发生、发展与演变，提供了一幅整全的关于报告文学的知识图谱”“应该是较少见到的对中国报告文学形成至今百年历史的研究”。该著作同年还获得湖南省第四届文艺评论推优作品优秀著作奖和长沙市第二十二届哲学社会科学成果二等奖等奖项。

新时代以来，湖南报告文学在红色题材、现实民生、英模人物等主题写作上有较大优势，形式了以中青年作家为主力的创作梯队，并在连续两届鲁迅文学奖上均有斩获，整体创作态势较好。但从全国范围看，处于前列的有竞争力的湖南报告文学作家尚不多，作品的思想和文化价值还较为单薄。在第九届徐迟报告文学奖获奖作品名单中，无湖南作家身影；在《中国作家》杂志社主办的 2022 年度“全国报告文学排行榜”上，除了湖南籍报告文学作家陈启文的《中国饭碗》入选，再无本土作家作品上榜。这是两个有风向标意义的报告文学奖项和榜单，从中反映的问题具有参考意义。

湖南报告文学作家通常有较敏锐的题材意识，但深入把握题材的能力有待提升。挖掘题材内涵能力不足，多数就事论事，过度依赖采访素材，对资料进行表象化呈现。结果就是人物和资料为题材而设定，文本自身意义空间狭小。其次，过度集中在一人一事的报告文学创作上，又以写时代英模人物为主，千文一面，主题重复又缺乏辨识度。第三，期待湖南作家走出湖南，创作具有更广阔视野和思想力度的作品。纪红建的《乡村国是》、龚盛辉的《中国北斗》、陈启文的《大河上下》等作品正是在全民族甚至全人类发展视野上思考摆脱贫困、国防科技、河流水域治理等问题，因而具有了超越性意义。第四，报告文学文体意识薄弱，当然，这也是报告文学作家普遍存在的问题。叙述结构单一、人物形象平面化、主题先行等问题突出，妨碍了报告文学文学性生成。

五、文学活动

历年来，湖南省报告文学学会利用省级平台优势，力推省内优秀作品。今年，学会重点组织了纪红建长篇报告文学《大战“疫”》品读会和龚盛辉长篇报告文学《中国北斗》研讨会。

《大战“疫”》是一部全景式记录武汉抗击新冠疫情的长篇报告文学作品，被列入中国作协“中国抗疫全景式叙事写作计划”，是2020年度重点扶持作品。作品以人民情感为叙事的基调，用感情充沛的人物形象、细致入微的细节描写，呈现人民战“疫”的伟大历程，也向世界展现了新时代中国面貌、中国速度、中国精神和中国力量，诠释了“生命至上，举国同心，舍生忘死，尊重科学，命运与共”的伟大抗疫精神。1月7日，《大战“疫”》品读会在长沙举行，本次品读会由湖南省报告文学学会和湖南人民出版社共同主办，以“记录时代精神，留存历史记忆”为主题，全国抗击新冠肺炎疫情先进个人、专家、读者30余人参会。与会专家认为书中既有大战“疫”的宏大场景的描写，又有大量细致入微的细节描写，尤其是展现了人物细腻的内心世界，是抗疫题材文学创作的重要收获。

长篇报告文学《中国北斗》作品研讨会于1月18日在北京中国现代文学馆举行。《中国北斗》入选2018年中国作家协会重点作品扶持项目、中宣部2019年主题出版重点出版物、湖南省作协“重大现实主义题材创作专项”作品，由山东文艺出版社2021年12月出版发行。本次研讨会由山东出版集团主办、山东文艺出版社承办，与会专家充分肯定了《中国北斗》的文学价值和出版价值，认为该作品立意高远，展示了中国北斗人致力于祖国高科技发展而昂扬进取的精神，人物形象鲜活感人。同时，作品不被浩繁的资料裹挟，不被大量高深的科技内容羁绊，结构紧凑，叙述流畅，浑厚有力。“这样现实地讲述中国重大科技创新成果的故事，展现中国科学家奋斗精神和家国情怀的作品，是非常精彩和真实的。”

（黄菲药）

2022 年度湖南儿童文学创作综述

湖南儿童文学形成“老中青”三代作家齐聚发力格局，整体影响力日趋上升。从作家梯队这个角度来描述 2022 年度的湖南儿童文学，或可提供一个视角观察湖南儿童文学的现状、成就与未来走向。

一、重要奖项及标志性事件

2022 年，著名儿童文学作家、博士生导师汤素兰被选为中国作家协会儿童文学委员会副主任，其成长小说《阿莲》获毛泽东文学奖。著名图画书作家、艺术家蔡皋获得第 34 届陈伯吹国际儿童文学奖“特别贡献奖”，颁奖词这样写道：“蔡皋先生是一位热爱自然之美、艺术之美、中国传统文化之美的绘本创作者，更是一位致力于通过绘本将中国传统文化艺术巧妙传递给儿童的绘本创作大家。”

青年作家龙向梅《从前有一个故事：龙向梅童话集》（全 5 册）由广西师范大学出版社隆重推出，获得第 34 届陈伯吹国际儿童文学奖及第 23 届深圳读书月“年度十大童书”。方先义、杨巧被发展为中国作家协会会员。

湖南省儿童文学学会出版《2021 湖南儿童文学作品年选》（汤素兰主编），入选作品 26 篇，涉及童话、小说、散文、诗歌、故事、寓言、评论等多种体裁，包含李少白、蔡皋、汤素兰、吴双英、唐樱、邓湘子、李红叶、皮朝晖、黄亦鸣、陶永喜、陶永灿、龙章辉、宋庆莲、陈静、龙向梅、游军、向辉、吴礼鑫、诺亚（彭湖）、谢淼焱、袁姐、谭群、肖云、徐小英、刘希、刘天赐等老中青三代作家的佳作。

参与由中国大百科全书出版社主持、由王泉根主编的《中国大百科全书》“中国儿童文学专题（网络版）”的编撰，李红叶主编其中的“作家卷”。汤素兰、吴双英、邓湘子、谢乐军、皮朝晖、陶永灿、谭群、肖云、刘天赐、付怡冰、余海燕、黄莹莹、郝婧好、吴青青、黄雅倩、胡天意、陈格、吴旺、林倩娜、邓雅晴等专家、学者、作家及硕、博士生参与了作家条目的整理与撰写。

二、资深作家笔耕不辍

本年度出版的系列主题图画书令人印象深刻。汤素兰深入生活现场，以“精准扶贫”首倡地湖南湘西十八洞村为原型，创作了书写新时代“山乡巨变”的图画书《我的家乡十八洞》。该著构思新颖，从小视角反映大时代，深得读者和评论界的好评，入选“2022 年 8 月中国好书榜”、中宣部出版局“奋进新征程 建功新时代”好书推荐活动 9 月书单及第四届年度儿童文学新书榜“推荐作品”。邓湘子、谢长江合著的《禾下乘凉梦——袁隆平的故事》（曹勇、段张取艺绘画）采取平实朴素的叙事方式描述袁隆平先生走上农业科学之路寻求水稻增产技术的历程，这是一本融科普性与艺术性于一体的儿童励志图画书。王跃文著的《燕子亮亮地叫》（赵容浩绘图）则采用成人和儿童双重视角讲述家乡半个世纪的变迁，稚子童心与成人之思相结合，充分展现回忆的诗学意义，是一本文字优美、视角独特、展现乡村振兴和乡村发展、描绘时代新气象的图画书佳作，也是著名作家王跃文的第一部儿童文学作品。

资深作家的经典原创重版也是本年度的一大亮点。汤素兰的《笨狼的故事》是一系列不断重版、不断衍生新的传播形式且不断加增新的艺术表达的“生长性”原创经典童话。《幼儿画刊》自 2021 年至 2022 年持续刊出插画版《笨狼的故事》，国际著名插画家安德烈娅·彼得利克·侯赛诺维奇的精美插画使《笨狼的故事》以新的面貌出现在小读者的眼前。

湖南少年儿童出版社推出《笨狼的故事·漫画版》及“笨狼”系列新作——《笨狼的故事注音版·笨狼的奇招》;《笨狼的故事》还被改编成同名儿童剧在湖南省儿童艺术剧院成功首演。《小老虎历险记》是汤素兰专为孩子而写的长篇动物童话，自 2014 年出版第一册以来，累计销量已超 100 万册，2022 年浙江少年儿童出版社以新的形式重版《小老虎历险记》(七册)，新版除了此前刊行的四册，加上了由汤素兰和汤沐黎合著的续集三册共计七册一同出版。《小老虎历险记》将成长主题和动物保护主题贯注其中，童话角色生动有趣，是一套深受小学生喜爱的动物童话故事。《少年月刊》则以连载方式重新刊出汤素兰的幻想儿童小说《时间之箭》，小说融科幻与童话于一体，描写十二岁的男孩木里穿越到白垩纪与恐龙相遇，情节跌宕起伏，深得孩子们的喜爱。

本年度皮朝晖的创作涉及童话、儿童小说、散文等。《面包狼的故事》亦作为原创经典以不同的版本重新出版——北京少年儿童出版社将之收入“大奖书系”，湖南少年儿童出版社重版《面包狼的故事》(10 本)，该版最富新意的地方是每本书均附有几个有关面包狼皮特的原创童话短剧——作家选择部分情节改编而成，这些童话短剧生动有趣，适合小读者分角色朗读或表演。皮朝晖十分重视为孩子们创作儿童剧，其舞台剧《清水塘 22 号》获得本年度“金画眉”全国优秀儿童剧本选。“面包狼”与“笨狼”一样是一个开放性的作品系列，本年度发表在《花火》上的《面包狼的七嘴八舌》即是最新作品。除此，皮朝晖在《小学生导刊》(美绘版) 全年连载新童话《奔跑鸭故事》系列。更值得关注的是，作家推出了全新力作儿童小说《安安弟弟成长故事》(《小溪流》“启蒙号”2022 年 1—12 月连载) 和《一年级的啰唆》(2023 年 1 月出版)。这些作品用爱心、童心和审美之心观照幼童的日常生活，讲述当代普通家庭的儿童成长故事，塑造了鲜活生动的幼童形象，传达了永恒的童年之美及作家对儿童教育的思考。

牧铃出版了系列新著，如短篇小说集《红狐》(安徽科技出版社)、中短篇小说集《成年仪式》(北方出版社)、长篇小说《风雨前程》(江苏少年儿童出版社)、散文集《绿皮列车的窗口》(希望出版社)。这些作品承续了牧铃一以贯之的童年主题与生态主题，探讨人与自然相互依存的关系，强调人类对自然万物应尽的责任和义务。《风雨前程》描写祖孙三代和鸬鹚家族的传奇故事，男孩与鸬鹚并肩挑战命运，在搏击风雨中奔赴壮阔前程，演奏一首人与自然的和谐奏鸣曲。《绿皮列车的窗口》描写童年的读书、劳动、旅行经历，是牧铃继《南方的牧歌》《绚烂的星空》之后的又一部精彩的童年叙事散文，该著被评选为2022“晋版好书”。湘少社以“生态小说”概念定位，重版牧铃的系列动物小说，推出《牧铃生态动物小说馆》（12册，2023年1月出版），牧铃对收入该系列的小说做了一些增补、修改，又添加了几部新作，集中反映了牧铃的生态观。

邓湘子的散文、童话合集《穿变色衣裳的树》由长江少年儿童出版社出版，《当代小学生》连载其儿童小说《新家住在五棵樟》。谢乐军出版了《魔术老虎的朋友》《奇怪的大王》等。

周静十分重视从民间传说和民俗生活中取材，创作了一批充分汲取民间童话元素和传统文化养分的童话故事，形成了独特的创作风格。本年度出版了《精卫之歌》及“鸭蛋湖”系列第二辑（包括《簪花的雷神》《田螺姑娘》《山神老头儿》《鸭蛋湖小岛》）。《精卫之歌》讲述了炎帝的小女儿去东海游玩时不幸溺水，化为精卫鸟，衔来西山木石填平东海的故事。这部作品取材于中国民间传说故事《精卫填海》，作家以细腻的笔触，为读者描绘了一幅神话时代的故事图景，并通过精卫填海的故事，阐述了锲而不舍、坚韧不拔的精神，传达了中华文化独特的智慧、气度和神韵。“鸭蛋湖”系列中，所有的故事都发生在鸭蛋湖——一个虚构的小神仙与人共同居住的神奇之地，笔触幽默，童趣盎然，充满想象力。其中，《簪花的雷神》曾入选“班班有读”推荐书目、中国出版传媒商报2022年4月严选好书、《中国新闻出版广电报》2022年5月优秀畅销书、2022年5月浙版好书榜。

三、优秀青年作家脱颖而出

汤素兰、蔡皋、李少白、牧铃、邓湘子、皮朝晖、周静等获得全国优秀儿童文学奖或国际奖项的作家早已成为当代儿童文学界的标志性作家，谢乐军、唐樱、陶永喜、陶永灿、毛云尔、阮梅、陈静、龙章辉、谢长华、宋庆莲等一批 20 世纪 60 年代的作家亦笔耕不辍，多有佳作，后出现了龙向梅、杨巧、方先义、诺亚、李彩红、袁妲、谭群、陈迎、谢淼焱等一大批显示出强劲的创作潜质的青年作家。

一批优秀青年作家脱颖而出，湖南儿童文学“代有人才出”。本年度是青年作家龙向梅和诺亚（彭湖）的丰收年。

龙向梅 2022 年度获得多种重要奖项，成为备受儿童文学界关注的一颗新星。她的《从前有一个故事：龙向梅童话集》（全 5 册）获得第 34 届陈伯吹国际儿童文学奖及第 23 届深圳读书月“年度十大童书”，组诗《声音里住着小野兽》获得第三届小十月文学奖诗歌组金奖，小说《在孤山遇见你》获得“周庄杯”全国短篇儿童小说大赛优秀奖，童话《住在盒子里的声音》获得《东方少年》年度重点作品扶持项日奖，童话《变来变去的句子》获得第三届谢璞儿童文学奖。除此，还在《儿童文学》《少年文艺》《中国校园文学》《中国青年报》《读友》《小溪流》等刊物上发表作品 20 余篇。

龙向梅自 2016 年首部儿童文学作品《寻找蓝色风》获“大白鲸”原创幻想儿童文学钻石鲸奖（特等奖）后，正式走上儿童文学创作之路。短短六七年间获得两届陈伯吹国际儿童文学奖、三届“大白鲸”原创幻想儿童文学奖、两届“周庄杯”全国短篇儿童小说大赛优秀奖、两届“小十月”文学奖（童话组金奖和诗歌组金奖）及“温泉杯”短篇童话大赛银奖、“读友杯”全国儿童文学创作大赛银奖、张天翼儿童文学奖、谢璞儿童文学奖等诸多奖项。其创作涉及童话、儿童诗、儿童小说等多个领域，显示出很高的艺术天分和潜质。她的童话和诗歌从个人经验出发，意象新奇，意蕴丰富，充满童趣、想象力和诗意，具有鲜明的个人性特征，得到了评论界和读者的一致好评。

诺亚擅写童话和小说，目前正处于创作上升时期。其童话《画镇》曾获“大白鲸”幻想儿童文学奖，儿童小说《哑江》获得本年度湖南省青年文学奖。本年度出版的儿童成长小说《云上日光》（江苏少年儿童出版社）获得第三届曹文轩儿童文学奖，童话《黑的白的全都可以》（中信出版社）获得第五届张天翼儿童文学奖，童话《猫无所不能》获得第三届谢璞儿童文学奖。除此，还出版了童话合集《长在纸上的叽叽喳喳》（湖南少年儿童出版社），在《少年文艺》上发表童话多篇。诺亚的创作立足现实，尊重个体生命经验，在虚构和非虚构之间同时用力，追求经典品格，风格多样，充满创新的自觉，令人期待。

方先义长期从事儿童文学创作、教学、评论，成立儿童剧团，著有《儿童戏剧创编与表演》，所主持的《儿童戏剧创编与表演》课程入选教育部2022年职业教育国家精品在线课程。在创作方面，方先义致力于用本土幻想元素重述民间传说，以“中国新神话”系列步入儿童文学文坛，其中，《山神的赌约》《土地神的盟约》均因作品充盈着中国传统幻想文学的民族气韵相继获得“大白鲸”原创幻想儿童文学奖。而后又出版了幻想儿童文学《龙隐书院》系列，本年度出版的《牧蟹郎君》即为《龙隐书院》系列第六部。中信出版社出版的《河神娶亲》令人耳目一新——这部中篇童话以原创童谣串起整个故事，叙事充满张力和哲理，语言简洁含蓄，极富表现力，情节引人入胜，充盈着奇幻空灵的想象。该著入选全国百班千人读写计划书单。

李彩红也是一位崭露头角的青年作家。本年度出版儿童小说《非虚拟惊险》（江苏凤凰少年儿童出版社）获得第三届曹文轩文学奖，还在《小学生阅读与写作》《中国校园文学》《小溪流》等刊物上发表《与牛共舞》《营救行动》《头领》《地窖战》等6篇小说。

青年作家谢淼焱的小说曾数次收入湖南儿童文学作品年选，本年度出版的长篇小说《月塘的长歌》（中信出版社）得到了评论界的好评。

四、依托本土平台形成浓郁创作氛围

湖南少年儿童出版社、湖南省儿童文学学会、湖南省童话寓言研究会、湖南师范大学“中国当代写作与中外儿童文学研究中心”、湖南师范大学创意写作学学科及多所开设儿童文学课程的高等学校，连同本土少儿期刊如《小溪流》《花火》《小学生导刊》《漫画周刊》《幼儿画刊》《创作》等为推动本土儿童文学发展提供了不容小视的平台和动力。

湖南少年儿童出版社致力于发掘高品质原创，培养儿童文学新人。本年度，湘少社“红辣椒”书系推出了陈静的儿童散文《稻花香里的迷藏》、舒精华的儿童散文《锤子・剪子・布》、陶永灿的儿童小说《爷爷的夏牧场》、曹阿娣的儿童小说《穿绿裙子的金鱼》以及前文提及的诺亚的童话合集《长在纸上的叽叽喳喳》等。

陈静的散文生动感人、童趣盎然、充满诗意，被选入各种选本。《稻花香里的迷藏》收集了陈静的精品佳作。陈静以回忆视角写大自然之美，写童年生活之美，写劳作之美，写人情之美，反映了作家对人与自然和谐一体的乡村岁月的深情怀想，也写出了稚子童心对土地的无限好奇之心和无限热爱。舒精华的《锤子・剪子・布》是一部回忆童年生活的散文，作家从平凡小事出发，书写湘西侗族浓郁的地域文化和民风民俗。《爷爷的夏牧场》是陶永灿近年最重要的作品，主要讲了主人公明远和他的堂弟明果跟随爷爷一起去高坡界放牧的经历。该作的可贵之处在于，作家的回忆性童年书写并未停留在一己的乡愁与慨叹之中，而是通过独特的生活体验及扎实的生活细节为我们提供了一个独特的文本：探寻儿童成长的原生力量。男孩明远这一形象集中展现了作家对儿童成长的思考。明远在与大自然、与爷爷相处的过程中完成了真正的成人礼。《穿绿裙子的金鱼》用第一人称的手法，以双胞胎中的妹妹——乐乐的视角书写他们的家庭生活、学校生活和假期的乡下生活，写出了鲜明的儿童个性以及代际沟通在孩子成长中的意义。曹阿娣的作品既充分考虑到儿童读者的文化经验和阅读兴趣，又注重儿童文学文本与生俱来的“养育”

功能，期待作品给小读者及家长以启迪。

湘少社聚焦主题出版，其中也包括阮梅的长篇人物传记《左宗棠》。阮梅“将引领青少年成长作为自己的责任使命”，作为民族英雄左宗棠的故乡人，她“秉持强烈的故土情怀与文化认同”撰写了青少年插画版人物传记《左宗棠》，这是阮梅继《一个女孩朝前走》之后的又一部力作。湘少社还推出了李现红、汤素兰主编的《我们一起长大·全纳教育童年绘本》（4 册）、李婷婷的留守儿童合唱团纪实故事《歌声跨山海》等。

立足本土、面向全国的谢璞儿童文学奖也有力地推动、鼓励了本土原创，获得第三届谢璞儿童文学奖的作家作品包括李少白童诗《月月话语》、张战组诗《天上的蚂蚁》、陈静散文《蚯蚓路》、宋庆莲组诗《上学路上》、龙向梅童话《变来变去的句子》、诺亚童话《猫无所不能》、廖军寓言《动物专家》、李菁组诗《奇怪得不得了》、小麦小说《养一罐鸟鸣》等。

本年度值得关注的作品还有唐池子的儿童诗集《我给带了黄面包》（希望出版社）、谢长华的《谢长华动物小说系列》（青海人民出版社）、廖继波的短篇童话集《天上有个云朵国》（福建海峡文艺出版社）、邹谨忆的《行星方程式》（浙江少年儿童出版社，收入刘慈欣、董仁威主编的《我们的元宇宙 少儿科幻精品书系》第一辑）、陈茂智的儿童小说《虎牙项圈》（辽宁少年儿童出版社）、陈光中的儿童小说《出发吧！少年》、刘青鹏的短篇童话集《鸭子湖》（希望出版社）、毛云尔的童话《归来的王》（《儿童文学》2022 年第 4 期，获得第四届“温泉杯”短篇童话大赛优秀奖）、游军在《少年文艺》《小学生导刊》《散文诗》《花火》等刊物上发表作品 13 篇。吴双英、宋庆莲、杨巧、陈迎、袁道一、邓建华、刘希、钟锐（笔名眼镜猫）等均有作品发表。

湖南师范大学文学院现当代文学专业和创意写作专业的创作成果也从一个侧面反映了湖南儿童文学的发展后劲。如：博士研究生刘天赐发表童话《松鼠很想念》（《小学生导刊》第 25—26 期），博士研究生付怡冰担任编剧的 12 集电视连续剧《书堂少年》（以少年欧阳询为原型）于 2022 年 11 月 18 日至 23 日在湖南卫视国际频道播放，付怡冰还出版了图画书《亲爱的弟弟》《轮椅上的梦想》（湖南少年儿童出版社），发表儿童小说《燕燕于飞》。博士研究生康沁芯出版图画书《小仙女的香丝》（湖南少年儿童出版社），发表儿童诗《下了一半的雪》（《伊犁河》2022 年第 2 期）。博士研究生于凤仪创作《写作大玩家的脑洞大爆炸 · 灵感源于不同视角/愿者上钩》（《儿童文学》（故事版）2022 年第 9 期），其小说《银十七》获得 2022 第十八届全国师范院校师生儿童文学作品一等奖。硕士研究生吴青青发表诗歌《数灯》，硕士研究生周彦君发表童话《镇长是只透明的猫》，硕士研究生胡天意发表童话《梦境收集者》《狐狸的玉米地》等，其童话《温室里的烟花》获得第八届陈伯吹儿童文学创作大赛优秀奖。

（李红叶）

2022年度湖南网络文学创作综述

2022年的湖南网络文学在变革与转型中迎来了新征程。中国共产党第二十次全国代表大会的胜利召开，为全国文艺工作者如何繁荣社会主义文化、铸就新时代中国文艺新辉煌指明了方向。湖南网络作家在党的二十大精神指引下，坚持以人民为中心的创作路线，用心、用情书写中国式现代化新篇章，通过拓宽题材和升级爽感来打破类型窠臼，以生动鲜活的本土故事展现中国形象、中国精神与中国气派。

一、聚焦现实题材，以中国式现代化书写强国篇章

湖南网络作家深刻践行以人民为中心的创作路线，用“强国有我”的风范打造了一批以保障人民生命安全和幸福美好生活为使命的服务者、奉献者、奋进者为典型形象的精品力作。流浪的军刀的《军刀出鞘》讲述了出身于军人世家的新兵历经磨炼后成为武装侦搜英雄的故事。龙峻岭生于军旅之家，自幼在军营中长大，参军后在新兵训练中经常拔得头筹，被新兵们称为“龙头”。但由于他不善游泳，又有恐高症，在武装泅渡与空降训练中变成了队伍里的落后分子。为了克服恐高心态，龙峻岭在每天训练结束之后，将自己捆在伞降训练塔上朝下观看，同时训练自己的平衡能力，逐步克服了对高空的恐惧。面对游泳方面的缺陷，龙峻岭主动求教，以土法配合先进训练大纲进行，短时间内达到了新兵集训优秀水平。在甄选武装侦搜备选人员考核中，龙峻岭与单扬眉为了抢救

被剧毒水母蜇刺陷入休克溺水的战友，放弃了冲过终点线的最佳时机，同时两人也中毒被送进军方医院急救。伤愈后，龙峻岭与单扬眉加入了武装侦搜部队的训练，并在训练中崭露头角。他们协助海警部门营救一批被国际雇佣兵挟持的中国钻井平台工人，抢回被劫持的钻井平台，并与海盗斗智斗勇，成功解救了受难的渔民，保障了我方岛礁维护工程的顺利进行。载誉归来的龙峻岭与单扬眉被正式收纳进武装侦搜队伍，龙峻岭担任队长一职。在大军区实兵演习中，龙峻岭与单扬眉紧密配合，在前出侦搜、远出侦搜、静默标定打击目标与渗透强袭科目中取得较好的成绩。随后，国际武装侦搜大赛在非洲拉开帷幕，作为首次参加竞赛的中国武装侦搜队在龙峻岭的带领下，取得了不俗的成绩。但在最终举行的空降侦搜比赛中，非洲某国的反政府武装人员企图抓捕多国侦搜部队成员，以此借助国与国之间的外交压力，迫使非洲某国政府承认反政府武装的合法化和土地占领权。目睹参赛的其他武装侦搜人员被俘，龙峻岭率队开始艰苦地突围，并在途中遇到中国外援施工队伍。面对陷入危险的同胞，龙峻岭改变作战方略营救了中国外援施工队伍，并护送他们前往安全地点。当反政府武装人员从四面八方扑来，龙峻岭与单扬眉等战友在中方施工人员的帮助下就地构筑作战堡垒，与反政府武装人员鏖战不休，最终等来了中方蓝盔部队的支援，一起击溃反政府武装分子获得了胜利。流浪的军刀的作品以描写小范围、高强度作战而见长，这部小说选取专职武装侦搜人员为主角，通过侦搜队的侦查、情报收集、重点目标搜寻、标定、指示打击等工作以及攻占敌军重要军事设施、死守待援等重要场景，展现了新时代作战模式下的军人风采，以硬核的军事技能和爱国主义精神铸就中国军魂。

流浪的军刀的另一部小说《逆火救援》从民间救援出发，记叙了消防特勤中队救援班班长因伤复员后加入户外救援队，带领一群退伍老兵改建民间救援队、守护人民生命安全的故事。消防特勤中队队员陈智在一次救援行动中受伤，他拒绝了领导安排的工作，执意复员回家闯出一片天地。陈智通过表弟肖平进入户外运动行业，肖平依仗陈智的专业出身，定制路线越来越大胆。在一次峡谷探险活动中，肖平不顾实际情况增加了活动人数，也临时更改了路线，导致几个队员被激流卷走。陈智救出他们后陷入险境，瀚海救援队及时赶到救了他。陈智认识了瀚海救援队的韦闻、吴海洋、江珊和江湖姐弟俩等人，等加入他们后才发现户外救援并没有想象中那么简单。在经历沉船事故、连池山失踪救援、得罪老领导和被行业孤立等一系列事件后，陈智重新把救援队组建起来。在他的带领下，一群退伍兵改变了以往的救援模式，将瀚海救援队改名为逆火救援队，并连续进行了几次高难度且专业的救援，得到了消防部门的认可。当逆火救援队成为行业瞩目的焦点后，遭受到许多不专业的民间救援队以及户外运动培训机构的抹黑和诋毁。为了让行业健康有序地发展，逆火救援队建立起一套完整的户外救援体系，剔除了行业内的害群之马，解决了部分退伍兵的就业难题。正当大家认为这个行业会被陈智等人垄断的时候，逆火救援队却宣布所有的课程和培训免费公开，让更多的有志青年守护祖国人民的生命。这部小说贴合现实，情节紧凑，通过职业经理人、老板、退伍老兵、幕后股东等人的矛盾纠葛揭示了民间救援组织的经营难题，以一系列险象环生的危机救援事件彰显了救援队的勇敢精神和无私大爱。此外，还有以反腐监察为主线的作品也引起了不小的市场反响。王文军的《巡察组》讲述了巡察员在反腐第一线战斗的故事。故事由一场未完成的例行谈话牵扯出了一个惊天大案和一系列的腐败人物，张毅等巡察人员面对陷阱抽丝剥茧完成一次次逆袭。这一作品反映了我国反腐战斗进入深水期、攻坚期的成效，故事情节跌宕起伏，枪战打斗惊心动魄。

湖南网络文学聚焦乡村振兴题材，以新时代山乡巨变展现中国精神与中国气派。三生三笑的《我不是村官》深刻反映了大学生回乡的现实境况和立志改造家乡、造福人民的感人经历。在粤西的西江河中心，有一座小岛名叫黄沙岛，岛上一共有三个村子：沙头村、沙洲村、沙尾村。黄沙岛和Z市辖下的鼎城区核心区域庆丰镇隔河相望，唯一和城里连通的方式是坐汽车渡轮过渡，渡轮码头属于沙洲村，因此沙洲村相对富裕一点。主人公顾晓楠是沙头村赤脚医生张凤妹的孙女，也是张凤妹众多儿孙中唯一一个留在身边的。张凤妹希望顾晓楠继承自己在沙头村上的小诊所，但顾晓楠心里却挂念着外面的世界。顾晓楠找工作屡屡失利，想要投奔爱情，又被男朋友抛弃。误打误撞中，顾晓楠考取了驻本村的大学生村官，不情不愿地留了下来。她的老同学姚莘建也结束学业返回Z市的西江大学担任教师，他跟随的高教授需要建造一个造纸科研基地，几经挑选之后，选中了黄沙岛。随着科研基地落户黄沙岛，科技创业的春风也吹到了岛上来，项目带来了就业机会，高教授还动用了私人关系，为沙头村带来良种百香果苗，村民们迎来第一波的产业更替。在顾晓楠和村干部们的努力下，百香果通过电商的形式畅销全国，沙头村摇身一变成为富裕村庄。顾晓楠也因此一炮打响，她联合自己的团队帮助沙尾村建立起文创节，帮助沙洲村盘活了老街，从实业创业走向了文创振兴乡村的道路。村官任期结束后，顾晓楠决定留下来，姚莘建也因为参与科研项目留在了基地里，他们结了婚。最终，顾晓楠在政府部门的领导下进行了轰轰烈烈的“三村整合”项目，把整个黄沙岛创建成一个巨大的文化旅游“航空母舰”，并且入选了省级的重点项目扶持。她和她的伙伴们利用自己的才华和知识，乘着时代的东风，扬起梦想的翅膀尽情飞翔。小说以乡村振兴主题，塑造了顾晓楠、朱小丽、姚莘建、林宝华、连云齐等一批奋发有为的年轻基层工作者群像，顾晓楠由不愿回乡到服务乡村的转变逻辑处理得当，深刻揭示出了乡村发展的现实处境，也彰显了基层工作者不畏艰难、勇于创新的精神。

直上青云的《逆风的翅膀》讲述了支援山区的志愿者们默默守护留守儿童和孤儿的感人故事。纪宁的母亲于清远曾是一名国企员工，她为了帮助偏远山区的孩子健康成长，毅然留在大山里当支教老师直到病逝。纪宁无法接受母亲病逝的消息，认定是山村里的孤儿让自己失去了母亲，与乡民们发生了激烈的争吵。同为志愿者的江承北为了让纪宁消除对山区孩子们的怨愤与偏见，陪伴她走遍各个山村。纪宁在深入了解了山区留守儿童、孤儿以及留守老人的生活境况后，不仅理解了母亲为这片山区的无私付出，而且通过视频宣传、直播的方法让更多人开始关注山区儿童，各界人士纷纷伸出支援之手。纪宁生活在山村的日子里，江承北的陪伴成了她的坚实依靠。两人相知相爱，一起完成了于清远的遗愿：

带着孩子们走出大山，走到外面去看更大的世界。小说反映了当前山村存在的现实问题，情感细腻动人，赞扬了山区志愿者无私奉献的高尚品格。

许多网络作品的文化自信自强意识增强，它们以传承中华文化为己任，用生动鲜活的故事复活传统技艺和瑰宝遗珍。岑小沐的《如果文物会说话》记述了网络博主和摄影师如何通过舞台剧和现代科技推广文物知识，让更多观众了解中国古代文物的经历。新闻传播专业的网络博主陶乐出生于文物修复师家庭，她从小对父亲陶平的文物修复工作非常敬重。一天，陶乐在参观石窟时，遇到了想成为文物摄影师的秦逸。秦逸的石窟摄影作品因为偶然拍到了陶乐穿唐装的镜头而在网上爆火，这启发了陶乐做视频的灵感。很快，陶乐意识到仅仅做视频无法获得更大层面的推广，如果能把文物故事搬到舞台上就能被更多人看见。于是，她和秦逸开始寻找舞台剧制作方。两人费尽千辛万苦，终于拉到投资，舞台剧成功演出。舞台剧之后，陶乐和秦逸开始思考怎么利用高科技设备把这些舞台剧或者视频在博物馆里配合文物展现出来。两人开始接洽相关科技公司达成战略合作，此举得到博物馆和文物修复部大力支持。在这一过程中，秦逸积攒了宝贵的经验，也和文物建立起深厚的感情，他通过考核正式加入了记录文物修复工作的团队，替文物们一一做出属于他们的“身份证”，并且利用自己的专业替文物发声。陶乐则以越来越多新模式为各种文物展览做宣传，让更多年轻人走近文物、关注文物。小说题材新颖，故事主角采取现代传播技术手段和舞台艺术让文物“活”起来，通过中华古代文物瑰宝讲好中国故事、展示中国形象，是增强中华文明传播力的一次有益实践。

三生三笑的《粤食记》讲述了一群年轻人将粤菜饮食文化做大做强、推向海外的故事。主人公麦希明是海外创业成功的华人后代，取得名校学位后带着父辈的嘱托回国寻根并拓展业务。他有意深耕中华饮食文化，选定了中餐行业开始了创业之路。他在招聘时遇到了三代单传的老字号粉店传人林小麦、林佳茵姐妹。而此时的林家遭遇变故陷入经济困境，姐妹俩接受了麦希明抛来的橄榄枝，他们加上技术总监程子华一起组成团队，分头探索粤菜美食。这些年轻人经历了奇妙缤纷的美食之旅，他们挖掘粤菜餐饮故事，解决行业窘境，从失败中吸取教训再次站起来奋斗。终于，他们集结众多美食传承人之力打造了温情社区早点文化的“美食城”，不仅保住了许多老字号招牌美食，而且还获得了政府部门的大力支持。在海外爱国华人的无私帮助下，他们带着全新改良过的粤菜菜单扬帆出海，以民族味道，搭着全球化的东风，征服全世界美食家的胃。小说把上百种粤式美食齐聚一堂，将老字号粤菜的制作工艺、食材来源以及背后的故事娓娓道来，塑造了深耕餐饮行业的老中青几代人的群像，粤菜专业行话和方言俚语的运用加深了地方饮食文化的魅力。

在以非遗传承为主打元素的作品中，林淮岑的《纸上问青》讲述了年轻大学生回乡后致力于传承黄麻古法造纸技艺的故事。叶问青从北师大毕业后回乡，在家乡创办了黄麻纸造纸坊。他曾经的学妹窦淮叶在文学采风活动中来到造纸坊，并发现曾经暗恋的学长叶问青是非遗继承人。对于叶问青放弃高薪工作返乡传承古法造纸技艺的行为，窦淮叶深受触动，决心帮助叶问青一起宣传。从初次申报非遗失败、县级申遗、文创比赛到获得省级十佳文旅项目，再到最后荣登央视采访，叶问青、窦淮叶和同伴们一起经历黄麻造纸技艺的传承之路。小说聚焦乡村振兴和传统文化工艺的传承话题，情节塑造真实感人，在描绘大巴山的地域风情的同时，也彰显了中国人民艰苦奋斗、不抛弃不放弃的工匠精神。

一些小说以读书或校园为背景，书写了青年求学期间的酸甜苦辣和别样年华。安如好的《机智的陪读爸爸们》通过四个性格迥异的父亲的高三陪读生活展现父子亲情，反映了孩子与父辈在青春、情感、家庭教育等方面的观念冲突，以及双方因为沟通不畅产生的种种矛盾。他们在这种矛盾与冲突中逐渐体会彼此，诠释了良好的亲子教育最终是孩子与父辈相互成长的道理。卫夫子 1 的《心慌为虐》以湘中地域为背景，生动形象地记录了学生时代一群有志青年们的成长历程，展示了新时代青年的理想与爱情。小说的男主角何梓民是一个多才、多情而又有着崇高理想的当代新青年的形象，他幽默风趣，在高三时就表现出了对文学和艺术的独特思辨能力，让学校老师对他刮目相待。后来，他考上了中国青年政治学院，成了当代大学生中的佼佼者。而女主角沈萱宜是何梓民的同乡，也是追求上进、学有所成的一名优秀女青年。他们在高中和大学期间一同经历了情感的洗礼，逐渐走向成熟，也迎来了美好的人生。小说书写了有志青年的理想与纯真爱情，巧妙设置了现实与梦境的互动，推动了情节的发展。小说的作者是一名一线教师，许多情节创构细腻真实，还原了湘中地域的校园生活场景。

二、拓宽幻想题材，以创新精神打破类型窠臼

本年度，湖南网络玄幻大神的创作成绩全国瞩目。妖夜的《武碎星河》讲述了一个山村少年历经重重险阻、守护人族抵御外族侵略的故事。百万年一场惊世大战，万族之首——人族被上百个大族联手围攻，惨败的人族从万族之首沦落到了第二梯队。人族苟延残喘，随时可能有被灭族的危机。一个来自小山村的少年江寒唤醒了母亲留给他的神器——天兽鼎，他孤身前往乱星海营救妹妹，随后带着妹妹前往大世界寻找父母，在这过程中他一步步崛起，最终率领人族抵御了万族的入侵，再次帮人族重回世界。小说架构宏大，融合热血、冒险、异世界、升级等设定，创造了百族设定，如拥有“荒之力”的荒族、火焰孕育而出的炎族、能控制亡灵生物的冥族、精灵之子灵族、没有脸的无面族、如巨人一般防御力惊人的蛮族、浑身有雷弧闪耀的雷族、身体由石头构成的石族、能在梦中杀人的梦魇族等，详细设置了四级地图、上万个界面、数千种神通道法、几百个险境、四十多个奇异洞天福地，各族地盘势力清晰，万族大战场面宏大。作家妖夜在人设群像塑造方面特点显著，作品中上百个配角都有鲜明的个性，通过小人物永不言弃、同命运的抗争精神赢得了万千读者的青睐。

同样以热血冒险和正能量写作见长的作品还有扮阳吃虎的《都市之万古狂仙》。小说讲述了修炼时陨落的帝君重生后从零开始修炼，带领伙伴一起守护世俗界和仙域的故事。仙帝洛尘在渡劫永生之际，被爱人背后偷袭以致陨落。机缘巧合之下，洛尘重生在蓝星一名落魄的高中生身

上。重生后，洛尘偶遇被追杀的校花柳依若。他救下柳依若，了解到目前的蓝星处于末法时代，而自己是这个世界唯一的修仙者。之后，洛尘帮柳家解决数次危机，接触到这个世界的修真者。在修真界的规则中，修真者可以随意欺压世人。洛尘不满世人受压迫，以一己之力单挑整个修真界，还世俗界以平等权利，自此世间再无压迫。洛尘通过修真历练破开虚空，重新回到了仙域。而此时的仙域在鸿蒙女帝陈子衿的高压政策下早已民不聊生。于是，洛尘从逃荒地开始一城一城地摧毁鸿蒙女帝的黑衣卫，最后只身前往鸿蒙王宫，斩杀鸿蒙女帝。仙域重回清明，洛尘自己也道心稳固，参透十星境界获得长生。小说延续了修真爽文的风格，反转的节奏快，语言轻松幽默。

如何让异兽流题材小说在叫好和叫座的同时写出深度，彭湃的《异兽迷城》树立了典范。小说讲述了一个少年穿越到异兽伪装的神秘世界，与同伴一起守护人类的故事。故事的主角高阳是个孤儿，六岁那年他穿越到平行世界，在一个五口之家开启了温馨快乐的生活。直到十八岁时，高阳才意外发现这个世界危机重重，许多人都是由兽伪装的，而他也偶然获得幸运系统，成为了得知世界真相的觉醒者。一旦觉醒者身份被兽得知，兽会卸下伪装进行猎杀。为了获得更多生存能力，高阳加入觉醒者组织，与同伴们展开了对抗邪恶势力的惊险之旅。小说想象丰富、体系宏大，将异能、穿越、悬疑、系统等多个类型元素巧妙融合，在现代都市中架构出人、兽、鬼等不同种族，设置了十二生肖、麒麟工会、百川团、苍母教、玄门等势力划分组织，所涉及的人物技能序列有近两百种。除了高阳、青灵等主角外，小说还创设了颇为出彩的配角群像，尤其是对于迷失兽王子凯、鬼团初雪、觉醒者黄警官和鬼马等人的塑造温情而细腻，打破了非黑即白的标签式配角滥觞。此外，颇有意味的是，小说把兽分为贪兽、痴兽、嗔兽、妄兽、生兽、死兽等种类，其中又包含寄生者、寄宿者、迷失者、伪装者、吞噬者、杀伐者、号角者、至暗者、观察者、光临者等多种类型。可见，即便是在兽的世界同样遍布社会关系网络，兽扮演的人类角色又何尝不是一种复杂人性的隐喻。面对利益、诱惑、谎言和生死考验，高阳和他的同伴始终坚守本心，用勇敢、真诚、信任、敬畏等可贵品质在异兽迷城中重新阐释了何为大写的人。

用文化为玄幻小说赋魅，是近年来湖南网文创作的新趋势。应景小蝶的《苗疆秘闻录》通过苗疆异域文化开启神秘探险之旅。故事的主角龙飞幼时放牛误入已经荒废的摘芒寨，看到狼群不小心激活了沉睡的蛊王，虚弱蛊王发现龙飞后，寄生于他的体内。转眼十多年过去了，龙飞成为了专研苗族文化的研究生。有天他接到上级通知，让他给一支国外的科考队当民俗顾问，却不想这只科考队的队长竟然是中学时期的好友。科考队不听劝阻强行进入摘芒寨，并在祭坛下发现了秘道。众人一同进入后，发生了队员偷拿祭品中毒而亡、观看壁画引来蛇群等离奇事件。龙飞与同伴逃离时掉入了另一个空间。在这里，他们发现了传说中的天工楼。为了保命，他们不得不闯天工楼，历经了一路艰险后才知道这座楼并不是天工楼，而是地狱重楼。从地狱重楼逃出后，大家发现龙飞体内的蛊王似乎有了苏醒的迹象，如果不马上想办法解决，蛊王一旦彻底苏醒，龙飞会有生命危险。为了帮龙飞解决身上蛊王的问题，亲人朋友陪他一同闯入蝴蝶谷、替生冢、天工楼和长生碑等地。在一次次的冒险以及与国外势力的周旋之中，龙飞懂得了生命的意义，对生命与感情更加地珍视，也下定决心好好研究老祖宗留下的瑰宝，不让它们再遗失在历史的长河之中。小说情节疑团迭出、险象环生，如抽丝剥茧般揭开了苗疆神秘文化的层层面纱的同时，也抒发了可贵的同伴情义和热血精神。作品人气火热，长期居咪咕文学网同类作品排行前三。

扮鱼戏水的《我靠读书成圣人》讲述了现代青年穿越到文道世界，看到文道修士欺压百姓、以文乱法后立志读书修行救世的传奇经历。林亦穿越到一个以文道为尊的世界，成了县衙里的临时捕快。他被人诬陷盗窃道宗邪术，判流放之刑，却在流放途中凭借诗词唤醒文道之心，受平洲书院会元方晴雪相助，自证清白，并调查出了事实真相。之后，林亦凭借前世诗词文章修浩然正气，在考取功名时见证文道繁荣下的民间疾苦，立下了为生民立命的大宏愿，并在践行宏愿的路上，揭开大陆镇国圣院与道宗以及皇朝的千年秘密，并最终拨乱反正，匡扶天下正义，开辟了万世太平。小说设立了开窍、立命、仁者、儒生、德行、君子、大儒、亚圣、圣人的文道九境升级体系，把文道之心、书香、才气、浩然正气等化抽象为具象，将诗经、楚辞、汉赋、唐诗、宋词信手拈来，属于典型的儒道流创作风格。颇具创意的是，作家在小说中增加了探案情节，将文人“不平则鸣”的创作心境以升级写法表现出来，通过主角的文人风骨揭露满口仁义道德的伪君子，回归了文以载道、读书致仕的本真意义，对于以往穿越主角的“文抄公”形象进行了突破。

许多网络作家尝试以创新精神突破玄幻文的模式窠臼，给人以耳目一新之感。一夕成道的《星际战争领主》讲述了从旧宇宙时代穿越而来的青年带领团队在星海扩张领土的故事。李清在旧宇宙破灭的危急时刻启动了金手指，陷入了长达万年的沉睡中。等他醒来后已经是新银河历 10018 年。他手握旧宇宙的遗珍，带领亿万艘战列舰横扫星际，最终成了争霸领主。小说以战舰、异能为主打元素，集齐了护卫舰、驱逐舰、巡洋舰、战列舰、无畏旗舰、泰坦超旗乃至移动要塞、移动战星等作战装备与技术，凭借系统流开创了数据化星际战争写法。木森火焱的《大学开学，国士身份被全网曝光》是一部融合多种类型元素的学霸题材小说。楚阳由于参加华夏 1nm 光刻机技术的设计与制造，隐姓埋名地在基地从事研发工作三年。他圆满完成任务后，为了履行与中学时期恋人林清雪的约定，来到京都大学成为一名大一新生，也开启了科研与恋爱的双丰收之路。小说将校园言情、科幻、玄幻与学霸流题材相融合，设定新颖，脑洞较大。

三、升级女频爽感，以“双强”人设打破“大女主”路线

湖南的女频小说创作多以“大女主”形象塑造见长，本年度涌现出了许多新人新作，她们改变了把关注点投射在女性身上的创作惯性，以男女主角“双强”的人设对女性主义写作，尤其是女权式的写作进行了反拨。夏弥尔的《揽倾入怀》描述了明星与医生的甜宠恋爱日常。顶流女明星白倾因腿伤入院，不料在医院偶遇前男友宋砚。此时的宋砚已成为脑外科主治医师。两人在高中时暗生情愫，高考后曾短暂地在一起，

后来各奔前程。在分开的十年中他们努力打拼，都成了行业里耀眼的存在。二人再次相遇后发现，原来彼此都一直默默守护着最初的那份爱情。白倾与宋砚兜兜转转的校园暗恋最终修成正果，收获圆满的幸福。小说将甜宠文与行业文相结合，采用“双强”“双洁”人设，文笔生动风趣，故事情节不落俗套。莲沐初光的《孔雀城下小青衣》讲述了少宰李牧阳和百戏师花霓携手守护国家安定的故事。非遗民俗学博主花霓打开一个古董魔术箱，穿越到一个神秘的时空，成了祭祀大典上的神女孔雀。大典之后，花霓被少宰大人李牧阳投入大牢。为了脱身，她不得不和李牧阳斗智斗勇，又误打误撞陷入了神秘的追杀风波。她与李牧阳一同携手渡过难关，不仅治理了旱灾，而且还打击了古代黑暗势力。与此同时，小说在跌宕起伏的故事中展现了古代戏曲和百戏文化，充分再现了古代民间表演艺术中的质朴、善良以及期待家家团圆的美好愿望。

都市总裁文历来是女频小说中最畅销的类型，除了豪门复仇、虐恋、甜宠、替嫁等常见题材，近年来还新增了马甲、萌宝等热门题材。湖南网络作家综合借鉴这些题材，在延续以往言情小说爽感的基础上，着重刻画不同遭际下女性的心灵成长与转变，家人、爱人和孩子的笔墨在小说中的比重提升，这种情感关系塑造打破了灰姑娘与白马王子式的人物模型，使得人物形象逐渐丰厚。狂奔七七的《傅爷的小祖宗凶凶哒》记述了一个女孩遭遇爱情背叛和家族抛弃后的成长故事。小说的女主角简云希自幼丧母，父亲简明峰将云希原本拥有的爱和家业都留给了继妹，十几岁的时候送她到国外自生自灭。后来云希回国又遭男友劈腿和家族算计，落魄之时遇到了富家公子傅禹风。云希没有向命运低头，她学会了调香、武术、计算机等技术，拥有多个马甲经营自己的事业。与此同时，傅禹风也对她展开了执着的追求，两人在事业爱情上双丰收。小说以甜宠为基调，塑造了性格飒爽、积极阳光的女主角形象，通篇节奏轻松愉快，故事情节切合时代潮流热点，对爱情、亲情、友情的描摹细腻感人。七舒雨雾的《闪婚后，小娇妻马甲捂不住了》讲述了一个女孩长大后重寻亲人并收获爱情和事业的经历。念安自幼跟着舅舅生活，之后被舅舅吃绝户并把她扔在乡下不闻不问。所幸的是，念安被几个德高望重的师父收养，人生也从此走上“开挂”之路。她不仅遇到了自己心爱的人，还找到了哥哥、父亲以及失忆的妈妈。在这个过程里，她一路收获师恩、亲情、爱情和友情。小说情节曲折，故事线紧凑清晰，文笔细腻，彰显了在逆境中自立自强、勇敢上进的女性力量。思小朵的《替嫁狂妻：马甲大佬她A爆全球!》为奇幻脑洞言情作品。女主角温伶因一场大战魂穿成了苏家替嫁的养女。她在帮助男主角贺谨川治疗腿伤期间，将古老的玄术用到正处，不仅惩治了那些利用玄术作恶的坏人，而且也通过自己的医术治病救人。这部作品讲述了率性洒脱的女主和霸道病娇的男主相互救赎的经历，都市总裁文与异能马甲文的结合再辅之神医、替嫁、契约等设定，颇为吸引读者眼球。轻舟的《冲喜夜，老公逼我让位白月光》讲述了自带霉运的乡下女孩的豪门逆袭婚恋故事。小说的女主角叶灵清为了活命，上门逼婚京都权贵霍廷霄。婚后的豪门生活重重危机，她遭遇了下人的处处刁难、小姑子的羞辱掌掴以及白莲花的设计陷害。当霍廷霄陷入生死危机时她以命相救，却被白莲花冒名顶替和百般侮辱。那一夜，叶灵清绝望心死，假死离开。等得知叶灵清死讯，霍廷霄才幡然醒悟。他不惜一切代价找出真相，也明白了自己的心意，重新踏上了寻爱之路。小说带有新媒体和无线风的设定，融合了豪门虐恋、玄幻、风水等元素，叙事节奏快，读者人气火爆。

值得一提的是，一些网络作家寻找到“反总裁”“开脑洞”等新的创作方式，为女频小说提升了爽感。小十九镜的《农家悍妻有空间：种田搞钱养首辅》讲述了女总裁秦琴穿越后的开挂人生。女总裁秦琴穿越到架空朝代的琼州郡上，成了一个凶悍女破落户。她不甘于贫困的生活，和入赘的女婿明湛以及三个孩子一起同心合力地奋斗，由勤劳而致富兴家的励志故事。小说不再选取都市精英男性作为总裁原型，而是在综合运用穿越、随身空间、萌宝等类型元素的基础上，让女总裁这一形象与种田文奇妙结合，并且还大量借鉴了琼州、粤西、湖南的民风民俗，人物塑造鲜活，细节生动有趣，宛如古代社会的民俗风情画。萌大七的《偏执反派他宠我上天》讲述了女主顾随心因“穿书”成为反派大佬陆行止的炮灰前妻，通过攻略老公和一对双胞胎儿子救了全家，并获得粉丝喜爱的正能量故事。小说是融合甜宠、系统、萌宝、娱乐圈、虐渣等多种设定的反套路爽文，以幽默逗趣的文风和日常温馨的叙事圈定读者群。这类以“穿书文”中的炮灰人设“反配为主”的小说让人脑洞大开，将爱情作为一种攻略游戏的态度打破了以往霸总文的套路，彰显了时下流行的“Z 世代”网文的鲜明个性。

四、发挥组织优势，以平台和基地推进网文行业发展

本年度，湖南省网络作协进一步发挥组织优势，作家队伍建设卓有成效，各类活动积极开展，通过网络文学小镇为核心枢纽推进产学研一体化，网络作家在行业内取得了多项成绩。

在会员发展与专业技术提升方面，2022 年湖南省网络作协新增加会员 300 余人，目前协会共有在册会员 2600 余人，在全国的省级网络作家协会中会员人数最多。在网络作家的思想建设与专业技能提升上，湖南省网络作协举办了多次专业培训活动。1 月 6 日，省网协在中国网络文学小镇召开座谈会，进一步系统传达学习贯彻习近平总书记在中国文联十一大、中国作协十大开幕式上的重要讲话精神，协会 20 余名网络作家参与座谈、学习。8 月 15 日，在省人社厅的支持下，省网协在长沙组织开展“湖南网络文学现实题材高级研修班”，本次培训班为期 5 天，共有 68 名网络作家参与学习。11 月 7 日，省网协党支部联合省人社厅专技处党支部共赴益阳清溪村开展了学习党的二十大原文“对党忠诚”专题研讨主题党日活动。12 月 26 日，省网协共推荐 120 名作家参加由中国作协网络文学中心举办的“党的二十大精神专题线上培训班”。除了作家培训，湖南网络作家在职称评审方面也走在前列。2021 年，湖南首次开设了网络作家职称评审专场通道。2022 年，省网络作协在省作协、马栏山视频文创园的支持下，继续开展湖南网络文学专业职称专场评审，并于 11 月 9 日正式启动报名。此外，协会还多次与统战部门、团委等取得紧密联系，为网络作家在政协委员、青联委员等方面争取政治安排。

在基地建设方面，湖南省网络作协以中国网络文学小镇为核心进行

运营和对外合作，盘活了网络文学上下游的产业生态链。2022 年，网络文学小镇在湖南省网络作协的牵头下，与今日头条、阅文、七猫、爱奇艺、芒果 TV、喜马拉雅等 10 余家头部企业签订电子版权分发与项目孵化协议，引入奇虎文化（培训）、硬核文化（出版）、美西螈（有声）、漫无表情（动漫）等 12 家网文产业企业进驻小镇，与农道、湖湘文创、宅设等文旅文创领域 10 余家企业达成战略合作，和沅江市、益阳谢林港镇、常德桃花源、郴州汝城等地展开文旅项目合作。此外，网络文学小镇还与湖南大学、中南大学、杭州师范大学、安徽大学、江南大学、嘉兴学院、晋江文学城等高校以及行业机构开展网络文学评论生态建设合作，共同繁荣网络文艺，并多次与共青团湖南省委、开福区统战部等政府机构联合举办各项活动。网络文学小镇以创办国家级一流网络文学基地为目标，努力镀亮“网络文学湘军”品牌、打造“文产新地标”，在营建服务阵地、打造产业平台、办好品牌活动等方面发挥了核心枢纽作用。

在作家成绩方面，许多作家在创作项目扶持、征文大赛获奖、网站榜单排行、版权出售和改编等领域收获颇丰。愤怒的香蕉的《赘婿》、贼眉鼠眼的《贞观大闲人》2022 年进入大英图书馆典藏。三生三笑的《粤食记》入选 2022 年度中国作协网络文学重点扶持项目，她的另一部作品《青春留青山，热血染红颜》荣获中国作协网络文学中心联合团中央社会联络部主办“学习二十大 青春著华章”主题征文优秀作品奖（小说类）。安如好的《机智的陪读爸爸们》于 2022 年 2 月获得上海作协现实题材网络文学重点作品立项。直上青云的《逆风的翅膀》获上海市委统战部主办的“大道同行”纪念统战百年短篇作品征文大赛三等奖。在 2022 年七猫中文网举办的第二届现实题材征文大赛中，岑小沐的《如果文物会说话》获得分类一等奖，林淮岑的《纸上问青》获优秀作品奖。妖夜的《武碎星河》在番茄小说火热连载，并一直处于玄幻追读榜、完读榜头名。彭湃的《异兽迷城》获番茄小说网 2022 年阅读榜、热评榜、高分榜第一，单日在读人数最高达 138 万人，动画、漫画、出版、有声版权均已售出。扮鱼戏水的《我靠读书成圣人》总阅读人数达 240 万人，日均在读人数20万左右，连续两月进入七猫中文网全站必读榜单，获得中文在线万丈书城征文三等奖。应景小蝶的《苗疆秘闻录》长期居咪咕文学网同类作品排行前三。流浪的军刀的《驾长车》与著名导演、演员吴京达成合作，目前已由登峰影业立项。丁墨的《乌云遇皎月》改编的影视剧在爱奇艺播出，收视火爆。莲沐初光的《孔雀城下小青衣》参与爱奇艺“青创”计划，已被改编成网络剧，由周峻纬、张楚寒等主演。萌大七的《偏执反派他宠我上天》已和腾讯影业签约中短剧版权。狂奔七七的《傅爷的小祖宗凶凶哒》荣获七猫2022年度最佳新秀作品奖，有声已改编，短剧已签约。七舒雨雾的《闪婚后，小娇妻马甲捂不住了》有声已改编，海外版权已签约。烟秾的《贼娘子》更名的电视剧同名小说《柳叶摘星辰》由四川文艺出版社出版发行，影视版权已出售并完成拍摄制作。王文军的《巡察组》在喜马拉雅上线7个月时间内点击量超过2000万人次（两个版本），订阅超过3万人，粉丝增长超过4万，完播率一直在85%以上，新品榜排名一度达到第6位，留言、评论和点赞均在万次以上。傅年年的《八零团宠美娇娇》多人精品有声改编作品在喜马拉雅App上线。夏弥尔的《揽倾入怀》累计阅读人数124万，总评论2万多条，获番茄小说“她·甜宠”征文大赛第7名。思小朵的《替嫁狂妻：马甲大佬她A爆全球!》在百度小说APP里获得在读30万，收藏人数21万，评分达9分。轻舟的《冲喜夜，老公逼我让位白月光》获点众女频月销售前十。

总的来看，湖南网络作家一直在朝精耕品质的道路上迈进。不过，随着近几年国内网络免费文的强势崛起及其运营模式的大行其道也无形中影响了湖南网络文学的创作趋向。其中，最为明显的就是湖南网络作品中出自免费文学网站的作品呈现出集束式增长的趋势。套路文、打脸文、神豪文、霸总文等在番茄、七猫、飞卢、连尚等文学网站大批量地涌现逐渐形成了一股高频率反转和快节奏打脸的“免费文风”，一些作品被噱头式标题和“狗血”剧情拉低了审美品位，亟须“去油腻”和“接地气”。值此关头，党的二十大会议的召开给湖南网络文学创作和行业发展指明了方向，湖南网络作家要“以社会主义核心价值观为引领，发展社会主义先进文化，弘扬革命文化，传承中华优秀传统文化，满足人民日益增长的精神文化需求”，湖南网文行业的发展应始终坚持社会效益优先的原则，做到社会效益与经济效益相协调，在时代责任和复兴使命下实现网络文学的高质量跃迁。

（贺予飞）

2022年度湖南电影文学创作综述

一、概况

在2022年全国首映的电影中，由湖南影视公司或机构摄制出品、湖南人执导或湖南人编剧的电影主要有17部。此外，由湖南人创作，发表于纸媒的电影剧本主要有1部①。各作品的基本信息见下表②：

片名	类型	导演	编剧	主演	出品单位	许可证编号	全国首映时间	原著 网播平台 湖南关联
《长津湖之水门桥》	历史、战争	徐克	兰晓龙、黄建新	吴京、易烊千玺、段奕宏、张涵予、朱亚文等	出品：北京博纳影业集团有限公司、中国人民解放军八一电影制片厂、华夏电影发行有限责任公司等；联合出品：英皇影业有限公司、抖音文化（厦门）有限公司等	电审故字［2022］第001号	2022年2月1日	爱奇艺、腾讯视频、优酷网、芒果TV、咪咕视频等；编剧兰晓龙为湖南邵阳人

① 限于资料，可能还有一些发表于纸媒的电影文学剧本尚未收录进入本表。

② 表中各电影的基本信息源自于电影视频、海报、预告片、国家电影局官网（https：//www. chinafilm. gov. cn）、1905电影网（https：//www. 1905. com）等可靠资料或官方网站。

续表

片名	类型	导演	编剧	主演	出品单位	许可证编号	全国首映时间	原著 网播平台 湖南关联
《奇迹·笨小孩》	剧情、亲情	文牧野	周楚岑、文牧野、韩晓邯、钟伟	易烊千玺、田雨、齐溪、公磊、许君聪等	出品：坏猴子（上海）文化传播有限公司、梦将军（上海）影业有限公司、深圳广播电影电视集团等；联合出品：上海华人影业有限公司、潇湘电影集团有限公司等	电审故字［2022］第002号	2022年2月1日	爱奇艺、优酷、腾讯视频、芒果TV、咪咕视频等；湖南公司联合出品
《迷失》	悬疑、惊悚	徐晓陆	杜亮	孙飞翔、郭蓉、管金麟、李卓扬、申容泽等	湖南午马影业有限公司、湖南智创视通企业管理运营有限公司	电审故字［2021］第143号	2022年4月15日	湖南公司出品
《云崖飞车》	运动、青春	高小非	刘力	白云峰、龚楚涵、彭景泉	出品：文源影视有限公司、湖南秦简影视文化有限公司；联合出品：山东泰岳兄弟影视有限公司	电审故字［2019］第780号	2022年4月15日	咪咕视频、乐视视频；湖南公司出品
《走出炭子冲》	传记、历史	刘一君	陈舒平	文力、杨静儿、应懿暄、张哲人、潘悦、王永峰	中央宣传部电影卫星频道节目制作中心、时代华艺（北京）文化传媒有限公司	电审故字［2021］第345号	2022年5月4日	湖南公司联合摄制、传记电影主角刘少奇为湖南宁乡人

续表

片名	类型	导演	编剧	主演	出品单位	许可证编号	全国首映时间	原著 网播平台 湖南关联
《红光》	战争、爱情	孟奇	康健民	梁缘、曹骏	山西景辰未来影视传媒有限公司	电审故字［2022］第542号	2022年7月5日	编剧康健民为湖南桃源人
《何叔衡》	革命、历史	刘苗苗、周琦	谭仲池、赵楠	巩峥	潇湘电影集团有限公司、湖南潇影第二影院有限公司、湖南宁影文化传媒公司	电审故字［2021］第468号	2022年7月8日	西瓜影音；湖南公司出品
《回家，扒龙舟》	纪实	米子、王海纹	王海纹、张晨阳、俞佳	米承华、米成全、熊卫海、姚祖延、米显忠等	出品：上海米子影视制作有限公司、上海晓米文化传播有限公司、潇湘电影集团有限公司等；联合出品：上海君春影视有限公司、贵州慢慢的时光里等你影视文化发展有限公司	电审纪字［2021］第13号	2022年8月3日	湖南公司出品
《我们的样子像极了爱情》	青春、爱情	王梓骏	刘同、曾韬	李孝谦、漆昱辰、林俊毅、修雨秀、许童心、丁冠森	出品：北京光线影业有限公司、小森林（扬州）影业有限公司；联合出品：北京深海十月传媒有限公司、天津橙子映像传媒有限公司	电审故字［2022］第196号	2022年8月4日	咪咕视频、腾讯视频、爱奇艺、优酷视频、芒果TV；编剧刘同为湖南郴州人

续表

片名	类型	导演	编剧	主演	出品单位	许可证编号	全国首映时间	原著 网播平台 湖南关联
《我的非凡父母》	现实、家庭	朱凤娴	朱凤娴	惠英红、吴岱融、吴千语	天马影联影视文化(北京)有限公司、东方影业出品有限公司(中国香港)、上海鸣肇影视文化有限公司、上海天马联合影视文化有限公司、佛山东天影视文化有限公司等	电审故字[2021]第118号	2022年9月2日	爱奇艺、腾讯视频、优酷网、芒果TV、咪咕视频等;湖南公司(潇湘电影集团有限公司、湖南蛮好电影有限公司)发行
《狼群》	动作、战争	蒋丛	蒋丛	张晋、李治廷、蒋璐霞、刘智满、叶浏等	出品:春秋时代(平潭)影业有限公司;联合出品:北京光线传媒股份有限公司、盛耀蔚莱(北京)国际文化发展有限公司、云南金彩视届影业股份有限公司、厦门项王电影有限公司等	电审故字[2021]第518号	2022年9月9日	爱奇艺;湖南公司(潇湘电影集团有限公司、湖南蛮好电影有限公司)发行

续表

片名	类型	导演	编剧	主演	出品单位	许可证编号	全国首映时间	原著 网播平台 湖南关联
《无负今日》	当代、剧情、青春	赵小溪、赵小鸥	梁振华、胡雅婷	王劲松、乔振宇、刘芸、高伟光、曹磊	北京师范大学、北京青春你好文化传媒有限公司、北京完美世界影视有限公司	（京）网影审字（2022）第022号	2022年9月10日	腾讯视频、爱奇艺、优酷视频、芒果TV、哔哩哔哩等；编剧梁振华和胡雅婷都是湖南人
《追光》	传记、历史	斗琪	斗琪、雷献和、胡金岚	刘梦珂、丁鹤、郭涛、王劲松、金巧巧	湖南聚龙盛丰影视传媒有限公司、湖南聚龙盛丰影视传媒有限公司平江拍摄基地、霍尔果斯朵儿影视文化有限公司	电审故字［2022］第125号	2022年9月15日	湖南公司出品
《浏阳河上》	剧情、纪实	赵楠	谭仲池、赵楠	马羚、徐雷智、赵越	湖南潇影第二影业有限公司、潇湘电影集团有限公司	电审故字［2021］第485号	2022年11月11日	湖南公司出品

续表

片名	类型	导演	编剧	主演	出品单位	许可证编号	全国首映时间	原著网播平台湖南关联
《动听的生命》	剧情、纪实	屈诗航	欧阳吉元、屈诗航、周慧	姚航辰、尹李昊洋、陈奕彤、王艺璞等	湖南金星影业有限公司	电审故字[2022]第135号	2022年11月18日	湖南公司出品
《不一样的九零后》	青春、爱情	温国庆	赵鹏	闫佳颖、张晹、杨宵、李越昕蕾	出品:北京潇龙影视文化有限责任公司、湖南帝马钱加亿影视有限公司;联合出品:湖南方格子影视文化有限公司	电审故字[2021]第370号	2022年11月20日	咪咕视频、乐视视频;湖南公司出品
《绝望主夫》	喜剧	张琦	张琦、朱珠、田晓威、张思阳	常远、李嘉琦、魏翔、王成思、郭祥鹏等	出品:北京猫眼微影科技有限公司、上海淘票票影视文化有限公司、上海爱美影视文化传媒有限公司等;联合出品:潇湘电影集团有限公司、湖南蛮好电影有限公司等	电审故字[2022]第349号	2022年12月31日	爱奇艺;湖南公司联合出品
《桔子飘香》	电影文学剧本		王久金					作者为湖南人。发表于《电影文学》2022年第8期,尚未摄制成电影

如上表所示，2022 年首映的湖南电影题材多样，依据主要特征分类，上述电影具体分为：历史战争片 6 部；青春片 4 部；纪实片 3 部；亲情片 2 部；恐怖片 1 部；喜剧片 1 部；纸媒电影剧本 1 部（数量统计不全）。鉴于一些影片具备多种类属性，为便利行文，依其主要特色归于其中一类。[①] 本文将主要依据上述电影的视频、相关新闻报道等可信的资料，对 2022 年度的湖南电影文学进行简要述评。

二、分类述评

（一）历史战争片：以人物为中心重现革命记忆，呼唤家国情怀

作为诞生无数革命领袖的湖南大地，红色基因是灌注在湖湘人民骨血中的存在，因此历史战争片一直是湖南影视剧备受青睐的类型。恰逢近几年主旋律电影广受好评，如《我和我的祖国》等一系列影片，既让观众叫好，也在影院十分卖座。2022 年湖南电影在历史战争类题材上格外侧重，共有 6 部。本年度首映的湖南公司出品或摄制发行的电影主要有《走出炭子冲》《何叔衡》《狼群》《追光》；湖南籍导演或编剧创作的影片主要有《长津湖之水门桥》《红光》。这些影片大多以人物传记的形式讲述历史故事，重现革命记忆，在惊险刺激的战争场面中呼唤家国情怀。

在春节档上映的《长津湖之水门桥》背景是历史上真实的"水门桥战役"，续写着 2021 年票房冠军《长津湖》的故事，刻画朝鲜战争中的中国志愿军第七穿插连的峥嵘往事。该影片改编自湖南作家兰晓龙写的小说《冬与狮》。电影由徐克执导，兰晓龙、黄建新编剧，北京博纳影业集团有限公司等单位出品。影片开场是炮兵营志愿军在风雪中艰难地护送着缴获的大炮，接着美军飞机突然出现，将炮弹毁坏一空。于是伍千

① 因尚未上映的电影无法获取视频，无法根据具体内容进行较为深入地评价。故本文所评述的电影作品仅限于本年度首次在全国范围内公映的湖南电影。为体现地域特色，同时因为资料的局限，本文详述湖南影视公司摄制出品的电影，略述湖南籍导演和编剧创作的电影。

里所在的第七穿插连带领着炮营向美军外围防御阵地下碉隅里进攻，再次抢到了宝贵的炮弹资源。接着七连接到了更艰难的任务，即联合九连一起炸毁美军史密斯部队唯一的撤退途径——水门桥，防止敌军集合会师。第一次炸桥，九连采取声东击西战术，但被发现，最终只远程点燃了桥上少量炸药包，连长谈子为英勇牺牲；第二次炸桥，志愿军制定了更灵活的作战方案，可因为语言不通，加之敌军增援部队提前到来，计划无法顺利实施，桥面只炸毁了一个大窟窿；接着敌军向水门桥四周投放燃烧弹，导致死伤惨重，第三次炸桥更为艰巨。伍千里在剩余众人的掩护下，带着炮弹滚落在美军新修复的桥面上，在他坠桥的最后时刻射击炮弹，成功点燃桥面。电影结局令人唏嘘，水门桥依旧被美国空军飞机运输的钢梁修复好，炸桥行动失败，两个连的战士仅剩伍万里一人。虽然如此，但革命火焰和志愿军精神始终延续，这次炸桥行动展现了中国志愿军的英勇，加速了美军撤退朝鲜战场的进程。

《长津湖之水门桥》是带有悲壮色调的英雄之歌。雪色掩映下的中国志愿军是渺小的，面对美军武器、人力和领空的各项优势，去完成几乎不可能完成的任务。但正如九连连长牺牲前所说，“哪一场仗不难打的，越难打，越更要打!”中国志愿军们虽是血肉之躯，却迸发出钢铁一般的意志。他们并不是被神化的超人，也不是没有瑕疵的圣人，而是具有真实感的普通英雄。伍千里会在上战场前细心叮嘱伍万里不要“乱飞”，余从戎会在赴死前回忆自己和妻子分别时的场景，平河也会忐忑地和伍万里说伍百里是因为他而牺牲，等等，让人认识到正是无数这样普通英雄的出生入死，才有如今的和平生活。

影片在叙事处理上详略得当，三次炸桥行动侧重于最精彩的第二次。面对敌军设下圈套意图进行“猫捉鼠”的游戏，七连指导员余从戎机智识破，此前部署的四路作战计划也有条不紊实施着，特别是从水管突进占领水泵房，更将敌军打得措手不及。若非美军救援军队提前到达，此次炸桥行动会取得极大的胜利。电影塑造出一个个惊险刺激又动人心弦的战争场景，给观众带来视觉和听觉的双重冲击，更重要的是尊重历史事实，努力还原出这场惨烈悲壮但值得纪念的“水门桥战役”，唤起了观众心底深沉的家国情怀。

青年总是时代最富有生命力和朝气的群体，在“五四青年节”到来之际，《走出炭子冲》为人们讲述了一位伟人刘少奇鲜为人知的青春历史。该片由刘一君执导，陈舒平参与编剧。起初，少年刘少奇想通过拜师习武来反抗地痞土匪和帝国主义的压迫。前往北京接触到“五四”新观念后，他意识到仅靠武力无法实现真的解放，只有社会主义思想才能真正给群众带来新生。在家人的支持下他前往苏联求学，寻觅真理，最终参加中国共产党，义无反顾地投身革命洪流之中。该片是一部非典型的传记电影，它拒绝了一般传记电影面面俱到式整个人生阶段的记录，从青春岁月的小切面进入，还原了那个历史年代下热爱知识、寻求真理的革命有识之士，更能让广大青年观众从其间获得共鸣，感悟成长。①

革命年代战火纷飞，在这时期发生的爱情也往往沾染了家国情怀，双方因相同的志向而紧紧相依。《红光》就是一部这样的战争爱情片。它依据著名抗日英烈之一王光烈士的真实事迹改编，讲述了共产党女战士王光的成长经历以及她与同志苏志乾的爱情故事。② 影片由湖南人康健民编剧，孟奇执导。电影并没有用说教的方式展现一位革命女战士的成长经历，而是通过大量细节展现了革命信仰在幼小的王光心中萌芽并逐渐成为生命支柱的过程。

建党节过后一个星期，电影《何叔衡》全国首映。该片由导演刘苗苗、周琦联袂执导，谭仲池、赵楠联合编剧。故事发生的背景是在1931年4月，顾顺章反叛，上海革命形势日益严峻，何叔衡奉命从上海秘密前往中央苏区。何叔衡在苏区任职期间，拒绝诱惑，秉公执法，始终把群众利益放在个人前途之上；他富有智慧，对案件的处理讲究“情理合一”。1935年2月何叔衡壮烈牺牲于福建长汀。该片反映了中共一大代表、中国共产党创始人之一何叔衡的革命生涯，荣获湖南省第十五届精

---

① 陈先义．一部感人肺腑的青春之歌——评电影《青春少奇之走出炭子冲》［N］．文艺报，2022－04－27（4）．

② 饶曙光．电影《红光》：循光向前，用信仰照亮未来［N］．中国艺术报，2022－11－07（4）．

神文明建设“五个一工程”奖。电影别出心裁的叙述手法——采取第一人称日记体进行讲述，为观众提供了良好的观影体验。① 同时，用日记来勾连故事发生的段落与情节，既增加了电影素材选择的自由度，也可以更好地揭示以何叔衡为代表的早期中国共产党人的内心世界。

不同于前几部影片，大多以过去特殊战争年代发生的人和事为电影主要内容，由蒋丛自编自导的电影《狼群》是一部现代军事动作片。影片主角是一群在国外的中国佣兵——“狼群小队”，他们虽然表面上是受雇于国际公司从事境外安保工作，实际上是在国外时刻关注并及时干预可能对国家造成危险的事件。该影片由潇湘电影集团有限公司等单位宣传发行。故事是在沙漠起始，医学博士柯童正辗转于各国试图寻找自己父亲当年的死亡真相，却意外被以老刁为首的“狼群小队”带走，被迫卷入一场和恐怖分子斗智斗勇的作战。起初柯童不理解老刁他们的想法，试图逃跑，甚至在执行任务时擅自开抢，后来才明白“狼群小队”保护国家、维护和平的信仰，并决心加入小队。在行动中，“狼群小队”意外发现恐怖分子妄图破坏中国境外天然气管道以掀起能源危机的阴谋。于是老刁带领大家远赴库利国，帮助保护中资代表曲峰的安全，以便她签署延后天然气管道运行的合约，并成功拆除了恐怖分子在管道上设下的炸弹，守护了国家的和平。

影片在人物塑造上颇有用心，柯童从开始的偏见到最后和“狼群小队”建立浓浓的兄弟情，体现着人物的成长；老刁作为小队的核心，硬汉的外表下也有柔情一面，一直关注着已逝战友儿子的成长；中性化的妖怪作为其中唯一的女性角色，亦被人默默爱护着。小队内部的感情让人为之动容。电影集家国情怀和精彩武打戏为一体，获得了良好的市场反馈。逼真的拍摄道具和布景，专业的特种作战技术指导，拳拳到肉的打斗场面，都给观众带来了巨大的视觉震撼。更重要的是，素材选择有新意，让人关注到这一群在 21 世纪的大环境下捍卫祖国和平的国际安保人员。

---

① 黄能．电影《何叔衡》今起全国公映［N］．长沙晚报，2022－07－08（01）．

《追光》，电影名称便是传记主人公的生动代名词。缪伯英是中国第一位女党员，作为中国革命先驱的她，更是不折不扣的“追光者”。身为“湘妹子”的缪伯英有湖湘人民敢想敢做、敢为人先的意志，在工人运动、妇女运动和学生运动上都作出了巨大贡献。① 该片由斗琪执导，湖南聚龙盛丰影视传媒有限公司等单位出品。同时，《追光》与前文提及的电影《红光》有异曲同工之妙，都很好地平衡了爱情与革命成长，缪伯英与丈夫何孟雄因革命相识，又一同为革命献身，被称为“英雄夫妻”。

上述6部历史战争片，无论在故事取材还是在人物展现上都有各自的特色。其中四部表现的是国内抗战时期优秀的革命志士，另外两部则是表现中国人民在境外为和平所做的努力。这6部电影最大的共同点就是都立足于一个“人”字。他们或明知不可为而为之，或艰难求索真理，或从革命中获得能量，或打响苏区反腐第一枪，或默默守护国家安康，或积极投身妇女解放运动。这些影片无论是对英雄人物的群像塑造，还是对革命志士传记式的突出呈现，都特别能打动人心，令人不由自主地生发出强烈的社会责任感。

（二）青春片：直面成长各色迷惘，探寻人生真义

代表着时代最新样貌的青春片，一直受到广大年轻观众的喜爱，也是电影行业的主流电影类型。本年度由湖南公司出品或摄制发行的电影主要有《云崖飞车》《不一样的九零后》等；湖南籍导演或编剧创作的影片主要有《我们的样子像极了爱情》《无负今日》等。

作为一部内容丰富的青春片，《云崖飞车》包含着竞技运动、反腐倡廉和少数民族等多种元素。影片由高小非执导，刘力担任编剧。电影开篇为一段炫酷的山地自行车的骑行，接着转为李云飞和他所在集训队的队友的激战。打斗起因是李云飞的父亲最近正在因贪污被审理，队友为此对李云飞出言不逊。作为队内优秀运动员的李云飞不顾教练挽留，负气离去。这时的他充满对前路的迷茫，将山地自行车丢进了河里。此情

① 张庆．打破枷锁，向阳追光［N］．星沙时报，2022－09－16（A01）．

此景恰好被山区送信的邮递员老雷看到，为了安抚这个青年人，老雷带着李云飞踏上了送信的行程。山区交通不便，正是因为老雷的坚持才让这个少数民族村落与外界得以联系，在同老雷送信的过程中，李云飞结识了老雷的女儿雷素素，也为这个村落里的人情所感动。在经历偷信风波、酒后吐露伤心事、帮助军嫂卡普接生和悬崖营救老雷等一系列事件以后，李云飞逐渐明白了老雷送信的意义，更明确了自己究竟想实现怎样的人生价值。在村民们的帮助下，他找回了山地自行车，回到了集训队，并在比赛中夺得了冠军。故事的最后他又回到了这个山村，接过了老雷的衣钵，成为一名新的山区邮递员。

影片曾用名《陌上来信》，突出山区邮递员的伟大奉献；在许多新闻报道中，官方将其视为一部廉政教育的体育励志大片；影片中的风土人情的展现，更可以将其视为湘西地区的宣传片。编剧以多条线索勾画故事，讲述了一个青年在面对家庭变故、职业迷茫和人生道路选择时进行的挣扎和最终的坚守，对于广大年轻人具有借鉴意义。特别是影片中人物多使用方言进行交流，更让人感受到一种亲切和接地气；少数民族特色节日活动的展示也增添了电影的观赏性，正是这些细节和用心才造就了这部富有教育意义的好作品。

刘同是湖南著名的青春文学作家，其出版的书籍一路畅销，也有许多作品影视化。2022年七夕上映的《我们的样子像极了爱情》正是他与管韬联合编剧的电影。许一和高晓楠幼时因一块巧克力而相识。大学重逢后，二人成了好朋友。父亲去世后高晓楠因为勤学打工结识了富家子弟周涛，在一个雨夜，周涛意图不轨，许一及时赶到将高晓楠救走。此时爱情的种子已在二人身上萌芽，可双方都没有勇敢跨出最后一步，遗憾错过。毕业后两人再次相遇并进入了同一家公司，开始合租生活。但工作的不顺利让许一感到自卑，面对高晓楠几次无意试探都没能将喜欢宣之于口，直到另一个男人闯入两人生活，最后黯然离去。影片的结尾许一履行了自己从前的诺言，身着婚纱参加了高晓楠的婚礼，为这段感情画上了一个既圆满又遗憾的句号。电影画面充满着艺术美感，无论是二人坐上树梢眺望远方夕阳，还是许一骑着自行车在雨中狂奔，光影捕捉和故事氛围都搭配得十分合宜。虽因出现与部分青春爱情片的相似情节在一定程度上削弱了观众观影时的惊喜感，但不可否认影片出色地描绘了青年人面对爱情时的种种细微却真实的感受——那些纠结的瞬间与尴尬地否认，既渴望又害怕的心理，向大家传达了勇敢追爱的观点。

在教师节上映的影片《无负今日》以北京师范大学120年的历史为背景，讲述了在百余年光阴交响中昔日的人和“今日”的碰撞，告诫大家传承前人精神，做到无负今日。电影由赵小溪、赵小鸥二人联合执导，梁振华、胡雅婷两位湖南人联合编剧。故事由三个篇章构成，前两则是历史画面的再现，后一则是如今校园场景的游历。第一个故事《大学》发生在一堂用国语文法解读白话文重要经典的课堂上，鲁迅意外误入其中，与同学们进行了一场恳切的交流；第二个故事《师说》从北师大校长王梓坤幼时家贫被迫辍学讲起，之后他受到老师的帮助得以重返校园。接着画面转到毕业生课堂上，王梓坤校长正以自己求学的这段故事来教育学生们如何做一个好的师者。故事最后，会议室内的他与各学者共同商讨教育事项，并最终一起签署了创立教师节的倡议书；第三个故事《青春》是以一位学生的视角进行的，于课堂听余华老师谈论写作，在雕像前偶遇莫言畅谈文学与人生，以及校园内浏览春景、感悟青春的意义。该片并不是一部传统意义上的青春片，更沉淀着教育事业悠久的历史。其拍摄具有新意，融合了故事讲述、记录体以及新闻报告三种手法，并配以不同的光影风格，再以“师道”串联整个影片，呈现出一种“散而不乱”的艺术章法。

“无负今日”是梁启超先生的寄语。百年时光匆匆而过，先贤所赠言却依旧充满力量。青年人作为时代的希望，拥有无限可能，更应该不畏险阻，铭记志向，面对的无论是物质的贫乏还是精神的虚空，都要努力找寻正确的方向，做到无负今日。

除了对校园生活的描绘，本年度青春片对年轻人毕业后在社会上面临的问题同样有所关注。《不一样的九零后》正是关注年轻人社会生活的一个影片。该片由温国庆执导，赵鹏编剧，湖南帝马钱加亿影视有限公司等单位出品。故事开始郎熙乔装来到餐厅，意图惩治论坛上骗财骗色的假大师，却误将前来相亲的余迦错认，对其大打出手。后来，余迦又意外在 KTV 遇到被流氓调戏的朗熙，主动施以援手。因美食栏目采访，二人第三次相遇，在了解中开始互相欣赏。与此同时，余迦的好兄弟凝阳梦想成为大明星，在一次试戏中他被金姐赏识，成功获得了男二号的角色，也因抵抗不住诱惑和金姐在一起。结果还是因为其他演员带资进组失去了出演机会。凝阳终于认清了丑恶的职场和自己吃软饭的现实，他毅然分手，也因此被报复，撞伤了腿。在医院疗养期间，凝阳被朗熙的闺蜜雪漫吸引。雪漫是一位积极阳光、热心肠的女孩，经常去学校当志愿者。可雪漫却不幸患了重病，在生命的最后阶段，凝阳陪着她看遍山川景物。三年后，大家都在不断靠近梦想，拥有了各自向往的事业，收获了成长。影片带有一定轻喜剧风格，乌龙事件和情节矛盾不断，其中不乏对新兴职业的关注，比如栏目博主、网络主播等，具有时代的眼光。它以一群毕业生所遭遇的事件和迷茫，勾画当代青年在社会上可能面临的职业问题和道德困境，探讨如何实现人生价值，勉励青年朋友们认清未来发展方向，摒弃低俗和腐朽。

本年度的湖南青春片，总体基调是积极向上的，影片中人物努力冲破桎梏，探寻人生更好的状态。青春片上演着人生最美好的时光，此时青年人生观、价值观和世界观都没有完全成型，他们面对校园和社会的转换，理想与现实的碰撞应该做怎样的抉择，值得思考。这些湖南电影直面青年的各色迷惘，讲述了一个个真实而励志的故事，具有范式意义。

（三）纪实片：追寻故土风俗民情，感受基层人物光辉

纪实片以其特殊且真实的视角来观察社会，是电影中最原汁原味、贴近生活的类型。本年度湖南电影在这方面有比往年更多的收获，主要影片有 3 部，分别为《浏阳河上》《回家，扒龙舟》和《动听的生命》，都是由湖南公司出品。这些影片地域风格明显，展示了湖南独特的风俗民情，塑造了一系列典型基层人物形象。

扒龙舟，即赛龙舟，是中国南方地区最重要的节日民俗活动之一。以扒龙舟赛事为素材的电影《回家，扒龙舟》是本年度湖南纪实电影的

一部力作，在国内外享负盛誉，多次获奖。该片由米子执导，王海纹、张晨阳、俞佳三人联合编剧。故事以生活在上海的湖南乡村年轻人米承华的视角展开，按照时间顺序，对他打算回乡参加扒龙舟赛事、准备物资、赛前动员、伏波宫祭祀参神、正式龙舟赛、赛后举办庆典等场景一一铺展开来，为观众讲述了一段湖南省怀化市辰溪县球岔村上万名年轻人从全国各地赶回家乡，参与端午节赛龙舟的故事。[①] 导演米子深谙纪录片的拍摄，同时也带有极强的故乡情结，端午赛龙舟这一事件在他的手下成了串联故乡与游子、村镇与城市、老人与青年的强力纽带，为观众真实还原了一段历史悠久的龙舟文化传统。

为庆祝河长制实施五周年，反映河长制工作的现实题材作品《浏阳河上》在浏阳取景拍摄，并于11月11日在全国上映。影片根据浏阳市为全面整治浏阳河支流水域，进行沿河两岸养殖业退出的真实事件改编而来，演员也几乎都是浏阳河当地的村民，具有极强的纪实性。该片由赵楠执导，湖南潇影第二影业有限公司等单位出品。电影堪称一部动人的宣传画，浏阳多个乡镇的美景被一一拍进电影。除了美景，人物也动人心魄。以潘雪梅为代表的乡镇河长兢兢业业，坚守自己的岗位，不因为私人情感就影响判断；以蔡清江为代表的民间河长则显出了更多的朴实与劳动精神，出门巡河，清理河道树枝，打捞河面垃圾，抓电渔船等这些琐事成了他的日常。二者互相辉映，共同展现了河长在河流治理上的贡献，让广大观众了解了这一平凡又伟大的基层工作人群。

11月18日上映的《动听的生命》是以安化县梅城中学全国优秀教师文锋为原型所摄制的电影，讲述了他扎根偏远农村，培养学生成材、引导学生做人的真实故事，堪称中国版的《放牛班的春天》。主创团队曾耗时数月搜集教师文锋在教育岗位上的事件用以剧本创作，并回到安化县梅城中学进行取景拍摄，力图还原一位基层教师一生的闪光瞬间。面对教学方式和师生关系，影片没有生硬地表现文峰的教育理念，或是刻意地说教与煽情，而是通过日常小事来塑造其丰满的乡村教师形象。

① 赵建中．新视野、新观念、新突破［N］．中国电影报，2022－09－14（10）．

湖南电影本年度的纪实片较好地发挥了纪实片在文化与教育上的作用。观众通过这些影片，可以体会故乡的人情美好与特色节日活动，了解特殊的基层干部制度和工作的艰难，更感受着乡镇教师伟大的立德树人贡献。这些打动人心的力量和贴近社会原生态的展现正是纪实片的应有之义。

（四）亲情片：聚焦弱势群体，在奋斗中体会真情

家对中国人而言，是个复杂的词，中国人普遍情绪内敛，对于亲人的爱往往更难以宣之于口。亲情片在近几年却有从小众文艺转变为市场新宠的趋势，2021年《你好，李焕英》大爆，《送你一朵小红花》等影片都收获不俗票房。本年度首映的湖南公司出品或摄制发行的电影主要有两部，分别为《奇迹·笨小孩》和《我的非凡父母》。两部影片都有比较鲜明的共同特色，聚焦于弱势群体。但基调却是比较明亮的，人物具有拼搏精神。

同样是春节档上映的《奇迹·笨小孩》，并不像《长津湖之水门桥》一般着眼于厚重的家国大事，而是将眼光转向了普通的个人生活。尽管如此，同样收获了不错的票房和良好的口碑。影片由文牧野执导，周楚岑、文牧野、韩晓邯、钟伟四人联合编剧。故事起始，少年景浩经营着一家手机维修店面，他与妹妹二人在经历母亲去世、被父亲抛弃以后，独自来到深圳寻找新生活，日子虽贫苦却温馨。但妹妹景彤患有先天性心脏病，为了不错过最佳治疗时间，景浩必须在一年半内凑齐35万元。于是景浩咬牙贷款将朋友厂里的一批废弃手机全部回收，并成功将损坏原件修好。奈何恰逢国家打击翻新机，无法出手。景浩只好另寻他路，试图将翻新机中的零件拆解卖给手机公司。在他的坚持和努力下，终于得到了赵总的口头承诺。景浩决定放手一搏，租下厂房成立了好景电子元件厂。为了节约成本，厂子集结了一批“怎么也找不到活的人”，包括听障的单亲妈妈汪春梅、入过狱的拳击手张龙豪、沉迷网吧生活的刘恒志和张龙，以及断腿老人老钟等。虽然经历翻新机被偷、没钱交房租流落街头等事故，大家终于克服万难获得了成功，最后也拥有了各自更加

幸福的生活。

电影的大背景同2021年上映的小众亲情片《我的姐姐》十分相似，同样面对亲人去世，尚未独立的哥哥姐姐被迫承担起弟弟妹妹的人生，但二者却各有侧重。《我的姐姐》把目光聚焦到面对这一情况下作为长女真实复杂的心理感受和社会的道德规约，探讨亲情的撕扯和碰撞；《奇迹·笨小孩》则主要体现在特殊情况下少年的勇气和担当，展现了兄妹间互相扶持的生活日常和成为彼此依靠的炙热亲情。

同时也需要关注到，它并不是一部纯粹的亲情片。在《奇迹·笨小孩》中，时代精神充分体现，赞扬奋斗与创业行为，塑造着一群社会边缘人物的闪光人性，这一切无疑都丰富着影片的内涵。“奇迹”既是指景浩的成功，也暗示着深圳这个城市的“奇迹”——从一个小渔村一跃成为大城市，更歌颂着“虽然人生如蝼蚁般渺小，但仍旧能创造出奇迹”的奋斗精神。影片在拍摄方面也颇有用心，画面变化中既展示了深圳底层打工人员的生存环境，也塑造着一个高速发展的新兴大城市形象；叙事节奏把握良好，善于营造紧张的气氛和温暖的瞬间；音乐灵动，往往能配合情节烘托出恰到好处的氛围；镜头语言充满张力，让观众能很快进入故事，与屏幕中人共情。

《我的非凡父母》改编自导演朱凤娴的真人真事，讲述了视障家庭养育一个视力正常女儿长大的一系列事件。甘笑红和朱国强是一对盲人夫妻，生育了一个健康的女儿。转眼朱芷欣已经上高中，从前那个时刻在父母身边充当眼睛的小女孩也逐渐有了自己的苦恼。面对妈妈事无巨细的管束和家庭的现实压力，她产生了逃离的想法。一次争吵后朱芷欣离家出走，与朋友在外游荡，结果目睹朋友因偷窃被抓，她在大雨中落荒而逃，却碰上了苦苦寻找自己的父母，她终于认识到了自己的错误和父母深沉的爱。经过此事，甘笑红也开始理解女儿，试着放手。朱国强却在这时被查出患了肠癌。面对家庭变故，朱芷欣意图放弃出国。最后在老师和妈妈的鼓励下，她决定继续坚持追逐梦想。作为一部以视障家庭为主角的电影，《我的非凡父母》并没有过多渲染作为失明人士家庭的困难和弱小，反而一直在平淡如普通人的日常中挖掘他们积极向上的生活状态。妈妈甘笑红会学习为女儿做菜，参加失明人士守望会进行唱歌表演，还时常进行跑步锻炼；爸爸也在专业按摩中心工作，用自己的双手养活家庭，面对不平等的合约会积极争取自己的权益。据新闻报道，影片中的盲人群演大多来自香港盲人协会，虽然他们无法看见，但他们如同影片主人公一般，始终保持良好心态，不断克服拍摄困难。正是这种在不幸中依旧乐观向上的精神让观众为之动容，改变了大家对盲人一贯的悲惨想象。视障人群心中有爱、不惧困难的精神面貌，也同样鼓舞着观众。

湖南电影本年度的亲情片虽然数量不多，仅有两部，但都在故事选取和影片拍摄表达上取得了一定的成果。《奇迹·笨小孩》票房成绩优秀，《我的非凡父母》也极少有负面评价。亲情片拍摄如何不流于重复俗套的故事，如何春风化雨地设计情节让大家获得共鸣，两部影片都交出了满意的答卷。它们选取特殊的人群——相依为命的兄妹和视障家庭，在平凡的日常中勾画人物，在细节的行为上放置震撼点，带给了广大观众直达心底的感动。

（五）恐怖片：无限流循环设定下的校园悬疑

本年度湖南电影在恐怖题材的影片仅有一部，但题材较往年更为新颖，体现了湖南恐怖片在形式和内容上的尝试。影片名为《迷失 1231》。2022 年起始《开端》《一闪一闪亮晶晶》等短剧大爆，成为开年的现象级网剧，引发了时间循环类影片的讨论热潮。“无限流”的“1 + N”的叙事结构与古希腊神话“西西弗斯”的剧作叙事结构类似，即一条贯穿完整剧作的主线任务剧情，N 条伴随主线任务剧情衍生出的副本剧情，采用多线叙述发展的剧作叙事方式，构建出环环相扣的“链式”叙事结构。[①]《迷失 1231》也有着相似的情节，是一部无限流循环设定下的校园悬疑恐怖片。[②] 该片由徐晓陆执导，杜亮担任编剧，湖南午马影业有限公

---

① 何美. 类型、媒介和审美：近年国产悬疑网剧的破圈之道［J］. 当代电视，2021（04）：99－102.

② 黄能. 电影《迷失 1231》上映［N］. 长沙晚报，2022－04－17（04）.

司等单位出品。影片讲述了在跨年晚会前夕，大三学生杜扬雨误入迷宫式的一天，在循环怪圈中无法出来的恐怖故事。电影编剧杜亮是新锐推理作家，曾参与《唐人街探案3》的编剧工作，被推理届戏称为“中国的东川笃哉”。他为影片注入了绝佳脑洞和富有逻辑的推理过程——在时间循环中更新每天的疑团，从而引发出不同的真相和令人难以猜到结局，营造出视觉和心理多重恐怖的效果。

（六）喜剧片：反思夫妻家庭关系，替女性发声

相较于过去几年，湖南电影喜剧片的数量呈现下降趋势，2022年仅在年末上映一部，即由湖南公司联合出品的《绝望主夫》。该影片有较强的现实色彩，在剧情的笑与泪中把目光聚集在广为讨论的夫妻家庭关系上，反思传统“女主内，男主外”模式的不合理，呼唤性别平等，替广大女性发声。

张琦执导，张琦、朱珠、田晓威、张思阳四人联合编剧的喜剧片《绝望主夫》在2022年最后一天上映。故事开篇就描绘了胡铁男这位成功学大师，他认为“男人经营事业，女人经营男人”，围绕在他身边的男性朋友也大多对女性态度恶劣。面对妻子许薇薇工作的请求，胡铁男总是找理由拒绝。一次电梯意外，他意外穿越到一个性别颠倒的世界，这里女性是工作的主力军，男性则负责相夫教子，他曾经的朋友们也都变成了“美娇夫”。起初他极力想扭转局面，大闹许薇薇的公司，创办所谓的“大丈夫”启蒙课程，直到被送入男德学习班。在这里他渐渐接受了异世界的规则，学习班毕业后他回到家里，主动承担起鸡毛蒜皮的家庭生活，也逐渐体会到了家庭生活的不易。在他查出怀孕以后，家人却只想要女孩不想要男孩。他坚持选择留下孩子，许薇薇却毫不顾忌地在其孕期依旧去KTV和朋友鬼混。这些事件让他体会到除了家庭生活的琐碎，女性在现实社会受到的种种不公。在生产的危急时刻，胡铁男终于再次回到了原来的世界。但即便痛改前非，现实世界中的他也无法挽回妻子的心了，许薇薇留下一份离婚协议书结束了这几年的婚姻生活。影片从一个男人由钢铁直男到家庭妇男的转变作为切入点，展示了不合理的家

庭关系和社会根深蒂固的偏见。故事并没有给予一个大团圆的结尾，也是预示着伤害已经造成便无法弥补，与其亡羊补牢不如从一开始就避免，呼唤社会扭转陈旧观念，避免让男人或女人成为被固化的形象。

整部影片笑点密集，人物形象具有反差的喜感，故事设定的“双向世界”让人喷饭，节奏把握明快，几个高潮场景的处理都很有代入感。虽然也存在一些不足，比如人物形象塑造有些扁平化，里面男性几乎都是钢铁直男，女性则是弱势形象，即便是转换到另外一个世界也不过是这种状态的“翻版”，人物性格的其他面没有展现；一些笑点不够合理，有种强行添加的无厘头之感，显得逻辑性不够。但总的来说，作为一部轻松自在且能反映社会问题的影片，它依旧发挥了其基本的价值，具有进步性。

（七）纸媒电影剧本：响应时代号召，立足乡村振兴

除了上述已拍摄成片的作品，本年度的湖南电影文学在纸媒发表方面也有收获。湖南临澧籍作家王久金的电影剧本《桔子飘香》发表于《电影文学》，以江南地区大山村的柑橘产业发展为背景，讲述了一段乡村振兴中的创业故事。

作者王久金一直致力于乡村题材作品的创作。《桔子飘香》以一场柑橘运输的惨剧开始，大山村的柑橘销售大户孙大宝收购的柑橘在车厢板上被压得汁水四溢，他和柑橘户因此全都损失严重。孙大宝的兄弟孙二宝和毕业返乡的钱小凤欲解决这个困境，提议成立农民专门合作社，推广柑橘周转箱，带领村民共同致富。此时，孙大宝的恋人山妞打工归来，并因为从前买入的股票升值，意外获得百万财富。于是山妞带头集资，却不料引来村民非议，她一气之下离开。后来农民专业合作社获得成功，钱小凤又利用在大学获得的生物技术知识，建议将柑橘酿酒，打造出中国第一个柑橘白兰地品牌。通过县委和县政府等多方努力，终于克服了专利和资金支持问题，顺利投产，柑橘白兰地也在国际上得到了认可。与此同时，山妞在大学进修了一年的农民专业合作社知识后再次返乡，商议成立农民专业合作社联合社，并建议在漠河与丹东成立柑橘商品处

理出口分厂，将柑橘销往世界各地。自此以后，该县柑橘产业链逐渐形成，大家都过上了幸福的生活。

剧情由两条主线构成，其一是大山村的柑橘产业的创业之路，其二则是孙二宝和钱小凤的爱情之路，二者都在困难中不断前行，最终走向成功。该电影剧本特色鲜明，语言精练富有个性，无论是村民的口语化表达，还是钱小凤等人较知识性的对话，都十分贴近人物形象；其中所涉及的产业富有地域特色。常德石门被誉为中国柑橘之乡，湖南也历来是柑橘的重要种植产地之一。剧中情节层层递进，逻辑合理，展现了村民、销售户、大学生和政府等多方人员的良性互动，谱写了一曲产业振兴之歌。

三、思考与展望

总体而言，2022 年的湖南电影文学题材广泛，取得了丰硕成果。与上一年相比，喜剧类作品出现退潮，历史战争题材和青春类影片有增多趋势，纪实电影受到关注，亲情类电影则保持较稳定态势。这些影片生动直观地反映了当下的社会生活，具有较好的创新意识，同时具有较强的教育意义。

本年度的湖南电影文学具有许多值得称道之处。首先，善于把握中国电影时代风向，口碑与票房双丰收。乘势而为的影片往往会带来良好的市场反响，反之则会被淹没在众多电影文学作品之中，不见天日。因此电影拍摄与投资过程中对时代敏感度的把握，日益被放在愈发重要的位置之上，本年度湖南电影在这方面做得很好。《长津湖之水门桥》延续着上一年电影《长津湖》票房的好成绩，《奇迹·笨小孩》乘着《你好，李焕英》等亲情类电影大爆的快车一路口碑良好，《迷失 1231》则命中了本年度剧情无限流循环设定的热潮，《绝望主夫》关注到新时代广受关注的家庭关系和性别问题，电影剧本《桔子飘香》则立足于乡村振兴这一时代主题，赢得大众好评。其次，具有创新精神，在影片取材和形式上都肯做功，富有巧思。电影通常采取平铺直叙的方式进行讲述，按照时间逻辑串联故事，这样的影片虽然理解顺畅但难有记忆点。实际上，运用多种手法进行拍摄，变幻叙述的形式往往会带来意想不到的惊喜。电影《何叔衡》采用日记体的形式用第一人称的口吻讲述整个影片故事，有私语的亲密感；《无负今日》则融合了故事讲述、记录体以及新闻报告三种手法进行拍摄，使得观众在一部影片中感受着截然不同的几种风格，也回应了古今时代互动的主题；《迷失 1231》则是时间在一天之内无限循环往复，层层剥茧般引人探索情节。同时湖南电影文学在取材上面也有所用心，选取了一些不为人关注的职业，如境外安保人员、基层河长等，或是不寻常的群体，如视障家庭等，这些影片向观众展示了别样的故事。再次，注重从湖南风土人情中挖掘故事资源，展现湖南本土风貌。本年度湖南纪实电影《回家，扒龙舟》《浏阳河上》《动听的生命》具有鲜明的地域特色，同时在电影《云崖飞车》和电影剧本《桔子飘香》中亦不乏湖南元素的流露，富有湖湘文化的生气。

与此同时，也应该看到湖南电影文学在不少方面还有很多可提升的空间。文学作品中有许多可利用的资源，本年度的历史战争片只有《长津湖之水门桥》是小说改编的成果，其余四部传记影片都是原创电影剧本摄制。而且，他们虽然拍摄角度和主角各异，但内容上无外乎赞扬有识之士，重现艰苦历史。因此，如何避免主旋律影片在思想内容上的高度重复成为一个值得研究的课题。多年来，湖南电影文学中的科幻类影片大多处于缺席状态。前几年《流浪地球》等国产科幻电影曾一度引起社会巨大关注，科幻类影片也向大众展现了其巨大的市场和文化价值。虽然中国电影文学历来重视现实题材，对科幻题材缺乏关注，但由于这类型影片备受世界影剧界的推崇，具有全球性的魅力。因此，其拍摄与传播亦能在无形中向世界展现中国的文化文学，可以增加中国文化的知名度和影响力，湖南电影文学在该类型上值得一试。面向少儿的动画片没有出现在本年度的湖南电影文学之中。湖南电影文学的主创人员可以努力挖掘这类题材的资源，制作出优良的少儿影片，让少年儿童在观影时，既能收获快乐，又能增长知识，还能得到智慧的启迪和其他多方面的教益。

（陈伟华　付婷婷）

2022 年度湖南电视文学创作综述

一、概况

2022 年，上星频道首播的国产电视剧中，由湖南相关单位或企业出品、参与出品以及湖南人执导或编剧的电视剧作品主要有 16 部。与上一年度相比，2022 年电视剧集更突出“精巧”的特征，以“新主流”的创作特色糅合时代精神，在剧集创作上拓宽题材、创新叙事思路，以多元融合的姿态谱写下 2022 年湖南电视文学的灿烂篇章。

按照题材内容，这些剧集可被划分为：生活情感剧、时代与社会剧、历史剧和军事剧。其中生活情感剧共 10 部，又可依据其表达的倾向进一步细分为：青春言情剧，包括《陪你一起好好吃饭》《玉面桃花总相逢》和《少年派（第二部）》；婚恋家庭剧，包括《幸福二重奏》《亲爱的小孩》《妻子的选择》和《消失的孩子》；生活流轻喜剧，包括《没有工作的一年》《张卫国的夏天》和《欢迎光临》。时代与社会剧以时代和社会的发展新动向为蓝本，共 3 部，包括《冰雪之名》《麓山之歌》和《底线》。历史剧共 2 部，包括革命历史题材的《数风流人物》和古代历史传奇剧《天下长河》。军事剧共 1 部，为《勇敢的翅膀》。各电视剧的基本情况见下表：

剧名	集数	类型	导演	编剧	主演	出品单位	发行或备案许可证编号	开播时间	首播平台	原著 网播平台 湖南关联
《幸福二重奏》	31	都市、情感、家庭	梦继	孙建业、萧嫣飞	殷桃、孙艺洲、袁弘、姜妍、马志威等	中央电视台、湖南快乐阳光互动娱乐传媒有限公司、诸神联盟影业、芒果超媒股份有限公司	（湘）剧审字（2021）第003号	2022年1月3日	央视八套	爱莉莉著《老公孩子一起养》；芒果TV、央视网；湖南单位出品
《冰雪之名》	34（或32）	冬奥、家庭、情感	白涛	梁振华（总编剧）、胡雅婷、张贝思、鲁琦	欧豪、梁洁、陈若轩、彭小苒、王秀竹等	文投控股股份有限公司、四川新华出版发行集团有限公司、河北广电影视文化有限公司、吉林市文化产业投资发展有限公司、长影集团有限责任公司	（京）剧审字（2022）第001号	2022年2月5日	北京卫视、浙江卫视、江苏卫视	爱奇艺、腾讯视频、优酷视频、央视网；总编剧梁振华为湖南邵阳人
《陪你一起好好吃饭》	16	都市、情感、美食	陈钢	疏影（总编剧）、胡慧、代冉	高瀚宇、郑湫泓、王珮寒、赫雷、白昕怡等	湖南快乐阳光互动娱乐传媒有限公司、湖南广播电视台卫视频道、芒果超媒股份有限公司、天津雄孩子文化传播有限公司、北京世间万相文化传媒有限公司等	（湘）剧审字（2021）第012号	2022年2月14日	湖南卫视	芒果TV、咪咕视频；湖南单位出品

续表

剧名	集数	类型	导演	编剧	主演	出品单位	发行或备案许可证编号	开播时间	首播平台	原著网播平台湖南关联
《玉面桃花总相逢》	36	古装、情感	毛毈宇	潘朴（总编剧）、刘兆文、闵芝萍、宋子佳、王昭等	张含韵、佟梦实、陈奕龙、曾一萱、王若麟、等	湖南快乐阳光互动娱乐传媒有限公司、重庆飞宝影视文化有限公司、芒果超媒股份有限公司	（渝）剧审字（2022）第001号	2022年4月1日	湖南卫视	蓝艾草著《屠户家的小娘子》；芒果TV；湖南单位出品
《亲爱的小孩》	34	都市、情感、家庭	胡坤	胡坤、孙浩洋、张雨悠	秦昊、任素汐、聂远、谢可寅、黄米依等	中央电视台、北京爱奇艺科技有限公司、北京灵势文化传媒有限公司、四川星空影视文化传媒有限公司	（川）剧审字（2021）第004号	2022年4月10日	央视八套	王小帅著电影剧本《左右》；爱奇艺；导演、编剧胡坤为湖南长沙人
《没有工作的一年》	16	都市、情感	郭增友	孙婷婷、孙紫嫣、李天艺	李嘉琦、万鹏、翟子路、李俊贤、蒋雪鸣等	湖南快乐阳光互动娱乐传媒有限公司、湖南广播电视台卫视频道、芒果超媒股份有限公司、芒果影视文化有限公司、陕西文投（影视）艺达文化传媒有限公司等	（陕）剧审字（2022）第001号	2022年4月11日	湖南卫视	芒果TV、咪咕视频；湖南单位出品

续表

剧名	集数	类型	导演	编剧	主演	出品单位	发行或备案许可证编号	开播时间	首播平台	原著网播平台湖南关联
《欢迎光临》	37	都市、情感	李雪	袁子弹	黄轩、白百何、朱雨辰、白宇帆、丁嘉丽等	东阳正午阳光影视有限公司、得闲影业（北京）有限公司、上下次元影业	（京）剧审字（2022）第010号	2022年5月18日	北京卫视、东方卫视	鲍鲸鲸著《我的盖世英熊》；腾讯视频；编剧袁子弹为湖南邵阳人
《妻子的选择》	12	都市、女性、婚姻、励志	阚家伟	王小枪、唐小璐	孙莉、袁文康、王真儿、张瑶、马吟吟等	湖南快乐阳光互动娱乐传媒有限公司、湖南广播电视台卫视频道、芒果超媒股份有限公司、天津唐人影视股份有限公司	（京）剧审字（2022）第005号	2022年6月6日	湖南卫视	原创剧本：王小枪。同名小说为王小枪与唐小璐合著；芒果TV、咪咕视频；湖南单位出品
《数风流人物》	40	重大革命、历史	余丁	王青伟、史言	侯京健、李乃文、张洪睿、许敏、菅纫姿等	江苏省广播电视总台、幸福蓝海影视文化集团股份有限公司、北京爱奇艺科技有限公司、中国人民解放军八一电影制片厂、江苏稻草熊影业有限公司	(广剧)剧审字(2022)第005号	2022年6月15日	江苏卫视、浙江卫视、山东卫视	爱奇艺；编剧王青伟为湖南祁阳人

续表

剧名	集数	类型	导演	编剧	主演	出品单位	发行或备案许可证编号	开播时间	首播平台	原著网播平台湖南关联
《张卫国的夏天》	12	都市、情感	刘亦闯	李嘉昱、夏然、马静瑶、黄宁蔚、刘亦闯	黄磊、刘奕君、海清、梅婷、李林谦等	湖南快乐阳光互动娱乐传媒有限公司、湖南广播电视台卫视频道、芒果超媒股份有限公司、北京风火石文化发展（北京）有限公司	（湘）剧审字（2022）第001号	2022年7月18日	湖南卫视	芒果TV、咪咕视频；湖南单位出品
《少年派（第二部）》	40	都市、家庭、青春	李少飞	九枚玉（原创编剧）、李林、李琼、李朋钰、闫淑娴	张嘉益、闫妮、赵今麦、郭俊辰、姜冠南等	厦门雷海观浪影视传媒有限公司、霍尔果斯贰零壹陆影视传媒有限公司、芒果TV、西安电影制片厂有限公司、泉州贰零壹陆影视传媒有限公司等	（闽）剧审字（2022）第001号	2022年7月21日	湖南卫视	芒果TV；湖南单位出品
《麓山之歌》	36	都市、重工	毛卫宁（总导演）、张彤	王成刚	杨烁、侯勇、焦俊艳、颖儿、夏德俊等	中央电视台、中共湖南省委宣传部、湖南省总工会、湖南广播影视集团有限公司（湖南广播电视台）、湖南快乐阳光互动娱乐传媒有限公司等	（湘）剧审字（2022）第004号	2022年8月19日	央视一套	王成刚著《重中之重》；芒果TV；原著作者、编剧王成刚为湖南株洲人、湖南单位出品

续表

剧名	集数	类型	导演	编剧	主演	出品单位	发行或备案许可证编号	开播时间	首播平台	原著 网播平台 湖南关联
《消失的孩子》	12	涉案、悬疑、家庭	赵小鸥、赵小溪	秦海燕、陈新月、叶蘅	佟大为、魏晨、于文文、李斯丹妮、李晟等	湖南快乐阳光互动娱乐传媒有限公司、湖南广播电视台卫视频道、芒果超媒股份有限公司、浙江华谊兄弟影业投资有限公司	(广剧)剧审字(2022)第007号	2022年8月29日	湖南卫视	贝客邦著《海葵》;芒果TV;湖南单位出品
《底线》	40	当代、涉案、政法	刘国彤	费慧君、李晓亮	靳东、成毅、蔡文静、王秀竹、曾梦雪等	湖南广播影视集团有限公司(湖南广播电视台)、潇湘电影集团有限公司、人民法院出版社有限公司、湖南当燃影业有限公司、北京法信文化传播有限公司等	(广剧)剧审字(2022)第008号	2022年9月19日	湖南卫视	芒果TV、爱奇艺;湖南单位出品
《天下长河》	40	古装、历史、传奇	张挺	张挺	罗晋、尹昉、黄志忠、奚美娟、梁冠华等	浙江好酷影视有限公司、芒果超媒股份有限公司、湖南快乐阳光互动娱乐传媒有限公司、浙文影业集团股份有限公司	(广剧)剧审字(2022)第011号	2022年11月11日	湖南卫视	芒果TV;湖南单位出品

续表

剧名	集数	类型	导演	编剧	主演	出品单位	发行或备案许可证编号	开播时间	首播平台	原著网播平台湖南关联
《勇敢的翅膀》	30	当代、军旅、青春	高进军、高威	王凯	张晚意、富大龙、盖玥希、左小青、米热等	臻禾影业（北京）有限公司、湖南快乐阳光互动娱乐传媒有限公司、福建臻禾影业有限公司、北京东阳企业商会、北京玖益影视文化传播有限公司等	（京）剧审字（2022）第023号	2022年12月13日	湖南卫视	芒果TV、腾讯视频；湖南单位出品

需要指出的是，本文所指“湖南电视文学”主要指由湖南单位、企业出品或参与出品，以及导演或编剧团队中含有湖南籍工作者的电视剧作品。相关研究材料主要源自各大门户网站和相关报纸杂志等媒体登出的电视剧集视频、海报、新闻报道等原始资料，意在对2022年度的湖南电视文学创作整体情况进行梳理、总结与展望，以期展现湖南电视文学发展进程中的阶段性风貌。因各电视文学剧本较少在纸质刊物发表，更多以电视剧视频的形态面世，因此，对电视文学的研究主要借助于电视剧视频进行。同时，因各剧集获得发行许可证或备案许可证的时间都要早于发行播放时间，为方便理清各电视剧“诞生”的时间线索，也为避免重复评述，笔者在制表和行文时统一将各电视剧的上星首播时间视为其“公开发表”的时间。

二、都市生活剧：立足生活，多元化叙事

生活情感剧是2022年度湖南电视文学的主要组成部分。随着经济不断发展、城市化进程持续推进，都市生活逐渐成为大众文化表现的重要

内容。情感是影视作品中的永恒母题之一，剧中人物的情感随着剧情的变化而摇曳多姿。数量繁多的生活情感剧如缤纷落英般铺陈在影视作品集中，如何收割大众的喜爱脱颖而出又不折损剧集内涵的深度和思考？回答体现在 2022 年度湖南电视剧作品之中：扎根于现实生活的沃土，挖掘日常琐碎的哲思；立体全面地呈现人物的成长；多变的风格、亮彩的特色和丰富的元素交织融合，使作品生活感强而不流于俗套，内涵深刻而不脱离日常。

（一）青春言情剧："爱情 +"模式的多样变体

"爱情 +"模式是青春言情剧的基本模式，通过该模式的多样变体，男女主人公的情感在不同语境中发酵而生发出各色的风味。《陪你一起好好吃饭》《玉面桃花总相逢》和《少年派（第二部）》三部作品各运匠心，通过注入特色元素转化"爱情 +"模式，呈现出色彩缤纷的青春情感。

1. "爱情 + 美食"

情人节当日，《陪你一起好好吃饭》浪漫开播。该剧由湖南快乐阳光互动娱乐传媒有限公司、湖南广播电视台卫视频道、芒果超媒股份有限公司、天津雄孩子文化传播有限公司出品，北京世间万相文化传媒有限公司和艺真文化产业集团有限公司联合出品。它讲述了热爱美食的苏可岚临危受命，巧计解决了生鲜平台老板余昊的公关危机并成为其厨艺老师，逐渐让余昊敞开心扉，两人最终相爱步入婚姻的故事。

作品以"吃饭"这一日常行为来表达爱情的本真和纯质，将精致的爱情理想故事置于烟火气中熏陶，从而提炼出迥异于传统"甜宠"剧的温情和踏实。在快节奏和碎片化的都市生活中，该剧集意图传达一种"慢生活"的理念，以理想化的思路回应现实中"内卷""躺平"、原生家庭、留守儿童等现实问题。男女主人公面对情感时符合现实的克制感和理性成熟也令观众直呼"舒适"。人物发展贴合自身的性格逻辑，两人的爱情顺着时间相互磨合、互相接纳，使现实题材的"甜宠剧"安全落地。男女主人公对待工作和吃饭的不同态度也折射出了当代年轻人的真实现状，巧妙转化因为繁忙的工作而无法按时吃饭的职场人的共同困境，并通过剧集的艺术处理引发大众关注，呼吁大家重视健康、认真生活。

2. 爱情＋朝堂

《陪你一起好好吃饭》收官后，《玉面桃花总相逢》以另一种风格类型接续了爱情的甜蜜。该剧改编自蓝艾草连载于晋江文学城的网络小说《屠户家的小娘子》，由湖南快乐阳光互动娱乐传媒有限公司出品，重庆飞宝影视文化有限公司联合出品以及芒果超媒股份有限公司荣誉出品。剧集围绕书生许清嘉和屠户之女胡娇的爱情故事展开，以一纸假婚约为起点，讲述了夫妻二人携手断案、共克时艰、造福百姓的一系列故事，两人的情感也在相互扶持中日渐深邃。

古装偶像剧市场中，仙侠奇缘和王侯将相题材剧集已趋饱和，站在古偶剧风口粗制滥造的作品时有出现。《玉面桃花总相逢》选用“种田文”改编来“破圈”，将视线转向了平民生活，在慢节奏日常的琐屑中将主人公的情感和成长之路徐徐铺开。

“种田文”是网络小说的一种。以晋江文学城上“种田文”的标签来看，此类小说内容应当具备大篇幅描写“人之事、乡村之事、农业之事”，讲述小人物在日常生活进程中的成长。① 近年来，“种田文”影视化作品在不同程度上取得成功，填补了古装剧市场平民市井叙事的空缺。而在“甜宠”的偶像剧框架中，《玉面桃花总相逢》以日常生活的琐屑消解了架空背景下爱恋故事的悬浮感，借由男主人公的官职身份添加朝堂断案的元素在内，既丰富了故事情节，又为慢节奏的日常琐屑增色添彩。

然而对于原著小说的改动也引起了不同的反馈。部分原著读者难以适应剧集对原小说情节、穿越背景等方面的改动，认为剧集打破了原著中女主角的人物背景氛围。而许多观众则更沉浸于剧中贴合市井生活的现实笔法打造的平淡却浪漫的爱情成长中。可见，如何在原著与影视作品之间进行合理的改编，如何维持读者与观众欣赏趣味的平衡是电视剧

① 张小旋．网络种田文的叙事研究［D］．中国矿业大学，2022：2.

的创作者们应该长期思考的重要问题。

3. 爱情 + 成长

与《陪你一起好好吃饭》的成熟爱情和《玉面桃花总相逢》的情感磨合不同，《少年派（第二部）》刻画的则是少年们走出校园后在面临社会生活、情感难题时的青涩和勇敢。

该剧由厦门雷海观浪影视传媒有限公司、霍尔果斯贰零壹陆影视传媒有限公司出品，芒果 TV、西安电影制片厂有限公司、泉州贰零壹陆影视传媒有限公司、海口贰零壹陆影视传媒有限公司、西安兆麦影视传媒有限公司、上海蓝恐龙影视传媒有限公司、陕西星光盛世影业网络有限公司联合出品。故事承接第一部而来，四个昔日好友即将大学毕业，面临着更广阔的人生，少年们不忘初心，从家庭中脱身投入理想的追求中，在社会的舞台上实现成长的蜕变。

相较于第一部，续集的表现空间从青春家庭扩展到了时代社会的舞台上，实现家庭教育、青春成长与社会进程的同频延伸。生活细水长流的质感隐现于剧集的推进中，少年到青年的蜕变生涯也与时代发展暗合。剧集还不着痕迹地将当下的话题性内容，如毕业生职场困境、家庭关系的平衡、成长的困惑等等融入剧情之中，以朴实真诚的方式肯定普通人的生存价值，鼓励积极乐观的人生观。少年们的情愫也从第一部的校园悸动伴随着成长进一步发展为爱情，并浸染于家庭和社会的双重语境，这份诚挚的少年情谊也更具现实感和成长的厚度。

（二）婚恋家庭剧——亲密关系中的“她”力量

家庭是生活的母题之一，也是影视作品中最常见的故事语境之一。相关统计直观体现了当下社会面临的婚恋问题——2022 年，中国人口自 1962 年以来首次出现负增长，这也是 1950 年以来年出生人口首次跌破 1000 万。大城市化、经济压力以及婚恋观变化使得初婚初育年龄逐渐推迟。[①] 而婚恋家庭剧作为荧幕上的常青树，紧扣时代的现实生活，记录着社会变迁对婚姻和家庭生活的影响以及青年个性化的婚恋观念，对现实问题及其变迁作出及时的呼应。[②]

从2022年度湖南电视文学的创作来看，在夫妻两性平衡或父母孩子三足鼎立的家庭关系中，“她”力量仍是关注的热点话题和表现的重点。2022年的湖南电视剧作品主动承担起社会责任，借审美活动引导大众进行家庭亲密关系的反思。同时，在女性题材或者以女性视点为重心的作品中，剧集力求避免两性对立，追寻健康、温和的调节方法消解矛盾。

1. 以“她”为视点，思考两性关系

作为2022年的开年大戏，《幸福二重奏》以极具生活气息和轻松欢乐的气氛开启了湖南电视文学的新章程，首播期间平均收视率成为同时段全部频道电视剧收视冠军。[③] 该剧改编自爱莉莉连载于豆瓣阅读的小说《老公孩子一起养》，由中央电视台、湖南快乐阳光互动娱乐传媒有限公司出品，诸神联盟影业联合出品，芒果超媒股份有限公司荣誉出品，讲述了都市中的男女在生活和职场的人际关系中经受磨炼，摸索夫妻相处之道的婚姻故事。

《幸福二重奏》作为首部登上央视的芒果TV自制电视剧，形成了“央视＋芒果TV”的台网联播结构，[④] 强强联合，扩大了剧集的传播网络。男女主人公“女强男弱”的婚姻关系突破了二元家庭的传统格局，对多类婚姻关系的刻画呈现出一幅多维的家庭群像。相比激烈、冲突集中的婚姻危机，编剧萧嫣飞尽量避免以外部事件制造矛盾，而从婚姻的内部展开剖析。剧集从夫妻思想观念上的冲突着手，更深层次地挖掘两性关系的问题所在，也使得冲突的展开在逻辑层面更具现实感。从家庭

① 林小昭. 人口负增长时代来到：出生人口10年少一半，这些行业如何应对？[N]. 第一财经日报，2023-01-28（A06）.

② 蒋宁平，齐宿娟. 都市婚恋题材电视剧的主题变奏与现实意蕴［J］. 中国电视，2017，(04)：50.

③ 孙建业.《幸福二重奏》：温暖现实主义基地的“生活流”轻喜剧［N］. 中国艺术报，2022-02-11（02）.

④ 范雪娇. 电视剧《幸福二重奏》：诠释“婚商”情感哲学［N］. 中国艺术报，2022-01-21（02）.

延伸到社会，职场、生育、两性平权等社会尖锐问题也被纳入剧集的讨论之中，让小人物在充满烟火气的故事背景中展现他们的智慧和乐观。剧集通过轻喜剧的表现风格，以温情现实主义树立相互接纳、共同奋斗的健康幸福的婚恋观，为当代社会中男性与女性的自我观照和主体建构提供了积极的镜鉴价值，在同类作品中具有鲜明的特色。①

同样是以女性视点为中心来反思两性关系和婚姻危机，本年度的另一部剧集则呈现了截然不同的类型和风格。

6 月，湖南卫视“芒果季风”剧场推出了周播短剧《妻子的选择》，对于婚恋剧进行了大胆的尝试。该剧由湖南快乐阳光互动娱乐传媒有限公司、湖南广播电视台卫视频道、芒果超媒股份有限公司和天津唐人影视股份有限公司出品，讲述了作为妻子的女性直面婚姻爱情的焦虑和困境的故事。

剧集主要围绕方糖处理丈夫婚外情过程中的自我成长展开。编剧王小枪和唐小璐在处理这类题材时，别出心裁地以谍战的叙事结构重组传统故事，妻子从蛛丝马迹的分析中寻找真相、夫妻之间的对垒等情节高度调动了观众的情绪。另一段女强人齐妙的婚姻关系则与方糖作为全职太太的婚姻形成对比，工作和家庭之间的失衡使这段婚姻同样岌岌可危。当残酷而现实的情感问题铺陈在作品中时，作品借由方糖走出舒适区、重回职场坦然迎接新生活的坚韧姿态流露出对女性实现自我价值的鼓励。“最早剧本的名字叫《妻子自保手册》，是‘自保’，不是‘报复’。”②而剧集最终改名为《妻子的选择》，则是创作者探讨婚姻危机和生活困境时，对女性自强自立、勇于选择并承担和破解的支持。

2. 透视母性之“她”，展现家庭的多面

在两性婚姻关系的讨论之外，父母与孩子之间的相处也是婚恋家庭剧的重中之重。对此，2022 年湖南电视剧作品给予了多口之家的生活以风格迥异、类型丰富的多面阐释，以现实困境为基底筑建艺术的高楼，

① 王姝．“回归真实”助力《幸福二重奏》收视夺冠［N］．大同晚报，2022-02-01（07）．
② 林沛．王小枪：编剧到最后拼的是文学性［J］．中国广播影视，2022，（13）：24．

在唤起大众对家庭维系、社会生存等问题的思索的同时，带来了独具一格的审美体验。

通过对现实情境入木三分的刻画，《亲爱的小孩》以现实主义创作手法，围绕重组家庭的生活龃龉发散式展开了对社会公共议题和家庭热点话题的讨论。该剧由中央电视台、北京爱奇艺科技有限公司出品，由北京灵势文化传媒有限公司、四川星空影视文化传媒有限公司联合出品，改编自王小帅所著电影剧本《左右》。剧集讲述了一对恩爱夫妻因孩子降生而致亲密关系破裂，各自重组新的生活后，孩子突发白血病扰乱平静的生活，使得双方又重新携手奋起抗争的故事。

一方面，剧集聚焦于离异和重组家庭的生活矛盾，对复杂的家庭关系作了全景呈现。离异和重组家庭在现实题材家庭剧中常被置于边缘位置，该剧却以亲密关系的破裂为切入点，抽丝剥茧般发掘家庭、社会、人性的阳光和阴暗的双重属性。另一方面，剧集通过影像画面的生活感、真实性将观众的思绪引入对现实问题的思考，运用丰富的光影效果确立人物、场景以及情感氛围的营造，既满足了画面的质感，更凸显了现实生活底色的美学风格。本剧取景于湖南省长沙市的街头巷尾，这离不开本剧湖南长沙籍的导演兼编剧胡坤。市井生活的背景增强了镜头的人间烟火气，结合画面光影色调的精心构造，让作品形成了一种较为自洽的美感。

此外，作品基于现实主义的家庭生活题材创作，引起了社会对于现实题材作品真实性的讨论。有评论认为剧集中大量的矛盾和冲突过于“狗血”，颇有贩卖“焦虑”以博眼球之嫌疑。① 然而，关于文艺作品应该从正面还是负面来反映生活本就始终讨论不休，不论是积极地反映生活的美好向上的一面来激励对理想的追求，抑或是暴露现实的残酷来表现批判和反思，都不过是对于现实问题的不同思考途径。胡坤选择的是后者，他表示要把真实的世界告诉观众，希望展现生活不那么美好的另

① 李夏至．家庭生活剧写实还是贩卖焦虑？［N］．北京日报，2022－04－15（15）．

一面以免事到临头手足无措。① 现实的焦虑的确普遍存在，艺术作品对生活进行提炼和典型化处理也无可厚非。相较于批评，更多的评论表示，剧集有意识地将焦虑紧张感消解在生活的琐碎和温情之中，使相关情节具有更高的合理性。然后通过主人公的个人成长来展现普通人面对生活困境的勇气和韧性，将受众原本的焦虑变成深度共情与情感激励。

同是家庭剧，《消失的孩子》则另辟蹊径，以悬疑方式转切到现实社会中。《消失的孩子》改编自贝客邦创作的小说《海葵》，由湖南快乐阳光互动娱乐传媒有限公司、湖南广播电视台卫视频道、芒果超媒股份有限公司、浙江华谊兄弟影业投资有限公司出品。剧集从杨远儿子杨莫的离奇失踪展开，在案件调查的进程中，看似毫不相关的人物在不同时空里被关联起来，多个家庭的矛盾真相也随之被徐徐揭开。

围绕剧集，由中国作家出版集团、《文艺报》《中国作家》《长篇小说选刊》主办，《中国当代文学研究》编辑部、中国作家网承办了相关的研讨会。会上指出，《消失的孩子》选择社会派推理路线，将推理置于广阔的社会时代背景中，直面社会矛盾也力图彰显人性的真善美。剧集没有止步于结案而是深入人心，触及几种家庭教育方式展开思考。观众的视点跟随着案件的进行在探索和接近真相的过程中充分代入剧情世界，“沉浸式”地参与剧集对现实问题的反思和剖析。

“悬疑短剧”在近年来成为影视制作风头最盛的类型之一，以 12 集的小体量撬动市场，多个网络平台还针对性地推出“悬疑剧场”“迷雾剧场”等。《消失的孩子》也通过家庭、社会与悬疑的融合，为悬疑短剧的创作找到了新的着力点，使悬疑回归现实的温情表达，在大众共情与讨论中传播向善的正向力量。②

（三）以生活化轻喜剧模式关注普通人的突围与成长

异于戏剧冲突集中，内涵主旨鲜明的现实题材作品，生活化轻喜剧

① 刘玮，张赫.《亲爱的小孩》想给观众“提个醒”［N］. 新京报，2022-05-05（B04）.

② 黄启哲.“剧本杀”包裹下的，是悬疑短剧转向现实的温情表达——评热播剧《消失的孩子》［N］. 文汇报，2022-09-21（10）.

对于现实生活的艺术再现则追求返璞归真。对于生活、社会等问题，生活化轻喜剧以温和、轻快的暖流消融当代堆积的焦虑，“润物细无声”般给人带来“治愈感”。基于现实真相，一方面，生活化轻喜剧对于现实的处理更具自然主义的艺术倾向，避免典型的概括而将焦点虚化到具有普遍性的日常上，形成对一般、整体的镜像反思。另一方面，风格上，生活化轻喜剧用喜剧元素调和剧集可能产生的寡淡，又与其主打的治愈、温情特色相得益彰。《没有工作的一年》《张卫国的夏天》《欢迎光临》三部剧集从不同的群体、年龄阶层等分别对职场“打工人”、面临危机的中年人和底层小人物的生活展开叙事。

“内卷”成了这个经济、科技迅速发展时代的关键词，“打工人”的职场迷茫也是近年来备受关注的表现题材。与《亲爱的小孩》同期播出的《没有工作的一年》采取生活流轻喜剧的表现形式，从“打工人”的立场展开了一段生活的治愈之旅。

该剧由湖南快乐阳光互动娱乐传媒有限公司、湖南广播电视台卫视频道、芒果超媒股份有限公司、芒果影视文化有限公司、陕西文投（影视）艺达文化传媒有限公司出品，北京儒意乐悠影视文化发展有限公司联合出品。剧集讲述了同名同姓的大雨和小雨在没有工作之后，于相处中互相学习，最终在对方身上找到生活和工作的意义的女性成长故事。

剧集以大雨的失业难题和小雨“躺平”、得过且过的麻木使当代年轻人的职场困境成像于荧幕上，探讨着经济转型之下的反焦虑情绪和积极的生活态度。制片人贾轶群将剧集定位为年轻人打造的主打治愈、积极生活、反传统、反套路的话题剧，意图突破惯性思维局限对年轻人的生活作出非标准化的呈现。①

生活流动于主角团的发展成长中。大雨和小雨机缘巧合地认识，在没有工作的这一年中大雨在小雨的带领下尝试新鲜事物，小雨在大雨的影响下也学会了规划生活。两人实现了优势融合，最终决定重返职场，

① 彭璐.《没有工作的一年》解锁多种人生，从致郁到治愈，换种新活法［N］. 金周刊，2022-04-17（A02）.

直面挫折。两人由怀疑、焦虑或麻木、绝望到反省，再到自我复苏，重新鼓起勇气，完成了人物弧光的动态发展。

相较于《没有工作的一年》中对青年人职场和生活平衡之道的探讨，《张卫国的夏天》则从中年人的角度出发，讲述了北京胡同里的京剧龙套张卫国原本在自己一方天地里悠然自得的生活被一系列变故打破后，寻找生活真谛的故事。该剧由湖南快乐阳光互动娱乐传媒有限公司、湖南广播电视台卫视频道、芒果超媒股份有限公司、北京风火石文化发展（北京）有限公司出品。

“中年危机”是剧集的中心主题。不同于典型意义上因养家糊口或职场压力造成的中年困境，张卫国面临的是逃避现实却因平静被打破之后不得不面对现实的矛盾，其中有三代人的生死离别、爱恨情仇和人生理想以及一系列社会问题。剧集试图营造轻松欢乐的氛围，化解生活中的“疑难杂症”，通过张卫国乐观积极的生活态度，传达一种云淡风轻、淡泊的人生观。在喜剧手法的演绎下，某些夸张的情节造成了真实感和虚拟化之间的略微失衡，与此同时又营造了喜剧氛围。

与《张卫国的夏天》具有相似的风格的另一部生活流轻喜剧作品《欢迎光临》也同样传递了乐观积极的正能量生活态度。该剧由李雪导演，湖南邵阳籍编剧袁子弹撰写剧本，改编自鲍鲸鲸所著小说《我的盖世英熊》，由东阳正午阳光影视有限公司、得闲影业（北京）有限公司、上下次元影业出品。剧集呈现了一出非典型的追爱故事，描摹了一众迥异的人物群像，即以男主角酒店门童张光正为代表的底层打工者和外乡人群体，以女主角郑有恩为代表的精英群体，以及广场舞队所代表的老年群体等，各群体的生活状况也得到全面描绘。作品立足于小人物的生活，糅合都市、情感、家庭、职场等多种类型，以充满戏剧感、略显夸张的情节突出喜剧氛围，寓托理想主义展开对生活的浪漫化书写。

通过双线叙述的方式，作品力图扩大表现生活的范围，纳老年群体的生活于故事中，较为深入地探讨了退休老人如何追求有意义的生活，展现了年轻人和老年人两个群体的观念碰撞、交流和理解。剧情的推进引导着观众伴随底层小人物的成长与奋斗历程，投射自身的思考，从而实现更深层次的成长认同，凸显每个人都是生活的英雄的励志理念。

三、时代与社会剧：与时代共振，与人物共情

时代与社会剧扎根于历史洪流中，反映时代和社会的最新动向。在处理宏观的社会主题，展现时代精神面貌之下，时代与社会剧通过塑造生动立体的人物形象，描摹现实生活景象，避免悬浮和空洞，将宏伟的大命题浇筑进国家、历史、民族发展的里程碑中，使观众与人物共情。近年来，在国家的鼓励和人民喜爱的支持下，电视荧幕上涌现了众多题材多样的主题性电视剧，与时代发展同频共振，弘扬以社会主义核心价值观为中心的时代精神旋律。

2022 年度湖南电视文学中主要有三部剧集从不同的发展领域着眼，分别呈现了冬奥情缘、重工业发展和法治发展三个主题。

2022 年，中国首次承办冬季奥林匹克运动会，以前所未有的数字化水平向世界和人民展示了东方大国的气脉，大力推动了经济发展、社会建设和全民冰雪运动的热潮。《冰雪之名》正是为冬奥而生，在冬奥会开幕式第二天闪亮开播。

该剧以“中国和冬奥的四十年”为主题，讲述了严家三代人的冰雪情缘，由白涛导演，湖南邵阳人梁振华任总编剧，胡雅婷、张贝思、鲁琦共同编剧，由文投控股股份有限公司、四川新华出版发行集团有限公司、河北广电影视文化有限公司、吉林市文化产业投资发展有限公司、长影集团有限责任公司出品。

作为国家广电总局冬奥题材重点剧目，《冰雪之名》从冬奥运动着眼，书写改革开放以来四十余年两代人奋斗和传承的心路历程。开播前，《冰雪之名》就已入选国家广电总局开展的“我们的新时代”主题作品创作展播活动，借冰场上的故事展现中国人的冰雪精神。① 以冬奥会短道

---

① 柳姗姗.《冰雪之名》入选“我们的新时代”创作展播［N］. 工人日报，2021－11－28（04）.

速滑项目为主线，作品采用篇章式的故事结构。上篇“冰雪情缘”讲述了20世纪80年代负重前行的老一辈运动员的运动生涯，下篇“冬奥梦想”展现了新一代运动员备战冬奥会的奋斗道路。于竞技体育中折射出“中国速度”和“中国力量”的发展。剧集从严家两代人、两类冰雪项目走入横向的运动员群体，走入纵深的国家艰苦奋斗的历史。正如编剧梁振华所说，“上一代的遗憾，通过下一代的奋斗和他们的荣誉得到了弥补，生命的长河奔涌向前。”①

承接冬奥大戏《冰雪之名》而来的，是暑期火热播出的重工业题材电视剧《麓山之歌》。作为中宣部和国家广播电视总局的“礼赞新时代 奋进新征程”展播剧目，《麓山之歌》将镜头聚焦在重工业转型升级，以湖南重工业的发展为原型，讲述了麓山重工在整体经济下行、行业陷入寒冬的时代背景下，卫丞、金燕子等重工人坚持自主研发的核心技术，不畏艰难，实现国有重工业转型升级的故事。

该剧由中央电视台、中共湖南省委宣传部、湖南省总工会、湖南广播影视集团有限公司（湖南广播电视台）、湖南快乐阳光互动娱乐传媒有限公司、金色光芒文化有限公司出品，毛卫宁（总导演）、张彤导演。湖南株洲籍作家王成刚既是该剧原著小说《重中之重》的作者，也为该剧编剧。

工业题材电视剧因其专业性强、视觉呈现难度大等问题成为影视从业人员创作的壁垒，剧集如何破除阻难实现艺术突破？一方面，作品基于深厚的专业技能知识和经验对重工业从业者的生活展开剖析。编剧王成刚成长于中国第一辆电力机车研发地——湖南株洲。他从小对于工业、工厂和工人生活耳濡目染，同时又拥有工业题材影视创作的丰富经验②，筑牢了本剧“实打实”的重工剧本基础。另一方面，在处理宏大的国家工业发展命题上，该剧塑造了作为平民英雄的产业工人、科研人员、管理者等一系列人物群像，通过冲突矛盾的合理设置实现从“小我”到

① 姚坤. 不走“爽剧”路线的《冰雪之名》如何致敬冬奥？［J］. 中国经济周刊，2022，(C1)：117－118.

② 王成刚. 讲好新时代工业的故事［N］. 人民日报，2023－02－10（20）.

“大我”的矛盾转向。同时，剧集以情感化叙事增强故事情节的张力和吸引力，戏剧化呈现人物的爱情碰撞、亲情关系、师徒传承等，削弱工业题材的严肃与沉重。①

作为湖南本土的电视剧作品，《麓山之歌》融合重工业发展与自主创新、爱国敬业等时代精神，柔中带刚，充分肯定了湖南对中国工业发展所做的历史贡献，发掘与阐扬工人群体所承载的湖湘精神，以其独特的叙事为当下工业题材献礼剧的话语架构提供了参考经验。

在《麓山之歌》播出一个月后，全景展现人民法院司法改革最新成果的法治题材剧《底线》紧随其后。该剧以大众文艺范式诠释法治国家建设的发展，由刘国彤导演，费慧君、李晓亮编剧，由湖南广播影视集团有限公司（湖南广播电视台）、潇湘电影集团有限公司、人民法院出版社有限公司、湖南当燃影业有限公司、北京法信文化传播有限公司、浙江贤君影视文化有限公司出品。

在《底线》的研讨会上，国家广播电视总局党组成员、副局长朱咏雷表示，党的十八大以来，法治中国建设取得了历史性成就和历史性变革，为电视剧创作提供了丰富的素材，广电总局也将携手最高人民法院等相关部门推出更多优秀的法制题材作品。②

此前，中国法院题材剧面临着敏感性和文戏多两大难题。③ 为了避免偏离人民生活，剧情悬浮不接地气等问题，剧集采用“大案套小案”“新案套旧案”的单元形式叙事，以当代人民法官为创作原型，描绘基层法院的全景和基层法官风貌。区别于美式和日式律政剧，《底线》面向最广大的基层矛盾，追求符合中国观众审美习惯和思维方式的叙事模式，生动刻画人物的立体形象，并且通过片段式的日常叙事增强温暖现实主义的底色。正如导演刘国彤所说的：“国内司法体系的要义是司法为民、扶

---

① 贺艳，余金红.《麓山之歌》：工业题材剧的人物形塑与叙事创新［J］. 中国电视，2022，（121）：17－19.

② 牛梦笛，靳昊. 探索法院题材现实主义文艺创作新路径，电视剧《底线》研讨会召开［N］. 光明日报，2023－02－16（09）.

③ 林沛.《底线》：打造中国特色新型法治剧［J］. 中国广播影视，2022，（24）：182－183.

危救困、保护弱者，它的底色是温暖的，也是这部剧温暖现实气质的来源。”①

四、历史剧：“大事不虚、小事不拘”

历史剧一直是中国电视文学体现民族特色、传承和弘扬优秀传统文化和民族精神的重镇。上下五千年源远流长的历史长卷为创作者提供着取之不尽、用之不竭的珍贵灵感。国家广播电视总局副局长朱咏雷曾在“历史题材电视剧创作座谈会”上提出：“‘大事不虚、小事不拘’是大的创作原则”，要求创作者在历史空间中要寻找到真实和虚构的艺术平衡点，充分展开合乎历史逻辑、历史精神和历史氛围的艺术想象。②

2022 年湖南电视文学以《数风流人物》与《天下长河》两部剧集，充分诠释了历史剧作品“大事不虚，小事不拘”的创作理念，分别从近现代革命英雄和古代英杰的视点着眼，阐扬了中华民族自古以来艰苦奋斗、自强不息的民族品格。

6 月 15 日，江苏卫视、浙江卫视、山东卫视三大卫视联播，共同推出《数风流人物》献礼建党 100 周年，弘扬伟大革命精神。该剧由余丁导演，湖南祁阳籍编剧王青伟联合史言共同编剧，由江苏省广播电视总台荣誉出品，幸福蓝海影视文化集团股份有限公司、北京爱奇艺科技有限公司出品，中国人民解放军八一电影制片厂、江苏稻草熊影业有限公司联合出品，是江苏省广播电视剧精品扶持项目。该剧刻画了早期中国共产党人的群体形象，展现了中国共产党从五四运动到新中国成立 30 年的奋斗史和红色精神图谱。

如何表现跨度广、历史繁复且斗争激烈、内涵深远的革命历史？正如剧名《数风流人物》所昭示的，剧集从“人”着眼，将历史真实的宏大构图聚焦于早期共产党人的故事上。剧中细腻地描绘了历史人物在生

① 岳宗胜，黄博阳．突围与突破：法治题材剧《底线》的创作新境界［J］．当代电视，2022，(11)：37.

② 牛梦笛．历史剧：连接历史，观照现实［N］．光明日报，2022-05-05（09）.

活中的质朴状态，去掉华丽的头衔、泛泛的价值评判，呈现出人物贴近生活的一面，拉近观众与革命先辈的心理距离。李大钊为夫人洗头的日常画面、毛泽东和妻儿的亲密场景等，都将荧幕和历史上遥不可及的人物赋予了血肉和情感的力量。剧集借助客观史实的参考与主观想象的修整，将真实历史人物与虚拟的艺术情节相结合，更加深化了观众与革命先辈跨越时空的精神之交，以生活感、临近感增强人物的质感。

除了对于史实的深度挖掘，剧集为了保证真实的观看体验，一比一复刻了韶山冲、安源煤矿、清水塘、延安窑洞等重要场景，引领观众走入过去，深入人物的思想、理念和内心情感。主客观一体的创作手法好似为具有深厚历史价值和意义的主旋律剧集插上了温情亲切的翅膀，使其更加轻盈地飞越时空的阻隔，柔化意识形态的表达而更具亲和力。

相较于《数风流人物》对近代革命史的呈现，《天下长河》则选择了从传奇的角度对历史进行了当代的全新诠释，回到康熙王朝对中华民族的精神根基展开影视叙述。

2022 年 10 月 30 日，第十三届全国人大常委会第三十七次会议表决通过了《中华人民共和国黄河保护法》。黄河保护法将“黄河文化保护传承弘扬”专章单列，明确提出，国家鼓励开展黄河题材文艺作品创作，提高黄河文化影响力。① 《天下长河》恰与宣传黄河文化的理念相呼应，应运而生，获得 2022 年新京报“年度品质剧集”等荣誉。②

该剧由张挺导演编剧，浙江好酷影视有限公司、芒果超媒股份有限公司、湖南快乐阳光互动娱乐传媒有限公司、浙文影业集团股份有限公司出品。导演张挺大约十年前就完成了剧本初稿，他热心历史尤其是清史。在纵观众多治河人物的悲剧性结局后，他深受感触而开始剖析他们的命运发展和内心世界。剧情摆脱王侯将相的叙事惯性，以平民出身的治河英雄为故事中心，塑造了靳辅、陈潢、康熙、于振甲等主线故事人物，涉及平三藩、收复台湾、雅克萨之战等历史事件。此外，剧集通过

① 于靖园.《天下长河》：唱响新时代治水史诗［J］. 小康，2023，（01）：66－67.

② 张赫. 2022 新京报年度剧综榜揭晓［N］. 新京报，2023－01－18（A14）.

刻画索尔图和明珠之间颇具喜剧意味的争斗等情节适当地装饰历史叙事上的庄重，增加剧集的观赏性。在合理有限的历史空间内，《天下长河》充分展开虚构想象，塑造了靳辅、陈潢两位富有理想主义精神的平民英雄，在其身上折射着千年文化中勇于奉献、敢于担当的民族精神。

剧名中的“长河”在剧集的呈现上被赋予了两重涵义——既指九曲黄河又指历史的长河。奔腾的黄河孕育了中华民族自强不息的民族品格，在历史长河的积淀下薪火相传、生生不息。

而在荧幕外，《天下长河》还联动人民文娱发布“新时代黄河守护者”活动，通过数百年前靳辅、陈潢为治理黄河的故事，鼓舞每一位中华儿女为守护黄河贡献力量，将影视创作的影响投射到实际社会中产生积极向上的正能量。①

五、军事剧：青春与军旅的碰撞

军事题材的作品在影视产生伊始的战火纷争年代就已占据主流，直到今日，仍是影视领域最重要的题材之一，军旅剧则是军事题材作品中体现当代强军风范的重要电视剧类型之一。中国真正意义上的现实军旅题材电视剧自《高山下的花环》起始，伴随着20世纪80年代电视的发展期而大量涌现。② 其中既有反映革命先辈顽强拼搏、不懈奋斗的战事题材军旅剧，也有刻画当代士兵生活的军营生活题材剧。近年来，军旅剧集重心转向，电视剧市场更多涌现出的是反映当下时代、结合青春热血与军营生涯的青春偶像式军旅剧范式，体现出当代强军的精神面貌。

在和平年代，如何完成“英雄重塑”，引导当代青年梳理正确的价值观和人生观？这离不开军旅题材剧集对主流意识形态的潜在输出。新时代青年的成长和话语促成了青春军旅剧的潮流，以其贴近性、真实性和观赏性获得大众认可，并为军旅剧的当代讲述提供了新的思路，为新时

① 杨雯．传颂大国工匠治河精神［N］．中国新闻出版广电报，2022-11-16（07）．

② 中国广播电视协会编．新中国成立60年与广播电视［M］．中国广播电视出版社，2010．02：269．

代英雄的重塑提供了审美表达，[①]《勇敢的翅膀》便是其中之一。

《勇敢的翅膀》由高进军、高威导演，王凯编剧，由臻禾影业（北京）有限公司出品，湖南快乐阳光互动娱乐传媒有限公司、福建臻禾影业有限公司、北京东阳企业商会、北京玖益影视文化传播有限公司、上海美天置业集团有限公司联合出品。顾名思义，《勇敢的翅膀》讲述了空军上尉秦朗在军营中的成长故事，在训练和反恐实战中克服心理恐惧，完成改装 K 型机的理想，收获爱情和友谊。该剧以写实手法再现了航空兵生活的典型环境，构造了多重人物关系的复调结构，立体地呈现了军人英勇强硬又热血温情的人物形象。硬件上，剧中详细复刻了机舱内的实景，战斗员的口令、操作准确到位，多角度多维度地还原了军旅生活。[②] 软件上，对于军人形象的多面塑造，剧集刻画了不近人情的空军上校丰雷与心高气傲的上尉秦朗之间师徒关系，以及两人各自的感情线、战友情等多线交织的结构，在生活化的叙事中真实、细腻地展现出军人的性格、情感等柔性的一面。在各方面的精心制作下，最终呈现出叙事和视觉画面同样精彩、贴合军旅现实又具有观赏性的佳作。

六、总结与展望

2022 年湖南电视文学精彩纷呈，在入选国家广播电视总局 2022 年度“中国电视剧选集”的 20 部剧集中，湖南制作的《数风流人物》《麓山之歌》《天下长河》和《底线》四部作品被选入，[③] 占据了五分之一的席位，成绩斐然。其整体特征主要表现为：与时代强烈呼应，与社会发展齐头并进。它们在题材、风格、人物塑造等各方面都彰显着鲜明的时代特色和精神风貌，散发着勃勃的生机。其具体特征主要如下：

① 罗良清．革命英雄的重塑与新时代青年成长故事的影像书写——以当代青春军旅剧为例［J］．当代电视，2019，（12）：36－42．

② 范咏戈．军旅剧创作新收获［N］．人民日报，2023－01－12（20）．

③ 覃皓珺．多创作百姓喜闻乐见的电视剧精品［N］．人民日报海外版，2023－02－24（07）．

（一）短剧、周播剧的繁荣

回溯当代短剧的滥觞，最早是指作为政治宣传，反映社会主义革命和建设时期生活斗争的现代戏剧。它们脱胎于话剧、京剧等剧中，排演难度较小，能够迅速及时地反映当时的斗争生活①。而这种形式进入电视剧领域则是在 20 世纪 80 年代左右电视文化的繁荣时期，被认为可以成为电视艺术中的“轻骑兵”，是个大有可为的新的艺术样式，② 受到中央电视台文艺部、广电总局等机构的官方支持和鼓励，之后又因不敌长剧的经济效益逐渐陷入低迷。

进入新世纪之后，随着科学技术和传播媒介的迅速发展，网络成了影视文化传播的重要途径。电视剧行业发生显著变化，网剧不断进行着各方面的深入探索，掀起流量热潮。2020 年一批主打现实主义题材、较短故事篇幅、制作水准精良的短剧集受到市场的瞩目，短剧在网络平台上再次回归电视艺术的舞台中心。

2020 年国家广播电视总局下发《关于进一步加强电视剧网络剧创作生产管理有关工作的通知》，反对“注水”，规范电视剧长度。湖南广播电视台积极响应号召，联合旗下芒果 TV 网络视频播放平台，打造了国内首个台网联动的“芒果季风”周播剧场。③ 优化的编排方式以及与受众之间的良性互动大大增强了周播剧的话题热度，在 2022 年度推出多部小体量短剧。2022 年 12 月 26 日，国家广播电视台总局又印发《关于推动短剧创作繁荣发展的意见》，有力地推进了短剧市场的繁荣发展。《意见》认为，短剧应坚持以人民为中心，积极反映人民生产生活的伟大实践和真情实感，加强现实题材短剧制作，并且鼓励各电视台和网络视听平台积极采购具有较高思想艺术水平的优秀短剧，在卫视黄金时段播出或在

---

① 林涵表．在革新的道路上——谈四出精彩动人的现代戏短剧［N］．人民日报，1964－06－14（08）．

② 章仲锷．多彩的生活折光——综述电视短剧集《多棱镜》［N］．人民日报，1982－11－14（05）．

③ 王欣．“芒果季风”台网联动周播剧的创新模式研究［J］．西部广播电视，2022，（19）：147－149．

首屏上线。①

湖南电视文学积极响应这一股新的创作趋势，在2022年电视文学中充分展现了短剧的创作特色和艺术魅力，其中三分之一左右的剧集均为小体量的短剧。

这些短剧大致集中于两方面题材。其一是都市情感剧，例如《陪你一起好好吃饭》《没有工作的一年》《张卫国的夏天》等。它们以生活化的叙事风格、贴近写实主义的叙事方式来展现各色的生活面貌，冲突避免集中、激烈造成的狗血感，流露出温情和向上的力量，而短小精悍的叙事长度恰巧弥补了这种生活流叙事过长可能带来的沉闷和平淡乏味，紧缩节奏，增强了剧集的活力。其二是悬疑剧，如《妻子的选择》和《消失的孩子》，均采用12集的剧集长度。近年来，网络短剧的兴起为悬疑剧提供了新的创作范式，众多视频网站平台设置“迷雾剧场”“悬疑剧场”等专门推出悬疑短剧。不同于止于结案或揭露真相的推理悬疑传统，2022年湖南电视文学中的悬疑短剧在题材上表现得不拘一格，并且意图在事件之外探寻社会、人生等更为本质的生活真相。《妻子的选择》运用谍战、悬疑的手法来讲述一名妻子揭露丈夫出轨事件真相的过程，在多重的婚姻关系中探讨两性关系的矛盾和平衡，并从女性视点出发，彰显女性力量。该剧结合谍战的叙事风格和手法，综合了婚姻关系中的两性题材、女性题材等多元要素，展现了女主角冷静地思考和处理以及摆脱阴霾、走出舒适圈的成长之路，深刻地揭示了要敢于突破、勇于面对的生活真谛。《消失的孩子》则由家庭教育发散到养老、女性成长、单身等众多社会问题，偏于社会派推理的路线，在广阔的社会时代背景中运用现实主义的创作手法直击社会矛盾，最终以温情将其化解为深沉向善的正向力量。

2022年湖南电视文学中呈现出的短剧繁荣面貌，不仅仅体现在数量上占据了重要的份额，而且体现在剧集质量上。它们不断拓新了表现领域和题材范围，基于现实主义进行了不懈地、多维度地创新。它们既追

① 尹双红．推出更多健康优质的精品短剧［N］．人民日报，2023－01－10（05）．

求反映现实的真情实感，同时也探寻更为广阔的艺术创造空间。

（二）平民化叙事趋势

2022 年度湖南电视文学整体还呈现为平民化书写的趋势，这在古装剧和宏大主题剧两类电视剧中体现得最为鲜明。

古装剧既包括架空历史的古代时装剧，如《玉面桃花总相逢》，又包括以真实事件为蓝本的历史剧，如《天下长河》。两部剧集叙事风格、题材等各方面都大相径庭，但都一致采用了平民化的叙事策略。

《玉面桃花总相逢》本就改编自平民生活气息浓厚的“种田文”，在仙侠当道、贵胄横行的古装甜宠剧领域中，显得小巧玲珑。屠户的女儿和潦倒书生的爱情故事在生活的细流中逐渐萌发，剧集中两人相互扶持、嬉笑嗔怪的平民生活也为陷入单一化的古代时装爱情剧市场注入了一股清新的暖流。

《天下长河》则基于导演对于历史的深刻感悟，以更为深沉厚重的笔触来描绘康熙朝的治水故事。剧情择取靳辅、陈潢两位治水能人为重要人物，着力刻画了两人身上的理想主义光环，塑造了从人民中选拔而来，最终将自己全身心奉献给人民的两位平民英雄。《天下长河》摆脱了明君和忠臣叙事，深入剖析平民悲剧英雄的内心世界。虽然康熙帝是剧集的中心人物，但平民出身的靳辅、陈潢等治水贤才的人性光辉也同样令人瞩目。

此外，在宏大主题电视剧中，这种平民化的叙事趋势则体现为主导文化和艺术革新的合作。

主导文化是政府倡导的文化，它生产并再生产主导意识形态，长期以来被人们用“主旋律”“正确导向”“时代最强音”等来描绘其性质。自 20 世纪 90 年代中期以来，主旋律电影和电视剧出现了很大的变化：它在保持主导性的核心形态功能而又使用大众文化包装这方面有所强化和发展，试图在融合、协调中建立文化领导权。[①] 随着时代发展和影视实践

---

① 郝建．中国电视剧：文化研究与类型研究［M］．北京：中国电影出版社，2008：9－11．

的深入，意识形态和价值观传输意图明显的传统主旋律剧集已偏离于市场经济娱乐时代的审美潮流，一些特征鲜明的新主旋律电视剧逐渐走入大众视野，被称为“新主流”作品①。它们被认为是“具有国家民族的恒定价值观与本土艺术精神要素，立足于时代背景下对现实生活真切性反映的”影视作品。②

2022 年湖南电视文学中多部宏大主题叙事的作品都体现出了“新主流”电视剧的新面貌。它们试图摆脱以往主旋律电视剧内容单调、题材单一、说教宣传意味浓厚的特征，而转向平民化的叙事视角；通过塑造立体的人物形象和构造人物群像，拆解宏大的、官方的主题理念，从而进行主导意识形态的软植入。

在题材上，湖南“新主流”电视剧《冰雪之名》《数风流人物》《麓山之歌》《底线》等作品分别从冬奥会精神、红色革命、重工业发展和法治国家等角度展开叙事，题材丰富多样，不拘于热门、冷门，全面而细致地展现着时代社会发展的各个方面。在具体的叙事中，这些剧集都不约而同地采用了平民化的叙事视点，从大主题中的小人物着手，细腻地描摹了在国家大机器中作为螺丝钉的平民的生活。即便是《数风流人物》这样诠释革命先辈的红色剧集，也选择了生活化的叙事方式，希望借助刻画历史人物在社会中的平凡生活，增强剧集的亲和力，凸显人物精神的宝贵。正是在生活化、日常化的平民形象刻画中，观众和人物的心理距离得以拉近，宏大的主题被真情实感的表达消解，主导意识形态和价值观也如春雨般“随风潜入夜，润物细无声”。

短剧、周播剧的繁荣和平民化叙事的趋势共同构成了 2022 年湖南电视文学的多元景象，然而在这宽广的画卷中却似乎缺少了乡村生活和农

---

① 马宁．新主流电影：对国产电影的一个建议［J］．当代电影，1999，(04)：4－16．这个概念最早指电影领域，由学者马宁提出，“新主流电影不是准备推出电影院的一次艺术实践，也不是小众电影，而是对主流电影策略必不可少的补充条款，是及时产生的改革念头，它将作为整个电影业不容忽视的整体性措施，改良已有的电影再生产循环障碍，促进消费与生产真正实现良性循环”。

② 周星．中国电影的普适性创作支撑——新主流电影的认知思考［J］．艺术百家，2013，(01)：36.

民形象的呈现。① 怎样解读乡土电视剧中的"乡土"？或许可以从另一个艺术门类——文学中申发而来。在中国现当代小说中，"乡土小说"是重要的类型之一，最早由周作人提出，是思乡怀古之情和特殊的土味和空气的两重体现。而对乡土小说的产生影响最大的则是鲁迅，他提示了乡土文学中的重要情感因素——"隐现着乡愁"。② 由此看来，"乡土"不该仅仅是一种形式、一片风景，也应沉入文化中、深入情感中，带着乡土最纯质朴素的味道。湖南不缺乏乡土的元素，山水秀丽，人文深厚，这也令人期待今后湖南乡土文化在荧幕上的多彩呈现。

综上所述，2022 年度湖南电视文学包含着突破已有格局的创新尝试，反映着湖南发展、时代进步的最新面貌。各主创者和主创单位坚持现实主义创作的核心理念，以人民为重心，以生活为本位，展现新时代的湖南风采。它承接过往的光辉成绩，也饱含着对未来锦绣的期待。各电视文学创作者力图充分挖掘各类题材、各式风格、各种方法的优势和潜力，积极进取，不停地追寻着广阔的艺术表达空间。

（陈伟华　李嘉怡）

① 此结论排除电视剧摄制周期的运转而言。

② 刘潇雨."侨寓文学"与"乡土文学"——鲁迅的类型研究及其再理解［J］. 汉语言文学研究，2020，(01)：67－69.

2022年度湘产电视剧创作综述

近年来，湖南省广播电视局认真贯彻习近平总书记关于文艺工作重要讲话精神，按照国家广播电视总局部署要求，不断加强创作引导，持续优化管理服务，全面推进全省电视剧行业高质量发展。2022年，湖南省立项出品的电视剧共13部，其中《麓山之歌》《底线》2部入选国家广电总局2022年度中国电视剧选集，豆瓣评分7分以上的电视剧有3部。

一、主题创作探索新表达、市场口碑佳

2023年1月7日，国家广电总局公布“2022中国电视剧选集”公布，20部入选作品凸显大手笔、新气韵，从不同角度切入书写国家发展印记，描摹社会万象，展现踔厉奋发的时代精神和充满烟火气息百姓生活，用匠心影像书写古今华彩，礼赞奋进中国，勾勒出本年度中国电视剧发展的主要成就、主流脉络。其中，湖南省这次入选的共4部电视剧，分别为湖南省立项出品的《麓山之歌》《底线》和湖南省制作播出机构参与投资的电视剧《天下长河》和《二十不惑2》。

2022年，党的二十大是主题电视剧创作的重要时间坐标。《麓山之歌》《底线》紧扣记录新时代、书写新时代、讴歌新时代的主旨，时代主题鲜明，艺术风格独特，探索主题创作的新表达。

《麓山之歌》由国家广电总局、中华全国总工会指导，中央电视台、中共湖省委宣传部、湖南省总工会、湖南广播影视集团有限公司等出品，于2022年8月19日在中央电视台综合频道黄金时段和芒果TV同时首

播。该剧从“重工业题材”入手，以湖南装备制造业为缩影，讲述了龙头国企麓山重工在低潮中突围，完成从“制造”到“智造”的转型，最终立于行业顶峰的故事。作品将镜头对准工人、科研工作者和企业家，用普通人的视角生动展示时代变革，展现时代变迁大主题，在较长时间线和宏大故事篇幅中设置多条线索，重在表现“人”和“人的故事”，典型人物与人物群像共存，并聚合到高度统一的主题之下，揭示人物命运与时代变迁相互映照的共振关系，匠心书写大国重工画卷。该剧赢得人民日报、光明日报、工人日报、文汇报等100余家主流媒体推荐称赞，肯定其是“一部速写中国装备制造业发展，勾勒大国工匠情怀，讲述新时代奋斗者故事的好作品”，并掀起“重工业题材剧”的热烈讨论。

《底线》由最高人民法院全程指导，潇湘电影集团有限公司、湖南当燃影业有限公司等联合出品，2022 年 9 月 19 日在湖南卫视和芒果 TV、爱奇艺同步首播。该剧聚焦法官行业，立足党的十八大以来中国法治建设的辉煌成就，讲述新时代法治人在司法道路上不断开拓，诠释人民法官使命担当的故事。作品用润物无声的艺术表达、年轻态的叙事手法，塑造丰满立体的人物群像，讲述引起年轻人共鸣的热血奋斗故事，实现了剧集“破圈”生长。其中，尤为明显的是对代际关系的描摹，有的聚焦家庭代际关系，《底线》围绕老中青三代法官展开叙事，展示法官职业精神的代际传承。人物群像的代际化，用跨越时空的“对话”激荡青春力量，将宏大厚重的主题内化为人物角色的成长与信仰，增强了年轻观众的情感共鸣。人民日报、新华社、光明日报等中央主流媒体纷纷发文对该剧予以肯定，评论该剧“不仅是一部老少皆宜的电视剧，更是一部法院队伍建设的生动教育片”，认为其“是新时代法治题材剧集新标杆”。

这两部作品将时代发展映射到一人一事或一个群体的奋斗历程，通过讲透、讲深、讲好那些鲜活可感的故事，为主旋律剧集创作的创新发展做出了有益尝试。

二、都市题材主打温暖牌、内容分类细

2022 年，湖南省立项出品的都市题材有 5 部：《幸福二重奏》《陪你一起好好吃饭》《没有工作的一天》《妻子的选择》《张卫国的夏天》。这些作品立足职场、情感、生活、家庭、婚姻话题，贴近当下生活，以创新视角、现实关怀，不断拓宽叙事维度，具有较强的现实意义。

《没有工作的一年》《幸福二重奏》《妻子的选择》这 3 部电视剧都是女性现实题材剧，立足不同的女性视角，试图通过这些角色的不断成长蜕变，对女性职场选择、婚姻情感、自我成长、价值实现等方面进行了深入、有益的探索。《幸福二重奏》《妻子的选择》聚焦都市婚姻，前者更关注职场女性的婚姻问题，并给予年轻观众尤其是身处婚姻迷局中的观众更具代入感的启迪和反思；后者则关注家庭主妇的婚姻问题，就中年婚姻、女性独立、家庭与事业的平衡、健康的爱情观等问题进行探讨，带给观众勇敢选择的勇气，以更加正面积极的态度，走好人生的“岔路口”。《没有工作的一年》以轻松搞笑的方式，巧妙地设定了让两个同名同姓的女孩在相处中逐渐互相依靠，最终实现人生态度的改变，呈现出失业群体对待生活的不同想法。

《陪你一起好好吃饭》聚焦当下年轻人，《张卫国的夏天》则关注中年人。前者以美食作为线索贯穿全剧，创造性地将“吃饭”作为支点，串联起了情感，直面“工作和生活如何均衡”的痛点，创造性地将爱情、亲情、友情所表达的共鸣都赋予在每道菜里，让味蕾和内心得到双重的治愈。后者以荒诞却又写实的生活流创作手法，映射中年人的真实群像与人际冷暖，将现实生活中的戏谑与黑色幽默娓娓道来。

这些都市题材类型垂直细分，着力点在于聚焦都市百态和家庭缩影，以温暖为主基调，融入创作者对都市生活的观照和对社会发展的深度思考，不回避生活的残酷、不质疑人性的善意、不丧失奋斗的坚守，激发观众思考人与人的关系、人与家庭的关系、人与社会的关系，让作品具有一定的话题度。

三、悬疑题材呈破壁融合、话题热度高

近年来，悬疑剧呈井喷式增长，掀起观剧热潮。2022 年湖南省立项出品的悬疑题材剧共 2 部，即《江照黎明》和《消失的孩子》。两部作品创新风、探新路，在坚持现实主义创作原则下架构故事框架，用既接地气又有现实感的情节，实现与观众观赏诉求的有效对接。

《江照黎明》《消失的孩子》以“悬疑 +”的类型融合，延展了故事的叙事空间，赋予了题材更多可能性。

《江照黎明》以“悬疑 + 女性”的复合类型，综合女性元素、现实题材、悬疑叙事，讲述了一个努力生活只求安稳的平凡女性，面对丈夫的背叛与恶意，生活的重担和磨难，完成了一场完美自我拯救的故事。故事中加入了“杀妻骗保”、出轨、家暴等极具话题性的元素，认真地披露着女性的生存危机和社会困境，于人文关怀中展现女性力量。

《消失的孩子》以“悬疑 + 家庭”的复合类型，讲述了一群长期缺失原生家庭陪伴的小孩，其与父母之间的相互救赎的故事。该剧构建了多线叙事的迷网，挖掘人物内心的隐秘，将当今社会家庭教育的问题表现得透彻与到位，核心是表达孩子需要正确的家庭教育。

这两部作品情节结构扎实、叙事节奏紧凑、人物情感丰满，在渲染悬疑氛围的同时深刻观照现实社会、深度探讨人性，既有推理与反转带来的快感，也有情感与心灵给予的慰藉。

四、古装题材探求新叙事、展现新国风

古装剧一直是电视剧市场和观众关注的焦点。2022 年，湖南省出品的古装剧集共 4 部：《花朝秋月夜》《一夜新娘第二季》《玉面桃花总相逢》《覆流年》。

《花朝秋月夜》讲述了千年之前的盛朝，一众擅长乐器的年轻人共同打造“女子天团”的喜剧爱情故事，以现代琵琶女穿越古代之旅呈现传

统文化气息。《一夜新娘第二季》《玉面桃花总相逢》都讲述了古代爱情故事，人物设定巧妙，剧情起起伏伏，兼具儿女情长和家国情怀。《覆流年》以女性视角展开，以快意恩仇和反套路的叙事逻辑，讲述如何在人生低谷时涅槃重生。

这些作品秉持以古鉴今的现实主义创作方法，试图寻找符合当代观众观赏需求的故事元素，结合历史符号与时代概念，融合传统文化与励志进取等积极因素，在“情”与“理”之间承担起观照当下的严肃探讨。此外，在服化道、美术、特效等方面再现东方美学意蕴，让观众受到传统文化的浸染和熏陶。

2022 年湘产电视剧题材多样、类型多元、风格多变，与时代同频共振，深度挖掘社会现实与时代精神内涵，作品正能量、引共情，产生了较好的社会效益，以实际行动助力中国电视剧高质量发展。

（储钰琦）

附：湖南广播电视台 2022 年电视剧一览表

序号	剧目	制作单位	类别	播出平台	播出时间	集数	时长（分钟/集）
1	麓山之歌	金色光芒文化有限公司	电视剧	中央电视台综合频道、湖南卫视	2022. 8. 19、2022. 10. 19	36	45
2	底线	湖南当燃影业有限公司	电视剧	首轮：湖南卫视、芒果 TV、爱奇艺 二轮：江苏卫视、广东卫视 2. 5 轮：四川卫视	首轮：2022. 9. 19 – 10. 16 二轮：2022. 11. 4 – 11. 25 2. 5 轮：2022. 11. 7 – 11. 27	40	45
3	幸福二重奏	湖南快乐阳光互动娱乐传媒有限公司	电视剧	中央电视台电视剧频道、芒果 TV	2022. 1. 3	31	45
4	陪你一起好好吃饭	湖南快乐阳光互动娱乐传媒有限公司	电视剧	湖南卫视、芒果 TV	2022. 2. 14	16	70

续表

序号	剧目	制作单位	类别	播出平台	播出时间	集数	时长（分钟/集）
5	没有工作的一年	湖南快乐阳光互动娱乐传媒有限公司	电视剧	湖南卫视、芒果 TV	2022.4.11	16	70
6	妻子的选择	湖南快乐阳光互动娱乐传媒有限公司	电视剧	湖南卫视、芒果 TV	2022.6.6	12	60
7	张卫国的夏天	湖南快乐阳光互动娱乐传媒有限公司	电视剧	湖南卫视、芒果 TV	2022.7.18	12	70
8	江照黎明	湖南快乐阳光互动娱乐传媒有限公司	网络剧	芒果 TV	2022.1.27	24	37
9	消失的孩子	湖南快乐阳光互动娱乐传媒有限公司	电视剧	湖南卫视、芒果 TV	2022.8.29	12	60
10	花朝秋月夜	湖南快乐阳光互动娱乐传媒有限公司	网络剧	芒果 TV	2022.6.15	24	42
11	一夜新娘第二季	湖南快乐阳光互动娱乐传媒有限公司	网络剧	芒果 TV	2022.5.20	24	40
12	玉面桃花总相逢	湖南快乐阳光互动娱乐传媒有限公司	电视剧	湖南卫视、芒果 TV	2022.4.1	36	45
13	覆流年	湖南快乐阳光互动娱乐传媒有限公司	网络剧	芒果 TV	2022.8.31	30	45

2022 年度湖南文学评论创作综述

文学评论是评论家的学识个性、评论对象的内涵特性、时代思潮和文化传统共同碰撞出来的火花，因而民族性、时代性是文学评论本来就具有的特性。这是一个基本的常识，不用特别强调。但是，近年党和国家越来越重视对全民思想的引导和具有“新时代”特色的文艺作品的创造，文化自信和“三大体系”建设的强调，都让湖南文学评论显示出了鲜明的中国化、时代化特性。这具体表现在对传统与现代、民族性与世界性、翻译与交流、艺术性与政治性等问题的思考中，突出中国文脉传承、时代主潮的表现、文化自信和文化输出等内容。2022 年文学评论在这些方面取得了较多的成绩。同时，我们也应注意，文学创作和文学评论都需要深沉的个人感悟、具有“穿透力”的思想发现和真诚有灵气的表达，这样才能超越平庸和同质化的重复。

一、中国化、时代化的文艺理论研究

人文社科理论的中国化、时代化，是近年学术研究的重大议题。2022 年湖南的文艺理论研究、文学批评理论建设，在这方面取得了可喜成绩。这主要体现在中国特色文论的建构、古代文论的时代化、经典理论的中国化等方面。理论与实践是相互渗透、相互影响的。文艺理论对文学创作和文学评论具有指导作用，或隐或显地影响着文学批评家对文艺作品、文艺现象的理解和评价。

（一）新时代马克思主义文论研究

新时代马克思主义文论的建构，是推进中国文学的学科体系、学术体系、话语体系的重要内容。李清良、王壮壮的《文明论视角下中国特色话语体系建构问题探析》（《周易研究》，2022年第6期）认为，话语体系的建构是一个关乎文化自信的问题，建构中国特色话语体系须注意坚持文化自信。这就要打破“西方中心主义”的思维习惯和肯定各大文明均有其不可替代的文化传统、经验智慧和创新能力。文化自信表现为敢于创新，建构既有文明特色又有普遍性的话语体系，既是文化自信的体现，又可增强文化自信。这种创新和建构要充分利用中国传统学术的思想资源，深刻体认和阐发中华文明的核心价值，自觉养成中国学术共同体意识。李佑新的《从三重维度深入理解马克思主义中国化时代化新的飞跃》（《毛泽东研究》，2022年第6期）认为，习近平新时代中国特色社会主义思想实现了马克思主义中国化、时代化新的飞跃。对这个重大论断，可从三个维度进行理解。在实践发展的维度，习近平新时代中国特色社会主义思想是对新时代的时代课题与实践主题的科学回答，在文化结合的维度是马克思主义思想精髓与中华优秀传统文化精华相结合的智慧结晶，在理论创新的维度是马克思主义中国化时代化的最新成果。张锋的《习近平文艺精品力作论述的三个维度》（《文艺论坛》，2022年第3期）认为，习近平总书记关于文艺的系列讲话始终强调文艺精品的创作，我们可从内部、外部与中介三个维度来理解文艺精品论，这为当下文艺创作指明了方向。

习近平总书记关于文艺的系列论述，特别强调文艺的人民性。人民性是新时代文论的核心要义之一。文艺要以人民为中心，坚持人民立场，为人民服务，为社会主义服务，这是中国当代文艺的经验总结。何建良的《新时代文艺“人民性”认识的新拓展》（《江西社会科学》，2022年第5期）认为，新时代的人民观是马克思主义人民观的最新发展，有鲜明时代内涵。它是对中国古代“民本”思想的创造性转化和创新性发展，兼顾了多个层面，凸显了其国际性内涵。它重申“以人民为中心”的创作导向，提出“人民是文艺之母”的新命题，把“人民满意不满意”提升为“检验艺术的最高标准”，这为当下的文艺创作、文艺批评和文艺传播提供了行动指南。罗慈花、周邦春的《中国共产党百年文艺思想的演进脉络、理论逻辑与基本经验》（《湖南社会科学》，2022 年第 4 期）认为，在近百年中国共产党文艺发展历程中，都注重文艺的人民性特质，强调文艺源于人民、为了人民、属于人民，是党的文艺思想百年演进的基本经验，具有重大的当代价值。文浩的《不断发展和丰富的“文艺人民性”》（《文艺论坛》，2022 年第 1 期）在学习了习近平总书记关于文艺工作的讲话后发现，习近平总书记丰富和发展了“文艺人民性”的内涵。习近平总书记提出文艺“源于人民、为了人民、属于人民”，更明确清晰界定了“文艺人民性”的本质；提出“生活就是人民，人民就是生活”，凸显了文艺源泉的实践根基。陈果的《文艺人民性的历史传承与发展》（《文艺论坛》，2022 年第 2 期），分析了文艺人民性的内涵，梳理了中国共产党坚持文艺人民性的历史进程，论述了新时代中国特色社会主义文艺人民性守正创新的特性。

（二）时代化、中国化的叙事学研究

文学是一种叙事艺术。随着语言学的转向和形式主义批评的发展，文学叙事成为文学批评无法回避的问题。叙事的主题、结构、方式等方面都蕴含深层的民族文化特色和时代特性。在叙事的民族性方面，刘长华的《希腊神话的理论推介与中国新文学叙事民族性的建构》（《文艺评论》，2022 年第 2 期）分析了清末和现代时期希腊神话对中国新文学叙事学民族性建构的三个启示，即从希腊神话的“神谕”可反观佛教宣讲艺术的重要功能，从希腊神话的“神人同形同性”可反观中国“不妄揣圣意”心理描写固堤需拆解，从希腊神话的“象征”意识可反观中国传统文学“影射”笔法。这都有一定的启示意义。熊江梅的《文明论视域下的中西历史演化叙事模式比较》（《东北师范大学报（哲学社会科学版）》，2022 年第 1 期）认为，对人类历史作出整体描述，这在中西历史叙述史上都是重要的传统，并因文明视域的差异而形成普遍史与循环史

的不同叙述模式。西方普遍史将“非西方”降格为历史总体进程中的低级阶段从而将其纳入以西方为“历史终结”的“普世文明话语”中，其实质是一种殖民与驯化。中国历史循环观是“天下”观念下“大一统”政治图景的历史表现，建构了历史演进中断裂与连续之间的张力，彰显了传统史学“形而上学”与“实际历史”之间的辩证法。董外平的《诗意化·拟真化·戏谑化——中国当代文学刑罚叙事的三种范式》（《中国文学研究》，2022 年第 2 期），分析了以余华、莫言、王小波为代表的中国当代文学的诗意化、拟真化、戏谑化三种典型的刑罚叙事类型，并认为在美学与伦理的天平中，无论余华、莫言还是王小波，都或多或少地倾向了美学实践而违背或偏离了生命伦理。

叙事的时代性，主要体现在叙事的主题。过去三年，新冠疫情给人们造成了极大的困扰，关于疫病、灾难的叙事，是学界关注的一个热点。刘榴、文卫平的《经验、自我与伦理：戴维·洛奇小说中的疾病叙事与叙事治疗》（《湘潭大学学报（哲学社会科学版）》，2022 年第 3 期）认为，英国当代作家戴维·洛奇以疾病为介质，全景式地展现了英国当代社会个体的精神危机，并从经验、自我和伦理等维度显示叙事治疗的意义。洛奇并非完全以“疗救者”的姿态示人，洛奇在他疗的过程中同步实现着自治。洛奇借叙事开辟的治疗空间还辐射其所处的时代病症和与之呼应的治疗文化，凸显其疾病叙事以自我治疗为中心的独特性。其文本内外强烈的治疗意识彰显了洛奇的时代担当和人文关怀，让洛奇得以站在当代知识分子的立场表达社会愿景和人文主义诉求。高明月的《论中国当代灾难文学创伤叙事的情感表达——以〈云中记〉〈余震〉〈花冠病毒〉为中心》（《南方文坛》，2022 年第 3 期），以阿来的长篇小说《云中记》、毕淑敏的长篇小说《花冠病毒》和张翎的短篇小说集《余震》为例，分析了创伤叙事的情感表达策略。创伤叙事是对战争、疾病、贫穷、灾难、暴力等的记忆的叙述，是一种心理、情感创伤的表现和生命抒写，具有崇高的悲剧美学特征。进而分析了创伤情感的发生、创伤叙述的情感言说类型、创伤情感的核心元素、象征的表现方式等问题。

此外，对企业家自传的叙事特性的研究和借“他山之石”反思中国的述学文体，也是近年值得注意的现象。改革开放以来经济建设是国家的中心任务，近年国家鼓励创新、创业，企业家创业中的经验教训和心路历程日益受人重视，《一个广告人的自白》《麦当劳之父的创业冒险》《卡耐基自传》等外国企业家的自传被不断译介进来，曹德旺的《心若菩提》、俞敏洪的《我曾走在崩溃的边缘》等中国著名企业家的自传也纷纷出版。彭文忠、朱俊兰的《新世纪中国企业家创业自传的语体特征》（《文艺论坛》，2022 年第 2 期），以王石、潘石屹、周鸿祎、李开复等企业家的自传为例，分析了新世纪中国企业家创业自传的语体特征，认为新世纪以来企业家创业自传以自我书写的方式对个体生命故事进行意义建构，反映创业时代独特的社会面貌和文化心理，其在语言材料的选择、组织和表现手法的运用等方面都聚焦于创业情感想象和时代经验阐释，自传文本成为叙述主体描摹时代图景、彰显创业精神、寻求身份认同的话语媒介。近年，学院派的文学研究、文学批评文章有日益呆板、僵化之势，强调审美直观和具有创造性的文章、叙事样式便具有一种反拨的意义。张晓萌的《"毕达哥拉斯文体"：布洛赫美学表述形态探析》（《中国文学研究》，2022 年第 4 期）认为，哲学家的思想和运思方式可以从文体中得以窥见，恩斯特·布洛赫行文恣肆，没有预先设定形态和语调，其哲学文本具有碎片化的美学风格，斯坦纳称之为"毕达哥拉斯文体"。这种表述形态呈现为思想的直陈与叙事的断裂，不仅作为形式载体表述了思想，同时亦可视为思想本身。它产生于小说式微的叙事危机之中，与论说文共享浪漫派的精神资源，具有碎片化、隐喻性、开放式等特征。这可为碎片化时代中思想的表达提供创新性思路。

（三）经典批评理论的时代化、中国化阐释

一时代有一时代之文学，一时代有一时代之批评。文学批评因时而变，但同时也有一些批评理论和批评概念是通用的，只是其内涵和外延会有时代化、民族化的改变，其运用的方式和多寡也有所变化。因而，将其结合时代和民族文化进行重新阐释是批评界常见的现象，2022 年湖南文学批评取得的此类成绩主要体现在对现实主义、意象、意境等方面。

现实主义是中外文坛最具代表性的一种创作方法、文学思潮。湖南师范大学文学院的赵炎秋教授近年潜心研究“中国特色文学理论建构的历史经验”，2022 年发表了《20 世纪 30 年代之后现实主义创作方法在中国的确立与发展》《现实主义：中国文学理论的独特底色》《马克思主义经典作家与现实主义》《中国古典小说虚构思想的发展——兼论虚构与艺术真实的关系》《文艺要讲好中国故事》《延安时期的“民族形式”讨论及其反思》《毛泽东文艺思想对中国特色文学理论的形塑》等论文。其中，《20 世纪 30 年代之后现实主义创作方法在中国的确立与发展》（《复旦学报（社会科学版）》，2022 年第 5 期）认为，西方现实主义理论自晚清民初引进中国，在 20 世纪 30 年代现实主义作为一种创作方法得以确立。40 年代至 70 年代，现实主义历经“社会主义现实主义”“两结合”“三突出”的“浪漫化”与“左化”演变，其内涵逐渐被政治话语架空，发生变奏；同时，邵荃麟、秦兆阳等理论家仍在坚守现实主义创作方法。80 年代至 90 年代，现实主义呈现复兴之象，并在同现代主义、先锋派的竞争中曲折发展；而后因“新写实小说”“现实主义冲击波”的崛起，现实主义再次走向写实。进入 21 世纪，现实主义继续成为主流，同时也出现了支流“网络文学的现实主义”和异流“神实主义”。回望百年中国现实主义的演化进路，有助于厘清现实主义的发展逻辑和烛照当下的文艺创作。《现实主义：中国文学理论的独特底色》（《中国文学批评》，2022 年第 3 期）认为，现实主义创作方法在所有创作方法中最为突出，是中国文学理论的底色之一。与欧美现实主义文论相比，中国文学理论的现实主义底色有浓厚的浪漫色彩、强烈的政治性、理论的先导性三个特征。《马克思主义经典作家与现实主义》（《江淮论坛》，2022 年第 1 期）认为，由于四个方面，在 1843 年左右马克思、恩格斯逐渐从浪漫主义转到现实主义，并关注、支持现实主义长达 50 年之久。其现实主义文学观，具有表现现实的彻底性，注重典型环境和典型人物的描写、刻画，肯定现实主义创作方法的独立性。其现实主义文学观未过时，在今天仍有重要意义。

新时代中国文学批评的“三大体系”建设，离不开传统文论的创造性转化、创新性发展和中外文论的融合。对意象、意境等传统文学概念的辨析阐释，便是实现中国文论创造性转化和创新性发展的重要途径。汤凌云的《论宗白华意境说建构对华严佛理的融摄与转化》（《文学评论》，2022 年第 6 期），认为，华严佛理是宗白华意境说建构不可或缺的理论资源。宗白华融摄华严心性论、互摄性原理、宇宙观和境界论，以清净圆明心揭示高超莹洁的艺术心灵，使超验性的清净心转化为感性的、具体的直观心，又以“两镜相入”的华严镜喻突显意境创构心物交融互渗的特征，把“重重无尽”的华严境界转化为“无穷无尽”的意境特质，深化了对中国艺术时空意识的体证。在古今对接、中西融会的学术视域下重建意境说，发掘华严佛理的现代美学价值，赋予意境庄严优美、高超莹洁、无穷无尽等内涵，提供了一种近现代社会转型和“西学东渐”语境下内在性融摄与创造性转化中国传统思想的研究范式，为 20 世纪意境说研究作出了贡献。毛宣国的《意象与形象、物象、意境——“意象”阐释的几组重要范畴的语义辨析》（《中国文艺评论》，2022 年第 9 期），辨析了“意象”与“形象”、“意象”与“物象”、“意象”与“意境”三组概念，认为“意象”与“意境”的关系应从审美意识和审美经验高度来理解，“意境”是“境生于象外”的艺术创造，是“意象”中最富于形而上的人生体验和审美追求的一种类型。牟方磊的《论叶朗的“美在意象”说对现象学的接受》（《中国文学研究》，2022 年第 3 期）认为，叶朗“美在意象”说的建构与其对现象学的接受密切相关。叶朗接受现象学的特点为“中体西用”，对如何融通中西美学资源进行理论创新具有启示意义，使“意象美学”达到了一个新的理论高度。

二、红色文化的价值阐发

红色文化是中国共产党领导人民进行的革命与建设进程中发展起来，含有鲜明革命斗争精神的文化，在新时代它受到越来越多的重视。党的十八大以来，习近平总书记在地方考察调研时多次到访革命纪念地，瞻仰革命历史纪念场所，反复强调要用好红色资源，传承好红色基因，把红色江山世世代代传下去。仅2022年湖南发表的相关文章就有五百余篇，这主要是对红色文化的历史印证、文明传承、政治教育、经济开发等价值和功能的研究阐发，包括文学、影视、戏剧、音乐、历史遗迹、人物事件等方面。

（一）红色文化的保护与传承

2022年延续了2021年兴起的党史学习热潮，进一步推动了红色文化的研究阐发。以红色文化印证来路和坚定信念、在信息时代红色文化的数字化保护与传播，是论述较多的两个面向。

红色文化具有鲜明的意识形态宣教功能。其主要目的就是让人从红色文化的学习中明理、增信、崇德、力行。中共湖南省委宣传部的《用好革命文物 传承红色基因》（《党建》，2022年第3期）指出，革命文物是党和国家的宝贵财富，是弘扬革命传统和革命文化、加强社会主义精神文明建设、激发爱国热情、振奋民族精神的生动教材。作为革命文物大省，湖南深入实施革命文物保护利用工程，教育引导广大干部群众发扬革命传统、赓续红色血脉、传承红色基因。湖南省档案馆的《讲好红色故事 记录伟大历程——湖南省档案馆贯彻落实习近平总书记重要批示精神纪实》（《中国档案》，2022年第6期），叙述了保管好、利用好红色档案，讲好红色故事、传承红色基因的经验。喻帅明的《做好红色主题宣传路径探析》（《新闻战线》，2022年第15期）认为，在融媒环境下，利用合理的传播语言和媒介形态，讲好经典故事，创新表达方式，实现“破圈”传播，是让红色故事历久弥新、得到更广泛传播的有效路径。刘建荣、宋微的《红色文化的精神意蕴及启迪》（《边疆经济与文化》，2022年第10期）认为，红色文化集中体现了爱国主义、集体主义、社会主义的丰富内涵，红色精神具体表现在实事求是、为民服务、坚定信念和艰苦奋斗等四个方面。对红色精神的深入剖析，可为新时代的全面发展提供启迪。

在数字化生存的高科技时代，文化的保护、传承有了新路径。相关的论文有《红色旅游资源数字化保护：理论认知与技术路径》《智能时代红色文化传播的技术赋能与优化进路》《数字化转型下红色地名文化的传承与开发》《基于景观基因理论的红色旅游资源三维数字化呈现——以清水塘毛泽东杨开慧故居为例》《湘中地区红色文化的数字化设计与传播》等。其中，李伯华等人的《红色旅游资源数字化保护：理论认知与技术路径》（《资源开发与市场》，2022 年第 2 期）认为，红色旅游资源数字化保护是一条可行的新路径。红色旅游资源数字化本质上是以数字形式保护并加以利用的知识转化过程，以此构建了红色旅游资源采集与保存、展示与传播、修复与传承、监测与管理的数字化保护路径。红色旅游资源数字化保护的理论支撑与架构体系，可为我国红色旅游资源数字化保护提供基础理论与技术范式参考。

（二）红色经典的多向探索

红色经典的研究是中国当代文学研究中的一个“老”问题。2022 年湖南学界对此问题从多个方面展开了探索。在读图时代，红色经典文学的图像化改编及其研究热度不减。赵树勤、李妍彦的《“红色经典”小说连环画改编的流变及其版本概览》（《文艺论坛》，2022 年第 6 期），分五个阶段分析了从 20 世纪 40 年代初至今，从萌发、繁荣、消隐再到新变的红色经典小说的连环画编史，比较全面地展示了新中国“红色经典”长篇小说连环画版本的全貌。“红色经典”小说的连环画改编可以追溯到解放区时期民间美术与革命抗战主题的结合美术活动。1942 年毛泽东发表《在延安文艺座谈会上的讲话》，引导包含连环画在内的众多文艺形式走向为政治服务的民族化、大众化的道路。其后，随着政治文化语境的演变，“红色经典”小说的连环画改编在内容、形式上不断发生改变。这些精品连环画构思巧妙、绘制精美，深受大众喜爱，同时反哺原作，促进了对原文本的再传播。

随着中国综合国力的增强，文化输出及其相关研究也越来越多。长篇小说《青春之歌》在英语世界传播广泛，是我国在海外拥有馆藏数量最多、认可度最高、影响力最大的红色文学经典。刘堃的《红色文学经典〈青春之歌〉在英语世界的译介研究》（《文艺论坛》，2022 年第 1

期），梳理了小说《青春之歌》在英语世界的译介概况、译介研究和接受阐释情况，认为《青春之歌》的英语译介研究，可视为英语世界对中国红色文学经典接受和影响之坐标。海外对这部作品的研究主要集中在革命书写、女性主义和浪漫叙事三个聚焦点上。英语世界半个多世纪以来聚焦这部作品的接受原因，可为我国红色文学经典在海外传播与研究提供借鉴与参考。

以少年儿童为作品主角、参与中国共产党领导的革命斗争和建设、塑造英勇顽强的儿童英雄形象的红色儿童文学经典，是红色经典的重要组成部分。它对传承革命传统、弘扬集体主义和爱国主义精神、塑造民族未来具有重要意义。刘叶红、周秋良的《游戏性与去游戏性——红色儿童文学经典中的空间表现》（《中国文学研究》，2022 年第 3 期）认为，中国红色儿童文学经典系列读本中，家、山洞、河、水庄等共同构成少年儿童与革命战争的主要叙事空间，参与革命的叙事进程，具有游戏性、革命性特征。在日常叙事中，空间承载着少年儿童的游戏之所，是个体化的嬉戏与狂欢；在战争叙事中，空间的去游戏性凸显，成为遮蔽保护之所和生死之所，是集体化的英雄主义和爱国主义书写。红色儿童文学作品在符合儿童天性和彰显战争残酷的现实语境下，在戏谑和严肃的互动中实现儿童从父母眼中的孩子、自我想象中的成人到革命英雄的成长和转化，为新时期儿童提供超越时代的儿童精神和革命精神观照。另外，肖云的《“十七年”儿童文学中的劳动教育》（《当代文坛》，2022 年第 3 期），认为“十七年”儿童文学与该期的整体文学合辙同构，且带有浓厚的教育色彩，劳动教育在儿童文学涵濡化人中的重要分量均得以彰显，形成了有鲜明时代特色的劳动教育书写范式。

2022 年湖南学界对红色影视剧和舞台艺术的研究随着时代主潮而展开。张春、袁昊的《红色电影：持续讲好中国共产党的故事》（《电影文学》，2022 年第 6 期）认为，红色电影是最具中国特色的类型电影，最早可追溯到左翼电影运动时期。伴随着中国共产党的发展壮大，红色电影成为百年辉煌党史的记录者、传播者和守望者。红色电影记录了我党的辉煌历程，呈现了伟大精神；传播先进文化，烛照光辉形象；始终守望复兴梦想，赓续前行血脉。在新的伟大征程上，红色电影要持续讲好中国共产党的故事。袁昊、张春的《政策推动背景下湖南红色电影的三重景观》（《电影文学》，2022 年第 15 期）认为，政策推动下的湖南红色电影在发展过程中形成了独具特色的三重景观：革命伟人之像、历史事件之景和湖湘文化之貌。湖南红色电影发展特色，可深化湖南红色电影发展过程、趋向和价值的理解和认同，可管窥政策推动背景下中国红色电影的发展理路和时代内涵。

红色戏剧既有历史上的经典，也有当下关于革命历史、英雄人物和革命精神的新作，研究者对此大都进行了“当下性”的解读。殷瑛、于兰英的《延安时期红色经典歌剧的人民性及其当代价值》（《湖南科技大学学报（社会科学版）》，2022 年第 1 期）认为，延安时期的红色经典歌剧在革命文艺发展史上显示了深刻的“人民性”。这体现在四个方面，即扎根生活，讲好中国故事；传递思想，引导国民精神；饱含情感，激发心灵共鸣；树立理想，表达美好愿望。在新时代，这对传承经典文艺的红色基因，传播社会主义核心价值观均具有重要价值。《蔡和森》是由湖南人文科技学院音乐舞蹈学院编导出品，2021 年 7 月 5 日首演的大型红色歌舞剧。刘利连《赓续精神血脉 传承红色基因——红色歌舞剧〈蔡和森〉的叙事策略》（《文艺论坛》，2022 年第 4 期），从情节主题、人物形象塑造、红色精神隐喻三个方面分析了《蔡和森》叙事策略，认为它以活化“红色精神”的形式，以时代精神激活历史人物的红色血脉，选取彰显人物精神情感和信仰追求的重要情节段落，展现了蔡和森追求真理、坚守信仰、矢志不渝献身革命的光辉一生，体现了红色主题。

此外，《红色音乐文化在中国共产党形象塑造中的表现维度和整体特点》《论红色音乐的功能及其实现路径》《将红色歌曲融入高校党史学习教育的价值与路径》等论文，阐发了红色音乐的思想价值。其中，潘毅的《红色音乐文化在中国共产党形象塑造中的表现维度和整体特点》（《湖南社会科学》，2022 年第 4 期）认为，音乐具有形象展示的功能作用。中国共产党在历史上的各个时期都特别重视对自身形象的多维塑造和全面展示。通过一系列的红色音乐，中国共产党向人民群众展现了创建历史伟业中的英明领导形象和良好品质。这有助于维护、显示党的光辉形象和凝聚民族复兴的力量。

(三)红色文化的经济教育价值发掘

经济价值和教育价值是红色文化价值体系中重要的两种，随着对绿色发展理念、道路自信、文化自信的强调，二者日益受到更多的重视，其价值、功能渐被深入发掘。

红色文化的经济价值，主要体现在以其为主题发展的红色旅游和吸取其中的精神力量推动经济发展上。近年，红色旅游与生态游、文化游、乡村游、研学游一起，融合共进，取得了大发展。2022 年发表的相关的论文有《激活红色经典 助推红色旅游》《湖南省红色资源赋能乡村振兴的多维价值与路径优化》《长征沿线红色文化遗产空间分布特征及旅游高质量发展》《湖南省红色资源赋能乡村振兴的多维价值与路径优化》《论湖南红色文化基因的传承与当代湘商精神的凝练》《新形势下湖湘红色文旅产业高质量发展的国际化路径研究》等。其中，邓谦林的《激活红色经典 助推红色旅游》(《湖南日报》第 11 版，2022 年 7 月 14 日)认为，红色经典是对红色资源的书写和表现，包括文学、影视、书画、音乐等种类。要激活红色经典，可用考古学方法对红色经典中的红色元素进行探源、定位、整合，用“润物细无声”的红色经典叙事提升红色旅游的感染力，用新科技创新开发红色经典衍生文创产品为景区引流增收。在国际局势日趋复杂、世界经济发展放缓、国内促消费稳增长的背景下，激活红色经典，有助于丰富湖南红色旅游内涵，增强其品牌影响力和助推其发展。刘玉珂、胡笑笑的《湖南省红色资源赋能乡村振兴的多维价值与路径优化》(《湖南大学学报(社会科学版)》，2022 年第 6 期)认为，乡村振兴战略的全面铺开为红色资源的有效开发利用提供了良好契机，而红色资源在推动乡村产业发展、促进农村基层治理、培育文明乡风、加强生态保护、增强文化自信等方面的多维价值也日渐凸显。湖南省有富集的红色资源，在发掘红色资源的多维价值助力乡村全面振兴方面具有得天独厚的优势。这需要在聚焦现实需求、采取有力措施、多层面精准发力的基础上，将资源禀赋转化为发展优势，实现红色资源保育与乡村振兴的互动双促，从而加速推进乡村全面振兴。

红色文化是各级学校坚定学生信念、激发学生爱国热情和大力推进课程思政建设的重要资源。《让红色影视作品成为思政教育的“金课”资源》《困境与突破：“互联网＋”背景下学校红色基因传承路径研究》《湖湘红色文化融入高校思政教育的路径》《红色文化的道德价值》《用好区域红色资源 提升思政育人实效》等论文，对如何充分发挥红色文化的育人功能进行了研究。其中，袁苍松、蒋顺梅的《用好区域红色资源 提升思政育人实效》（《思想政治课教学》，2022 年第 6 期）认为，传承红色基因，赓续精神血脉，是思政教育的必然要求。这需要做好统筹规划，明确活动目标，丰富活动形式，增强活动体验，突出过程评价，将红色基因传承落细落小落实，提升思政育人实效。

三、以考辨和交流为核心的现当文学研究

作家作品和文学现象是文学研究的主要内容。2022 年湖南学界对中国现当代文学的研究，仍是聚焦在经典作家作品和湖南籍作家上面，在思想理论创新难度不断加大的情况下，研究者做了许多史实的考辨和知识的梳理工作；在实施文化走出去战略和强调文化自信的时代氛围中，在文学的译介、传播、交流等方面也出了许多研究成果。

（一）偏重考证和思想解读的鲁迅研究

鲁迅是中国“新文学”的奠基人，其著述极其深刻、丰富、复杂，具有的极强的“穿透力”、解释力和影响力，对中国现当代文学的研究者来说他一直是充满挑战和“诱惑”存在。一个学者如果不熟悉鲁迅、不读他的创作，很难说真正理解了 20 世纪的中国和中国的思想文化。2022 年湖南学界对鲁迅的研究偏重史实的考证和作品的思想解读。

虽然与鲁迅相关的史实，基本事实都已考证清楚，但鲁迅涉及的面广，学界还是时有一些新的发现。杨淑尧的《黄源两篇佚文中的鲁迅与

〈译文〉》（《新文学史料》，2022 年第 1 期），由黄源的两篇佚文——在《译文》杂志上的两篇“附记”，介绍了鲁迅同《译文》的关系和他晚年的翻译与交游情况。谭桂林的《鲁迅抄经考论》（《中山大学学报（社会科学版）》，2022 年第 1 期）考察了 1915 年前后鲁迅抄写《出三藏记集》《法显传》的事实和鲁迅同佛学的关系，认为鲁迅的佛学修习经历了从发起信心的尝试到回归文学与历史的因缘的过程。佛典抄写让鲁迅人格中造就了一种深层的精神固结。鲁迅一生都在文学与历史的领域中穿越往来，推崇“疑”的精神和知人论世的方法，得益于僧佑学者人格的浸润。易彬的《“鲁迅译〈小约翰〉”的若干文献问题论析》（《现代中文学刊》，2022 年第 1 期），梳理了鲁迅译介荷兰童话《小约翰》的过程——鲁迅初读的时间、获得信息的方式、翻译的时间、参与合译的人、翻译所依据的语种、翻译的地点、翻译的版本等问题，认为这有助于对鲁迅的翻译观、语言观的理解和更好地呈现史实、推动鲁迅年谱的完善。日本研究者对鲁迅的三部小说集，整体上重《呐喊》《彷徨》，轻《故事新编》，但是也有花田清辉这样的例外。朱幸纯的《作为“现代的超克”的共同制作——花田清辉与〈故事新编〉》（《文学评论》，2022 年第 2 期）梳理了日本的鲁迅研究后认为，花田清辉从“现代的超克”论出发，在《故事新编》中发现了鲁迅“以前现代为否定性媒介超越现代”的文学和政治追求。花田清辉在晚年以共同制作的形式将《故事新编》改编成《戏曲：故事新编》。在二战后的时代背景下，花田清辉对《故事新编》特别是《铸剑》给予了新的独特解读，展现了他对传统与现代、个人与集体、失败与胜利、生存与死亡、知识者的责任等诸多思想课题的理解，并呈现出鲁迅超越时空的生命力。

鲁迅不仅是一个文学家，更是一个关心社会、时政和潜心革命、启蒙的思想者。社会文化批判和国民性批判，一直是学界研究的重点。丰杰的《“世界公民”与“虚君共和”——〈一个青年的梦〉译介过程中的中西之辨》（《文学评论》，2022 年第 6 期）认为，鲁迅对武者小路实笃话剧《一个青年的梦》的译介过程，是五四时启蒙知识分子对一战后世界政治与文化格局进行思辨的一个缩影。在它的传播过程中青年之

“梦”有双重内涵。故事文本中的“梦”是以人道主义和世界主义为主旨的系列梦境。武者小路实笃《与支那未知的友人》与鲁迅、蔡元培、陈独秀等撰写的附文生成了国民性批判的在地化内涵。世界公民的人类理想与虚君共和的帝国迷梦所形成的巨大反差，诊问着民国在世界文明进程中的进度与困局。在近代以来的思想史脉络中，它所引发的讨论折射出《新青年》同人在五四时期已然告别文学革命初期的中西二元想象。他们从日、俄、美等国家形象的异变与突进中，求索中国未来走向的理想方案，并因此走向分化。高家鹏的《鲁迅小说中的“人，回不去”思想》（《鲁迅研究月刊》，2022 年第4 期）认为，“人，回不去”是鲁迅关于“人—神”关系的哲学思考，是对人类前途、未来的主体性思索。鲁迅以重返“天真”的意志批驳了人欲横流的现世王国，以非常态的“乡愁”指代“人—神”层面的“乐园”并指出人类应追求的最高境界，以纯粹的“生活”化解启蒙信仰动摇的危机与窘境。这造就了中国知识分子的超验之思，超脱了传统知识分子“不问天”的局限。从空间的角度来审视人的生存方式和精神状态，是小说空间形式理论的重要目标。胡志明、龚梦姣的《都市他性与乡土自性的冲突与绾合——论鲁迅小说的空间聚焦与身体隐喻》（《鲁迅研究月刊》，2022 年第 1 期）认为，鲁迅小说中的身体以空间聚焦的方式显现，内化为空间性存在，并参与了人周遭空间性的社会建构。在鲁迅小说中，故乡与都市、过去与现在、回忆与此刻始终相伴相随，均是社会人生的缩影，揭示了每个卑微灵魂的挣扎与彷徨。周仁政的《〈阿 Q 正传〉与鲁迅的辛亥革命史》（《鲁迅研究月刊》，2022 年第 7 期）分析了小说《阿 Q 正传》中的人物关系及其文化内涵，认为阿 Q 的“行状”展现了其“革命”命运与辛亥革命之间的复杂关系，揭示了阿 Q 革命的潜在性和辛亥革命之失败的表征及原因，可以说《阿 Q 正传》是一部鲁迅的辛亥革命史。此外，周仁政、杜娟还发表了《文明论视野中的乡土叙事——〈故乡〉与鲁迅小说的社会批判》（《湖南师范大学社会科学学报》，2022 年第 1 期）论述了小说《故乡》的社会文明批判主旨和“故乡”的落后与衰败色彩。龙永干发表了两篇解读鲁迅小说的批判内涵的论文。他的《邻里伦理与“自然之道”

的隐喻——也论鲁迅的〈明天〉》（《鲁迅研究月刊》，2022 年第4 期）认为，将小说《明天》置于鲁迅杂文和小说的整体之中进行观照，可发现残酷本质、人道良知的极度匮乏、“生”“死”无涉的国民只会在“自然之道”中沦灭，深化了国民性批判的内涵。他的《“油滑”与〈故事新编〉创作心理论析》（《湖南师范大学社会科学学报》，2022 年第5 期），分析了鲁迅小说《故事新编》的“油滑”特性，认为鲁迅通过对现实批判的强化和文化内涵的赋值，让“油滑”获得了“存在的余地”。

（二）现代作家的考证性研究

除了鲁迅之外，对其他现代作家作品的研究比较分散，但多是考证性研究。林语堂不仅是作家，还是翻译家。宋丹的《林语堂〈红楼梦〉英译原稿底本续考》（《红楼梦学刊》，2022 年第1 期），通过日本、香港、台湾的史料，梳理考证了林语堂翻译《红楼梦》的来龙去脉和所凭据的底本。谢力哲的《聂绀弩〈谈严刻〉发表前后》（《新文学史料》，2022 年第1 期），“打捞”了一篇聂绀弩的佚文《谈严刻》，呈现了当时左翼内部的思想冲突，《谈严刻》为萧军的理性辩护及其引发的争论与聂绀弩的态度的变化，说明了它一直散佚在外的原因。易彬的《作家传记文献搜集与考订的难题——从穆旦翻译美国史资料说起》（《南方文坛》，2022 年第2 期）、《邓之诚日记中的吴兴华——兼及作家传记文献的拓展与限度》（《华中师范大学学报（人文社会科学版）》，2022 年第5 期），论述了穆旦、吴兴华的传记的考订、拓展问题。黄莹的《新发现的冯雪峰笔名“何仲”及佚文》（《现代中文学刊》，2022 年第5 期），通过考证冯雪峰的笔名，认为《要实事求是一些!》和《文艺教学的坏例子之一》是他用该笔名发表的两篇佚文。王攸欣的《张爱玲英文小说在美国的发表困境》（《新文学史料》，2022 年第3 期），辨析了张爱玲英文小说在美国遭遇的发表困境及其原因。谢力哲的《“转折”之际与“经典”之前：1946—1949 年的〈围城〉批评及其文学史意义》（《文艺理论研究》，2022 年第1 期），也是一种返回文学史现场的考证性研究，它揭示1946—1949 年间对《围城》的批评在中国现当代文学“转折”时期及小说经典化历程上的独特文学史意义。

（三）现代文学的传承与革新研究

中国现代文学的传统与现代、传承与创新等方面的关系，一直是学界思考的问题。张弛的《晚清维新运动与中国“文学”观念的演进》（《文学评论》，2022 年第 1 期），分析了晚清“文学”观念在传统文论、西方文学概念和维新运动交互影响下演进的过程。郝二涛的《中国现代文论进步观念的“结”与“解”》（《中国文学批评》，2022 年第 3 期），认为中国现代文论的“进步”观念应回到具体的文学问题，并在解决具体文学问题的过程中求得新认识、新知识、新语汇的增殖。赵斌、王达敏的《中国小说现代转型中的空间“流动性”》（《江西社会科学》，2022 年第 12 期）认为，空间流动性是一种现代性。空间“流动性”主要指中与外、城与乡、现实与乌托邦等空间转移，呈现出“开眼看世界”的跨界之游、“坚船利炮”声中的救亡之行、“梦醒了无路可走”的漂泊之旅等空间嬗变历程。伍丹的《京派文学的散文化与母语文学传统的新创化》（《湖南师范大学社会科学学报》，2022 年第 2 期），认为京派同人拥有共同的文学理念，对母语文学进行了现代性创化或“新传统化”。京派文学对母语文学现代性创化的重要表征是创作的“散文化”。京派批评家创造了一种近似“美文”的、由感悟化思维所凝聚成的批评（理论）文体风范。傅建安的《晚清使臣域外纪游文学现代性借鉴的文化间性》（《南方文坛》，2022 年第 4 期），从晚清使臣的域外纪游文学发现，晚清使臣徘徊在传统与现代之间，站在西方世界乌托邦想象与华夏文化中心意识两极解读西方现代文化，建构出晚清域外游记的多元面貌。张森的《呼应与异见——论“文学革命”与“美术革命”之关联》（《文学评论》，2022 年第 6 期），认为新文化运动视域下的“文学革命”与“美术革命”联系紧密。新文学家们试图将文学的影响力扩大到美术领域，而美术界也有意识地借鉴“文学革命”的思路。在启蒙、科学、个性主义、平民化等具体问题上，两者既相呼应又存在相异的思考路径。龚敏律的《论〈乐群〉杂志与世界左翼文学的译介》（《中国文学研究》，2022 年第 4

期），通过对《乐群》杂志对世界左翼文学的译介的梳理发现，这本杂志打着“纯文艺”的旗号，扮演了一个思想左倾、力求进步的历史角色。将世界左翼文学广泛传播到中国文坛，让 1928 年前后的“革命文学”论争有了多维度的声音，一定程度上促使革命文学论争从喧嚣走向平静，从偏激斗争走向理性发展。向阿红的《中国现代诗歌作品修改现象之考察》（《山东师范大学学报（社会科学版）》，2022 年第 4 期）认为，中国现代诗歌作品在发表刊登、结集出版以及重印、再版的动态流布过程中，普遍存在不同程度的删削、修改情况，原因复杂。

中国历代文学都有对前代文学进行重写和再创造的现象。在中国现当代文学也有此种情形。此类研究，可能与思想界的创造性转化和创新性发展的号召有关。谷文彬发表了两篇论文《古典的遗传——论现当代作家对〈定婚店〉故事的重写》（《湘潭大学学报（哲学社会科学版）》，2022 年第 1 期）、《古典如何新绎：论当代作家对“鹅笼书生”故事的接受》（《文艺理论研究》，2022 年第 5 期）。前者梳理了现当代作家重写唐代小说《定婚店》故事。认为古典和现代之间并不存在一条不可逾越的鸿沟，新旧相续，不但可以释放民族传统的生命力，也会为文学创作带来生机，“继往”才能“开来”。后者，考察了当代作家对六朝志怪小说《续齐谐记》中“鹅笼书生”的传承演绎。借古典新绎的生动样本，讨论了个人独创与历史传承、古典小说的现代性等问题。

（四）现当代作品的生命阐释和域外传播研究

文学是人学，人的生命历程和生存状态是文学创作和文学研究的主要内容。梁小娟的《〈露沙的路〉的互文性解读》（《江汉论坛》，2022 年第 6 期）认为，韦君宜的自传体长篇小说《露沙的路》讲述了知识女性露沙奔赴延安参加革命的成长故事，这与现当代文学史不少作品存在较为明显的互文关系，也与作家的其他文本形成互文，丰富了它的思想内涵。胡艳的《〈兄弟〉的生存悖论》（《中国文学研究》，2022 年第 4 期）分析了小说主人公李光头和宋钢殊途同归的命运，反映了人类的生存悖论和普遍困境，身体与灵魂永恒分裂在生存之途。龙腾、肖百容的

《诗性人格何处寻——论迟子建小说中的理想人格建构》（《文艺论坛》，2022 年第 5 期）认为，在迟子建的小说中，人格是缠绕其叙事话语的一条重要纽带。她从大自然中发掘人性的纯净和美好，在边地底层民众身上洞见生命的热望和伟力，竭力寻觅个体道德意志和精神人格升华的良方，对都市文明病进行纠偏，以构筑美好的现代社会精神图景。许永宁、宋敏的《论梁鸿"梁庄三部曲"的"未完成性"》（《文艺评论》，2022 年第 3 期）论述了梁鸿的"梁庄三部曲"的"未完成"现象。这在语言上呈现为对话的残缺或延展性，在观念上指梁鸿欲求"平等叙述"而不得的写作状态，在文学存在层面表现为文学行动的持续性特质。

中国文学的域外传播研究主要在译介传播的媒介方式和异域文化的选择性接受等方面。张点的《中国当代文学域外传播的新路径——以"纸托邦·短读计划"的译介为例》（《湖南科技大学学报（社会科学版）》，2022 年第 4 期）研究了以美国"纸托邦"为代表的中国当代文学域外传播网站。它对中国当代文学作品的译介，偏重现实题材和民族特色鲜明的作品，每季有共同主题但内容多样而且译者水平高。这对中国文学的成功外译具有启发意义。梁海军、尹鹏凯的《女权主义视域下的法国丁玲研究》（《中国现代文学研究丛刊》，2022 年第 1 期），分析了丁玲作品的法语译介、法语研究情况，以女权主义者形象为基础的法国丁玲研究局面的形成原因，可为理解丁玲及其作品打开更多的思考空间。

（五）新时代湖南文学的个性阐述

个性和特色是一个文学家、一部文学作品进入文学史和流传后世的必备条件。当下的文学家及其文学作品离批评家的时空距离近，批评家可以获得许多新鲜的材料和"真实触摸"研究对象，似乎很容易看到一些鲜明的个性和特色。但是这需要感觉的沉淀和进行纵横的比较，才能看清作家作品在文学史坐标中的位置。2022 年批评家对王跃文、韩少功、阎真、何顿、沈念、郑小驴等湖南作家的创作特性进行了研究和论述。

王跃文创作的取材和主题，多是官场问题、历史人文、乡土自然。2022 年湖南学界对他创作的研究，主要从权力腐败和乡土人情两个方面展开。发表了《人性聚焦、归因警觉与笔致的传统及出新——论王跃文的权场叙事》《王跃文小说中“屋”的隐喻认知构建——以〈漫水〉小说集为例》《生命之野的双重变奏——以精神分析法解读〈爱历元年〉的情爱叙事》《从古典审美构建现代语境下的文化认同——试论王跃文小说的整体表达与时代性》《漫水家园的多维建构——论王跃文的乡土小说创作》《多维视角下的官场想象——论王跃文的官场小说》《王跃文：让孩子们看到山乡巨变》等研究文章。

其中，龙永干的《人性聚焦、归因警觉与笔致的传统及出新——论王跃文的权场叙事》（《中国文学研究》，2022 年第 2 期）认为，王跃文对权场生活进行了日常化、生活化的还原性书写，其聚焦所在不是权力，而是人性人心，希望借传统人文来涵养权场生态。刘晓云的《王跃文小说中“屋”的隐喻认知构建——以〈漫水〉小说集为例》（《中国文学研究》，2022 年第 2 期）认为，小说集《漫水》以隐喻方式建构了一个田园牧歌式的“边城”，“屋”是王跃文乡土情结的化身。它是贯通全文的线索，具有结构化的隐喻功能，反映了人们的生活观、血脉观、乡土观和生死观。钢筋水泥房取代传统木屋的乡村蜕变引人深思，给人隐痛和感伤。

沈念的《大湖消息》在 2022 年获得了第八届鲁迅文学奖。关于洞庭湖的生态、人文和生命的书写，既有对人世变迁的思考和悲悯，也高度契合了新时代的生态文明建设思想。对它的评论文章有《在洞庭湖的深处》《论尴尬书写与沈念小说——来自平凡人生和日常生活中的应对窘境》《鸟兽率舞 万物生长——沈念非虚构作品〈大湖消息〉分析》《沈念：将属于江河、湖泊的时光温柔挽留》《鲁奖散文奖得主沈念：生长地是写作的根据地》《湖上的絮语与密谈》等。

其中，孙郁的《在洞庭湖的深处》（《文艺报》，2022 年 4 月 11 日第 2 版）以优美、深刻、精准的散文诗式的语言解读了《大湖消息》，认为它散发着南国水乡的气息，传统的楚调里杂糅了不少今人的愁绪。这不是一般意义上的自然生态的记录，交错着新旧之图，道洞庭湖内外流动着未曾听到的声音。沈念对于水边百姓生活方式的表述多少有地方志的意味。他写水边的人与物，流动着寂寞和孤独之曲，于此感叹水上世界的严酷，传递的是来自水边世界的启示录。卓今的《鸟兽率舞 万物生长——沈念非虚构作品〈大湖消息〉分析》（《当代作家评论》，2022 年第 4 期）认为，沈念的《大湖消息》记录了洞庭湖的生态万象、人与大湖的生死故事，是非虚构的生态写作的成功尝试。洞庭湖的生态环保问题具有历史性和当代性。沈念从历史深处打捞相关资料和掌故，走访湖岛群众，收集民间口头流传故事，以理性严谨的科学数据和环保案例，展开了一幅多维、宏阔的生态实践图谱，揭示了其背后的社会、经济、人文的系统性与关联性。

此外，学界对韩少功、阎真、何顿、郑小驴等作家的创作特色也进行了深入分析。黄晓燕的《地方性叙事与记忆共同体的构建——以〈马桥词典〉与〈押沙龙，押沙龙！〉为例》（《中国文学研究》，2022 年第 2 期），运用比较文学的方法，分析了韩少功和福克纳的地方性叙事。二者通过书中人物口述过去的记忆，再现和审视地方的物质空间、家庭空间和记忆空间，揭示“地方性”与记忆共同体之间的复杂张力。“共同体”想象为地方的现代阐释增添活力，体现出两位作家对“地方性”的不懈追寻以及两种文化互补的共识。袁姣素的《文学修辞、古典情怀与性别文化——阎真小说青年女性时代观察》（《文艺论坛》，2022 年第 4 期）分析了阎真小说中的青年女性形象及其生存困境与精神困惑。阎真小说系统、整体性的时代表达形成的文化现象，是值得深入探讨的修辞学。古典情怀和时代精神融入其中，开阔了性别文化的研究视野。晏杰雄、孙艺珑的《展示自我性生活整体的现象学范型——论何顿的写实艺术》（《中南大学学报（社会科学版）》，2022 年第 6 期）认为，何顿的写实艺术既继承了现实主义文学传统，又融合了基于个人生命体验的当下性观照，提供了一个展示自我性生活整体的现象学范型。他采用“在场式”的表达立场，使用“生活流”的结构方式，践行“向下沉”的审丑美学，构建了一个原初化的生活世界，展现出浓郁的地域文化特色和世俗化底色。贺秋菊的《想象的惩戒——论郑小驴的“村庄”叙事》（《中国文学研究》2022 年第 3 期）认为，郑小驴的创作建构起一个足以承受一切悲欢离合的“村庄”，个体在“村庄”里受难，遭受肉体与精神的双重惩戒。他通过语言的冒险、隐喻和对情绪的渲染，进入基于乡村道德伦理范畴的审判，这些又在“村庄”的自然道德伦理下完成救赎。

（六）注重交流传播的民族民间文学研究

民族民间文学与主流文学、先锋文学相比，蕴含更鲜明的地域性。民族集体无意识和民俗文化内容，常被视为认识一个民族的心理、性格和礼俗的丰富文本，是不同时空和国别的人们互相了解和“交往”的媒介。文学翻译是中外文化交流的重要内容，21 世纪以前注重“译进来”，21 世纪以后越来越重视文化的“走出去”。2022 年的民族民间文学研究，多运用了翻译学、传播学、比较文学和文化研究的理论与方法。

王彦杰、罗宗宇的《1949—1976 年中国少数民族文学外译的特点——基于中国大陆英译作品的考察》（《民族文学研究》，2022 年第 4 期），从 1949—1976 年间在中国大陆英译的 200 多部少数民族文学作品发现，这些外译英文作品是由官方组织译介，以外文出版社和英文版《中国文学》为主要生产平台，兼顾到了作家文学、民间文学和多民族、多文体、多题材的作品，重点译介爱国主义主题、民族地域特色鲜明的作品。这为对外展示中国文学的多民族特色，构建中国团结繁荣的多民族国家形象，为中国文学的国际传播奠定了基础。肖云的《绘本化：跨文化交流背景下的民间故事重构——以“海上丝绸之路风情艺术绘本”系列为例》（《文艺论坛》，2022 年第 3 期）认为，民间故事的绘本化成为近年来日渐成熟的创作出版转向，且得到了有力的理论呼应和市场支持。中国民间故事绘本的发展日趋成熟，以绘本和汉语书写来重构外国民间经典，可加强国际合作，深度挖掘民间故事的教育意义，立足于民间故事的“绘本化”推陈出新，能有效促进文化艺术的跨域交流。漆凌云的《陈寅恪民间故事研究述评——兼论民间故事起源研究》（《民族艺术》，2022 年第 5 期）认为，陈寅恪开启了“眼光向外”的民间故事起源研究理路，但是也存在局限。当下的民间故事起源研究应将内部视角和外部视角相融合，提升起源研究的可信度。欧亚美的《湘西苗族文化特质及其网状翻译传播模式研究》（《湘潭大学学报（哲学社会科学版）》，2022 年第 6 期）认为，湘西苗族文化呈现出鲜明的地域性、动态发展性和多样性特质，要重新审视湘西苗族文化并挖掘其核心价值进行海外传播，构建湘西苗族文化走出去的网状模式，加快湘西苗族文化走出去步伐，提升湖湘文化的国际影响力。

另外，一些研究讨论了民族民间文学的特色及其传承的问题。易瑛的《“民间”的发现：论中国现代启蒙作家对民间信仰的书写》（《中国文学研究》，2022 年第 1 期）认为，以鲁迅、茅盾等为代表的中国现代启蒙者认识到民间信仰具有重要的社会文化功能，在理性启蒙的同时对民间文化进行审美开掘，在情感上自觉保存“民众本心”和传承民族固有之血脉，让早期启蒙者的思想与创作有了张力。刘弟娥的《在语言的密林里——杨文升长篇小说〈神山〉的民族叙事研究》（《南方文坛》，2022 年第 1 期）分析了广西作家杨文升的长篇小说《神山》的叙事特性，小说运用苗汉两套叙事语言，显示了苗族的民风民情和社会历史变迁，两种文化的转译和融合。苏鑫龙的《生态美学视域下新民歌创作探微——以大湘西“一县一品”新民歌专辑为例》（《文艺论坛》，2022 年第 2 期），以大湘西“一县一品”新民歌原创专辑为对象，分析了新民歌词曲的“和”美意蕴及其助力乡村振兴、提升人民精神生活等功能的“和”谐发展。

（七）网络文学的外围分析

2022 年湖南的网络文学研究成果，数量上有所减少，且发表的论文以整体、宏观和理论的论述为主，对具体作品的分析论述较少。这可能与网络文学篇幅长、数量多，研读耗费时间精力太多有关。

聂茂的《新世纪网络小说的盛世叙事与中国气派》（《文学评论》，2022 年第 4 期）认为，新世纪网络小说走出了一条极具中国特色的网络文学发展之路。这主要体现在网络小说生产有强大的高智商队伍、网络小说“硬核”特质鲜明、类型小说呈现创作“破圈化”趋势、网络文学 IP 生命线在日益拓宽等方面。新世纪网络小说在“守正创新”中实现迭代升级，创造了具有中国特色的网络文学审美风范，使网络文学逐步成为重塑中国形象、彰显中国精神、展示中国气派的强大新生力量。禹建湘的《网络文学的别现代审美特征》（《社会科学辑刊》，2022 年第 2 期）认为，处于一种前现代、现代、后现代杂糅的社会形态中的网络文学，构建了一个不同文明既“对立冲突”又“和谐共谋”杂糅的时空。在人物塑造上、在审美体验上，都具有新旧杂糅的特性。这与当下的社会精神结构相应和，体现了超越阻滞和有限、追求自由和无限的精神向度。贺予飞的《中国网络文学起源说的质疑与辨正》（《南方文坛》，2022 年第 1 期），对网络文学的代表作起源说、事件影响起源说、平台功效起源说提出了质疑，论述了“网生”起源说的合理性。通过网络文学四个发展阶段的分析，显示了它不断进化的生命演变史。她的另一篇《我国网络小说创作的四大走向》（《当代作家评论》，2022 年第 2 期）认为，中国网络小说创作，现实题材引领网文主流，新生代网络作家成长迅速，具有“硬核精神”的历史、军事题材小说发展稳健，网文出海开启高光时刻。这让网络小说日渐成为中国特色社会主义文艺的新力量。吴亮芳的《中国网络文学融合的演化进路与特征》（《湖南师范大学社会科学学报》，2022 年第 2 期）认为，融合是中国网络文学诞生的方法和自我创新与变革的方式。中国网络文学融合发展从单向到多元，从被动到主动，并与其商业化演变同步并进。在 5G 时代，中国网络文学将在内容融合上彰显优质内容价值，渠道融合上更加开放合作，人才融合上则对复合型人才需求增多。

此外，《“网络文学湘军”成军了吗》《“网文出海”的机遇与挑战》《探究新传播语境中网络文学影视改编剧的发展——以武侠剧为例》也对相关问题展开了研究。

四、视听艺术的理论和类型研究

随着科技的发展、互联网的提速降费、城市化的快速推进、影剧院的改造升级和数量增加，视听艺术和相关的文化产业获得了大发展。

2022 年湖南影视艺术的研究多从宏观的视角，对影视现象和影视类型进行理论的探索和媒体融合的研究。舞台剧的创作及其研究，时代性、主旋律特色鲜明。

影视是一种综合性的视听艺术，具有大众化、通俗化和娱乐性的特质。它不仅给受众带来美的享受，同时也在传播思想文化和塑造各类形象。蒋卓伦、张建安的《论西方科幻电影中的“未来上海”形象》（《文艺论坛》，2022 年第 3 期）发现，西方科幻电影中的“未来上海”呈现出敌托邦与异托邦两种形象。作为敌托邦充满了暴力与危机、封闭与限制、疏离与冷漠，作为异托邦显得或陌生、或隔离、或混杂，二者是他者空间与未来时间、虚构与真实在“未来上海”中交融的结果。西方科幻电影采取了从再现到拟像的方式来建构“未来上海”形象，它作为叙事空间在电影中不同程度地发挥着故事容器与叙事动力的叙事功能，现实中上海的未来感与地方感成了“未来上海”形象的建构基础。敌托邦背后是人类对科技发展隐含危机的恐惧与焦虑，异托邦背后是西方对东方的自我投射，其实质仍是西方中心主义思想的延续。从中可见科幻电影对城市的“未来考古”价值和对城市形象建构的局限性。马一川、阳海洪的《重构“东方”：论当代中国电影的泰国想象》（《四川戏剧》，2022 年第 12 期）认为，中国电影从作为文化地理的“异域景观”、作为地缘政治的“合作空间”和作为心灵救赎的“意义追寻地”等三个方面，展开了对“泰国”的全面想象，建构区别于西方的“东方”（亚洲）形象，但依然留有西方镜像中的“东方”想象因素，自我的他者化建构导致中国电影泰国想象的“裂痕”。在全球化语境与“一带一路”视野下，中国电影作为在地书写者，要重新思考“中国”“泰国”（亚洲）和“电影”三者之间的关系，塑造中泰之间的主体间性，在新的亚洲论述基础上，构建“东方”电影美学，对东方（亚洲）进行影像重构。

新主流电影概念的提出及其作品生产，在中国已有 20 余年，它是社会主流价值观与商业电影技巧，是官方话语与大众话语相结合的产物。李沛霖、岳凯华的《新主流电影的叙事策略与新时代湖南电影的突围——以〈英雄若兰〉为中心的思考》（《文艺论坛》，2022 年第 6 期）认为，湖南电影具有创作红色品牌的传统，电影《英雄若兰》具有彰显家国情怀、展现战争画面、讴歌英雄精神、礼赞革命传统、传承红色基因等方面的作用。它援引传统诗文，创造通俗的接受方式，巧妙刻画特定时代的人物性格和讴歌英雄人物的革命精神，为新主流电影创作、湖南电影突破困境提供了一些有效途径和可行方式。杨迪的《新主流电影下的男性主体及其艺术呈现》（《电影文学》，2022 年第 23 期）梳理了中国新主流电影的角色特性后，认为它塑造了与此前同类电影颇为不同的男性角色。他们或是出生入死的孤胆英雄，或是行业中的模范与精英，或是可亲可感的在一段经历后得到成长的普通民众。这些男性主体在电影中促成了民族文化心理的建构以及对主流价值观的传导。电影人在塑造人物时对暴力美学、喜剧化表达创作手法的偏爱，对人性的空前张扬等，消解了观众对于主流电影说教、乏味的印象。杨迪的另一篇文章《文本互渗与协同视角下的国产系列影片》（《电影文学》，2022 年第 2 期）则分析了近年中国系列影片的协同创作和文本互渗特性。

喜剧片和奇幻片是数量多且为年轻人喜爱的类型。张乾坤的《论新世纪国内喜剧电影批评的三大维度》（《电影文学》，2022 年第 15 期）从现实性、叙事特性、创新性三个方面分析了新世纪国内喜剧电影批评的特质。在现实维度主要考察电影的生活根基、现实关怀和大众的喜乐哀愁，在叙事的维度考察叙事的水平和价值取向，在创新的维度考察喜剧要素、叙事模式与内容主题的新意。潘建、王恋恋的《媒介融合视野下的当代国产奇幻片》（《电影文学》，2022 年第 8 期）认为，国产奇幻片是媒介融合文化生态的组成部分。媒介融合促使其为观众生产生动丰富、覆盖性的奇观，降低观众对新异世界的解码难度。网络环境下发酵出来的文学 IP、“云”和链接技术带来的系列化、分解式思维等因素影响着奇幻电影的文本生成方式。媒介在融合时代的强大渗透力量，又警醒着电影人将民族身份认同植入奇幻叙事中，避免自身在外来奇幻片的冲击下，出现文化定位上的迷失。另外，郑坚、严远丹的《21 世纪工业题材银幕建构中的“去工业化”审美转型》（《电影评介》，2022 年第 6 期）发现，21 世纪以来的许多电影记录了国企工厂与工人的历史遭际和命运浮沉。

这些电影呈现的工厂景象和工人形象，普遍有“年代剧”的因素，电影中工人形象的英雄主义和理想主义淡化，叙事和影像审美呈现出“去工业化”的物性。生产性、工业化的现代性想象，被消费主义、中产阶层趣味所取代。电影中的工厂空间，则从生产劳动场域转化为后工业时代的工业遗址景观。这是一种值得探究的社会变迁与电影美学相互嵌入的现象。

电影的民族性与世界性也是研究者重视的问题。蒋海英的《试论张大磊电影中的东方美学》（《电影文学》，2022 年第 1 期）认为，张大磊的电影有细腻悠长的东方况味，极具东方美学的含蓄性与诗意性。这种美学特征主要体现在感知方面弱化故事和情节、强化抒情性和感受，在普通人的日常生活中含蓄委婉表现情感，以生命、理想营造诗意。陈文敏、王作剩的《民族影视学：逻辑进路、范式转换与体系建构》（《民族艺术研究》，2022 年第 3 期），系统论述了民族影视学理论。这个理念有中华民族多元一体的坚实土壤，是民族学、影视学的交叉学科，少数民族的影视史研究、理论研究与影视批评研究是民族影视学科的主要内容。民族影视的生产与研究应既尊重个性，又超越对立思维，体现中华民族共同体意识。

电视剧在新时代独特的思想文化中，日益走向分化，在传统电视媒体上播放的剧作多承担表现时代主题、传播主流声音的任务，而更具创新性、开放性、娱乐性、商业化的剧作则成了网剧。以下两篇论文就颇具代表性。王作剩的《“制播共同体”：新时代扶贫影视剧的制播特征与价值及其提升》（《新疆社会科学》，2022 年第 3 期）认为，基于资源整合与价值传播的政府、影视企业与播映平台及影视受众，无形中组成了新时代扶贫影视剧的想象“制播共同体”。它既赋予了新时代扶贫影视剧的政治性、高效性与临时性的整体层面特征，又赋予了摄制主体复杂化、播映渠道多元化、制播文本规范化的分层面特征。新时代扶贫影视剧具有传播扶贫信息与塑造政府形象、赓续影视传统与拓宽题材、铸牢中华民族共同体意识与助推乡村振兴等多重价值。但是它存在艺术性弱等问题，需对制播进行必要的提升。王丽萍、毕梦瑶的《网络悬疑剧〈隐秘的角落〉的叙事线索和策略》(《当代电视》，2022 年第 10 期) 认为，网络剧《隐秘的角落》从儿童视角切入，悬疑情节扣人心弦，生活景象似曾相识，人物刻画入木三分。其情感叙事、镜像叙事和隐喻叙事，能让观者看到了奇观，激起好奇和兴趣，剧集揭示了生活世界和人性的复杂，为观众带来了反思和升华。它以观众的审美体验为目标进行的叙事创新，较完美地弥合了技术、艺术与商业的分野，为悬疑网络剧的深刻化、复杂化和年轻化表达开辟了新风向，可为其他网剧制作者提供借鉴。

近年湖南的话剧创作主要是反映时代主题和湖南题材的作品。《从湘剧〈忠诚之路〉看现代戏曲的英雄主义建构》《湘剧〈千里寻党〉的艺术虚构》《京剧〈向警予〉：致敬革命先烈，传承红色基因》等评论文章便反映了这种创作态势。而曾慧林、刘上冰的《浪漫与沉实：论湖南现代话剧作家的湖湘文化精神》(《四川戏剧》，2022 年第 6 期) 认为，浪漫与沉实是湖湘文化的重要精神传统，深刻影响了湖南现代话剧作家及其创作，使其剧作外现瑰丽奇幻的浪漫风格，内蕴感时忧国的现实思考，表现出浪漫、沉实的特点。这具体表现为剧作基于现实生活对故事、人物、环境的奇幻书写，对情爱叙写的偏好，对时代诉求的回应，以及对西方新浪漫主义的亲近与选择性借鉴。

(邓谦林)

2022 年度期刊观察

《湖南文学》：扶持本省新人，荟萃名家力作

2022年，《湖南文学》杂志全体同仁深入学习和贯彻习近平总书记的重要文艺思想，在政治、思想上与党中央及省委保持高度一致。编辑部的日常工作进度稳中有升，纵观全年，我们所做的工作突出以下几点：

第一，为了喜迎党的二十大胜利召开，本刊增设了“喜迎二十大 抒写新湖南”专栏，陆续刊发了我省著名老作家谭谈、聂鑫森，以及中青年作家凌鹰、石光明、尹振亮、甘健、陈爱民、邓润寅、李祥佐、刘道云、张凭栏等的散文、诗歌和小说作品，这些作品以广度和深度为经纬，深刻地反映了“奋进新征程”的中国新时代历程，在社会上引起了广泛影响。

第二，加大了培养本省文学新人、新锐的力度。从编辑到主编，积极参与各市县发起的文学讲座、交流活动与改稿会，对有希望的作者不厌其烦地予以沟通、指导和鼓励；在质量上达到发表水平的作品，责编优先送审，主编优先录用。譬如，第一期刊发了汨罗年轻作者欧阳林的小说《满秀的枫树坪》；第二期刊发了株洲年轻教师黄明的散文《流年》；第七期发表了长沙年轻作家陈丹有关鲁迅文学奖散文集《大湖消息》的评论《湖上的絮语与密谈》；第九期在头条“主编推荐”上重点刊发了长沙年轻女作家邹谨忆的中篇小说《嘉禾》；第十期继续在头条“主编推荐”重点刊发了长沙21岁的大学生罗志远的两篇小说。无疑，这些年轻、陌生的面孔，给湖南文坛注入了一股新鲜的血液，让湖南文学的前景未来可期。

第三，为了继续响应习近平总书记有关“绿水青山就是金山银山”的重要思想理念，本刊以大量篇幅刊发了湖南诗人们有关自然和生态的优秀诗篇，其中青年诗人李春龙、刘创、邓朝晖、欧阳白、范朝阳、汤红辉、刘流等的组诗作品尤其引人注目。

第四，在文学的公益和服务事业上，我刊陆续为湘西泸溪县30所小学赠送各期刊物近千册，并在沅陵县协办文学阅览室，陆续赠送本刊以及各类文学刊物500册，受到当地文学爱好者的点赞。

第五，2022年《湖南文学》的微信公众号，比去年又上了一个台阶，主要表现在所投送的文章更加灵活、丰富，加上编辑和读者的互动，粉丝数量明显上升，阅读量稳步增长。公众号在开通微信支付功能后，对杂志的发行和推广给予了有效的支持。

第六，本刊一如既往地加大了对本省作者的关注力度。经统计，今年12期刊物，共发表了省内和湘籍200多位作者的作品，占全年份额的65%。其中不乏工人和农民作者的作品。

第七，为了进一步提高刊物的质量和品位，本刊继续推出了由知名作家胡竹峰主持的“文章台”专栏，刊发了全国著名作家刘醒龙、阎晶明、张锐锋、于坚等的优质文章，同时加强了对专栏“国际文坛”的编辑力度，精心组织翻译了12篇世界优秀作家、特别是青年作家的短篇力作。这两个栏目的作品，一定程度上扩大了本省基层作家的文学视野，改善了他们的写作技巧与水平。

第八，由于多方面的努力，刊物的影响力日益增大，引起了全国各类选刊的热烈关注。

附录：本刊今年发表的作品中被转载的作品如下：

第一期刊发的刘汉俊散文《楚字是这样写成的》被《散文海外版》第二期转载。

第二期刊发的秦湄毳散文《蜀葵花飘香》被《散文海外版》第三期和《散文选刊》第六期分别转载。

第二期刊发的韩浩月散文《宇宙小镇》被《散文海外版》第三期

转载。

第二期刊发的周缶工散文《屋场在时光深处》被《散文海外版》第五期转载。

第三期刊发的杨少衡中篇小说《王不见王》被《小说选刊》第四期和《北京文学·中篇小说月报》分别转载。

第三期刊发的王剑冰散文《云南笔记》被《散文海外版》第四期转载。

第三期刊发的梁瑞郴散文《雪漫天门山》被《散文海外版》第四期转载。

第三期刊发的魏思孝小说《配偶》被《小说月报》第五期转载。

第四期刊发的左马右各小说《二街旧事》被《思南文学选刊》第四期转载。

第四期刊发的张永中散文《凤凰在下雪》被《散文海外版》第五期转载。

第五期刊发的冉正万小说《指月街》被《长江文艺·好小说》第七期转载。

第五期刊发的骥亮散文《从迪克牛仔到姐夫》被《散文海外版》第八期转载。

第五期刊发的石光明散文《一楼何奇》被《散文海外版》第六期转载。

第五期刊发的阎晶明散文《美文的读法》被《散文海外版》第十期转载。

第七期刊发的阿微木依萝中篇《长风吹过黄叶岭》获全国第三届“青稞文学奖”。

第七期刊发的徐迅散文《悬崖上的人生》被《散文海外版》第九期转载。

第七期刊发的刘群华散文《跟着风跑》被《散文选刊》第十期和《青年文摘》十二期分别转载。

第七期刊发的蔡测海小说《吴青梁子》被《小说月报》第九期

转载。

第七期刊发的罗铮散文《玻光》被《散文选刊》第九期转载。

第八期刊发的王爰散文《劫掠者》被《散文海外版》第十期转载。

第八期刊发的刘星元散文《县城人物书》入选《民生散文》2022（古耜主编）。

第十期刊发的马语散文《秦岭的绝响》被《散文海外版》第十期转载。

第十期刊发的聂作平散文《在小关庙》被《散文海外版》第十一期转载。

第十一期刊发的唐糖小说《新婚》被中国作家网“优选中短篇小说”转载。

在这一年里，我们砥砺前行，准确把握习近平总书记的重要文艺精神，在提高刊物综合质量上狠下功夫，坚持正确的政治导向，且不断提高编辑的个人修养和政治水平，相信在明年的工作中会更上一层楼。

《芙蓉》：加强阵地建设，扩大品牌影响

2022 年《芙蓉》杂志社以迎接宣传贯彻党的二十大为主线，从阵地建设、书刊互动、服务大局等方面着力，工作亮点主要体现在三个方面。

一、以中国作协重点关注为契机，持续改革提质，扩大《芙蓉》品牌影响

（1）赢得中国作协注目，巩固一线方阵地位。2022 年 8 月，《芙蓉》被中国作协列入“新时代文学攀登计划”发起单位，该计划全国只有 11 家刊物入选，是杂志入选全国中文核心期刊后又一进入一线刊物方阵的标志性认可。杂志推出的叶舟 120 万字长篇小说《凉州十八拍》入选第一批“新时代文学攀登计划”项目。

（2）转载频率较高，位居全国前列。《芙蓉》2022 年被《新华文摘》《小说选刊》《小说月报》《散文选刊》《中篇小说选刊》等权威选刊选载 40 余篇，其中被《新华文摘》选载两次。持续的高选载率继续走在全国前列。

（3）推出众多名家，凝聚更多新人。2022 年《芙蓉》调整杂志版式，变 16 开为国际大 16 开，更加厚重。刊发茅盾文学奖、中宣部“五个一工程”奖得主刘庆邦、范小青、东西等 20 多位名家作品，刊发津子围、南翔等 30 余名实力作家的作品，刊发草白、王海雪、周余、宗昊等近 30 名 80、90 后新人的作品，推出叶舟《凉州十八拍》、阎连科《聊斋的帷幔》、张柠《江东梦》等力作，凝聚大批优质作家。

（4）坚持社会效益，推出众多力作。围绕党的二十大主题，《芙蓉》推出关注山乡巨变的余艳长篇报告文学《清溪村记》、讲述湖南生态故事的“青山碧水新湖南”特辑、歌颂党的英雄的中篇小说《仪仗兵》《接受》等。扶持湖南青年诗人也人、梁书正、朱弦三人入选全国“青春诗会”。

（5）积极申报各项奖项，取得较好成绩。《芙蓉》杂志“特辑”栏目荣获湖南省期刊优秀栏目，“庆祝中国共产党成立100周年特辑”荣获第四届湖南省期刊主题宣传好文章，推出的作品《伯爵猫》获花地文学奖，《月球隐士》获郁达夫文学奖，《天水》获高晓升文学奖，封面设计荣获湖南省出版政府奖装帧设计提名奖，入选中国期刊协会第二届“方正电子”杯中国期刊设计艺术周、BIBF“2022中国精品期刊展”。

（6）扶持本土作家，推动湖南文学发展。2022年，杂志继续关注湖南作家新作，在作品质量同等的情况下，优先推出湖南作家，拿出近15%的版面刊发万宁、卫鸦、熊育群、舒文治、吴昕孺、蔡测海等本土实力作家新作，也扶持了马迟迟、周缶工、小北、朱弦等文学新人，共刊发近30位湖南本土作家的作品，“50后”至“90后”各个年龄层次兼顾，较好展现了当下湖南作家面貌，有力促进了湖南文学事业发展。

二、整合作家资源，以献礼二十大为主线，衍生图书选题，做大做强书刊互动

作为知名文学刊物，《芙蓉》是掌握作家信息动态，联系作家队伍的最前沿阵地，是与作家、读者沟通的桥梁，原创文学很多图书就直接由刊物作者生成，我们将充分发挥《芙蓉》资源品牌优势，从五个方面抓实书刊互动，打造“芙蓉书系”。

（1）推出芙蓉品牌书系。通过杂志第一时间掌握创作信息，合理规划原创文学出版。紧紧围绕已有的“大风”原创长篇小说丛书品牌，做好整体布局规划，狠抓作品质量，力求入选该品牌的书目都可以作为当年中国原创长篇小说市场代表作的作品，进而掌握中国原创长篇小说市场的话语权。

（2）扎根策划主题出版。围绕重大时间节点、重大核心主题，杂志将更多策划主题栏目，这些主题栏目的作品和作者，可以很好地转化成主题出版物，推动更多主题图书生产，和芙蓉品牌书系“大风原创长篇小说系列”形成无缝连接，争取获得更大的社会影响和经济效益。为迎接宣传贯彻党的二十大，《芙蓉》杂志社 2022 年策划系列主题出版物，如弘扬劳模精神的水运宪长篇小说《戴花》，关注新时代军人成长的石钟山长篇小说《芳华颂》，聚焦东北老工业基地振兴的老藤长篇小说《逆行者》，以新时代人民法官为创作原型的政法题材长篇小说《底线》，反映中国散文整体状况的散文精选集《霞光映照之地——2022 年中国散文 20 家》等。

（3）聚焦现实题材精品。侧重现实题材作品，关注现实、关注时代、关注当下，多维描摹现实变化、反映时代心声、展现人民生活、记录时代画卷的现实题材力作。

（4）有效扶持本土作家。《芙蓉》有肩负培养本土作家的使命和责任，除杂志继续拿出近 20% 的版面，刊发本土作家作品外，我们按照绘制的湖南作家地图、建立的湖南作家数据库，推进湖南作家作品由杂志的刊发到图书的出版，扩大本土作家在全国的影响力。2022 年筹备聚焦湖南乡村发展的沈念长篇小说《十八洞》、舒文治长篇小说《立传笔记》，都入选中国作协重点扶持项目。出版讲述湖南故事的梁尔源诗集《蝶变》、纪念著名文学家沈从文先生诞辰 120 周年散文集《追寻沈从文的足迹》等，助力湖南建设。

（5）注重培养青年作家。继续在杂志不定期刊出“青年作家小辑”，开发“浆果”青年作家原创文学系列等图书出版新项目，建立 80、90 后作家数据库，聚拢新锐作家领军人物，为未来刊物发展、书刊互动储备作家人才。

三、以品牌推广为发展载体，构建新媒体矩阵，提升杂志关注度曝光率

（1）启动“芙蓉文学双年榜”，打造标杆性文学活动。2022 年杂志社启动“芙蓉文学双年榜”，分为“芙蓉文学图书榜”“芙蓉杂志榜”，每两年举办一次。首届“芙蓉文学双年榜”将于 2023 年春在汨罗举行“芙蓉文学盛典”活动，力争打造国内标杆性文学品牌活动。

（2）构建新媒体矩阵，致力融合发展。杂志以微信公众号、视频号、微博等为基本矩阵，重点突出视频号，策划“作家时刻”“周四下午茶”“麓友”等栏目，多次被腾讯视频号官方推荐，多期阅读量超 10 万，以融合发展渠道提升了杂志影响。

（3）聚焦主流媒体，助推上榜获奖。《戴花》入选中国作家协会“新时代文学攀登计划”项目、中国好书 10 月榜、“文工委”10 月好书榜。《北障》《底线》《城堡之外》等书入选华文好书、探照灯好书、文艺联合书单等众多权威榜单。《北爱》《骨肉》《绿松石屋顶》入选中国作协第二批“新时代文学攀登计划”项目。光明日报、工人日报等中央级媒体，中国新闻出版广电报、中国出版传媒商报等主流媒体共发布重点图书报道 200 余篇。今年《芙蓉》杂志社参与出版的图书《扶贫志》《地方》《十月的土地》《你信大爱我信你——潇湘家书·抗疫篇》获湖南省第十五届精神文明建设“五个一工程”奖。

《湘江文艺》：在鲜活文艺现场绘制文学长卷

一、基本情况

《湘江文艺》是湖南省文联主管、省文联文艺创作与研究中心主办的大型当代文艺期刊。《湘江文艺》创刊于 1972 年，国内外公开发行，双月刊。《湘江文艺》坚持以习近平新时代中国特色社会主义思想为指导，坚持以“鲜活的文艺现场、超拔的精神高地”为办刊宗旨，坚持以“不厚名家、不薄新人、不论亲疏、不囿地域、艺术至上”为用稿理念。《湘江文艺》设有“现场”“新锐”“发现”“小说”“漫笔”“诗语”“艺苑”栏目。全年刊发稿件 120 余篇，累计字数达 140 余万字，为当代作家成长成才提供了广阔的空间和舞台。

二、办刊举措

一直以来，《湘江文艺》作为从湖南走出去的三湘大刊，是湖南展示新时代文学成就的重要窗口。在省委宣传部、省文联党组的大力关心与支持下，《湘江文艺》向着文学的未来迈着坚定的步伐，全面展现出一份名刊大刊的大气象、大格局和新风尚。2022 年，我们主要从栏目策划与宣传、人才培养与挖掘、刊物特色与联动上发力，不断收获读者和师友们的一致好评。具体体现在：

第一，坚持正确导向，严格落实意识形态工作责任制。《湘江文艺》

一直将意识形态工作作为办刊的重中之重，并紧跟时代热点进行主题策划和约稿。2022 年我们成功策划了“喜迎二十大，讴歌新时代”主题专栏，涵盖了小说、散文、诗歌等各个门类，这些作品有生气、接地气，散发满满正能量和新鲜文艺气息。

第二，面向全国，坚持老中青三代结合，全面发掘与培养作家队伍。2022 年《湘江文艺》推出了马原、刘醒龙、王跃文、胡学文、刘亮程、李浩、蔡测海等名家新作；集结了孙颙、黑孩、凡一平、唐颖、王剑冰、雷默、卢一萍、朱山坡、付秀莹、马拉等实力派作家作品；策划了赵雨、邵栋、张玲玲以及雨果文学奖得主陈楸帆科幻小说小辑；为给年轻作家提供成长和展示才华的舞台，我们特别开设了“发现”栏目，专门培养极具潜力的文学新人，刊发了杜梨、宋阿曼、程皎旸、马亿、范俊呈等 90 后作家的新作。

第三，坚持品质立刊，全面提升自身形象。《湘江文艺》始终坚持“好稿子主义”，严格保证刊发作品的文学性与思想性，持续推出关注度高、口碑好的原创文艺精品。品牌栏目“现场”“锋锐”通过“作品 + 评论”的方式推出了一大批名家力作，在全国产生重大影响。作为湖南本土期刊，《湘江文艺》也特别关注湖南作家，在同等条件下，我们不遗余力地推出湖南本土作家新作。2022 年，我们刊发了蔡测海、王跃文、向本贵、谢宗玉、少一等湖南实力派作家的作品，全面展现出湖南作家的整体风貌与不俗实力，为青年文学人才树立了榜样。

三、成绩特色

在主编科学的管理与顶层设计下，在编辑部全体同仁的精诚团结与齐心协力下，在广大作家和读者朋友的关心与支持下，过去一年，《湘江文艺》入选湖南省品牌文学期刊项目资助，获得湖南卫视、红网、新湖南等主流媒体深度报道。其中，省委宣传部联合湖南卫视对《湘江文艺》进行深度采访，由主编夏义生书记、主席回答记者提问，《湘江文艺》资深编辑冯祉艾详细介绍办刊情况和特色，在湖南卫视新闻联播的播出时长长达一分半，大大扩大了刊物影响，《湘江文艺》的办刊理念和成就得到更多读者的认同和知晓。

同时，2022 年《湘江文艺》所刊发作品被《小说选刊》《小说月报》《北京文学·中篇小说月报》《长江文艺·好小说》《散文选刊》《散文选刊·海外版》《小小说选刊》等刊物转载 30 余篇。其中，范小青的短篇小说《无情物》斩获首届“高晓声文学奖·短篇小说奖”；胡学文的中篇小说《河流》入选“2022 扬子江文学排行榜”；付秀莹短篇小说《纸船》入选由毕光明主编的《2022 中国短篇小说年选》；刘亮程散文《大白鹅的冬天》入选由葛一敏主编的《2022 年度精短散文》；陈楸帆短篇小说《无接触之恋》入选由谢有顺主编的《2022 中国科幻小说年选》。

四、未来突破

在继续做好栏目策划、约稿和期刊宣传、形象塑造的基础上，未来，《湘江文艺》将注重特色打造，持续推动文学评奖和图书出版等，扩大优质作家作品的流通渠道，全力打造优质原创文艺平台；同时，将继续重点关注湖南籍中青年作家，挖掘文学新人，给他们的成长提供宝贵的舞台；继 2021 年《湘江文艺》成功举办优秀作品双年奖之后，将在文学改稿、调研交流、编辑人才培养上努力创新，集结刊物多方资源，力争打造又一全国文学期刊重镇。

《花火》：坚守文学阵地，助力乡村振兴

一、2022 年总结

《花火》严格贯彻落实党的理论和路线方针政策，始终坚持正确的政治方向、出版导向、价值取向，坚持为读者提供优秀的精神文化产品。

（一）舆论引导与社会责任

一是落实意识形态责任制。2022 年，《花火》严格落实意识形态责任制，主动加强阵地建设和管理，敢抓敢管，守土尽责，牢牢把握办刊的政治方向，做到了政治上“零差错”。

二是策划主题出版内容。2022 年，《花火》围绕“喜迎二十大，永远跟党走，奋进新征程”这一主题，策划了一系列主题栏目，贯彻落实习近平新时代中国特色社会主义思想，对加强青少年理想信念教育发挥了积极作用。

《花火》结合自身原有栏目“花儿与少年”“花的原野”“花香精灵”的特质，分别推出“音乐里的党史课”“游戏里的党史课”“猜猜 TA 是谁（科学家的故事）”三个主题策划选题，以小切口的方式来讲述主题宣传的内容，注重可读性与互动性，潜移默化，润物无声。

“音乐里的党史课”系列策划，推介一系列反映时代特色、广受人民欢迎、传唱度和影响力都极高的红色音乐作品。这些红色音乐作品的选择，兼顾了年代感和时代性，既能反映中华人民共和国一路走来的艰辛，

也能展现当代中国建设取得伟大成就之后的自豪感；既是宏大的主题叙事，又深受人民喜爱，广为传播；既能让青少年读者重新认识和了解那些激荡人心的作品，也由此进一步加深民族自豪感和自信心。

“游戏里的党史课”系列策划，结合红色元素，开发系列带有主题宣传特色的纸上闯关游戏。这些主题游戏，借鉴参考了读者的日常生活体验，采用他们喜闻乐见的游戏类型，包括飞行棋、闯关抢答、填字游戏等，融入各种红色元素、党史元素等主题宣传元素，给读者带来全新体验。

“猜猜 TA 是谁（科学家的故事）”系列策划，聚焦百年党史里为党奋斗、为人民奉献的科学家群体，挖掘科学家的生平故事和奋斗历程，弘扬科学家精神。

这些主题宣传内容成效显著，激发了少年儿童爱党、爱国、爱社会主义热情，为少年儿童“扣好人生第一粒扣子”，照亮少年儿童成长之路，在“青少年期刊讲党史”主题宣传活动中获中宣部出版局表扬。

三是坚守文学创作阵地。2022 年，《花火》坚守文学创作阵地，其中 AB 版以青春文学为主打，CD 版以儿童文学为主打，刊发了一系列适合青少年阅读的中短篇作品，包括获得人气青春文学作家、获得全国优秀儿童文学奖作家的原创精品力作，用纯净的文字构筑真善美的世界，滋养广大青少年。

除了刊发作家原创作品，《花火》还参与协办“湖南省儿童文学学会换届大会暨第二届第一次会员大会”，以及第四届“红辣椒”儿童文学论坛，团结广大创作者、理论研究者、文学爱好者，扶持创作新人，繁荣文学创作。

四是保持高社会美誉度。2022 年，《花火》社会美誉度，先后被红网、《潇湘晨报》等媒体宣传报道，并列入湖南省委宣传部组织的“湖南文学名刊大刊”专题宣传，作《〈花火〉：若花似火，如琢如磨》报道。

《花火》积极配合湖南省委宣传部组织开展了湖南省 2022 年“我的书屋·我的梦”农村少年儿童阅读实践作品征集活动。在举办征集活动时，通过评审会、优秀作品合集等活动全方位呈现，并与湖南日报、红网等数十家媒体联合进行新闻报道，影响力深入全省城乡多所学校。

五是参与社会公益活动。在世界读书日、国际家庭日、国际儿童节、暑期等时间节点，《花火》精心策划了一系列阅读推广活动，除了杂志主编、编辑，还邀请全国知名儿童文学作家如汤素兰等参与，活动形式新颖多样，主要活动如下：

1. 世界读书日前夕，《花火》携儿童文学作家汤素兰走进长沙市明达中学，开展“书香进校园”公益讲座，上百名学生代表参加活动。

2. 国际家庭日当天，《花火》主编吴双英携儿童文学作家汤素兰开展“童心向党 薪火‘湘’传——亲子共沐书香 携手共筑梦想亲子阅读荐书活动”，30 余组亲子家庭参加活动，大朋友小朋友们一同朗读、荐书，气氛十分热烈。

3. “六一”国际儿童节前夕，《花火》执行主编唐龙、编辑梁学明来到长沙市图书馆，开展公益科普讲座，以“一本书的前世今生”和“一个编辑的一天”为主题，引导少年儿童多读书、读好书，数十组亲子家庭参加活动，现场互动热烈。

4. “六一”国际儿童节当天，《花火》携手作家邓湘子走进湖南醴陵渌江书院，分享“创造性”亲子阅读，引导家长们尊重孩子的个性差异，采取合适的教育方法，上百名学生、家长代表参加活动。

未来，《花火》将继续积极组织公益讲座、阅读推广、杂志捐赠等公益活动，切实担负起媒体的社会责任，切实抓好“少儿阅读报刊季”各项工作，用优秀的精神食粮浸润少年儿童的心灵，使他们成长为有底蕴、有灵魂、有理想的国家栋梁。

六是文化助力乡村振兴。为进一步落实党的十九大关于实施乡村振兴战略的重大决策部署，大力推动乡村振兴文化建设，《花火》开展“报刊暖童心，阅读伴成长”助力乡村振兴少儿报刊捐赠活动，向辽宁省丹东市白旗镇乡村振兴阅读基地、长沙市图书馆等累计捐赠上万本期刊和读物，旨在改善城乡儿童教育资源，助力乡村振兴。

这些捐赠活动一方面为欠发达地区乡村学校募集童书，创造良好阅读环境，提升乡村少年儿童阅读品质；另一方面依托《花火》的作家资源，不定期开展公益阅读服务活动，帮助乡村少年儿童培养阅读兴趣、养成阅读习惯、收获阅读快乐。

（二）出版与管理

一是优化内容质量。2022 年，《花火》力求做到形质兼美：在内容上，向名家约稿的同时着力挖掘新人作者，打造湖南乃至全国文学名刊；在形式上，封面和内页插图均由插画师手绘，根据不同年龄的审美特点采用不同绘画风格，还邀请书法家摘抄精彩语段，丰富文学之美。

二是狠抓编校及印刷质量。2022 年，《花火》严格执行“三审三校”流程，除社内编辑外，特邀社外编校专家参与校对，实现编校差错率低于万分之二，并不断向零差错目标迈进，印刷质量也达到有关法规和标准规定的合格要求，成品精美。

（三）规模与效果

一是核心产品和新市场开拓。《花火》的核心产品即刊物本身，现分 4 个版，2022 年月发行量约 30 万册。面对市场环境变化，《花火》积极布局新媒体产品，先后创办“花火青春”“花火童年”微信公众号、开通并运营刊物微博“花火”。《花火》旗下微信公众号拥有固定的粉丝人群，推文的转发量与阅读量较为可观，微博粉丝数量近 250 万，具有较高的舆论传播力与影响力。此外，《花火》还尝试推出由全年过刊集结而成的 2022 年《花火》典藏版，这些产品在抖音、淘宝、快团团等平台反响热烈，销售成绩亮眼。

二是专业影响力。2022 年，《花火》模范遵守有关规章和标准，无论是以“绽放儿童文学之花 点燃儿童探索之火”为宗旨的少儿版，还是以“绽放青春文学的第一簇花火”为追求的青春版都深入人心，在文学领域影响力大、声誉高，荣获“湖南文学名刊大刊”称号。

三是国际传播力情况。2022 年，《花火》积极主动向世界讲述中国故事、传播中国声音，刊发了一系列反映当代中国的优质文学作品；但受限于新冠疫情反复等客观因素，相关国际交流活动未能按原计划进行。

四是奖项荣誉情况。2022 年，《花火》荣获湖南省委宣传部授予的“湖南十大名刊”称号；在“青少年期刊讲党史”主题宣传活动中获中宣部出版局表扬。

二、2023 年展望

（一）按时按质完成期刊出版工作

一是做好重大主题宣传策划。2023 年，《花火》要紧跟中宣部和湖南省委宣传部的统一部署，突出宣传重点选题，进一步加强宣传舆论阵地建设，确保党和人民的事业薪火相传、后继有人，红色基因代代相传。同时结合自身儿童文学刊物的特色和栏目的特质，围绕重点主题宣传目标用心用智策划选题，用情用力讲好党史故事。如“音乐里的党史课”系列聚焦雷锋精神，“猜猜 TA 是谁（科学家的故事）”系列继续深挖了不起的中国科学家，针对少年儿童的阅读特点和兴趣爱好完善选题策划，推出内容鲜活、形式新颖的主题宣传精品内容。

二是加强文学期刊建设。要坚定不移《花火》文学期刊的定位，加强青春文学和儿童文学作品的呈现质量，不断开拓优质作者，壮大作者队伍，扩大稿件来源，丰富稿件内容。

三是抓好杂志编校质量。抓好杂志编校质量，不断降低差错率，提高在全省期刊质检中的排名。全力确保杂志按时保质完成出版，延续《花火》的优质文学品格，向零差错目标迈进。

（二）依托杂志内容做好图书出版

在这个新媒体蓬勃发展、各种传播技术和渠道应运而生的互联网时代，传统期刊面临着巨大的挑战。

《花火》将与时俱进，适应新的发展环境，寻找新的发展模式，学习用多种形式、多种传播媒介来塑造品牌、扩大影响。书刊互动、纸数融合、内容二次开发等是我刊当前探索和努力的方向，计划推出“‘春暖花开’全国优秀儿童文学奖作家佳作典藏”书系、“《花火》发现作文”书系等，进一步释放品牌价值，从而实现期刊的可持续发展，并担负起聚集文学创作队伍的旗帜作用，以真正优秀的作品滋养广大青少年。

（三）全力做好各类活动

一是湖南省儿童文学学会的会务工作。2023 年继续做好湖南省儿童文学学会的会务工作，上半年重点放在张天翼儿童文学奖的评选筹备工作。

二是“我的书屋·我的梦”——农村少年儿童阅读实践活动。积极配合省宣等各单位做好相关组织和筹备工作。

三是其他活动。各种走进课堂、学校和图书馆的读者交流活动，以及配合省宣、集团和社里的各种临时性宣传活动，还有世界读书日和少儿报刊阅读季相关活动。

除此之外，在人力、财力、精力允许的范围内，应整合多方资源，拓展研学、培训等能带来经济效益的活动。

（四）做好新媒体平台效应

在做好作者挖掘与维护工作，不断开拓有水平、有影响力的优质作者，提升杂志内容质量的同时，《花火》应借力作者扩大品牌影响力。做好读者通联工作，利用微博、微信公众号、读者群等渠道，强化与读者的联系，提升粉丝黏性，借助读者口碑提升影响力。

《小溪流》：坚持舆论引导，承担社会责任

一、2022 年总结

《小溪流》严格贯彻落实党的理论和路线方针政策，始终坚持正确的政治方向、出版导向、价值取向，坚持为读者提供优秀的精神文化产品。

（一）舆论引导与社会责任

一是落实意识形态责任制。2022 年，《小溪流》严格落实意识形态责任制，主动加强阵地建设和管理，敢抓敢管，守土尽责，牢牢把握办刊的政治方向，做到了政治上“零差错”。

二是策划主题出版内容。2022 年，党的二十大召开之际，《小溪流》继续贯彻落实习近平新时代中国特色社会主义思想，把社会效益放在首位，为湖南期刊高质量发展贡献力量，为中国儿童文学事业添砖加瓦。《小溪流》在中宣部组织开展的 2022 年“青少年期刊讲党史”主题宣传活动中，推出了一批有分量的专题和文章，对加强青少年理想信念教育发挥了积极作用，得到了中宣部发函表彰。

2022 年是中国人民解放军建军 95 周年。从 2022 年 7 期开始，《小溪流》（儿童号）开辟“童心向未来”专栏，分 6 期进行专题科普，以“青少年学军史”为主题，陆续介绍军队和国防建设理论、军事历史、军事技术等相关知识，希望能增强青少年的国防意识，让青少年在了解党史、军史的基础上，为建设强大的国防贡献力量。

从 2022 年 9 期开始，《小溪流》（启蒙号）开辟“童心向祖国”专

栏，以“中国梦，讲给儿童听”为主题，邀请著名儿童文学作家赵郁秀老师，用讲故事这种喜闻乐见的形式，用生动活泼的语言，讲述一个又一个“中国梦”的故事，让儿童从人物故事中学习党史，汲取力量，早日树立理想，做一个小小追梦人，为“中国梦”的实现贡献自己的力量！

《小溪流》（少年号）2022 年开辟“溪月·文苑”专栏，刊发“红色文学作品重读”系列文章，挖掘红色经典的历史意义、美学价值和精神力量，从而在少年儿童心中厚植爱党爱国爱社会主义情怀，增强少年儿童坚定不移跟党走、牢记使命绘宏图的信心和决心。

《小溪流》还出版增刊 1 期，收录湖南省第十三届少儿书信绘画大赛特等奖文章 13 篇、一等奖文章 16 篇，以及书画作品 5 幅。此次书信绘画大赛以“传承红色基因——闪光的字迹”为主题，青少年通过党史学习教育，深入了解党的故事、革命的故事、英雄的故事，以书信、绘画的形式，表达爱党爱国爱社会主义情感，激励广大青少年为实现“中国梦”、建设现代化新湖南而努力奋斗。

三是坚守儿童文学阵地。2022 年，《小溪流》坚守儿童文学阵地，刊发了一系列适合少年儿童阅读的中短篇作品，其中包括不少获得全国优秀儿童文学奖作家的原创精品力作，用纯净的文字构筑真善美的世界，滋养少年儿童。其中，李学斌的《香香的炸油饼》、陶永灿的《归还》和王善常的《一头特立独行的猪》三篇入选孙建江主编的《2022 中国儿童文学年选》。

2022 年，《小溪流》积极参与协办“湖南省儿童文学学会换届大会暨第二届第一次会员大会”以及第四届“红辣椒”儿童文学论坛，团结了广大创作者、理论研究者、文学爱好者，培养和扶持了创作新人，为繁荣儿童文学创作尽一份绵薄之力。

四是保持高社会美誉度。2022 年，《小溪流》社会美誉度高，先后被央广网、红网、新湖南、《湖南日报》和湖南卫视等重要中央和地方媒体宣传报道。

《小溪流》积极配合湖南省委宣传部组织开展了湖南省 2022 年“我的书屋·我的梦”农村少年儿童阅读实践作品征集活动。在举办征集活动时，通过评审会、优秀作品合集（《小溪流》增刊）等活动全方位呈现，并与湖南日报、红网等数十家媒体联合进行新闻报道，影响力深入全省城乡多所学校。

五是参与社会公益活动。在世界读书日、国际家庭日、国际儿童节、暑期等时间节点，《小溪流》杂志精心策划了一系列阅读推广活动，除了杂志主编、编辑，还邀请全国知名儿童文学作家如汤素兰等参与，活动形式新颖多样，主要活动如下：

1. 世界读书日前夕，《小溪流》杂志携儿童文学作家汤素兰走进长沙市明达中学，开展“书香进校园”公益讲座，上百名学生代表参加活动。

2. 国际家庭日当天，《小溪流》杂志主编吴双英携儿童文学作家汤素兰开展“童心向党 薪火‘湘’传——亲子共沐书香 携手共筑梦想亲子阅读荐书活动”，30 余组亲子家庭参加活动，大朋友小朋友们一同朗读、荐书，气氛十分热烈。

3. “六一”国际儿童节前夕，《小溪流》杂志编辑部主任唐龙、编辑梁学明来到长沙市图书馆，开展公益科普讲座，以“一本书的前世今生”和“一个编辑的一天”为主题，引导少年儿童多读书、读好书，数十组亲子家庭参加活动，现场互动热烈。

4. “六一”国际儿童节当天，《小溪流》杂志执行主编邓湘子走进湖南醴陵渌江书院，分享“创造性”亲子阅读，引导家长们尊重孩子的个性差异，采取合适的教育方法，上百名学生、家长代表参加活动。

此外，《小溪流》杂志执行主编邓湘子还走进耒阳市长坪中心小学、耒阳市东口小学、耒阳市衡头小学、株洲市醴陵佛年小学、株洲市二中附小等上十所中小学，开展了内容丰富、形式多样的主题实践和阅读推广活动，共有上千名学生参加，取得良好的社会效益。

未来，《小溪流》杂志将继续积极组织公益讲座、阅读推广、杂志捐赠等公益活动，切实担负起媒体的社会责任，继续切实抓好“少儿阅读报刊季”各项工作，用优秀的精神食粮浸润少年儿童的心灵，使他们逐渐成长为有底蕴、有灵魂、有理想的国家栋梁。

六是文化助力乡村振兴。为进一步落实党的十九大关于实施乡村振兴战略的重大决策部署，大力推动乡村振兴文化建设，《小溪流》杂志开展“报刊暖童心，阅读伴成长”助力乡村振兴少儿报刊捐赠活动，向辽宁省丹东市白旗镇乡村振兴阅读基地、长沙市图书馆等累计捐赠上万本期刊和读物，旨在改善城乡儿童教育资源，助力乡村振兴。

这些捐赠活动一方面为欠发达地区乡村学校募集童书，创造良好阅读环境，提升乡村少年儿童阅读品质；另一方面依托《小溪流》杂志的作家资源，不定期开展公益阅读服务活动，帮助乡村少年儿童培养阅读兴趣、养成阅读习惯、收获阅读快乐。

（二）出版与管理

一是优化内容质量。2022 年，《小溪流》力求做到形质兼美：在内容上，策划了新栏目，向名家约稿的同时着力挖掘新人作者，打造湖南乃至全国儿童文学高地；在形式上，封面和内页插图均由插画师手绘，根据不同年龄的审美特点采用不同绘画风格，还邀请书法家摘抄精彩语段，丰富文学之美。

二是狠抓编校及印刷质量。2022 年，《小溪流》严格执行“三审三校”流程，除社内编辑外，特邀社外编校专家参与校对，实现编校差错率低于万分之二，并不断向零差错目标迈进，印刷质量也达到有关法规和标准规定的合格要求，成品精美。

（三）规模与效果

一是核心产品和新市场开拓。2022 年，《小溪流》刊登内容关注度高、转载量大；积极应对传播环境变化，与龙源期刊网、中国知网等网站进行版权合作，并利用微信公众号、新浪微博、H5 页面等时下热门传播方式来推广重点文章、重点活动，实现二次传播，加强与读者的互动。

二是专业影响力。2022 年，《小溪流》模范遵守有关规章和标准，在儿童文学领域影响大、声誉高，荣获“湖南十大名刊大刊”称号，入选 2022 年湖南省品牌文学期刊资助项目。

三是国际传播力情况。2022 年，《小溪流》积极主动向世界讲述中国故事、传播中国声音，主编吴双英与来自韩国、日本、中国大陆及台湾地区的数百名代表，参加第十五届亚洲儿童文学大会，并在会上发表论文演讲。

四是奖项荣誉情况。《小溪流》入选 2022 年湖南省品牌文学期刊资助项目、第二届“方正电子杯”中国期刊设计艺术周和 2022 年 BIBF“中国精品期刊展”。在中宣部组织开展的 2022 年“青少年期刊讲党史”主题宣传活动中，《小溪流》得到了中宣部发函表彰。并积极配合湖南卫视、湖南日报、红网等数十家媒体联合进行新闻报道，进一步扩大了杂志的影响力。

二、2023 年展望

（一）按时按质完成期刊出版工作

一是做好重大主题宣传策划。2023 年，《小溪流》要紧跟中宣部和湖南省委宣传部的统一部署，突出宣传重点选题，进一步加强宣传舆论阵地建设，确保党和人民的事业薪火相传、后继有人，红色基因代代相传。同时结合自身儿童文学刊物的特色和栏目的特质，围绕重点主题宣传目标用心用智策划选题，用情用力讲好党史故事。

《小溪流·儿童号》从 2023 年 1 期开始，开辟“童心向未来”专栏，特邀现任北部战区白山出版社副编审韩光老师，分 12 期陆续介绍“八一勋章”获得者的故事，继续加强少年军史教育。

《小溪流·启蒙号》从 2022 年 9 期开始，开辟“童心向祖国”专栏，以“中国梦，讲给儿童听”为主题，邀请著名儿童文学作家赵郁秀老师，讲述一个又一个“中国梦”的故事，让儿童从故事中学习党史，汲取力量，早日树立理想，做一个小小追梦人，为“中国梦”的实现贡献自己的力量。本选题从马克思主义传入中国讲起，计划通过一年半的时间，从 2022 年 9 期至 2023 年 12 期分 16 期进行专题讲述。

二是加强文学期刊建设。要坚定不移《小溪流》儿童文学期刊的定位，加强儿童文学作品的呈现质量，不断开拓优质作者，壮大作者队伍，扩大稿件来源，丰富稿件内容。

三是抓好杂志编校质量。抓好杂志编校质量，不断降低差错率，提高在全省期刊质检中的排名。全力确保杂志按时保质完成出版，延续《小溪流》的儿童文学品格，做到无重大差错。

（二）依托杂志内容做好图书出版

依托《小溪流》的品牌影响力和稳固的读者群体，尽力挖掘杂志内容的拓展空间和增长潜力。可以将优质原创内容进行再次开发，实现书刊互动，打造《小溪流》年选集和精选集等精品书系，努力培育优质图书品种。

结合我省市场实际需求，开发主题鲜明、导向正确的优秀文化产品，如“《小溪流》四十五年典藏丛书”等文学书系、“强国有我”等主题图书系列、“小学语文听读练”等教辅系列、以课后三点半服务为依托的“小卫美术”系列。

（三）全力做好各类活动

一是湖南省儿童文学学会的会务工作。2023 年继续做好湖南省儿童文学学会的会务工作，上半年重点放在张天翼儿童文学奖的评选筹备工作。

二是“我的书屋·我的梦”——农村少年儿童阅读实践活动。积极配合省宣等各单位做好相关组织和筹备工作。

三是其他活动。各种走进课堂、学校和图书馆的读者交流活动，以及配合省宣、集团和社里的各种临时性宣传活动，还有世界读书日和少儿报刊阅读季相关活动。

除此之外，在人力、财力、精力允许的范围内，应整合多方资源，拓展研学、培训等能带来经济效益的活动。

（四）做好新媒体平台效应

在做好作者挖掘与维护工作，不断开拓有水平、有影响力的优质作者，提升杂志内容质量的同时，《小溪流》应借力作者扩大品牌影响力。做好读者通联工作，利用微信公众号、读者群等渠道，强化与读者的联系，提升粉丝黏性，借助读者口碑提升影响力。

《爱你》：扎根湖湘教育基层，挖掘教师文学新人

2022 年，《爱你》杂志切实体会和践行习近平总书记“记录新时代、书写新时代、讴歌新时代”的文艺思想，严格落实意识形态工作责任制，集结湖湘教育界的文学力量，践行“为教师搭建平台，用文学记录时代”的办刊宗旨，努力开拓各项工作的新局面。

一、推出一系列有思想、有温度、有品质的精品力作

完成《爱你》杂志 2022 年 1 至 12 期编辑出版工作。积极拓展教师作者队伍，挖掘新生力量，以专辑形式重磅推出 12 位有潜力的教师作家的作品，另外还推出了百余位新作者的作品；积极向名家约稿，刊发了鲁迅文学奖得主石舒清，全国优秀中篇小说奖得主叶兆言，全国优秀短篇小说奖得主蔡测海，全国少数民族创作骏马奖得主黄毅、温新阶、朝颜，人民文学奖得主海飞等人的作品。8 月 26 日，第八届鲁迅文学奖获奖名单公布，《爱你》的作者有 4 位获奖，分别是艾伟、钟求是、沈念、董夏青青。《爱你》首发作品《七爷》被《微型小说选刊》2022 年第 7 期转载，《近处马安定》被《小小说选刊》2022 年第 7 期转载。

二、高度重视主题出版，开展“新时代山乡巨变”教师文学征文大赛，推出“新时代山乡巨变”专刊

2022 年，是中国共产党第二十次全国代表大会召开之年。为全面贯彻落实习近平新时代中国特色社会主义思想，回顾新时代山乡巨变历程，《爱你》杂志举办“新时代山乡巨变”教师文学征文大赛。征文启事于 4 月中旬发布，收稿时间截至 6 月 30 日，得到了全国 1000 多位教师作家的热情回应，从中评选出了 17 件获奖作品，其中小说作品 4 件、诗歌作品 4 件、散文作品 9 件。于 2022 年 10 月推出《爱你》“新时代山乡巨变”专刊，献礼党的二十大。专刊除征文获奖作品外，还推出了湖南省作协副主席、《新山乡巨变》作者余艳的最新力作《凤翔清溪》和《爱你》对她的专访。

三、鼓励原创文学创作，开展第二届教师文学奖评选

为鼓励教师原创文学创作，2022 年 1 月至 8 月，我们开展了第二届教师文学奖评选，初评阶段评选出各组 15 篇提名作品，在“爱你杂志”微信公众号开启读者投票通道，共有 6.5 万名读者参与投票。终评阶段聘请《诗刊》主编李少君、湖南省作家协会副主席谢宗玉、安徽省作家协会副主席胡竹峰担任评委，评选出小说、诗歌、散文组首奖各 1 名，奖金 10000 元/人，提名奖各 2 名。

湖南省温暖工程基金会谭圣林的短篇小说《转行》获第二届教师文学奖小说奖，湖南理工学院刘创的组诗《吾师》获第二届教师文学奖诗歌奖，湖南省株洲市教师培训中心王亚的散文《明月前身》获第二届教师文学奖散文奖。湖南省隆回县教育局马卓的《怀孕的春天》、湖南省炎陵县中村瑶族乡平乐学校朱凌慧的《逆向生长》获小说组提名奖；湖南省岳阳市第一职业中等专业学校孙光友的《舍不得脱下那身山里的月光》、江苏省海门中学啊呜（本名袁敏敏）的《啊呜的诗》获诗歌组提名奖；湖南省湘乡市育塅乡上山学校冯灿梅的《乡村教师日记》、湖南麦

田格教育集团李卓的《茅柴菌的味道》获散文奖提名奖。

四、扎根教育基层，做好“安化乡村教师培训计划”

为落实中国作家协会2021年文学志愿服务示范性重点扶持项目“让文学的种子在教育基层生根”后续工作，切实服务好湖南省作家协会教师作家分会文学创作基地，2022年4月27日至29日，我们举办“安化乡村教师培训计划”文学活动。三天的（行程）活动包括走访安化县紫薇中学、走访湖南省作家协会深入生活创作基地安化县龙塘镇沙田溪村、毛泽东文学院管理处主任谢宗玉专题讲座等多个环节，气氛热烈，影响力深远。7月，《爱你》联合安化县教育局举办“安化教师文学作品小辑”征稿，在7月27日安化教育网及其微信公众号发布了征稿启事，优秀作品已在《爱你》2022年12期“安化教师作品小辑”集中推出。

五、参加出版集团清溪项目宣传工作组，报道中国作协在湘系列活动

7月27日至8月3日，我们对中国作协在湘系列活动进行了系列报道，在湖南教育新闻网、“爱你杂志”微信公众号推出作品9篇，其中重点原创作品6篇，包括《鲁院湖南省中青年作家高研班学员热议“新时代山乡巨变创作计划”和“新时代文学攀登计划”》《16位教师作家谈新时代山乡巨变创作计划、新时代文学攀登计划》等，被红网、新湖南、湖南作家网、“鲁迅文学院”微信公众号、中国作家网、“人民文学”微信公众号等媒体转载。

六、扩大教师会员队伍，吸纳并严格审核新会员

《爱你》杂志是湖南省作家协会教师作家分会会刊，分会会员发展每年一届，2022年度为第四届。经过严格审核，确定86人会员资格，截至

目前，湖南省作家协会教师作家分会发展会员近 800 人。在湖南教育报刊集团官网和“爱你杂志”微信公众号上公布新会员名单，并以湖南教育报刊集团名义向各市州、县教育局、教科院（所）、有关中小学校寄发通报文件，对新会员实行建群统一管理。

七、“让文学的种子在教育基层生根”志愿服务项目获评中国作家协会 2021 年文学志愿服务示范性重点扶持优秀项目

2021 年 3 月，经中国作家协会社会联络部文学志愿服务示范性重点扶持项目评审小组论证，并报请批准，确定 37 个项目入选中国作家协会 2021 年文学志愿服务示范性重点扶持项目。其中，湖南省作家协会教师作家分会（《爱你》编辑部）报送的“让文学的种子在教育基层生根”志愿服务项目入选“文学志愿服务进基层”主题专项，受到 10 万名以上教师文学作者关注。2022 年 8 月，该项目获评中国作家协会文学志愿服务示范性重点扶持优秀项目。

八、精编精校，在全省期刊编校质量检查中进入优秀名单

2022 年下半年，为加强湖南省期刊质量监管，促进期刊质量提升，根据中宣部要求，湖南省新闻出版局委托出版产品质量监督检测中心对全省期刊进行编校质量检查，《爱你》杂志进入优秀名单。

《创作》：提质改造升级进行时

《创作》杂志由长沙市委宣传部主管、长沙市文联主办，创刊于1982年，著名作家沈从文亲笔题名。2022 年，《创作》杂志全新定位、全新设计、全新改版，持续优化栏目，提升稿件质量，拓展传播渠道，出版杂志6期，内容由儿童文学办刊方向转向纯文学。再一次改版迭代升级过的《创作》杂志，在2021年的基础上又有了新的面貌、新的突破。

一、完善机制优化栏目

为进一步理顺工作机制，2022 年 3 月，长沙市文联成立了《创作》杂志转型改版工作专班，负责杂志的目标制定、进度管理、经费保障等，市文联党组书记、副主席彭勇，市文联主席汤素兰担任领导小组组长。建立工作例会制度，对重要工作进行研究部署。

在《创作》杂志转型改版工作专班的调度下，2022 年，《创作》在内容上全面升级优化，推出“诗与思”“美文星空”“小说矩阵”“创意写作”“名作欣赏”“新作聚焦”“十步芳草”等栏目，加大原创作品比例。改版后，杂志在栏目设置、稿件质量上持续优化，“80 后”“ 90 后”成为主要阅读群体。

改版后的杂志保留双月刊，栏目焕然一新，内容精当优质。

二、名家优稿扩大影响

2022 年，《创作》将党的二十大精神和习近平总书记关于文艺工作的重要论述贯穿于杂志转型改版全过程，突出弘扬中华优秀传统文化，融入诗词鉴赏、名作欣赏、画作鉴赏等，彰显中华文化之美。聚焦“三高四新”战略定位和使命任务，推出作品《沙坪之美》《村支书黄新平》《仁心的光辉》等，描绘长沙高质量发展和现代化建设的火热实践。

为扩大杂志影响力，提升杂志内容质量，《创作》杂志积极向省内外各大名家、专家约稿，以名家优稿、重磅作品提升杂志品味。迟子建、谢宗玉、邓湘子、陈新文、梁瑞郴、贺绍俊、刘羊、杨福音、吴昕孺、晏杰雄、姜福成、李少白、吴双英、张雪云、李作霖等名家、专家相继在《创作》杂志上发表作品，作品涵盖各个文学体裁。

名家优稿，重磅力作，共同助推杂志顺利转型升级，扩大了杂志影响，提升了杂志知名度。

三、新人新作大放异彩

《创作》杂志对文学新人的关注与发掘从未停止，为本土作家提供优质平台的初心从未改变。

2022 年，《创作》在 2021 年的基础上，继续在正刊当中大量选用优秀青年作家的原创作品，并在栏目上增设创意写作栏目，重点对文学新人进行推介扶持，每期推出一个专栏人物或者青年群体，并刊登他们的作品，多为同题材不同文体的写作，相继推出了石胜振、王子健、陶玥竹、兰佳莉、李安倪、贺欣然、杜希君等一批青年作者，他们之中多数是高校文学院学生，文字放之四海略显青涩，其来势却已露锋芒。

另外，杂志开设新作聚焦栏目，推介本土新作、力作，刊发作者创作谈及名家评论文章，推介了《璜塘湾》《棘花》《秀才欧阳道》《心之月光》《喊魂》等本土作家、剧作家新作。为本土创作人才提供了广阔舞台。

四、美化装帧提升品位

2022 年，杂志在装帧设计风格上也有所转向，从第二期开始，封面及排版由童趣转向清新淡雅，刊名题字沿用 20 世纪 80 年代沈从文先生题写的刊名，继承刊物优良传统，承前启后，继往开来。

此外，每期封面及封三、封底刊登美术名家精品力作，贺友直、卢雨、吴成群、王金石、旷小津、石纲、钟增亚、周华平、吕道建、刘剑峰、汪文生、袁绍明、陈白一、刘云、戴剑、王翔、张雯、陈稳、黄龙、胡汀鹭、周冰等美术名家的画作相继在《创作》杂志上亮相，提升了《创作》的艺术品位和特色。改版后的杂志内芯设计时尚，用纸精良，插图精美，审美趣味引领和贴近中青年读者。

此外，《创作》杂志在发行上延续传统，助力公益，扩大影响。在寄送“素兰书屋”和各个乡村中小学、图书室的基础上，重新梳理赠阅邮寄地址，搜集 1600 多个精准邮寄地址，确保每本刊物精准寄送到读者手中，进一步扩大了杂志的影响力和知名度。

2022 年，《创作》杂志着力提质升级、改版创新，选用了诸多能够引领和代表当代青年审美意趣的稿件，为本土的优秀青年作家搭建了广阔的发表平台，同时，以名家优稿提升了杂志品位。新的一年，《创作》杂志将继续扩大影响，邀约名家优稿，发掘新人新作，加大力度转型升级，促推杂志走出湖南、走向全国。

《散文诗》：“《散文诗》现象”与“中国文学之乡”创建

2022年是全面推进乡村振兴由谋篇布局进入具体施工的关键一年，7月31日至8月1日，中国作协“新时代山乡巨变创作计划”“新时代文学攀登计划”两项计划在益阳启动，11月，“中国文学之乡”落户益阳，深入生活、扎根人民，益阳文学正以崭新的笔触为新时代山乡铸魂，擘画新的山乡巨变。毫无疑问，作为益阳的一张文化名片，《散文诗》与“中国文学之乡”的创建与发展息息相关，我们期盼，在历史的变迁中，在新阶段文化事业的发展中，市委、市政府及各级领导能关注《散文诗》在“中国文学之乡”打造中的重要位置与作用，进一步丰富与挖掘“《散文诗》现象”的内涵，让《散文诗》更深广、更有力地扎根新时代的山乡大地，继续传承与培育文学新力量，努力为“中国文学之乡”作支撑与搭平台，让益阳声音更加响亮，更加生动，更加豪迈。

一、《散文诗》基本情况介绍

《散文诗》被誉为“中国散文诗第一刊”，是我市乃至国内极具文化价值的一个不可替代的期刊品牌文化符号，是国内唯一一个地级市主办的有着国家级影响力的名刊。创办于1985年，是中国当代第一本面向国内外公开发行的散文诗刊，也是国内第一本全本可视听、可交流的融媒体新杂志，一直是中国纯文学期刊阵地的头部期刊。

《散文诗》是半月刊，全年24期。散文诗杂志社拥有《散文诗》杂志所发作品完整版权，即作品一经《散文诗》杂志发表，散文诗杂志社即享有所有作品的著作权与网络媒体排他性许可的合法授权，包括制作成音视频作品的改编权、复制权、表演权等。

《散文诗》屡获国家级大奖，是中国期刊方阵·双效期刊、第二届国家期刊奖百种重点期刊、第三届国家期刊奖提名奖、国家新闻出版署“第九届向全国少年儿童推荐百种优秀报刊”唯一入选的诗歌刊物。出席中宣部召开的“品质·特色·发展——全国中小型期刊办刊经验交流会”，并在会上作为全国文学期刊的唯一代表介绍经验。从《散文诗》起步的作者胡弦获得鲁迅文学奖诗歌奖，郑小琼获人民文学奖。因此，《散文诗》的办刊史亦是中国现当代散文诗的发展史，被载入《中国当代文学史纲》。

《散文诗》是湖湘期刊出版的一张精美名片，是湖南省优秀文学期刊、一级期刊、“双十佳期刊”，也是“湖南最具影响力期刊”，获“首届湖湘优秀出版物奖”期刊类一等奖、首届湖南政府出版奖期刊奖等众多奖项。《散文诗》（有声版）已连续两年作为唯一传统纸媒在湖南省第五届、第六届网络原创视听节目大赛中获奖，媒体报道为“中国融媒体第一刊”，成为纯文学期刊内容与技术深度融合发展的一面旗帜。《散文诗》的办刊成绩新华社、央视一台、《人民日报》《中国新闻出版报》《文艺报》及全国各大诗刊诗报、网站曾予以多次报道，或有专文评介。

2022 年 7 月 28 日，时任益阳市委书记瞿海来散文诗杂志社现场调研时，他强调：《散文诗》是在“中国诗歌之乡”——益阳成长起来的全国文学品牌，是文化传播的桥梁，也是培养文学人才，讲好益阳故事的平台。31 日，中国作协书记处书记邱华栋专程到杂志社考察，他由衷赞叹：“《散文诗》不一样，《散文诗》是全国独一份儿，坚持近 40 年，很了不起！”

及至目前，《散文诗》刊已出版 590 期，3690 余万字，总发行量 3120 余万册。作者队伍和发行网点遍布全国各省、市、自治区和港澳台地区、东南亚及欧美各国。每年接受海内外来稿、来信达 85000 余件。

在新的发展时期，《散文诗》适时确立新的办刊宗旨，即：立足未来与大众，立体、多元、融合、高效，全力推动散文诗文本创作与诗体研究，全力推动媒体融合与文化综合体构建，全力推动艺术启蒙及艺术融合。

《散文诗》充满生机的态势，一直被诗坛及国内文化圈誉为“《散文诗》现象”，是“生活的一方净土，心灵的一泓清泉”。

《散文诗》现有三个版本：

《散文诗》（上半月版）全方位展示当代散文诗坛最高水平，着重散文诗优质文本及理论学术研究的推介与推进。

《散文诗》（青年版·下半月版）定位为青年群体诗歌与艺术优质综合读本，主要刊发 1970 年以后出生的中青年诗人、艺术工作者的作品，是一本内涵丰富的综合性文艺刊物。

《散文诗》（有声版）每期在喜马拉雅平台与纸本杂志一起同步上线，实现文字、声音与影像的相融与切换，是传统纸媒在新的媒体生态创建中所致力的有声体验与空间性拓展。

二、坚守与创新，铸就“《散文诗》现象”

在媒体环境日益严峻，纸媒生存经受市场挤压、逆袭与重新洗牌，经受数字时代新媒体崛起突进的淘汰与竞争，面临着前所未有的困境与挑战的今天，《散文诗》多维度打造品牌，不断注入创新之魂，仍然充满青春活力，呈现出傲然、蓬勃之姿，“《散文诗》现象”已为国内文艺、文化界所瞩目，成为值得探究的一种文学现象，引发国内外学者、文学爱好者与创作者越来越多的注意与思考。

（一）全国散文诗笔会：“中国散文诗的黄埔军校”

一是新世纪以来，以《散文诗》品牌为载体，创办全国散文诗笔会、设立“中国散文诗大奖”、创建湖南省文艺惠民服务基地散文诗艺术中心，构建以期刊为依托的全媒体数字综合平台，全力打造对外文化交流矩阵，与刊物互为延展，极大地推进和丰富了我国散文诗创作与研究，促进了中国散文诗事业的发展，亦搭建了本土对外文化交流最坚实的桥梁，成为益阳与世界最紧密、最有效的联系方式。全国散文诗笔会迄今已于湖南、山东、贵州、四川、香港、新疆、青海、湖北、浙江、甘肃、山西、宁夏等地连续成功主办20届，被誉为“中国散文诗的黄埔军校”。“中国散文诗大奖”现已颁发11届，成为国内散文诗领域重要奖项。新华社、《人民日报》、人民网、中国网、《文艺报》、《文学报》、中国作家网等30余家国内主流媒体相继对这一品牌活动进行了全面报道。

二是启动青年公益文艺项目，构建高端艺术社区社交平台。成功举办《散文诗》Baudelaire青年艺术家会客厅线下系列活动，人民网、新华网、红网等10余家媒体予以刊播推介，引起社会各界尤其是青年艺术家的广泛关注；举办全国首届《散文诗》音视频作品再创作征集大赛，增强纸媒与各艺术门类之间的黏性，加强和凸显了《散文诗》在全国纯文学期刊中的领先地位。

三是重视开掘期刊社会职能，积极开展各类社会公益文化活动。近几年，启动并实施“千校万班·诗教启蒙”微光计划，已入校入班，陆续在益阳市一中、益阳市箴言中学、益阳市六中等重点中学举办系列公益讲座12次。远赴阿勒泰地区文联、布尔津县金山书院联合主办的“书香金山·西部作家写作营”，以“散文诗的流变、格局与视野”为题为学员作专场讲座，指导基层作家与文学组织者散文诗创作及文学人才梯队的培养；走进湖南大学“岳麓讲坛·艺术人生”，给在场老师、学生、嘉宾做了“散文诗的流变与审美”的学术讲座，播撒文学的种子，倡导人民性文风，深获师生及社会各界好评。《散文诗》用阅读点亮心灵，用诗歌培植绿林，自始至终关注基层教育、乡村留守儿童及西部贫困山区孩子的阅读与学习。2021年，在富民村策划主办了“美丽新田园，诗意新生活；大手牵小手，共庆元宵节”乡村田野音乐朗诵诗会；联合湖南三木电气股份有限公司走进益阳市第14中学举办“刊企联手·助力乡村文化振兴”活动，向学校捐赠了价值5000元的《散文诗》刊物；给四川省阿坝藏族羌族自治州若尔盖县夏热尔村学校“暖巢一号”、四川省阿坝藏族羌族自治州阿坝县安羌乡中心学校“暖巢二号”及部分留守儿童捐赠杂志3000余本。

（二）“一本可以听的杂志”：多样化媒体传播的激活器

一是全面着手媒体的重新布局，启动全媒体矩阵建设。2019年，散文诗杂志社开国内期刊界之先河，与喜马拉雅签署音频战略合作协议，全面启动有声建设及传播等方面的全方位合作。2020年，在有声领域率先破局，推出国内第一本全本可视听、可交流的融媒体新杂志——《散文诗》（有声版），“一本可以听的杂志”，成功“开启诗歌立体阅读元年”，进一步强化了《散文诗》“全国知名期刊”的品牌，对于传统文学期刊的转型、破局与走向，具有里程碑的意义与价值。当年12月18日，《湖南日报》即以《华丽蝶变，耀眼诗坛》为总题，整版专题深度报道了《散文诗》的新媒体转型与影响。2021年，杂志社全面开启全媒体传播矩阵建设，构建立体、多元的传播与阅读格局。及至目前，创建的散文诗杂志社官方微信公众号已编辑发布638期内容，关注人数30000余人，阅读量2982000次；创建的视频号发布71期，创建的纯声音分享公益社区散文诗杂志社声音频道已发布84期，凝聚了成千上万粉丝；喜马拉雅《散文诗》专辑已发布2429集，播放量达827000余次，评分高达9.3；并先后入驻抖音、快手、哔哩哔哩、一点资讯、微博等新媒体。杂志社与中国知网、龙源期刊网、博看网等数字平台合作的网络传播阅读点击排行一直靠前。另外，我们还开通了网上订阅专线，开办微店，用户订阅均较活跃。

二是丰富与提升纯文学期刊服务大局的能力，重视主题出版。近年来，散文诗杂志社持续弘扬先进文化，紧紧围绕重大事件及建党百年、喜迎二十大等重大时间节点，出版专辑，为国内文学界所瞩目，受到国内外批评家及读者与诗友的广泛关注与赞誉。2019年第10期《庆祝中华人民共和国成立70周年专辑》、2020年第5期《抗疫专辑》、2021年第7期《庆祝中国共产党成立100周年纪念专辑》、2022年第7期《喜迎二十大　奋进新征程专辑》和青年版第11—12期“筑梦者：致敬农民工”征文、采风合刊，诗写时代，讴歌人民，集中推出了大量能鼓舞人、激励人、凝聚人的优秀作品。《散文诗》2019—2021 连续 3 年在“湖南期刊主题宣传好文章”评选中获奖；“抗疫专辑”“庆祝中国共产党成立 100 周年”等专辑入选中共中央宣传部、北京市人民政府主办的北京国际图书博览会（BIBF）“中国精品期刊展”；2020—2021 年《散文诗》（有声版）、微电影《英雄颂》分别荣获湖南省第五届、第六届网络原创视听节目大赛网络视听专题节目类三等奖。第一届、第二届“我是期刊领读者”活动中推荐作品入选“优秀期刊 TOP20”；2021 年入选首届“方正电子”杯中国期刊设计艺术周入展期刊，同时荣获首届“方正电子”杯中国期刊设计艺术周优秀版式设计、优秀封面设计两项证书。主题出版极大彰显了《散文诗》的品牌意义与价值，彰显了新时代诗歌建设者的情怀、力量与温暖，是“《散文诗》现象”的源泉所在。

三、《散文诗》及“《散文诗》现象”，是“中国文学之乡”创建的支撑力与助推器

期刊总是紧贴时代脉搏与发展，尤其与当下文学现场息息相关。37 年来，作为老牌名刊，《散文诗》一直是散文诗文本及美学与理论建设的引领者和探索者，一直被视为新时期散文诗发展进程的推动者与见证人。而《散文诗》的根脉永远在家乡益阳，益阳的“《散文诗》现象”更是蔚为大观。其本土读者成千上万，凝聚了大批文艺创作人才，一直是本土作家成长的摇篮，是推介本土作家、讲述益阳故事的重要阵地，而今天，她亦是当代理想生活方式的倡导者与践行人，是“中国文学之乡”创建及泛清溪文化生态圈运营的鲜活有力的助推器，其强劲传播力、引导力与公信力，彰显传统品牌价值与荣耀。

《散文诗》团结与培养了本土庞大齐整的创作队伍，一直与本土文学创作、文艺事业的发展紧密相连，主导与影响本土文学创作的当下及未来。邹岳汉、叶梦、张吉安、郭辉、冯明德、裴建平、胡跃飞、盛景华、黄曙辉、赵新生、鲁丹、庄庄、张绍民、陈健君、袁志成、王建萍、蔡

晋、陈旭明、吴又无、王芳、甘健、范果、李克强、游军、莫晨晖、洛嘉、张庆如、刘美玲、李胜枝、张波、夏丽华、詹宏杰、唐鹏、无那曲、舒放、肖正民、黎梦龙、邵孝文、刘喜良、一江、彭润琪、杜卫兵、李定新、喻俊仪、雨典、熊向武、夏汉青、谌梦晖、杨静萍、曾令娥、陈拥军、向晓青、李雨琪、黄成玉等市直及各县区老中青重点作者就有上百人，杂志社在笔会代表选拔、改稿会、作品发表等各方面对本土诗人、作家均予以了倾斜与支持。未来，在新时期本土文化建设中，我们完全可以更深、更实地融入并开掘《散文诗》的品牌价值，以此为依托，来培养与造就本土大批德艺双馨的文学艺术家与规模宏大的文化文艺人才队伍。

过去，《散文诗》曾经被小拖车拉进了中国当代文学史，今天，《散文诗》源源不断的资源完全可以为“中国文学之乡”及泛清溪文化生态圈建设注入并激活文旅长效内驱力，创造新的文学史，催生新的文化产业，产生新的生产力。我们期盼市委、市政府及各级领导的重视与支持，以“《散文诗》现象”推动与打造一批当代本土能够在全国有一定影响的作家、有影响的作品，唯其如此，才能真正与“中国文学之乡”的名号、与中国作家协会将以益阳为基地开展的后续全国性活动相匹配；我们才能在做好接待、服务工作的同时，真正具备与之交流、与之互动的资质；才能把当下与中国作协合作取得的巨大成果转化为发展我市文学艺术事业的新动力，扎扎实实地推动本地的文艺创作。到那时，我们益阳文艺界就真正有了与全国知名作家对话的底气，开展文学交流亦将会更有成效。

我们深信，极具活性的《散文诗》，在新的媒介环境中有着巨大潜能与可发展的空间，它是激活器，能助推本土文化生态的改良与引流，也完全能打造成为一个更立体、更多元的文化综合体。今天，散文诗杂志社除编辑部外，另设有新媒体部、事业拓展部、文创坊、珍书坊等文化体，《散文诗》正日益成为青年人承载理想的场所，成为家乡文化产业发展中创新的平台，艺术分享的平台，成为承担更多文化功能的综合立体的发光体。

依托《散文诗》及“《散文诗》现象”，未来5年，我们完全可以把家乡益阳打造成为南方的诗歌中心，世界的散文诗中心，“中国文学之乡”亦必将成为每一代人心中的文学圣地，为天下人所向往。

《文学天地》：坚持正确方向，培育文学新人

《文学天地》是湘南地区唯一公开发行的文学期刊。杂志有历史，1974 年创刊，1986 年公开发行。按照意识形态工作要求，杂志自 2021 年回归。2022 年，杂志社迎难而上，奋发有为，始终把社会效益摆在首要位置，坚持正确的政治方向，培育文学新人，弘扬社会正能量，圆满完成各项工作任务。

一、强化学习，坚持正确的政治方向

杂志社积极参与文联中心组、党支部学习，深入学习贯彻习近平新时代中国特色社会主义思想、习近平总书记关于文艺工作的重要论述和党的二十大精神，以及习近平总书记关于意识形态工作的重要论述和讲话精神，传达学习了省委书记、省人大常委会主任张庆伟在省文联、省作协调研座谈会上的讲话精神。组织杂志社编辑人员学习期刊出版管理规定，重点加强对出版行业法律法规的学习，确保了正确的政治方向、出版导向和价值取向。

二、抢抓工期，圆满完成出刊任务

由于 2021 年上半年与教科院合作不畅，稿源断流，到 2021 年 11 月，仅出版了 4 期，出刊任务十分紧迫。在加快与各学校约稿的同时，杂志社成员倒排工期，全力以赴赶进度，一边努力补 2021 年的出刊任务，一

边组织2022年杂志的改版升级和出版工作。通过加班加点，滚动编排，终于艰难地完成了2021年部分任务及2022年的全年出刊任务。坚持稿件三审三校制度和集体审稿的原则，严把政治关。在稿件质量和内容上，注重坚持主旋律，弘扬正能量。

三、统筹衔接，保障杂志社高效运转

积极对接省、市新闻出版部门，多次赴省委宣传部门，圆满完成了刊期变更、社会效益考核、期刊年检等工作。2022年4月份，杂志社参加了全省文学期刊座谈会，汇报了杂志的工作情况和困境。积极与美编设计、印刷公司、投递公司、校对等多方面对接，确保了杂志按期出刊与杂志社的有效运转，完成2021年及2022年历期杂志的作者地址整理和样刊寄送。积极对接省邮政部门，2022年通过省邮政发行刊物每期815本。

《文艺论坛》：在责任与坚守中助力湖南文艺评论事业发展

一、基本情况

《文艺论坛》（原名《理论与创作》《创作与评论》），创刊于1988年，是湖南省唯一以中国现当代文艺研究为主的文艺理论与批评学术期刊，国内外公开发行，双月刊。《文艺论坛》认真学习贯彻习近平总书记关于文艺工作的重要论述，坚持以“坚守批评精神、营造思想空间、追求湖湘气派、兼容百家风格”为宗旨，持续推出了一系列高质量、高水准的学术成果，团结起一批优秀的中青年文艺批评家队伍，高雅的文化品位与厚重的理论品格得到双重彰显，跻身中国文学类期刊前20强。特别是《文艺论坛》2021年成功进入C刊扩展版名录以来，在扶持青年学术人才、服务学科发展、助推湖南文艺评论走出去、繁荣发展当代文艺批评事业等方面做着积极的努力和贡献。

二、办刊实绩

2022年，在省委宣传部、省文联领导的大力关心与正确领导下，《文艺论坛》编辑部积极响应国家与时代号召，更为了把新生的这本为当代文艺批评事业发展添砖加瓦的阵地守好护好，我们以栏目和专题策划为抓手，推出了一批在全国叫得响、传得开并得到广泛好评的学术专栏和文章。

特色栏目“习近平文艺论述研究”一年共发表主题稿件11篇，对习近平总书记有关文艺工作重要论述、党的二十大报告精神等进行专门研究，在思想宣传文化系统影响广泛；新开设“新时代文学研究”栏目，力邀吴义勤、周新民先生加盟主持，约请一批国内知名学者如吴思敬、赵宪章、孙绍振、孟繁华、张跣等为新时代文学发声，给刊物注入了强劲的发展动力，极大地提高了刊物的影响力和知名度。另外，常年品牌栏目“评论百家”“新锐批评家”“起点批评”等相继推出了潘知常、蒋述卓、王晓平、陈培浩、唐蕾、牛煜、陈若谷、唐诗人、李昌懋、马贵等中青年学者的重要成果。此外，我们还专门组织策划了“中国当代动画电影的审美与文化研究”“中国电影在日本市场的竞争力研究”“电视剧《理想照耀中国》研究”“乡村振兴与乡村美学形态研究”“胡丘陵《诗志：1921—2021》研究小辑”“中国书法研究”等各类特色文艺专题，这些专题稿件针对性强、问题意识突出、学问意识凸显、灵活性强，及时回应了文艺界一些不良现象与问题。

除了在栏目和专题策划上做出特色，编辑的功夫还体现在日常的管理、考核、编稿、校稿、宣传推广等方面。过去一年，《文艺论坛》在省里各项检查和考核中都取得了比较理想的成绩。比如，经济效益和社会效益考核均达到优秀等次，编校质量检查的差错率控制在万分之1.5以内，刊物和编辑个人都在业界拥有良好口碑。同时，在编辑与作者的共同努力下，《文艺论坛》发表的文章有不少被国内各大权威选刊转载、摘编（明细附后），并有多篇论文入选中国知网学术精要高被引和高下载论文，如“新时代文学研究”栏目第1期刊发的赵宪章教授的《文学与图像研究：新时代的新实学》一文。在宣传方面，编辑部借助“文艺论坛杂志社”微信公号平台，定期发布相关成果，再由编辑推送到朋友圈和省内外各个文艺工作群。2022年，“文艺论坛杂志社”微信公众号总共推出上百篇文章。微信公众号的编发与推送，大大增强了作者、读者投稿与阅读的积极性，全面扩展了《文艺论坛》的活跃度与影响力。在管理方面，刊物首次采用“知网首发”系统和内部查重系统，首次给编辑人员开展业务培训，首次引入校对公司，创新编辑人员管理等。

三、转载和获奖

过去的2022年，在习近平新时代中国特色社会主义思想指引下，在党的二十大顺利召开之际，沐浴着新时代文艺发展的灿烂春光，《文艺论坛》锐意革新，笃行不怠，在同行评价、二次传播和获奖等方面都取得了累累硕果。

这一年，我们在省委书记、省人大常委会主任张庆伟同志调研文联、作协工作时受到特别报道；这一年，我们编辑团队受到省委宣传部部长杨浩东同志的亲切关怀；这一年，我们强势入围2022年中国人文社会科学期刊（A刊）扩展版名录；这一年，我们刊发的学术文章被《新华文摘》《中国社会科学文摘》《人大复印资料》《社会科学文摘》等权威选刊转载、摘编近10篇次；这一年，我们获得湖南品牌文学期刊资助项目资助；这一年，我们再次荣获湖南省委宣传部第四届“湖南期刊主题宣传好文章”；这一年，我们再次入选北京国际图书博览会（BIBF）“2022中国精品期刊展”；这一年，我们首次入选第二届“方正电子”杯中国期刊设计艺术周。

其中，转载明细如下：2022年第2期唐蕾《“清官”之名下的十七年“清官戏”写作研究》被《人大复印资料·中国现代 当代文学研究》2022年第7期转载；2021年第6期季水河的《论新世纪20年中国马克思主义文艺理论研究的转向》一文被《中国社会科学文摘》2022年第5期全文转载；2022年第2期蒋述卓的《东亚四季美学观念的形成及其拓展》一文被《人大复印资料·美学》第5期全文转载；2022年第3期康富强、蔡翔的《土改小说的空间叙述与形式》一文被《人大复印资料·中国现代、当代文学研究》2022年第10期转载；2022年第4期夏义生的《文艺是时代的号角——学习习近平总书记关于文艺时代性论述的思考》一文被《新华文摘》2022年第23期论点摘编；2022年第4期李遇春《如何创造新时代的人民史诗》一文被《中国社会科学文摘》2022年第11

期全文转载；2022 年第 5 期李勇、席新蕾《近三十年文学的现实主义发展路向》一文被《社会科学文摘》转载。

未来，《文艺论坛》将继续在专题策划、主题约稿、名家刊发、新人培养、同行交流上加大力度，充分利用新媒体技术和大数据平台，重视两微一端的管理和运营，重视国内权威期刊数据研究中心的数据分析，积极举办期刊活动，扩大交流面，不断提高存在感和活跃度，同时加强刊物与中国文联、各级宣传部、省文联其他各部门、各艺术门类的有效联系，盘活资源，百尺竿头，更进一步。

● 2022年度市州文学概况 ●

2022 年度长沙市文学工作概况

一年来，长沙市作协在省作协的指导下，在市委宣传部和市文联的领导下，突出用习近平新时代中国特色社会主义思想武装头脑，聚焦“国之大者”，坚持扎根当下生活，着力打造精品力作，勇攀文学高峰，以奋斗的精神谱写新时代的文学之歌，取得了前所未有的辉煌成绩，2 部文学作品获第八届鲁迅文学奖。高质量完成换届工作。

一、坚持党建引领，凝聚力和向心力进一步提升

把迎接、宣传、学习、贯彻、落实党的二十大精神贯穿全年，举办全体会员理论学习培训班，邀请省作协和市委党校等专家授课，唱响主旋律、弘扬正能量，作协凝聚力和向心力进一步提升，精神面貌更加昂扬，目前市作协会员已发展壮大到 900 多人。争做走在时代前列的奋进者、开拓者、奉献者，初心使命更加坚定，深入十八洞村、深入沙洲村、深入学校社区，做新时代见证者、做红色文化的传承者、做最美逆行者，以湖南省第十五届精神文明建设“五个一工程”特别奖《大战“疫”》为代表的一大批昂扬向上、感人至深的作品生动传承了红色文化、诠释了攻坚战成果和伟大抗疫精神。市作协第十次会员代表大会圆满召开，选举产生了第十届理事会、常务理事会、监事会和主席团，纪红建当选为新一任主席。健全完善作协党支部建设，支部被市文联行业党委评为先进基层党组织，6 名党员分别被评为优秀党员和优秀党务工作者。

二、坚持精品意识，文学创作进一步向“高峰”迈进

坚持以人民为中心的创作导向，把创作生产优秀作品作为工作的中心环节，把提高质量作为文学作品的生命线，推动文学创作从“高原”向“高峰”迈进，龚盛辉的报告文学《中国北斗》获第八届鲁迅文学奖，沈念的《大湖消息》获第八届鲁迅文学奖散文杂文奖；黄菲药的专著《报告文学史论》入选了第八届鲁迅文学奖文学理论评论奖提名作品。坚持文学创作百花齐放，活力奔涌，长篇小说、中短篇小说、报告文学、诗歌、散文、儿童文学佳作纷呈，非虚构文学、生态文学、科普科幻文学展现着新视野和新空间，网络文学、影视剧改编等呈现出鲜明的现实题材转向，广大作家和文学工作者以昂扬的精神努力开创文学事业新局面。据不完全统计，出版长篇小说、散文、诗歌集100余部，在全国省市级报纸杂志发表作品1500篇（首），楚天舒用十年时间写就的长篇历史小说《天下湘军》就是其中的代表。

三、坚持深入实践，文学活动进一步丰富多彩

坚持“到人民中去”，组织开展了一系列主题突出、特色鲜明、影响广泛的文艺活动。围绕党的二十大召开等重要时间节点，开展主题征文活动，征文活动贯穿全年，收到投稿近1000篇。围绕“扎根生活沃土，服务基层群众”、做新时代“红色文艺轻骑兵”主题，市作家志愿服务队走进浏阳市六中等12所学校，为学校捐赠书籍杂志，10余名作家为孩子们做精彩讲座，深受好评。承办第九届“三江笔会”破圈出彩，来自长沙、武汉、南昌三市代表作家用心用情用功讲好三江（汉江、赣江、湘江）故事，共话“生态文学的大江大河”。认真组织开展读书活动，依托湖南省读书会举办30余期主题读书会活动，推广宣传作家达30余位，参与影响达数十万人次。市老年文学社、各区县作协经常性开展诗歌沙龙、文学大讲堂等活动。坚持文学赋能乡村振兴，青天寨文学创作基地已日

益成为长沙文学的新名片、公共文化的新平台。

2023 年是贯彻落实党的二十大精神的开端之年，也是第十届市作协的开局之年，市作协将以党的二十大精神领航定向，肩负崇高使命，彰显省会担当，投身伟大时代，坚持抓队伍、出人才，抓创作、出精品，抓交流、扩影响，凝心聚力推动长沙文学高质量发展，谱写新时代长沙文学新篇章。

2022年度株洲市文学工作概况

一、坚持党建引领

1. 积极学习二十大精神

（1）10月16日，市作协发动全体会员实时观看了党的二十大开幕会。开幕会结束后，主席团成员在线上发表了观看感言。

（2）11月16日，市作协党支部召开线上专题会议，深入学习党的二十大会议精神，进行了交流发言。

2. 积极落实株洲市文艺座谈会精神

7月16日，株洲市召开全市文艺座谈会，市委书记曹慧泉在会上讲话，市作协主席张雄文代表作协发言。会议结束后，张雄文组织召开线上主席团会议，传达了全市文艺座谈会精神。

3. 积极开展支部学习活动

6月20日，市作协召开主席团会议、党支部支委会议，专题学习毛泽东同志《在延安文艺座谈会上的讲话》。

二、坚持服务作家

1. 完成作协换届

2022年5月24日，株洲市召开第九次作协代表大会，选举了新一届理事会、主席团。

2. 完善服务制度

完善了市作协办公室的装修，设立了会员接待日，实行主席团轮流值班制，每个主席团成员值班一周，接待会员，处理日常事务。

3. 加强作家培养

（1）2022 年，推选黄明等 4 名作家参加鲁迅文学院学习；推荐 3 名作家参加毛泽东文学院学习。全年批准 50 名文学爱好者加入市作协；8 月，推荐王亚、陈立勇加入中国作协；11 月，推荐黄金云等 5 位会员加入湖南省作协。

（2）与市文联合办会员发表原地《文艺窗》双月刊，共出刊 6 期。

4. 积极开展活动

（1）2022 年 9 月 15 日，市作协协助中国作协重点作品扶持办公室、湖南省作协等在北京主办万宁长篇小说《城堡之外》作品研讨会。

（2）2022 年，与新华书店一起主办了市作协副主席王亚的散文集《吃茶见诗》新书分享会。

（3）2022 年，市作协与新华书店、九畹书院等文化机构联合，举办了其他多场作品分享会、创作座谈会、作品征集活动。

（4）8 月 29 日，市作协发动会员参与市文联组织的“消费帮扶助力乡村振兴”活动，会员们共资助一万余元购买农产品。

（5）11 月初，20 多名作协会员参与抗疫志愿者工作；作家们创作抗疫作品 30 余篇，为株洲抗疫加油。

（6）11 月 13 日，株洲市作协、石峰区朗诵协会、因诵结缘读书会举办本土作家抗疫作品线上诵读会。

5. 主要创作成果

（1）万宁出版长篇小说《城堡之外》，张雄文出版长篇报告文学《燕啄红土地》《时代赤子》，王亚出版散文集《吃茶见诗》等。本年度会员共出版 10 部书籍。

（2）聂鑫森在《小说月报》发表短篇小说《古玩圈》，叶之蓁在《中国作家》发表中篇小说《水火张铁砣》，万宁的短篇小说《千年古莲》被《小说月报》转载，曾立力的小小说《传奇茅台》、刘奇叶的小小说《妙招》、彭银华的小小说《父与子》发表于《小说选刊》，罗玉珍在《诗刊》发表诗歌《一切是天才而完美的》，张雄文在《人民日报》发表散文《冷水江的气韵》，等等。本年度会员在省级以上各类报刊发表或被转载40余篇作品。市作协发放奖金18万余元。

6. 获得荣誉情况

2022年4月，谭博文书籍《中国速度》获评中国作家协会定点深入生活项目；2022年7月，张雄文的长篇报告文学《燕啄红土地——时代楷模黄诗燕》先后获湖南省作协、中国作协重点扶持；2022年7月，张雄文报告文学《渌水曲》获湖南省作协“青山碧水新湖南”征文三等奖；2022年8月，聂鑫森的作品《花草之眼》获得第二十届中国微型小说年度奖（2021年度）一等奖；12月，张雄文散文《月挂眉山》获第四届四川散文奖；倪锐、申真晶、宋律、屈继元、晓非、周慧文6人获湖南省作协“潇湘家书”征文奖；10月，陈夏雨散文《湘江源记》获中国散文学会第九届冰心散文奖；王亚散文集《吃茶见诗》获评安徽省委宣传部主办的2022年“皖版好书”荣誉。

2022 年度湘潭市文学工作概况

2022 年是湘潭市作协换届之年，4 月 23 日，湘潭市作家协会第六次会员代表大会召开，省作协党组副书记、专职副主席游和平，市委常委、市委宣传部部长刘永珍，市人大常委会副主任伍浩，市政协副主席韩晓等出席会议。会议选举产生了第六届理事会、主席团成员，谢枚琼当选为新一届市作协主席。新一届作协班子，秉承上一届的工作理念，努力在队伍上、创作质量上、平台建设上等方面积极寻求新的路径，并大胆尝试，取得了一定的工作成效，概括为“一提升四优化”，具体情况汇报如下：

一、抓了学习提升，在意识形态上与党中央保持高度一致

二十大召开期间，号召全体会员收看收听，认真学习和领悟大会精神，尽情抒发学习感悟，并将习近平总书记在二十大报告中提出的“增强中华文化立场，讲好中国故事，传播好中国声音，展现可信、可爱、可敬的中国形象，推动中华文化更好走向世界”作为下一阶段的中心思想和中心任务来认真贯彻与落实。

二、重点抓了青年写作人才的发现与培养，在队伍结构上进一步优化

针对会员年龄偏老化的现状，以“青蓝工程”写作营作为基础阵营，

给青年写作人才提供上升的快速通道。6月，紧密围绕“喜迎二十大，讴歌新时代”主题，启动了首届“青蓝工程”写作营活动，面向全市征集45岁以下青年作者的优秀作品，最终选出11位作者入营学习，特邀主流文学杂志主编、副主编以及资深编辑为写作营学员上课和改稿。让专家与学员们面对面进行交流，在《湘潭文学》杂志开设“青蓝工程”专栏，刊发青年作者稿件，激发年轻作者的创作积极性。10月，写作营成员容芬散文作品《堂屋》发表于《湖南文学》第11期，并被《散文·海外版》第12期转载。11月，由湖南教育报刊集团、湖南省作家协会教师作家分会主办的教师文学奖结果揭晓，写作营成员冯灿梅的《乡村教师日记》获散文提名奖。

在推荐会员参加培训上，有重点地向年轻人倾斜。5月，推荐了青年作家周敏参加鲁迅文学院湖南中青年作家高级研修班，青年作家曾娟参加鲁迅文学院无党派人士及“两新”作家培训班，青年作家唐定伟参加毛泽东文学院第二十一期青年作家培训班，李亚莉参加湖南省第十一期专题文学（散文）研修班。

三、抓平台构建，努力促进协会活动形式更加优化

一是设立了新华书店“湘潭本土作家专柜”。6月15日，为推介湘潭作家作品，擦亮湘潭文化品牌，市作协与新华书店湘潭分公司签署合作协议，在岳塘区宝塔路新华书店正式设立“湘潭作家作品专柜”，并举行启动仪式，集中呈现湘潭文学创作成就，进一步提升广大市民对湘潭文化的认同感、自豪感，增强文化自信，为本土作者和读者之间搭建了沟通的桥梁，也填补了湘潭市以往没有本地作家作品集中呈现的空白。半年时间，“湘潭作家作品专柜”已售出图书近百册。“专柜”设置的社会意义得以初步凸显。

二是开辟“湘潭文学”微刊平台。6月18日，《湘潭文学》微刊正式发刊，定位为优秀文学作品的发布平台和优秀作家、潜力作者的推介平台，主要面向市内外湘潭籍作家、作者等文学群体。微刊选稿的要求

是接地气、有故事、有情感、有思想的文学作品，以散文、短篇小说、诗歌等体裁为主。自创刊截止到 12 月底，共推送了 40 多期，订阅用户 1075 人，总阅读量 67401 人次，平均每期阅读量 1872 人次，受到文学界的较好评价。

三是创建了“三悦读书会”。7 月 23 日，“悦读·悦写·悦生活”公益读书会（简称“三悦”读书会）在市新华书店启动，旨在为全市营造积极向上、清新高雅、健康文明的文化氛围，让广大会员爱上读书、爱上写作、爱上生活，并设立图书捐赠点，定期为贫困山区孩子捐赠图书。截至目前读书会已举办两次。第一次读书会由欧阳伟老师分享长篇纪实文学著作《脊梁》的创作，让大家受益匪浅；第二次的主题为“种莲子·开荷花”，由畅销 30 万的《芬芬为什么愿意剃光头》的作者杨振文先生及夫人分享创作经历和经验，反响强烈。

四是开办了“湘潭文学大讲堂”。9 月 30 日，在市图书馆举办了“湘潭文学大讲堂”，邀请了湖南省作家协会副主席、省网络作家协会主席余艳为近 50 名湘潭文学爱好者作了“新时代山乡巨变，文学与你同行”的首场主题讲座。

四、围绕政府工作大局以及会员关注的热点，优化服务效能

一是服务大局。韶山灌区工程于 1965 年 7 月动工，在湖南省委、省政府的领导下，由时任省委书记处书记、副省长华国锋同志主持修建，10 万劳动大军凭着“愚公有移山之志，我们有穿山之勇”的豪情，仅用了 10 个月的时间，就建成了灌区主体工程，并顺利通水灌溉。韶山灌区工程是湖南省最大的引水灌溉工程，为湘中地区工农业生产和经济社会发展发挥着举足轻重的作用。为进一步挖掘、宣传韶灌历史和特色文化，6 月 9 日，市作协与韶山灌区工程管理局合作，深入灌区采写韶灌工程背后，半年时间，采写了 24 篇共计 18 万字的感人故事，这种“抢救式”的采写，同样发生了许许多多感人的故事。其中，谢枚琼采写的《为了大地的丰收》，在《湖南日报》公开发表。所有稿件将汇编交由出版社

出版。

二是服务会员。7 月 10 日，由湘潭市作协策划、主办，市新华书店承办的《曹济南文集》首发式在市新华书店举行。6 月 29 日，为迎接党的二十大召开，庆祝党的 101 年诞辰，市作协党支部在华银生态园举行“老党员、老作家庆祝七一，感谢党恩”主题活动。12 月，慰问、看望残疾女作家楚星星，并作为一项长期任务，坚持下来，迄今已达五年。

五、抓创作质量，努力让文学创作成果在地域特色、时代特色上趋于优化

办好《湘潭文学》杂志，为本地的文学写作者提供了展现自我、展翅高飞的平台，发挥了地方文学的引领作用，开辟了“青蓝工程写作营”专栏、“十大乡贤”专栏、“身边的中国好人”专栏等，办出湘潭特色。

一年来，会员们努力创作，在国家级刊物上发表作品 6 篇、被转载 1 篇，在省级刊物上发表作品 100 余篇，出版作品 6 部。其中欧阳伟报告文学《种子的魔力》发《人民文学》2022 年第 10 期，谢枚琼散文《春天里的盛大雪事》发《中国艺术报》2022 年 3 月 25 日、散文《与稻田重逢》发《人民日报》2022 年 5 月 18 日，潘年英小说《金色草垛》发《民族文学》第 7 期，彭郁青、沈慧玲（离若）、黄舟等的作品发《诗刊》。

2022 年度衡阳市文学工作概况

一年来，衡阳市作协在市文联的坚强领导下，在省作协的正确指导下，积极贯彻习近平总书记在中国文联十一大、中国作协十大开幕式上的讲话精神，面向基层、面向群众，围绕中心、服务大局，广大文学工作者主动担当，展现了昂扬的精神风貌，为衡阳文艺工作贡献积极力量，取得了显著成效。

一、理论学习十分扎实

2 月 8 日，市作协主席团组织学习贯彻习近平总书记在中国文联十一大、中国作协十大开幕式上的重要讲话精神。

10 月 28 日，市作协召开专题会议，传达学习党的二十大精神，并要求会员们撰写学习心得与体会。

二、文学采风活动较多

1 月 6 日，市作协赴耒阳参加“湖南省泰安建材有限公司”采风创作基地授牌揭牌仪式和采风活动。

6 月 26 日，组织党员会员赴常宁水口山开展“追寻工运足迹，见证工业文明”主题党日活动暨新时代文明实践活动。

9 月 17—18 日，“文学照亮三湘”名家讲学暨采风创作活动走进常宁塔山瑶族乡，特邀省作协副主席、著名青年作家沈念以“繁星消失与星光永恒——谈谈文学阅读与写作”为主题，进行了一堂生动的文学讲课，省作协副主席、衡阳市一级巡视员胡丘陵参加。

11 月 25—26 日，为了进一步学习贯彻落实习近平总书记关于二十大讲话精神，营造浓厚的文学氛围，让文学的种子扎根基层，邀请省著名青年作家方雪梅来耒阳市一中和二中开展“文学照亮三湘”讲学活动。

衡南县作协组织“我的衡南·我的花园”文艺创作活动。《我的衡南·我的花园》编印成书，发行 3000 余册。

6 月 25 日，耒阳市作协组织赴郴州举行了“走进华新庆祝建党 101 周年暨诗歌朗诵会”。

衡山县作协 7 月 8 日，参加县文联组织的“喜迎二十大，文艺进乡村”主题采风活动；8 月 19 日，作协现代诗歌组部分成员参加永和乡“果约永和”采风活动；8 月 21 日，邀请了散文名家梁瑞郴在敬衡居举办文学讲座。

三、队伍组织建设有力

5 月 28 日，衡山县作家协会正式成立。

市作协积极吸收文学爱好者入会，目前，我市作协会员登记已有 192 位；今年还推荐罗平、张琳梓、徐望仁、丁小平、邢超、刘海军、汤学汉 7 人加入省作协；推荐胡仲明、萧通湖 2 人加入中国作协。

推荐朱弦参加鲁迅文学院湖南中青年作家高级研修班学习，选派 2 名年轻作协会员刘璐、文浩参加湖南省作家协会毛泽东文学院主办的第二十一期中青年作家研讨班学习。

四、文艺创作成果显著

陈群洲诗集《约等于虚构》获第二届湖南省文学艺术奖，此外还获得第七届栗山诗会中国诗歌艺术奖；任美衡出版评论集《批评的在场主义》《文学评奖与新时期文学经典化》；贺楚建出版散文集《沙河弯弯》；寒枝出版诗集《家庭史》；罗平出版散文集《衡阳酒娘》，在《散文选刊下半月刊》《东方文学》发表散文；邹贤中在《延河》《参花》《美文》《中国铁路文艺》《青年文学》《伊犁河》《草原》上发表散文，《散文海外版》《特别关注》有转载；李雪芬在《湘江文艺》《星星》《参花》发表诗歌；朱弦在《芙蓉》《诗刊》《星星诗歌原创》《星星散文诗》《中国校园文学》《湘江文艺》《爱你教师文学》《参花》发表诗歌；徐文伟的作品《英雄不死》入选 2021 年度湖南省报告文学年选，《一生追寻——记“稻田守望者”袁隆平》发于 2022 年第 1 期《湖南报告文学》，《田野上的遇见》荣获 2021 年湖南省优秀报纸作品奖三等奖，《萧培和衡阳保卫战》2 万余字刊发《时代报告·中国报告文学》；陈学阳的《冬蔬三记》在《湖南文学》发表，《石磨悠悠》在《西南作家》发表，《枇杷花开》在《湖南散文》发表，在《湖南日报》的《湘江》副刊发表散文《时间里的年夜饭》；孔志勇的中篇小说《红月亮挂在谁家屋顶上》发表在《作品》杂志第 3 期；谢芳芳散文《泗渡》发表于《湖南散文》，另有四篇散文入选衡阳籍中国散文学会会员作品集《船到衡阳柳色新》；周琼辉《妹妹》发表于《中国校园文学》。

五、协办《文学天地》杂志

市作协注重文化传承，着力培育文学新人。协助《文学天地》杂志以提升青少年写作兴趣、培育文学新人为宗旨，致力于打造“文学雏雁”群体，培育新生代文化传人。带领作家们走进校园、少年宫，举办读书会、讲座等活动，加强对校园文学社的指导，密切联系，携手提升青少年文学写作水平。近 300 名青少年作者在《文学天地》杂志发稿。

2022 年度岳阳市文学工作概况

2022 年，是极不平凡的一年，党的二十大召开，吹响了扎根人民、抒写新时代的号角。这一年，岳阳市作协进行了换届，完成了新老交替，新作协主席团坚持以习近平新时代中国特色社会主义思想为引领，认真贯彻党的二十大精神和习近平总书记在全国文联和作代会上的重要讲话精神，团结广大会员，勤勉履职，积极向上，全心全意为广大会员服务，为岳阳市文学事业的繁荣与发展做出了应有的贡献。岳阳市文学事业呈现蓬勃发展的势态，据不完全统计，全年共在省级以上文学刊物发表各类文学作品 94 篇，其中中短篇小说 16 篇、散文 24 篇、诗歌 31 首（组）、儿童文学 12 篇（部），共出版 11 部文学作品，有 4 人获得了国家级、省级文学奖，有 1 人获得了中国作家协会扶持，有 5 人获得了省级扶持。现将一年来主要工作总结如下：

一、2022 年主要文学活动

（1）召开作代会，完成新老交替。严格按照组织程序，广泛征求意见，召开第四届理事会，现场票决推选了主席候选人。为搞好本次换届选举，市作协成立了专班，分成四组，夜以继日地开展会议筹备工作。5 月 9 日至 10 日，岳阳市作家协会在市文化艺术中心召开了第五次代表大会，岳阳市委书记曹普华，著名作家、海南省文联原主席、作协原主席韩少功，湖南省作协党组书记胡革平等嘉宾和领导到会并致贺词。会议选举了舒文治为岳阳市作协第五届主席团主席，陈瑶、李清明、潘绍东、丘脊梁、葛取兵、方欣来、叶菊如、杨厚均、刘创、胡晟当选为副主席，产生了 61 名作协理事，通过了岳阳市作协新的章程，会议圆满地完成了所有议程。

（2）立足新时代，抒写岳阳故事。5 月份起，在岳阳市委宣传部的统筹策划下，由岳阳市作家协会牵头组织的 50 余名作家，历时 5 个多月，深入采访，精心创作，并多次修订。书稿于 10 月 13 日正式结集出版。

该书共计 30 余万字，分为“生态新美”“产业新高”“大事新录”“百姓新事”“城乡新变”“服务新境”“先锋新谱”“文明新卷”8 个篇章，真实、生动、立体地展现了党的十八大以来，岳阳贯彻落实习近平新时代中国特色社会主义思想所取得的辉煌成就，为党的二十大献上了一份厚礼。

（3）举办高峰研讨会，推出精品力作。2022 年是岳阳精品力作精彩呈现的一年：彭东明的《坪上村传》由中国作协、湖南省委宣传部、湖南省作协在线上举办作品研讨会，新华社、中新社、中央电视台、人民日报等 20 家媒体进行报道，影响深远；舒文治的长篇小说《立传笔记》被列入中国作协“奋进新征程，书写新史诗”重点专项扶持；我市儿童文学创作再攀高峰，毛云尔获得全国儿童文学擂台赛优秀奖，阮梅的《左宗棠》（青少年插图版）出版后，反响良好，吴牧钤、方先义等儿童文学作家作品不断涌现。为进一步激发全市作家创作精品力作的积极性，11 月 19 日至 20 日，岳阳市作家协会联合岳阳市文联等单位，成功举办了“岳阳作家如何走向高峰”研讨会暨第二届改稿会。此次改稿会前，进行了预备改稿会，收集了近 40 篇文学作品，精选了 15 篇作品，进行了一对一改稿提升，修改完毕后再交改稿会，一系列精品力作将见诸文学期刊。本次改稿会上，邀请了黄斌、陈新文、甫辉跃、龚旭东、袁姣素等主编和编辑，为来自全市范围的近百名作家和文学创作者作了专题授课，对提高岳阳文学创作者素养提供强大动力，对“文艺岳家军”的繁荣发展产生深远影响。

（4）组织志愿者采风，开展主题创作培训。8 月，省作协党组书记胡革平、副主席沈念等来岳阳调研，指导岳阳“新山乡巨变”主题创作。岳阳市作协以此为契机，结合全国文学志愿者联盟成员单位，让文学服务从系统“内循环”转变为社会“大循环”。11 月 25 日至 27 日，岳阳市作家协会组织了近 40 名作家志愿者，开展了走进平江采风活动和“新山乡巨变”主题创作活动。活动中，作家志愿者们参观了平江县洪家塅搬迁区、盘石洲生态园、浯口镇双江村，目睹了发生在这里的乡村新变化、时代新成就，并听取了著名作家熊育群、余艳的精彩授课。作家们纷纷表示，要借这次志愿采风的机会，扎根人民，讴歌新时代。本次主题创作培训班，共收集了 12 部“新山乡巨变”长篇小说，就如何进一步完善修改，进行了深入的讨论和交流。

（5）强化人才培养，推进队伍建设。始终坚持人才培养，为推动全市文学事业繁荣发展提供源头活水。2022 年，有刘创、方先义、张逸云 3 人加入了中国作家协会；陈迎等 6 人加入了湖南省作家协会；王嵘等 31 人加入了岳阳市作家协会；选送 2 名会员参加了湖南省第十一期专题文学（散文）研修班学习；选送 3 名会员参加了毛泽东文学院第二十一期中青年作家研讨班学习。

（6）固阵地建设，办好文学期刊。新一届主席团十分重视《岳阳文学》的发展，在上一届主席团打下良好的基础上，今年，《岳阳文学》除了立足具有地方特色的人文情怀外，采取引进来、走出去的方式，进行了全面的开拓和创新。

（7）抓制度建设，管理更加科学。今年是新一届主席团全面运行的头一年，为进一步规范工作制度，6 月中旬在汨罗、10 月下旬在湘阴，分别召开了五届主席团第一次、第二次会议。会上，学习传达了党的二十大精神，对主席团成员和秘书处工作人员进行了分工，对财务管理相关制度等进行了充分的讨论和完善，管理更加程序化、科学化。

二、2022 年主要文学成果统计

（不完全统计，排名不分先后）

序号	姓名	作品名	发表报刊名/出版社/获奖	发表日期	备注
1	舒文治	《忍者飞飏》	《芙蓉》	2022 年 4 期	中篇小说
2	舒文治	《夜巡》	《作家》	2022 年 3 期	小说
3	方欣来	《天鹅》	入选《小小说选刊》	2022 年 10 期	小说
4	孟大鸣	《斜屋》	《湖南文学》	2022 年 8 期	小说
5	沈云霞	《一双布鞋》	《延河》下半月刊	2022 年 6 期	小说
6	李尧隆	《梅娘》	《启明星》	2022 年 1 期	小说
7	李桂龙	《老校工》	《湖南文学》	2022 年 4 期	小说
8	周拥军	《像风一样》	《湖南文学》	2022 年 9 期	小说
9	周钟声	《天净沙》	《湘江文艺》 青山绿水专刊	2022 年	小说
10	董妙林	《探路》	《中国校园文学》	2022 年 10 期	小说
11	李怀根	《去嘎哈》	《当代小说》	2022 年 7 期	小说
12	余旦钦	《赈灾晚会》	《湖南文学》	2022 年 4 期	小说
13	余旦钦	《良药》	《湘江文艺》	2022 年 4 期	小说
14	余旦钦	小说集《暗香》 长篇小说《山脉》	团结出版社	2022 年	小说
15	张逸云	《魏长发的那些事儿》	《飞天》	2022 年 7 期	小说
16	欧阳林	《满秀的枫树林》	《湖南文学》	2022 年 1 期	小说
17	段华	《雁引愁心去》	《光明日报》	2022 年	散文
18	丘脊梁	《逃离者》	《湖南文学》	2022 年 12 期	散文
19	葛取兵	《一株草木的前世今生》	《江苏少年文艺》	2022 年 11 期	散文
20	葛取兵	《独自馨香》	《绿叶》	2022 年 9 期	散文
21	张凭栏	《乡间事》	《湖南文学》	20022 年 9 期	散文
22	方欣来	《生命之门》	《安徽文学》	2022 年 2 期	散文
23	方欣来	《天鹅飞来》	《人民日报》	2022 年 3 月 2 日版	散文

续表

序号	姓名	作品名	发表报刊名/ 出版社/获奖	发表日期	备注
24	沈云霞	《雪中的朱楼坡》	《湖南文学》	2022 年 11 期	散文
25	杨志宏	《鹤舞君山》	《人民日报》海外版	2022 年 3 月 24 日	散文
26	杨志宏	《洞庭美如画》	《人民日报》大地副刊	2022 年 6 月 6 日	散文
27	李勇	《贫穷与富有》	《青年文学家》	2022 年 9 期	散文
28	湛鹤霞	《老树下的故事》	《湘江文艺》 青山绿水专刊	2022 年	散文
29	杜华	《小镇裁缝》	原发《散文百家》 《散文海外版》转载	2022 年 5 期	散文
30	吴牧铃	《绿皮列车的窗口》 散文集	希望出版社	2022 年 12 月	散文
31	吴牧铃	《快乐的风》 散文集	冰心图书奖	2022 年	散文
32	周拥军	《砍苇人》	《湖南文学》	2022 年 3 期	散文
33	毛云尔	散文组章 《草木清香》	《儿童文学》	2022 年 8 期	散文
34	毛云尔	《飞翔的糖》	《少年文艺》	2022 年 11 期	散文
35	刘子华	《悬挂在记忆深处 的那块幕布》	《中国艺术报》	2022 年 3 月 18 日	散文
36	刘子华	《洞庭神鹿》	《人民日报》海外版	2022 年 7 月 18 日	散文
37	张逸云	《枧冲的颜值》	《人民日报》海外版	2022 年 5 月 26 日	散文
38	丁智良	《草木葳蕤赤子心》	《江河文学》	2022 年 1 期	散文
39	丁智良	《一曲慷慨激昂的杏林》	《文艺报》	2022 年 7 月 4 日	散文
40	严若新	《天空的翅膀》	《火花》	2022 年 3 期	散文
41	王良庆	《梅花源》	《散文诗》	2022 年 10 期	散文诗
42	王良庆	《家囧》	《中国当代散文诗 300 首》 中国文化出版社	2022 年 3 月	散文诗
43	徐燕	《蹲在花园的最深处》	《湘江文艺》	2022 年 6 期	诗歌
44	叶菊如	《杜甫墓地》	《诗刊》	2022 年 1 期下半月	诗歌

续表

序号	姓名	作品名	发表报刊名/出版社/获奖	发表日期	备注
45	叶菊如	《在白桦林》	《诗刊》	2022 年 11 期下半月	诗歌
46	叶菊如	《旧城在南》	《江南诗》	2022 年 6 期	诗歌
47	刘创	《靠水的位置》	《湖南文学》	2022 年第 11 期	诗歌
48	刘创	《千年古树》	《草堂》	2022 年第 2 期	诗歌
49	刘创	《刘创的诗》	《深圳诗歌》	2021—2022 上卷	诗歌
50	刘创	《菖蒲》	《中国诗歌网》	2022 年 11 月 8 日	诗歌
51	刘创	《吾师》	第二届教师文学奖诗歌奖	2022 年 12 月	诗歌
52	卢旺兴	《一条废弃铁路》	《奔流》	2022 年 1 期	诗歌
53	卢旺兴	《树叶》	《诗歌月刊》	2022 年 5 期	诗歌
54	尹开岳	《微信上的洞庭》诗 3 首	《芙蓉》	2022 年 3 期	诗歌
55	刘创	《靠水的位置》诗 4 首	《湖南文学》	2022 年 11 期	诗歌
56	李勇	《今夜我枕着月色入眠》《秋蝉》	言实出版社收录《河流上的摇篮曲，中国行吟诗歌精选》	2022 年	诗歌
57	李勇	《夏夜》诗 3 首	《延河》诗歌专刊上半月刊	2022 年 2 期	诗歌
58	丰玲	《老街辞》	《人民日报》	2022 年 1 月	诗歌
59	丰玲	《春已来》	《安徽文学》	2022 年 6 期	诗歌
60	蒋鑫爱	《用云朵说话》	《鸭绿江》	2022 年 1 期	诗歌
61	蒋鑫爱	《他开他们的花我结我们的果》	《江河文学》	2022 年 2 期	诗歌
62	蒋鑫爱	《哭泣的格桑花》《同一片阳光》	《安徽文学》《诗选刊》	2022 年 11 期 2022 年 11 期	诗歌
63	李盛	《松下帖》	《星星》诗刊“行走宽窄之间”哲理诗赛三等奖	2022 年 3 月	诗歌
64	李盛	《临洞庭》组诗 4 首	《湘江文艺》	2022 年 5 期	诗歌

续表

序号	姓名	作品名	发表报刊名/出版社/获奖	发表日期	备注
65	胡晟	《放养》(外2首)	《长江丛刊》上旬号	2022年8月	诗歌
66	胡晟	《落霜》(外2首)	《湘江文艺》	2022年1期	诗歌
67	胡晟	《两个人的傍晚》(外2首)	《特区文学》上半月刊	2022年4期	诗歌
68	熊小英	《守望者》《柳》	《延河》	2022年1期	诗歌
69	韩新卫	《青山在》组诗	《湘江文艺》青山绿水新湖南专刊	2022年1期	诗歌
70	黄鸣凯	《我为家乡唱首歌》	《特区文学》	2022年2期	诗歌
71	彭铁明	《水做的心》组诗	《湘江文艺》	2022年6期	诗歌
72	毛云尔	《归来的王》	《儿童文学》 获第五届《儿童文学》短篇童话擂台赛优秀奖	2022年4期	儿童文学
73	方先义	《河神娶亲》	中信出版集团有限公司	2022年12月	儿童文学
74	方先义	《龙隐书院》	四川文艺出版社	2022年1月	儿童文学
75	吴牧铃	《红狐》短篇小说集	安徽科技出版社	2022年4月	儿童文学
76	吴牧铃	《成年仪式》中篇小说集	北方出版社	2022年7月	儿童文学
77	吴牧铃	《风雨前程》长篇小说	江苏少儿出版社	2022年11月	儿童文学
78	吴牧铃	长篇小说《绿色的守望》	冰心图书奖	2022年	儿童文学
79	李彩虹	《营救行动》	《中国校园文学》	2022年1月下旬刊	儿童文学
80	李彩虹	《头领》	《中国校园文学》	2022年1月下旬刊	儿童文学
81	李彩虹	《地窖战》	《小溪流》	2022年5期	儿童文学
82	李彩虹	《冬夜》	《花火》	2022年10期	儿童文学
83	李彩虹	《非虚拟惊险》	江苏凤凰儿童出版社	2022年8月	儿童文学
84	朱开建	《报告文学作家应有的时代担当》	《湖南文学》	2022年3期	文学评论
85	万辉华	《自我救赎何以可能》	《文艺报》	2022年8月5日	文艺评论
86	万辉华	《现代生活的出逃和反叛》	《新时代湖南文艺评论选》 湖南文艺出版社	2022年10月	文艺评论

续表

序号	姓名	作品名	发表报刊名/出版社/获奖	发表日期	备注
87	张逸云	《“忧乐精神”孕育的海天英雄——读刘子华长篇报告文学〈逐梦海天〉》	《文艺报》	2022 年 7 月 1 日	文学评论
88	张逸云	《一曲慷慨激昂、震撼人心的乱世杏林壮歌——评肖学文长篇小说〈乱世草医〉》	《文艺报》	2022 年 8 月 29 日	文学评论
89	谢雨星	《禁捕退捕话洞庭》	《中国报告文学》	2022 年 8 期	报告文学
90	李响球	《刘星雨省运会夺金记》	《中国报告文学》	2022 年 12 期	报告文学
91	魏悦来	《奔跑的青春如此美丽》	《人民日报》	2022 年 8 月 31 日	报告文学
92	孙美堂	《广兴洲，一部厚重的湖湘文化史》	中国诗画出版社	2022 年 1 月	报告文学
93	阮梅	《少年左宗棠》(上下期)	《儿童文学》	2022 年第 11、12 期	纪实文学
94	阮梅	《左宗棠》青少年插图版	湖南少年儿童出版社		人物传记

三、2023 年工作思路

(1)建好一支队伍。通过多种方式发现和培养优秀文学人才，努力建设一支老中青呈阶梯式发展的高水平创作人才队伍，打造岳阳文学人才高地。做好全国、省、市作协会员发展工作，充实、壮大作家协会队伍。

(2)巩固两个阵地。继续办好《岳阳文学》会刊和“岳阳文学”微信公众号平台，进一步提升《岳阳文学》在全国内刊中的知名度和影响力。

(3)开展三项活动。开展丰富多彩的文学交流活动。一是邀请外地著名作家、编辑来传经送宝，开展培训活动，进一步提高协会会员写作水平；二是组织一系列主题创作和文学采风活动，鼓励作家们深入基层、贴近生活，激发创作灵感，将重点推出“文学岳家军”书写“新山乡巨变”主题系列长篇小说；三是组织召开一系列作品交流会、研讨会、座谈会，大力推介本土作家优秀作品。

2022 年度常德市文学工作概况

一年来，在省作协的领导下，常德市作家协会团结和引导全市广大文学作者，主动作为，开拓创新，砥砺奋进，围绕党的二十大开展了系列活动，文学创作硕果累累，走过了蓬勃发展的一年，现总结如下：

一、高举旗帜，用党的二十大精神武装作家头脑

为迎接党的二十大召开，我会组织了一系列红色之旅走基层实践活动。赴汉寿红色革命基地举行主题党日活动；赴张家界革命老区进行红色记忆文学采风活动，创作了大量的红色题材的文艺作品；与常德市文联联合，协办了“喜迎二十大·书写新常德”首届“丁玲杯”散文征文大赛。特别是在党的二十大召开之际，第一时间组织作家观看二十大开幕会现场直播，聆听习近平总书记激动人心的政治报告并撰写心得体会，会后还举行了学习传达党的二十大精神座谈会暨主题党日活动，大家纷纷分享了学习体会和心得。

二、营造浓厚的创作环境，积极为广大会员搭建平台

为促进会员创作激情，我会创刊了协会会刊《常德作家》，增设了“阵地建设”“协会动态”等协会信息交流栏目，受到会员们的热烈欢迎。全年共编辑出版 3 期，编发文学作品约百篇，有 78 名作者的作品上刊。推荐谈雅

丽、邓朝晖、向未、熊芳、唐益红、胡平、杨漾、大空、刘双红、陈小玲、许立君、龙向梅、熊刚 13 名会员的作品集体亮相在《湘江文艺》3 期桃花源诗群专辑“诗语”栏目。为青年作家新书发布营造宣传气氛，推荐青年作家秦羽墨出版的新书《我在今生》在常德日报等公开媒体发布消息，扩大了影响。

三、着力培养文学人才，壮大创作队伍

我会注重后备人才培养，为优秀作家创造各种深造机会。本年度推荐周姜武、谢晓婷等人参加了鲁迅文学院研修班学习；推荐了会员许立君、戴志刚、谈雅丽参加了湖南省作家协会在永州举办的毛泽东文学院散文文学研修班；推荐了许立君等参加中国作协鲁迅文学院无党派人士及“两新”作家培训班培训。积极鼓励作者参加中国作协会员申报、省级会员申报工作。推荐刘金国、胡平、熊芳、熊星、戴志刚等 5 名会员加入了中国作家协会，推荐了王丕立、金可峰、尧全秀、张钰东、田野、史新林、李政达、李先菊等 10 名会员加入了省作协，此外，还培养和发展了 30 名市本级会员。

四、文学活动丰富多彩，会员创作热情高涨

2022 年，举行了两次会员作品研讨会：麻建明长诗座谈会和向未诗歌创作时代自觉性暨长诗《十二因缘》研讨会。举办了一次重点作家座谈会。圆满完成“喜迎二十大 · 书写新常德”首届“丁玲杯”散文征文大赛组稿、评审工作。开展了第八届常德原创文艺奖评奖工作的文学作品的初审工作，其中熊桂坊、唐益红、陈聪敏、陈文双 4 人分别获第八届常德原创文艺奖编剧类、诗歌类、新人奖、短篇小说奖。协办《中国校园文学》第二届全国教师文学笔会。中秋佳节，还举行了“不负韶华 走向未来” 2022 年度中秋诗会，全体理事、常务理事、以及部分常德籍中国作协会员、《常德作家》秋季刊全体作者、市作协荣誉主席、相关特邀嘉宾共 100 人参加，交流创作心得，增进彼此感情。此外，市作协常务副主席向未还带领市作协主席团一行，上门走访慰问全市各区县(市)的 75—88 岁以上的 20 名老作家，送去

慰问金并向他们汇报了协会工作。

五、文学创作硕果累累，再创佳绩

我会在以人民为中心的创作理念驱使下，戒骄破满，潜心创作，向文学高峰发起了一次又一次的冲锋，书写出一大批以人民为中心的精品力作，表现突出。其中，向未历时近一年，创作完成的由花城出版社出版发行的三卷本诗集《十二因缘》，洋洋洒洒87万余字2万余行；刘少一在省部级以上期刊发表了8部中短篇小说；陈文双获第二届湖南文艺奖青年文学奖，小说集《逃脱术》由四川文艺出版社出版，散文集《我在今生》由中国言实出版社出版；程一身的译著《宇宙重建了自身：佩索阿诗精选》由中信出版集团出版，专著《读诗课》由文津出版社出版；谈雅丽在全国各地纯文学期刊发表了近30篇新作，中篇散文《河流上的潇湘：四水溯源》获"青山碧水新湖南"文艺创作二等奖，中篇小说《在去留不定的北方》获第十二届丁玲文学奖，散文《众水汇聚长江源》获中国地图出版社、三江源生态文化作品征集组委会主办散文、诗歌大赛一等奖；戴希在国家级期刊发表、转载8篇小小说作品，在省级刊物发表23篇小小说，公开出版1本个人文学作品评论集，编辑出版3本微小说集，获奖3次；唐波清在国家级刊物发表8篇文章，省级发表10篇，获奖6次；龙向梅出版的童话集《从前有一个故事》（5册）获评深圳读书月"年度十大童书"奖，入选2022年陈伯吹国际儿童文学奖"年度推荐榜"，多篇儿童文学作品入选年度选本。此外，宋庆莲、刘德凤、张晓凌、许立君等的儿童文学佳作也各有表现，刘双红、邓朝晖、胡平、彭滔、王建国、许玲、许立君、戴志刚、郑杰等在各自擅长的创作体裁或方向上多有建树，创作成绩斐然。

2022 年度邵阳市文学工作概况

2022 年，邵阳市作家协会深入学习宣传贯彻党的二十大会议精神和习近平总书记在中国文联十一大、中国作协十大开幕式上的重要讲话，加强政治引领，继续开展主题文学创作活动，大力加强文学精品创作生产，着力推动新时代邵阳文学事业高质量发展。

一、深入学习党的二十大会议精神和习近平总书记关于文艺工作的系列重要讲话精神，加强政治引领

一年内，邵阳市作协和各县市区作协深入学习党的二十大会议精神和习近平总书记在中国文联十一大、中国作协十大开幕式上的重要讲话及省委书记张庆伟到省文联、省作协调研和在作家艺术家座谈会的上讲话，并组织撰写学习体会，交流学习心得，宣讲二十大报告精神。

二、建功二十大、讴歌新时代，集中展现新时代邵阳文学新成就

2022 年 10 月，以“喜迎二十大 讴歌新时代”为主题的《时代长歌——邵阳市新时代优秀文学作品选》问世。该书由邵阳市作协、邵阳市文联联合编选，全面反映邵阳市新时代经济社会发展成就，集中展现新时代邵阳文学创作成绩，唱响昂扬的时代旋律和大地颂歌。全书共分三卷，选入作品 457 件。

三、围绕“新时代新征程 新担当新作为”思想，加强主题文学创作活动

市作协和各县市区作协继续组织作家围绕“新时代山乡巨变创作计划”“青山碧水新湖南”“邵阳作家写邵阳”“走向小康——乡村振兴看乡村”“邵阳市创建民族团结进步示范市”“邵阳市创建全国文明城市”等重大主题，大力推进主题文学创作活动。

四、精品力作不断涌现，文学人才层出不穷

一年内，雷晓宇长诗《薄雾》荣获2021年度青花郎·人民文学奖诗歌奖。刘娜入选诗刊社第38届青春诗会，《诗刊》2022年12月号推出个人小辑，诗集《废墟上升起一座博物馆》由长江文艺出版社出版。刘诚龙、李春龙分别获得第二届湖南省文学艺术奖的毛泽东文学奖和青年文学奖。袁姣素评论《时代浪潮下的知识分子精神图谱与思想突围——试论阎真小说理性叙事的类型考察》获第四届（2022年度）湖南文艺评论推优活动优秀作品奖，曾野（叶耳）散文《说话的鸟立于枝头》获《散文百家》首届（2022年度）全国优秀散文征文大赛一等奖。肖仁福长篇历史小说《李鸿章》（五卷本）由贵州人民出版社出版。袁姣素长篇小说《白驹过隙》获省作家协会重点扶持工程，在湖南文艺出版社出版，入选2022年8月“探照灯好书”中外小说20本好书榜。魏文娟网络小说《豪门弟弟惹人怜》拍摄成25集电视短剧在腾讯视频和腾讯微视频上同时播出。

曾令超的中篇小说《少年李小牛》在《中国作家》发表，邓润寅的多篇短篇小说在《阳光》《湘江文艺》《湖南文学》等刊发表，其中《今年》在《湘江文艺》发表并被《海外文摘》转载，袁姣素、廖军、范朝阳等人的中短篇小说在《天津文学》《湘江文艺》《长江丛刊》等刊发表。

邓跃东的多篇散文在《散文》《解放军文艺》《青年文学》等刊发表，其中《斯万家那边的风景》在《散文》发表并被《散文选刊》转载。刘诚龙、周伟、肖克寒、龙章辉、曾野、谢永华、张亦斌、羊玉姣、粟碧婷等人的散文在《人民日报》《散文海外版》《文艺报》《文学报》《中国艺术报》《作品》《四川文学》《湖南文学》《湘江文艺》《散文百家》等报刊发表。

李春龙的组诗《新院子》在《诗刊》上半月刊“方阵”专栏推出，刘娜的组诗《晃荡的村庄》在《湘江文艺》发表，范朝阳的诗歌《全家福》（二首）在《星星》发表。另有张泽欧、林目清、刘群力、吴和君、李斌、唐志平、曾师尧、伍培阳、钟石山、李红霞等的诗歌在《诗刊》《星星诗刊》《诗潮》《诗歌月报》《草原》《四川文学》《湘江文艺》《湖南文学》等刊发表。

陶永灿长篇儿童小说《爷爷的夏牧场》在湖南少年儿童出版社出版，入选国家新闻出版署向全国青少年推荐的百种重点图书。谢长华长篇动物小说系列《猎神·虎王》《岩鹰雷鹏》《雪峰豺》《义犬金虎》在青海人民出版社出版。陈静散文《种豆》在《儿童文学》发表。廖军寓言《动物专家》、陈静散文《蚯蚓路》获第三届谢璞儿童文学奖。

一年内，袁姣素有10多篇评论在《光明日报》《中国艺术报》《湖南文学》《文艺论坛》等报刊发表，其中《呈现时代记忆与生命思考——读韩少功散文集〈人生忽然〉》《以青春穿越时间构筑未来与光亮——阎真新著〈如何是好〉读札》在《光明日报》发表。袁龙的评论《新加坡闪小说的寓言化与诗化》在《世界华文文学论坛》发表。陈政昌的作家研究专论《李冰若：谁惜哀鸿肠断声》在《作品》发表。张千山的作家研究专论《古远梅山的文化图景——对隆回作家群的一种解读》入选《新时代湖南文艺评论选（2012—2022）》。

五、大力发现培养青年人才，加强作家队伍建设和作协自身建设

一年内，有3名邵阳籍作家加入中国作家协会，13名作家加入湖南省作家协会，选送四名青年作家参加毛泽东文学院中青年作家培训班和散文创作专题培训班学习。邵东市作协主办的“名家讲堂”第21期开讲，中国作家协会主席团委员、中国诗歌学会会长杨克以《中华诗脉与新时代诗歌写作》为题主讲，探索新时代诗歌写作方法，引起大家的强烈共鸣。同日，新湘派诗人与邵东诗群交流会在邵东成功举行，隆回县作协组织13位诗人、邵东市作协组织13位诗人参加中国诗歌学会“中国诗歌地图”栏目活动，推出视频直播“隆回的诗人·诗人的隆回”“邵东的诗人·诗人的邵东”。新邵县作协组织作家深入新邵二中、巨口铺镇芙蓉学校开展“文学进

校园”活动，洞口县作协“雪峰文艺”公众号继续扩大影响并主办“雪峰文艺”微信公众号办刊研讨会，武冈市作协“武冈作家”公众号、邵阳县作协“红丘陵”公众号、绥宁县作协“绥宁作家”公众号、北塔区作协“北塔风铃”公众号等都办出了自己的特色。邵阳市作协和各县市区作协着力加强作家队伍建设和阵地建设，自身建设逐渐加强。

2022 年度益阳市文学工作概况

2022 年以来,在湖南省作家协会、益阳市委宣传部和益阳市文联的领导下,在社会各界的支持下,经全体会员共同努力,益阳市作家协会克服了活动经费紧缺、缺少专职人员、没有活动场所等实际困难,团结全体会员,和各县(市、区)作家协会一起积极进取,着力开拓,开展了一系列行之有效的工作,取得了不菲的成绩,获得了社会各界的广泛认同。现将作协全年以来所做的工作总结如下:

一 、新老作家齐心协力,创作成绩硕果累累

2022 年上半年,益阳市作协在文学创作上取得了可喜可贺的成绩。据不完全统计,作协会员在各级报刊与大型文学网站上发表作品近 2000 篇,其中省级以上报纸杂志发表 300 多篇。老作家们笔耕不辍,更是带动了一大批中青年作家的创作激情。不停地让本市作家的精品力作见于《人民日报》《诗刊》《星星》《作品》《十月》《湖南文学》等大刊名刊,并涌现了大批获奖作品。

二、组织多种交流活动,活跃会员创作氛围

加强文学创作交流活动。尽管 2022 年仍受疫情影响,协会实地采风活动有所减少,但仍然通过委派少数代表参加和线上交流等形式与新疆乌

鲁木齐市作协以及省内的株洲、郴州、娄底等兄弟作协间进行了学习与交流。并在益阳市委宣传部和益阳市文联的领导下，积极参与了在本市召开的中国作家协会第十届主席团第二次会议的各项准备工作。

2月20日在中铁·银城江月举办了山乡巨变·春韵雅集活动，评选出2020—2021年度先进个人和先进单位，总结了本市作家创作的优势与不足，掀起了立足本地、书写新山乡巨变的创作新高潮。

4月30日与沅江作协及圣坛诗社一起举行“山乡巨变·洞庭诗韵”胭脂湖采风活动，认知和调研了知青文化和文学在当前乡村振兴中的责任与作用。

5月30日，组织部分会员参与余艳《新山乡巨变》新书分享会，让会员认识到深入基层、扎根于人民的创作必要性。

6月26日女子作协赴桃江采风，并请市文联领导进行党课教育，让参与活动作家们认清了创作的方向与目的。

经过两个多月的组织和部署，于9月16日至18日与沅江市委宣传部一起举办了2022沅江市首届洞庭湖诗歌艺术节。

组织会员参与各种征文大赛。纵观全年，益阳市作协组织和发动各下属作协参与各类征文大赛，涌现了大批的优秀作品并取得了好的成绩。

三、加强党建建设工作，提高会员政治素养

建立了支部工作群。

10月16日，通过线上线下和下基层等多种形式，组织会员们积极观看二十大开幕式，认真学习二十大精神。

11月4日，益阳市作家协会党支部参加市委组织部和民政局主办的“党旗领航，百社联村”活动，为乡村振兴添砖加瓦。

定期组织党员进行线上或线下学习，充分调动了党员们的学习积极性，通过多种学习形式，使广大党员会员坚定共产主义信念，坚持社会主义方向，进一步增强党的观念，加强党性修养，从而为更好地进行文学创作提供了坚定的思想保证。

四、发现培养新生力量，不断壮大创作队伍

发现新生力量。培育文学新人，是作协的主要任务之一，益阳市作协在这方面下了狠工夫，同样也取得了好的成绩。2022 年上半年推荐了张洛嘉、曾立娥参与了省作协在永州举办的文学培训班，推荐了王芳赴鲁迅文学院学习。

积极向上级推举会员。今年，益阳市作协推荐了周佩玲、陈乐群等 8 名会员加入了湖南省作家协会，推荐了彭雨针加入了中国作家协会。

不断吸纳新会员。随着市作协的影响不断扩大，越来越多的人知道作协、了解作协、认同作协、关注作协、支持作协，越来越多的文学爱好者要求加入作协。2022 年，益阳市作协严格根据准入标准，吸纳了新会员 11 人。

五、2023 年的工作计划

1. 积极参与上级安排的各项活动。
2. 继续挖掘和推荐新人。
3. 尽量争取把本协会的传统项目——作协优秀作品改稿班延续下去。
4. 多举办采风和研讨活动，让会员们寻找更多灵感，掀起新的创作高潮。

2022 年度娄底市文学工作概况

2022 年，在省作协的领导下，切实贯彻习近平新时代中国特色社会主义思想，围绕“迎接党的二十大召开”开展作协各方面工作，健全组织，搭建平台，加强创作队伍建设，营造良好文学氛围，夯实文学创作土壤，多出快出创作成果，全市文学事业呈现出繁荣发展的良好局面。

一、用坚定的政治信念武装头脑

一是围绕党的二十大开展系列文学活动。组织作家观看二十大开幕式现场直播，第一时间在电视机前聆听了习近平总书记激动人心的政治报告。同时，为迎接二十大召开，作协党支部还组织了一系列“喜迎二十大，奋进新征程”走基层活动。7 月 2 日，作协与支部一起，组织部分作家来到安化梅山文化园，亲身体验浓郁的梅山文化氛围。娄星区作协在区委宣传部的指导下，开展了“喜迎二十大，讴歌新时代”文学征文活动。

二是系统学习、深入传达习近平总书记在全国第十一次文代会、第十次作代会上的重要讲话精神。我市著名诗人、市作协主席廖志理作为作代会代表，参加了本次盛会，返娄底后及时传达会议精神。市作协将会议重点内容编印成册，供各协会、各县市文联、作协组织学习。

二、用丰富的文学活动营造氛围

一是与市城管局合作，跨年度开展了“庆百年华诞，展城管风采”大型文学采风活动，共创作出报告文学、散文、诗歌等各类力作 30 多篇近 20 万字。通过审稿、校对、印制等流程，于 2022 年 5 月结集出版了报告文学专集《城管春风亮新城》，该书出版后，引起了强烈反响。

二是经常性地开展文学活动。在市作协主席团成员的组织下，诗歌、散文、小说、网络文学的作家们，以文章体裁与个人爱好为前提，经常在一起交流创作经验，共同促进、共同提高。5 月 31 日，娄星区举办胡晓霞散文集研讨会。6 月 5 日，开展一梅诗歌研讨会。市作协全年开展诗歌沙龙活动 20 余次。

三是邀请文学名家来娄底举办各种文学讲座。4 月 24 日，湖南省作协副主席、毛泽东文学院管理处主席谢宗玉应邀来娄底讲学，他所作的“阅读，要与时代同频共振”很有启发性，在听众中引起强烈反响。著名作家谭谈每次回娄底，我们都组织一批作协会员与之座谈，就文学创作的一些问题向他请教。

四是各县市区作协相应地开展了丰富多彩的文学活动。5 月 28 日，冷水江市作协在锡矿山开展了以“喜迎二十大，重走长征路”为主题的文学采风活动。6 月 17 日至 19 日，娄星区作协在平江石牛进行了文学采风，创作的一大批诗歌、散文由主办方专题出版。11 月 11 日，娄星区“阅读新时代·奋进新征程”全民阅读征文大赛正式启动，得到了广大作家的积极响应。

三、用多样的文学平台凝聚力量

一是给作者们更多的发表园地。市作协不断加强与本地纸媒体的联系，与《娄底日报》《娄底广播电视报》等纸媒广泛沟通、深入合作，本年度以“二十四节气”为题材，在《娄底日报》开辟栏目，每个节气由市作协组织一个专版，共发表了 200 多位作者的诗歌作品及其他体裁的文学作品。

二是设立娄底文学创作交流研讨展示室。在市文旅广体局的支持下，市作协在体育中心设立了娄底文学创作交流研讨展示室，作为娄底市“作家之家”，供作家们开展文学创作交流，使娄底市作家们在进行文学交流时有了专门固定的场所。

三是打造了市区作协自媒体文学平台。市作协安排专人，精心打造“娄底作协”文学公众号，与刺客的“朴诗坊”、谢新茂的“散淡心情”、陈遗志的“民间诗刊”公众号紧密协作，全年发出娄底作者作品400多篇（首）。各地作协自媒体公众号也运转得如火如荼。娄星区“娄星文艺”、冷水江“江水冷”、涟源“冬树丫”等文学公众号全年发出文学作品1000篇次以上，产生了广泛的影响。

四是网络文学得到较大发展。2022年度，以起点中文网签约作家不信天上掉馅饼等作者为代表的我市网络文学作家创作势头不减，全年在网上推出网络文学作品100万字以上，更多作者成为湖南省网络作家协会会员。

2022年，谢小青、朱思奇、曾冬加入中国作协；贺有德、刘群华、邱巧亮、张志如、周贤炳、陈建明、曾璐、粟芳等8位作家加入省作协。张继松、叶尘入选鲁迅文学院湖南班学习；张茜、王蕾、黄海兰入选21期毛泽东文学院学习；10月17日，《湖南诗人》集中推出娄底28位诗人作品，并分上中下三辑在公众号发出，一梅、若尘、伊然等新人作品入选。

四、用更多的文学作品展示成果

市作协主席廖志理带头潜心创作。1月，中国作家协会第十次全国代表大会代表廖志理的文章《以诗歌感应时代脉搏，助力时代发展》收入由中共湖南省委宣传部、湖南省文学艺术界联合会、湖南省作家协会联合编辑出版的《为伟大新时代放歌》一书。8月，作为嘉宾参加《诗刊》第38届青春诗会，《南岳灵韵》（四首）被收入诗刊社编《衡阳，雁行如诗》作品专集，2022年第2期《诗刊》下半月刊发表《恩阳古镇》一首，《秋天的边界》《寂寥》《枇杷》《来雁塔》2022年7月29日被“诗刊社”公众号推出。《大暑》

一诗入选《每日一诗》诗集。《诗刊》诗选收入《见维山》一首，于 2022 年 11 月 26 日由《北京诗局》公众号推出。《大河诗歌春卷》发表诗歌三首。

游宇明《不为繁华易素心：民国文人风骨》第 14 次印刷上市；袁杰伟中短篇报告文学集《梅山红》由湘潭大学出版社出版；海叶获得 2022 年深圳海洋诗歌季全国征诗大赛三等奖；谭伟雄专著《老子》《周敦颐》《王夫之》《蔡伦》四部中华先贤人物故事汇系列丛书分获娄底市第十三届社科奖特别奖、一等奖；易岩作词歌曲《仰望》入选娄底市精神文明建设“五个一工程”；周继松在《当代小说》第 11 期“新时代山乡巨变”栏刊发小说《金凤》；曾晨辉在《文学港》发表短篇小说《爱情与药》。年轻女诗人一梅创作新诗 80 余首，《苦楝树》在《星星》诗刊发表。

2022 年，袁送荣散文集《沸腾的群峰》出版，李一红散文集《石湾里》出版，王小清长篇小说《杨家堡》出版，曹荣散文集《寻觅陶塘》出版，邹劭泠的中篇小说《爪哇犀牛》发于《胶东文学》，张强勇有多篇散文在省级和国家级刊物发表，湘妃、苏松华、刘道云、范精华、刘朝霞、李小菊、李新毫、易新周、刘集和、陈遗志等作家的诗歌散文也在各个刊物上发表。

2022年度郴州市文学工作概况

2022年，在省作协的亲切关怀和郴州市文联的领导下，郴州市作协始终坚持以习近平新时代中国特色社会主义思想为指导，深入学习宣传贯彻党的二十大精神，以迎接学习贯彻党的二十大为主线，聚焦市委、市政府中心工作，自觉承担起举旗帜、聚民心、育新人、兴文化、展形象的使命任务，坚持以人民为中心的创作导向，着力引导推动文学精品创作，有效推动全市文学事业健康繁荣发展。

一、学习宣传贯彻党的二十大精神

坚持把党的政治建设摆在首位，深刻领悟“两个确立”的决定性意义，增强“四个意识”、坚定“四个自信”、做到“两个维护”，组织主席团成员集中收看党的二十大开幕会，会后及时召开座谈会，原原本本、全面准确学习领会习近平总书记在党的二十大上的报告和大会精神，深刻理解把握党的二十大提出的一系列重大思想理论、重大方针政策、重大工作部署。制定文学创作工作方案，开展“礼赞二十大·讴歌新郴州”学习宣传贯彻党的二十大精神主题文学创作活动，启动“礼赞二十大·讴歌新郴州”郴州市主题征文活动。组织30余名骨干作家深入桂东县、汝城县，开展“礼赞二十大·讴歌新郴州”——“到人民中去·全市名家看基层”文学采风活动暨红色文学公益讲座，自觉把思想统一到党的二十大精神上来，把文学的力量凝聚到贯彻落实大会提出的各项重大部署上来，在郴州文学界推动兴起学习宣传贯彻党的二十大精神的热潮。

二、实施文学创作精品工程

聚焦党的二十大主题创作,以“喜迎二十大·讴歌新时代”为主线,集中组织开展了“喜迎二十大·讴歌新郴州”郴州市文学征文大赛,推出了一批讴歌党、讴歌祖国、讴歌人民、讴歌英雄的文学作品1000余件,在省级以上媒体、杂志、网站发表文学作品200多件,进一步展示了郴州文学创作和文学发展成果。努力讲好郴州红色故事、时代故事、百姓故事,王琼华、黄孝纪、欧阳华丽、刘青鹏等一大批本土作家在《小说选刊》《人民日报》《西部》《湘江文艺》等文学刊物发表作品500余篇、出版个人文学专著26部。王琼华围绕“裕后街”题材创作系列小说,先后在《郴州日报》《湘南学院报》等报纸杂志开辟专栏,目前已经创作了20多篇中短篇小说近30万字,被《作家文摘》《小小说选刊》转载7篇,其中《一汤陈》已连续多年被黄冈中学等数百所学校纳入初、高中语文试卷,五十几种辅导教材将其作为阅读理解范文,被读者赞为“郴州裕后街最好的广告”。作家欧阳朝夕的文艺评论《回眸古街背影里的浮世绘——感受王琼华小小说世界里的百态人生》在新湖南发表后点击近10万次。孙犁散文奖获得者黄孝纪的“八公分系列”散文集之《节庆里的故乡》于今年1月由广西人民出版社出版,并入选2022年全国农家书屋重点出版物推荐目录。欧阳华丽的长篇小说《热土·赤魂》、何永洲的长篇纪实散文《生产队》等获2022年度湖南省作家协会重点作品扶持。

三、倾情助力乡村振兴

紧扣乡村振兴重大主题,联合举办郴州市首届“西河乡村振兴”主题文学作品征集活动,组织全市100余名作家和文学爱好者深入桂阳、永兴、北湖、苏仙等地开展“到人民中去·全市名家看西河”创作采风活动、“诗画西河”采风暨送文学下乡活动30余次,共收集小说、散文、诗歌等投稿4000

多件，并编辑出版优秀作品集《诗意西河》，用文学的形式把有地域特色、文化特色的乡村最美丽、最热辣、最鲜活的一面呈现出来，为西河乡村振兴示范建设贡献文学力量，用文学的方式宣传推荐最美郴州。

四、加强文学人才队伍培养

为提高全市作家和文学爱好者的创作水平，加强文学创作交流，截至目前共举行各类文学讲座、研讨会 10 次。开展“阅读之城 · 邀您读‘苏’——读书分享暨文学写作交流会走进飞天山”活动，邀请著名作家、中国作家协会会员、《小小说选刊》主编秦俑为全市广大作家和文学爱好者带来了以“客观叙事、大主题书写以及其他——《如果猫会数数》创作笔记”为主题的文学讲座。市作协主席王琼华应邀赴湘南学院作了主题为“从郴州裕后街说起——‘裕后街题材系列小说’创作谈”的文学讲座，生动阐述了乡土文学创作的方法与发展趋势，深度解读了乡土文学创作的文化意义以及其所带来的社会价值。王琼华还受邀走进市委党校，为市委党校处干班、中青班和科干班学员作题为“文学郴州”的讲座。以大量鲜活的事例，深入浅出地讲述了郴州文学的发展。这是数十年来，第一位市作协主席走进高校讲坛和市委党校，引起了强烈反响。立足本土发现和培养文学新人，倾力打造一大批高水平创作人才，加大中、青年重点文学骨干队伍的建设力度，利用各种途径对他们进行有针对性的培养关怀，将刘青鹏、欧阳华丽、肖春桃等 10 余位有培养前途、有发展潜力的文学骨干推荐到鲁迅文学院湖南中青年作家高级研修班、湖南省第十一期专题文学（散文）研修班、湖南省第二十一期中青年作家研讨班等学习深造。李性亮加入中国作家协会，陈华英等 8 人加入省作家协会。

2022 年度永州市文学工作概况

春风吹桃李，欻然满中园。2022 年，永州市文联、市作协在永州市委、市政府的坚强领导下，湖南省文联、省作协的精心指导下，坚持以习近平新时代中国特色社会主义思想为指导，深入学习贯彻党的二十大精神，迈步新征程、讴歌新时代，昂扬进取，成绩喜人，亮点纷呈。

一、党建引领导向正

永州市文联、市作协扎实开展政治学习教育，深入学习贯彻习近平新时代中国特色社会主义思想和党的十九大历次全会精神、党的二十大精神。全面推行主题党日“1 + N”模式，组织了“喜迎二十大，强国复兴有我”、2022 中国山水散文节“庆七一，听名课”“纪念革命先烈，助推乡村振兴”等主题党日活动。革“文人相轻”陋习，树“德艺双馨”新风，引导全市文学界加强行业规范和行风建设，树正气、立标杆，辨是非、明底线，建设永州文学山清水秀好生态。

二、活动开展影响大

永州市文联、市作协全程参与 2022 中国（永州）山水散文节整个活动的筹备举办工作，我们重点围绕筹备、操办与总结三大环节，做了一系列精心策划与筹备工作。本次活动主要有六大亮点：

一是两大征文，诚约“天下文章”。山水散文征文及其学术论文征文大赛是本届散文节的核心活动。征文共收到3057篇，其中散文2851篇（海外52篇），论文206篇，不乏王剑冰、陆春祥、梁瑞郴、谢宗玉等中国著名散文家的高质量来稿。

二是一期培训，提高“散文标准”。湖南省第十一期专题文学（散文）研修班是本届散文节活动的一大亮点。研修班采用现场情景式教学和创作采风紧密结合的方式开展。每到一地，邀请国内散文名家现场为学员授课，进行一场深入文学现场、发现鲜活创作素材、与名家面对面交流的实践。学员在行走中追寻历代文人墨客的足迹，于山水中纵情抒怀，首次为毛泽东文学院创新文学培训的新形式。

三是一次采风，畅游“醉美山水”。在举办文学研修班期间，还举办了2022中国（永州）山水散文节采风活动。来自全省各地和广西的40余名作家、在一周时间里深入零陵、道县、江华、江永等县区实地采风，探寻潇湘，畅游“醉美山水”。在文学活动的带动下，全市各县市区文联与作协也相继开展了系列活动，发动大家积极创作，踊跃参赛。

四是一批名作，扩大“永州影响”。邀请了省内外11位散文名家与学员一同创作，收获了一批书写永州山水、文质兼美的优秀作品。

五是矩阵宣传，形成“网红效应”。两场盛典树品牌。在长沙举办的2022中国（永州）山水散文节启动仪式与即将举办的征文颁奖仪式，好评如潮，产生了极大的品牌效应。系列宣传造大势。本届散文节期间，国内外50余家著名媒体陆续对活动进行重点报道和集中推介。特别是红网传媒充分发挥新媒体传播优势，以图文、短视频、创意海报、vlog等创新形式对活动进行了长达一年的重点宣传推广，点击率过亿。名文推介创特色。搭建网络专题，联动各大文学刊物、网站转载、发表名文名作。《潇湘》杂志第三期专题编发《2022中国（永州）山水散文节湖南省第十一期专题文学（散文）研修班作品专辑》。重点采访各地文学界名家，剪辑推出系列“名家论永州vlog”，让文化名家为散文节活动代言。

六是两块金牌，标志“散文高地”。中国散文学会授予永州为“中国散文之乡”，授予零陵区为“中国山水散文研学创作基地”。吸引国内外大批热爱散文创作的优秀作家来读诗文，游潇湘，写新篇。2022年全市有11人成功加入中国散文学会，标志着永州已成为中国山水散文创作的新高地。

为助推2022中国（永州）山水散文节活动，永州市文联、市作协全年开展了5次高水平的文学进校园讲座活动，并相继在祁阳市举行“喜迎二十大·礼赞新时代”祁阳山水散文创作研讨暨文学志愿服务活动，成立湖南省首个县级文学志愿服务队——祁阳市文学志愿服务队；在双牌举办2022中国（永州）山水散文节之“欢聚阳明，和动我心”秋季读诗会暨文学笔会活动；在江华成功挂牌作家个人创作工作室，即“作家帕男江华工作室”；还联合湖南省诗歌学会、湖南理工学院、中国艺术杂志社主办第七届栗山诗会暨湖南永州诗歌田野调查写作计划启动仪式，红网现场直播，观看人次达260万。特邀湖南文学杂志社编辑老师赴新田县作家协会指导文学创作与改稿。

三、文学创作硕果丰

2022年，我市文学创作，在出版、发表、获奖方面都取得了一定成绩。全年省市级以上刊物共发表文学作品和文艺评论1700余篇（首）。永州籍作家龚盛辉的长篇报告文学《中国北斗》获第八届鲁迅文学奖；青年作家秦蓓蕾获得第二届湖南省文学艺术奖青年文学奖；魏佳敏的散文集《云上的年轮》、郑正辉的儿童文学《粟娅》入选省作协2022年度重点作品扶持项目，盘树高的长篇小说《探路》入选“红色革命题材”专项；唐国政的《贾道先行》、聂怡颖的《粤食记》入选中作协网络文学重点作品扶持项目；张华兵作词歌曲《石刻中兴》获湖南省第十五届精神文明建设“五个一工程”优秀作品奖；潘思湘长篇小说《人民巡察》获今古传奇首届（2020—2022）文学奖优秀奖；胡鲲获“第七届栗山诗会”新锐诗人奖；米祖获“第七届栗山诗会”女诗人奖，诗歌《黄姚：姓氏里的时光密码》获第三届黄姚诗会二等奖；蒋林奇诗歌《党旗》获《诗刊》《中华辞赋》举办的“宽窄诗星”奖；王亮被香港《文学家》杂志社聘为签约作家。魏佳敏、米祖、陈茂智、杨仲瑜、乐虹等出版散文集《云上的年轮》、诗集《与你慢度时光》、儿童文学《虎牙项圈》、散文集《历史深处的记忆》与《独角戏》等文学作品集9部，举办新书分享会和作品研讨会共11场。网络小说创作9859.7万字，连载或完结作品108本，网络作家曹海波全年创作180万余字，网络小说《我靠读书成圣人》获得中文在线2022年度征文大赛三等奖，成为17K小说网第一期内容风向标，番茄免费小说在读破70万，总阅读有效人数达217万，多渠道小说儒道流第一；高明宇全年创作200万余字，网络小说《一个都别想跑出新手村》，入起点精品作品榜，抖音和快手小动漫改编，粉丝量达一百多万。永州市作协编辑《悼念当代著名文艺评论家胡宗健先生诗文专辑》，引发网络热议与好评。市文联主办的文艺内刊《潇湘》全年编刊四期，发表文学作品44万余字。

四、文学队伍更壮大

2022年，全市有13人成为国家级会员，其中王敦权等11人成为中国散文学会会员，刘翼平、刘忠华2人成为中国作协会员。有周凌志、傅德盛、张华兵、唐友冰、黄燕玲5人成为省作协会员。发展市作协会员148人，是市作协建会以来成绩最好的一年。全年还推荐18名文学创作者参加省作协、毛泽东文学院和鲁迅文学院举办的各类文学专题培训。

五、日常管理上台阶

永州市文联文学科切实加强机制建设，积极统筹市作协、市评协、市网络作协与市诗歌学会的各项创作与活动开展工作，正确引导，全力服务，充分发挥桥梁纽带作用。一年来，一是省作协胡革平书记来永州调研落实中国作协在湘系列活动及会议精神落实情况，组织召开专题座谈会，16位作家代表参会。二是走访慰问我市老作家、积极配合协助其他兄弟协会完成系列文艺活动。三是召开“坚守人民立场，书写时代篇章”——永州市作协组织作家学习贯彻党的二十大精神专题会议。四是积极参与市文联和市文联行业党委安排的各项工作。如参加市文联行业党委组织的履行两新党建工作书面述职会议；参加市文联组织或召集的各项活动，如全民读书日现场仪式、省委宣传部牵头的调查组来永州调研交流会、全国文学志愿服务联席会议成立仪式暨文学志愿服务高质量发展推进会电视会议等。五是完成财务、会务与入会和建档等日常管理工作。

2022年度怀化市文学工作概况

2022年，怀化市作家协会在市委宣传部和市文联的领导下，以高昂的创作精神面貌，喜迎党的二十大胜利召开，深入开展学习习近平总书记的报告和二十届一中全会公报精神，以深入基层、服务基层、“人民至上”主导创作方向，号召广大会员积极投身讴歌新时代的创作活动，现将2022年，开展工作情况简要总结如下：

一、赋能市委市政府的中心工作

2022年怀化城区连续两次发生较大程度的新冠疫情，一次是在三月份，一次是十月到十一月，市民居家隔离。特别是十月这次，居家隔离达半月之久。广大会员在做好自身隔离防护的情况下，积极主动当志愿者为政府分忧解难。主席江月卫深入一线卡点值班值守。副主席秘书长唐树清在卡点连续奋战二十多天，每天都通宵值班，并坚持撰写抗疫日记。副主席韩生学因为在卫健系统工作，要调度处理抗疫工作中的问题，疫情防控期间一直值守在办公室没有回家。副主席李少岩，主动承担起小区的封控工作，在小区门口值班守卡。据不完全统计，在两次抗疫工作中，市作协共有会员300多人次参与。

承办了由怀化市委宣传部、怀化市纪委、怀化市文联主办的“清廉文化故事创作竞赛”活动。共收到稿件220多篇，评选后编辑成册。

二、抓好会员的能力提升

分别于七、八月先后邀请《湖南日报》副刊部主任杨丹、《文艺报》评论部主任明江两位编辑老师到怀化授课。共有 200 多名会员参与听课，先后有 10 余位作者在这两个刊物发表作品。

先后选派了 5 位学员参加了毛泽东文学院在永州市举办的湖南省第十一期专题文学（散文）研修班、鲁迅文学院湖南省中青年作家高级研修班、毛泽东文学院第二十一期中青年作家研讨班。推荐符合条件的优秀作者加入各级作家协会组织，6 人成为湖南省作家协会会员，21 人成为怀化市作家协会会员。

三、用活动提升会员凝聚力

7 月 15 至 17 日，配合会同县文联举办“粟裕大将故里行”文学创作笔会活动，70 多名会员参加。《爱你》杂志主编魏斌，《湘江文艺》编辑部主任余晔，《芙蓉》杂志编辑部主任杨晓澜，《湖南文学》资深编辑、著名作家易清华等编辑老师参加。

8 月 5 日到 7 日配合省报告文学学会和省网络作家协会在会同举办采风活动。省报告文学作家和省网络文学作家共 50 余人参加。

四、鼓励会员积极创作

2022 年，主要表现在一些重点报刊得以突破，如《北京文学》《人民日报》《文艺报》《文学报》等刊物发稿较往年有所提高。据不完全统计，今年，我市作家在国家、省、市各级文学报刊发表文学作品 100 多篇（首），出版公开发行文集 3 部，唐树清的作品《错杀惊魂》荣获湖北省文联首届今古传奇文学短篇小说奖。

五、落实交办的工作任务

7 月 30 日，中国作协党组书记、副主席张宏森带领中国作协党组书记处同志、主席团成员、各团体会员单位负责人、各单位各部门负责人等，赴十八洞村实地调研、采访。其中有 6 位作家坐高铁在怀化转道，市作协便主动作为，为中转作家提供方便，协助湘西州作协做好接待服务工作。

六、2023 年的工作计划

第一，利用自身优势宣传好习近平总书记在中国文联十一大、中国作协十大开幕式上的讲话精神和党的二十大精神，讴歌人民，创作好作品。

第二，继续邀请名刊名家编辑来怀化讲稿授课，着力提高作协会员的文学理论基础和创作水平，提高发稿量。

第三，继续实施“送出去、请进来”的人才培养战略，积极为广大会员和文学爱好者提供良好的学习和创作条件，推选有潜质的年轻会员参加各种文学创作培训和学习班，大力推荐优秀作者加入各级作家协会组织。

2022 年度湘西州文学工作概况

转眼间又到了年终岁尾,2022 年,注定是一个很充实很忙碌的年份。湘西州作家协会在州委、州政府的亲切关怀和州委宣传部、州文联的坚强领导下,在省作协的关心指导下,积极为湘西作家服务,并协调各县市作协的工作开展,成效显著,现将工作成果与问题作简要汇报:

一、作协组织建设

1. 会员发展新气象

湘西州作家协会队伍不断发展壮大。截至 2022 年 11 月底,湘西州作家队伍中,国家级会员 15 人、省级会员 212 人、州级会员 608 人。其中,今年新增国家级会员 1 人、省级会员 7 人、州级会员 26 人。

2. 五大专委会成立

继 2021 年启动了网络文学、青年文学两大委员会后,2022 年,州作家协会又相继启动了报告文学委员会,生态文学委员会,诗歌委员会。目前已形成与州委网信办、吉首大学、团州委、团结报社、州生态环境局、乾州古城等多家单位共建专委会的新模式,同时吸纳了不少从事网络文学创作、新媒体内容生产、新闻通讯作者及诗歌爱好者,逐渐打造出一支具有潜质的新兴创作队伍。

二、思想政治学习

3 月，州作家协会召开第五届委员会第三次主席团（扩大）会议，州作协主席团成员、秘书处代表以及各专业委员会负责人参加会议，集体学习了习近平总书记在第十一次文代会、第十次作代会上的重要讲话精神，传达了湘西州宣传文化系统“思想大解放”活动动员会的精神，州文联党组书记翟辉出席会议并讲话。

5 月，团结报社、湘西州文联到花垣县十八洞村，联合开展“思想大解放 到人民中去”主题采访采风暨主题党日活动，活动由州作协报告文学委员会具体执行。在纪念《在延安文艺座谈会上的讲话》发表 80 周年座谈会上，州作协作家、团结报社编辑记者深入探讨《讲话》的历史影响和时代意义，共同交流延安文艺座谈会的研究成果，并结合工作实际，就新闻报道、文艺创作如何走近群众、贴近生活，如何将创新精神贯穿新闻报道、文艺创作生产全过程，如何深入挖掘素材、发现题材，讲好湘西故事等方面进行交流讨论。

8 月，在州文联党组的领导下，州作家协会积极响应开展清廉文化主题创作，产生了一批清廉文化作品，大力推动湘西清廉思想文化建设。

三、参与社会活动

今年以来，湘西州作家协会除了开展系列思想政治学习活动外，还开展了不少社会实践活动。

4 月，州作协联合州图书馆举办了“2022 年世界读书日 · 纪念沈从文先生诞辰 120 周年”读书分享会。分享会上，作家、诗人、学者、艺术家等多界别、多层次的读者云集，在“经验大交流”“情感大汇集”“思想大碰撞”中，分享对沈从文先生及其作品的感悟和思考，州作协的“作者之家”正式在州图书馆挂牌。

5 月，州作协联合州文旅广电局举办首届“湘西人游湘西”主题游记有奖征集活动，受到广泛关注。

5 月，在州文联的领导下，州作协联合州生态环境局开展“碧水青山新湘西”文艺作品征集活动，将在《湘西文学》推出一期生态文学特辑。

11 月，湘西州作家协会联合吉首市乾州古城旅游开发有限责任公司，拟将乾州古城申报湖南省“文艺两新”集聚区实践基地。湖南省文联何磊处长一行在湘西州文联副主席、州作协常务副主席的陪同下，就此事宜进行考察调研。

四、相关成绩汇总

1. 儿童文学创作有新突破

湘西籍作家彭湖（诺亚）与花垣作家刘红春成为儿童文学创作的代表，彭湖的《哑江》斩获湖南省青年文学奖，小说《一无所有的春天》入选人民文学出版社“岩层”书系《2021 青春文学》；刘红春的散文作品《冬翠奶奶的栀子花》获“2021 年冰心儿童文学新作奖”，并出版散文集《撒落在春天的花瓣》。

2. 中青年作家获奖不断

在第二届湖南省文学艺术奖评审中，黄青松的小说《毕兹卡族谱》获文学类毛泽东文学奖，钟运军的《云中岗亭》获电影类优秀作品奖。保靖籍 90 后女诗人文西获“任洪渊诗歌奖 · 青年诗人奖”。湘西籍作家龙宁英创作的报告文学《逐梦——湘西扶贫纪事》入列“2012 年 1 月至 2021 年 10 月湖南省 24 件（次）获得全国性文艺奖的作品和个人名单”，并获得通报表扬。

在湖南省作家协会 2021 年度拟奖励的发表作品公示中，湘西作家龙宁英、蔡测海、梁书正、熊幽和王爰等共有 7 篇作品入选；在湖南省作家协会 2022 年度拟奖励的发表作品公示中，湘西作家蔡测海、熊幽、梁书正、吴兆娥等共有 7 篇作品入选。

3. 老年作家宝刀不老

在中共湖南省委老干部局关于“我看中国特色社会主义新时代” 获奖

征文的通报中，李树松的《路》获一等奖，田满元的《“凤凰腾飞”沧桑巨变》、肖远湘的《晨练见证了时代变迁》以及向大权的《通畅工程催生家乡巨变——新时代看老寨村的变化》获二等奖。

4. 培养青年后备力量

9 月，湘西州作协召开关于 2022 年毛泽东文学院进修学员资料审查会议。会议围绕“培养文学人才、打造文学精品、提高服务能力”为中心主题，在州作协主席主持领导的研讨审查中，同意推荐肖旋、李军等同志前往毛泽东文学院进修学习。

五、存在的问题

当前，我州文学工作面临着新的形势和任务，存在几个突出问题：

1. 我州文学队伍已初露青黄不接后劲不足的苗头。随着“70 后”“80 后”作家群体逐渐步入中年，作为青年代表的“90 后”“00 后”作家队伍在本土尚未成形，在省内外崭露头角的作者更属凤毛麟角。

2. 基层作协组织建设欠缺。基层作协组织的威信屡遭挑战、感召力严重滑坡、社会存在感大幅弱化。县级作协普遍存在工作涣散、凝聚力不够的问题。

3. 州作协办公经费不足，严重制约工作向深广度铺展。

2022 年度张家界市文学工作概况

2022 年，张家界市作家协会高举习近平新时代中国特色社会主义思想伟大旗帜，在湖南省作家协会和张家界市文联的坚强领导下，各项工作均取得较好成绩。现将 2022 工作开展情况总结如下：

一、举旗帜，始终高举习近平新时代中国特色社会主义思想伟大旗帜

2022 年，市作协党支部充分发挥基层党支部的战斗堡垒作用，深入学习宣传贯彻党的二十大精神，落实张庆伟同志在省文联、省作协调研座谈讲话精神，巩固“五化”建设成果。6 月，召开“助力旅发会”主题活动暨第五届主席团第三次会议和党员大会。11 月，举行“喜庆二十大，书写新时代”主题党日活动。

二、聚民心，坚持高质量办好各类文学活动

2022 年，市作协开展文学活动 10 余次。2 月，举办“喜迎二十大 绘就振兴梦”文学采风活动，召开第五届全委会第二次全体会议暨党员大会；6 月，开展“两看两写”助力乡村振兴活动；7 月，承办“仙境张家界 圣地武陵源”玄幻小说征文活动；9 月，举行“耕地保护在行动”文学采风活动。3 月，桑植县开展“帅乡儿女心向党 · 石榴花开一家亲”主题征文活动；7 月，永

定区开展“喜迎二十大 奋进新征程”永定区“住建杯”文学有奖征文活动；8月，慈利县开展“助力旅发会 美丽乡村行”文学采风活动。

三、育新人，积极推介会员与鼓励创作并举

2022年，市作协始终注重队伍建设和人才培养，积极鼓励广大会员发表作品。7月，支持张家界市网络作家协会成立。2022年，发展市作协会员邓汉民等25人，推荐向国庆、胡姣华、田满林加入湖南省作家协会，推荐钟锐加入中国作家协会。推荐王成均、苏明喜、黄真龙、曹淑仙、覃儿健、谢德才进入张家界市本土文艺人才专家库（第二批）。推荐刘明进入鲁迅文学院第二十一期网络文学作家培训班学习，推荐郭红艳进入湖南省第十一期专题文学（散文）研修班学习，推荐鲁絮进入鲁迅文学院湖南省中青年作家高级研修班学习，推荐滕军钊、胡小白、李伟进入湖南省第二十一期中青年作家研讨班学习。据不完全统计，广大会员全年在省级（含）以上的报刊发表文学作品500余篇（首）。其中有：罗长江《与一条河流相依为命》（《诗刊》2022年第7期）、刘晓平《大地行吟》（《人民文学》2022年第4期）、谢德才《上洞街的鸭》（《散文海外版》2022年第6期）、龚国倧等14人诗词作品（《中华辞赋》2022年第10期）、汪珍玺《小浪底之约》（《人民日报海外版》2022年6月27日）、鲁絮《张家界，这口口相传的归属》（《欧洲诗人》2022年上半年）、钟锐《和妈妈一起去嘎公家》（《少年文艺》2022年第10期）、李炳华《雪来无寒意（外一首）》（《北方文学》2022年第12期）、罗舜《礼物》（《诗刊》2022年4月下半月刊）、宋梅花《河街的水》（《爱你·教师文学》2022年第8期）、魏咏柏《畅游茅岩河》（《人民日报海外版》2022年9月15日）、向国庆《游张家界大峡谷》（《中华诗词》2022年第3期）、胡姣华《吊脚楼前》（《诗刊》2022年第4期下半月）、李文丽《以美丽回答一切》（《中国旅游报》2022年11月8日）、罗玉岸《致爱人》（《青年文学家》2022年第8期）。12月，取材于覃盟长篇报告文学《红烛》的微电影《东荣校长》在张家界首映。

四、兴文化，坚定自信，各级各类奖项硕果累累

2022 年，市作协获评“2021 年度全市文联系统先进单位”，市作协党支部获评“2021 年度全市文联系统先进基层党组织”。刘明获评“2021 年度全市文联系统先进个人”，赵斯华获评“2021 年度全市文联系统优秀党务工作者”。

魏咏柏《一面锦旗》获《中国消防》杂志 2021 年度优秀作品奖；汪本莲、王登会《长征姐妹花》入选 2022 年湖南省作家协会重点作品扶持；鲁絮《高山望》获湖南省第十五届精神文明建设“五个一工程”奖；罗长江《不负青山》获“青山碧水新湖南”文艺创作文学作品长篇作品奖；覃盟《信仰本色覃东荣》获中国散文学会“奋斗新时代——我身边的优秀共产党员”主题散文征文大赛优秀奖；罗长江《石头开花》获第二届湖南省文学艺术优秀作品奖（毛泽东文学奖）；李文丽《爱的花朵》获《长沙晚报》“奋进新征程 建功新时代 · 我这十年”主题征文优秀奖；田满林《澧水 1943》获张家界市精神文明建设“五个一工程”获；罗长江《大地五部曲》获第七届“中国长诗奖”；罗舜入围第五届“诗探索 · 中国春泥诗歌奖”。

五、展形象，讲好张家界故事，用精品力作传播“张家界好声音”

2022 年，市作协具体负责年度文学激励工作，对胡姣华《小雪》等 56 件作品进行激励，极大激励了广大会员创作积极性。

重点打造精品力作。《湖南文学》2022 年增刊“首届湖南旅游发展大会张家界专辑”出刊，彭学明等全国 78 位文艺家的 79 件小说、散文、报告文学、诗歌、摄影作品入选。《故事张家界——张家界市 2020 年度优秀文学作品选》出版，共收录张家界作家（作者）2020 年度公开发表或获奖散文、小说、纪实、诗歌作品 89 篇（首），是 2015 年以来连续第 6 部“年度优秀文学作品选”。

加强与其他单位合作，支持会员出版个人专著。石绍河、郭红艳、鲁絮

参编《红土地上的共产党人——重温湘鄂西革命根据地党组织“做个好党员”十条标准争做新时代好党员》；戴楚洲参编《张家界市民间故事精选》。罗长江《美丽千古的约会》、金克剑《屈原故里大庸考》、石继丽《张家界人文纵横》、李书泰《庸国荒史研究》、李康学《我的大理寻根之旅》、卓志喜《枫林秋韵》、周美蓉《小城大医》等公开出版。

●2022年度省级文学学会（协会）工作概况●

2022年度湖南省诗歌学会工作概况

2022年，湖南省诗歌学会在省作协、省民政厅的关怀和指导下，始终坚持正确导向，以助推湖南诗歌事业发展为己任，本年度除了受新冠疫情影响诗歌活动锐减外，学会各项工作都得以有序开展。

一、大力扶持地方诗歌

这一年，学会工作在原有的基础上得以进一步完善和加强。

在党的二十大召开期间，学会负责配合省作协“欢庆二十大，抒写新湖南”诗歌征文征集的初选工作。2022年7月29日，汨罗市诗歌学会正式挂牌成立。在学会领导和当地政府部门的悉心指导下，汨罗市诗歌学会早在两年前就开始筹备，它的成立对有着“诗歌原乡”美誉的汨罗市而言意义非凡。2022年9月9日，邵东市举办“喜迎二十大·放歌新时代”第七届中秋音乐诗会。邵东市连续七年举办中秋音乐诗会，在社会上产生广泛影响，学会也连续七年作为指导单位，为扶持地方诗歌发展出力。2022年11月6日，学会与多家单位共同主办第七届栗山诗会颁奖典礼暨湘江之源湖南永州诗歌田野调查启动仪式。这次活动采取网上直播，当日观看者达二百多万人次。

另外，湖南诗群也全面发力，如蓝墨水上游诗群、二里半诗群、浏阳河西岸诗群、新湘派诗群等，纷纷在各大报刊上集体亮相。

二、湖南诗人已形成合力

2022 年，我会会员在《人民文学》《诗刊》《星星》《草堂》《诗选刊》《扬子江诗刊》《诗潮》《诗歌月刊》《散文诗》《散文诗世界》等国内专业性期刊上频频露面，随处可见他们的身影。

在出版方面，梁尔源出版诗集《蝶变》；向未出版长诗《十二因缘》；张战出版诗集《张战的诗》；草树出版评论集《文明守夜人》和诗集《淤泥之子》；罗长江出版长篇散文诗集《大地五部曲》；刘忠华出版诗集《对一条河流的仰望》；程一身出版《读诗课》；甘建华主编《洛夫纪念文集·诗歌卷》出版；米祖出版诗集《与你慢度时光》；熊芳出版首部新诗集《玫瑰的眼睛》；胡勇平出版诗集《太阳掉在海里的声音》；乐虹出版诗集《独角兽》；隆世滢出版诗集《悬倒在我》等。

在获奖方面，雷晓宇获“2021 年度青花郎·人民文学奖”诗歌奖；张战获第十二届“丁玲文学奖”；罗长江的长篇散文诗《大地五部曲》获第七届中国长诗奖·最佳文本奖；文西获第一届“任洪渊诗歌奖·青年诗人奖”；梦天岚、陈惠芳、陈群洲获第七届栗山诗会中国诗人奖，米祖获第七届栗山诗会女诗人奖，胡鲲获第七届栗山诗会新锐诗人奖；路云获第七届卡丘·沃伦诗歌奖中国诗人奖，贺永强第七届卡丘·沃伦诗歌奖中国年度诗集奖；林萧获第二届“雁翼诗歌奖”大雁奖；聂沛获第二届“屈原诗歌奖”征文奖；谈雅丽、聂泓获“首届海口新春文旅诗歌季”征文奖，等等。

湖南诗人已形成合力，成为驰骋中国诗坛的一支劲旅。

三、夯实学会各项工作

2022 年，除了做好学会日常管理工作之外，学会组织编辑出版了《湖南诗歌 2021 年选》一书，共两百多位诗人亮相。此书已全部邮寄到新老会员手中。

学会公众号实现改版后，发稿频率大幅增加，栏目丰富多彩，多向度、全方位,陆续推出了“学会资讯”“湘诗百年”“名家新作”“诗坛湘军”“汉诗英译”“会员诗选”“童诗大会”等重点栏目,成为湖南诗人老、中、青、少发表诗歌作品的重要阵地。还不定期推出了周实、吴昕孺、草树、远人、萧逸帆等诗人的专栏,受到圈内外好评。

总的说来,湖南诗人在本年度的创作中仍处于上升期,本土名家宝刀不老,实力诗人佳作迭出,青年诗人后继有人。

2022年度湖南省散文学会工作概况

2022年，省散文学会在省民政厅、省作协的关心、支持和指导下，认真学习贯彻习近平新时代中国特色社会主义思想，认真贯彻党的方针政策和习近平总书记有关文艺和文学创作的系列重要讲话，遵循习近平总书记指出的文艺发展道路，坚定文化自信，团结广大会员，勤勉履职，为广大会员做好服务工作，为湖南文学事业的繁荣与发展贡献一份力量。

一、重视主题征文活动，夯实学会组织建设

一年来，省散文学会充分发挥党支部的核心领导作用和带头示范作用，积极参加省民政厅、省作协组织召开的各类政治学习和培训活动，努力完成上级党组织和主管部门交给的各项政治任务，鼓励会员在完成自己的文学创作下配合作协组织积极响应党的号召，创作主题作品，见证在场，刻录时代，留下具有历史性意义的一笔。

为认真贯彻落实习近平生态文明思想和习近平总书记关于湖南生态环保的重要指示精神，省散文学会配合省委宣传部、省作协等单位联合开展“青山碧水新湖南”主题征文活动。在众多来稿中精选了一组反映新时代生态文明与时代巨变的优秀作品，于《湖南散文》2022年第一期以专栏专题强力推发，并推荐5篇作品参赛省作协承办的“青山碧水新湖南”征文活动，其中会长梁瑞郴的《湖光山水大草原》获特别奖，副会长赵燕飞的《也是你的完美生活》获一等奖。

2022 年,是喜迎党的二十大胜利召开之年,是贯彻落实省第十二次党代会精神的开局之年,省散文学会积极配合省作家协会组织开展“喜迎二十大 抒写新湖南”主题文学创作征文活动,遴选优秀散文作品推荐给指定报刊推发,全方位生动展现新时代湖湘大地在全面建设富强民主文明和谐美丽的社会主义现代化新湖南进程中焕发的时代风貌、生动画面和感人故事。

2022 年 10 月 20 日,为了热烈庆祝中国共产党第二十次全国代表大会的胜利召开,湖南省散文学会号召广大会员认真学习、大力宣传党的二十大会议精神,以散文的形式抒发爱党爱国情怀,歌颂党的丰功伟绩,赞美伟大的时代,并以“庆祝党的二十大胜利召开”为主题在会员中开展征文活动。活动共收到参赛稿件 56 件。11 月 5 日,省散文学会组织专家评委在毛泽东文学院进行评审工作,经专家评委评审,共选出 20 篇优秀作品作为获奖作品,并颁发荣誉证书及奖金 500 元。

为深入贯彻落实习近平总书记在中国文联十一大、中国作协十大开幕式上重要讲话精神,书写新时代“山乡巨变”,繁荣发展湖南文学创作,以文学在场的形式用跟上时代的精品力作开拓湖南文艺新格局,湖南省散文学会受永州市作协邀请,组织一批精干的散文队伍为“2022 中国(永州)山水散文”征文大赛友情客串,纵情山水,挥毫泼墨,力创佳作,积极推动征文活动取得圆满成功。

2022 年 11 月 5 日,湖南省散文学会党支部在毛泽东文学院举行学习党的二十大精神专题学习交流会。省散文学会常务理事会常务理事、秘书处负责人以及省作协组联部负责人等参加学习交流会。学习交流会由会长梁瑞郴同志主持,党支部书记刘良武宣讲党的二十大精神,领读党的二十大报告原文,并就自己的学习体会重点解读了报告中关于文艺部分的内容。会长梁瑞郴、名誉会长刘克邦、省作协组联部主任娄成和副会长王涘海、奉荣梅、方雪梅、刘哲、纪红建、杨丹、彭晓玲、何漂以及秘书长赵晨分别发言,结合散文学会和个人文学创作的实际,畅谈了学习党的二十大报告的心得体会。

二、加强与基层组织联系，组织散文采风活动

2022 年 5 月 13 日至 14 日，省散文学会名誉会长、常务理事刘克邦、副会长谢宗玉与有关会员为主力，参加了红网论坛散文随笔版、怀化市委网信办、洪江市委宣传部联合举办的文学采风活动，参观了“省级历史文化名城”黔城古城、“杂交水稻发源地”安江农校和洪江市乡村振兴样板安江镇下坪村，加强了与基层文化组织的联系，近距离感受基层历史文化底蕴、“杂交水稻之父”袁隆平艰苦奋斗执着奉献的工作场景与乡村振兴工作成果，写出了一批有分量的散文佳作。

积极支持、热情参与中国散文学会、湖南省作家协会、中共永州市委、永州市人民政府主办，永州市文联、红网、湖南省散文学会承办的“中国（永州）山水散文节”活动，学会名誉会长、常务理事刘克邦参加了“中国（永州）山水散文节”启动仪式；之后，散文学会委派了副会长刘哲、奉荣梅、方雪梅、副秘书长袁姣素、张雄文、谢枚琼专程赴永州市与省第十一期专题文学（散文）研修班的学员们一道，深入零陵区、道县、江华、江永等地进行文学采风。会长梁瑞郴、名誉会长刘克邦在第十一期专题文学（散文）研修班上授课，并参加了采风。活动结束，学会授课老师、委派专题采风人员、参加研修班的学员均创作出了质量较高的散文作品。

三、学会规范运行，全力做好会员服务工作

2022 年，省散文学会始终坚持学会宗旨，充分发挥纸质会刊《湖南散文》、微信公众号“湖南散文”的影响和宣传作用，严把稿件质量关，突出特色，推出品牌，打造良好的“湖湘文化”名片。

《湖南散文》在全国来稿中坚持正确的政治方向，保持本色、风格不变，传递正能量，弘扬主旋律。编辑部责任到人，严格实行编校四审制，严把意识形态关，确保文稿有品位、上档次，将差错率控制在最低程度。全年出刊 4 期，刊发散文 135 篇、散文评论 3 篇，共 40 多万字，其中不乏许多原创精

品力作。为配合主题征文活动,紧跟时代,展现时代风貌,《湖南散文》第 1 期设有“青山碧水新湖南”专栏,第 4 期开设“‘喜迎二十大 抒写新湖南’主题征文专栏”和“‘中国(永州)山水散文节’作品选登”,全力响应党的号召,配合执行省作协的各项主题任务。

学会“湖南散文”微信公众号配合纸质会刊,同步运行,宣传名家经典,鼓励新锐精品力作,及时发布学会公告通知、传递学会活动资讯,在社会上引起较大反响,点击率逐步上升,传播速度加快,覆盖面扩大,凸显了省散文学会凝聚力与影响力。

2022 年,省散文学会通过湖南作家网、红网和学会微信公众号向社会发出 2022 年度发展新会员的公告,严格执行高标准、严要求、宁缺毋滥的原则,保证了新发展会员质量。经本人申请,学会秘书处进行资格审查,共有 60 名申报会员材料合格。11 月 5 日,省散文学会在毛泽东文学院进行第二届常务理事会第二次会议对新会员入会进行现场审核与审议批准,经常务理事会讨论通过,共发展会员 51 名。这一年的新会员在年龄层次上老中青结合,人员素质好,符合入会要求,为学会增添了活力。

2022 年度湖南省报告文学学会工作概况

2022 年，我会深入学习贯彻党的二十大会议精神及习近平总书记在中国文联十一大、中国作协十大开幕式上的重要讲话精神，并在中国报告文学学会的关心下，在省作协和省民政厅的具体领导与支持下，在全体会员的共同努力下，我会积极推进我省报告文学的发展。现简要汇报如下：

一、团队建设

1. 吸纳新会员

为进一步发展和壮大报告文学队伍，学会严格按照《章程》规定的会员入会条件、会员入会程序吸纳会员，经会长办公会讨论决定，吸纳了新会员 3 名。迄今为止，学会总计有会员 215 人，其中理事 69 人。

2. 完善党支部建设

今年，在省社会组织党建中心的领导下，我会对党支部建设进一步优化和规范，多次派专员参加省社会组织综合党委的培训活动。在上级党组织的领导下，我会队伍建设工作稳步发展，井然有序。

二、重要成就

8 月 25 日，我会名誉副会长龚盛辉的长篇报告文学《中国北斗》荣获第八届鲁迅文学奖。

10月30日,长篇报告文学《中国北斗》荣获第十六届精神文明建设“五个一工程”优秀作品奖

三、主要活动

因为新冠疫情,响应政府不聚集、不聚会、不聚餐要求,全年开展活动甚少。只在1月7日上午,于毛泽东文学院报告厅举行了纪红建长篇报告文学《大战“疫”》品读会。品读会主题为“记录时代精神,留存历史记忆”。全国抗击新冠疫情先进个人、专家、读者等30余人参会。

10月16日,组织会员线上观看了中国共产党第二十次全国代表大会开幕盛况,并号召会员在微信群中分享感受,畅谈体会,抒发爱党爱国情怀,赞美幸福美好生活。

四、文学阵地建设

1. 编辑出版了《2021湖南报告文学年选》

编辑出版《2021湖南报告文学年选》,是省报告文学学会为繁荣发展文学事业设立的一项重点工程,旨在集中展示作家创作成果,促进文学精品创作,为广大读者和文学评论工作者研究湖南报告文学和报告文学作家作品提供系统、翔实的资料。《2021湖南报告文学年选》集中梳理和归纳了2021年度湖南报告文学作家创作成果。该年选的作品从全国数十种文学期刊和公开出版的湖南报告文学作家的作品中几经遴选,收录了龚盛辉、余艳、段华、纪红建等20人的作品,共计20余万字。

《2021湖南报告文学年选》所选作品选题集中在军事科技、乡村振兴、生态保护等题材领域。作家们心怀家国,写作态度真诚,有强烈的社会参与感,历史的宏大、细节的生动都是他们的忧乐之所系,有大历史背景,也有小人物声音,文本资料扎实,整体上朴实厚重,又不失精致细腻。

2. 编辑出版了共4期《湖南报告文学》杂志

在常规栏目外,今年还设置了“乡村振兴特辑”“喜迎二十大 抒写新湖

南”栏目，其中“喜迎二十大 抒写新湖南”栏目，对来稿设定政治立场鲜明，内容积极向上，坚持守正创新的标准，在来稿中着力发现为建设社会主义现代化新湖南平凡英雄讴歌、为时代立传、为社会铸魂的好作品。迄今为止，此栏目共刊登相关报告文学 17 篇，涌现了如《大国音符》《大城故事》《壶瓶鸟语》等书写先进装备制造的新时代大国重器、聚焦建设美丽湖南的生动实践、展现湖南青山碧水的新时代图景的一批优秀作品，收到了良好的社会影响。

3. 继续编辑《2022 湖南报告文学年选》

为进一步繁荣我省报告文学创作，推动报告文学事业发展，为我省报告文学领域的优秀作家和优秀作品搭建宣传与推介平台，我会将继续编撰《2022 湖南报告文学年选》。征集范围：湖南省内或湖南籍报告文学、纪实文学、传记文学作家，新闻媒体工作者等创作的报告文学类、纪实文学类、传记文学类作品。目前正在编校中，春节前出版。

五、2023 年主要工作安排

1. 完成好省作协安排的各项工作和任务。

2. 2023 年春节前夕，举行《2022 年湖南报告文学年选》首发式暨学会年会。

3. 继续办好《湖南报告文学》刊物。

4. 组织省内报告文学作家参加中国报告文学年会和中国报告文学界的相关交流活动。

5. 组织召开三至四次作品研讨会。

6. 组织三至四次文学采风活动。

7. 策划一至二个报告文学写作选题。

8. 根据情况，不定期召开会长办公会，解决会员发展等问题。

9. 做好《2022 年度湖南报告文学年选》的编撰工作。

2022年度湖南省网络作家协会工作概况

在湖南省委宣传部、省作协等相关部门的高度关注、支持与领导下，湖南省网络作家协会始终率领作家听党话、跟党走，以优秀作品讴歌时代、讴歌人民。2022年度，本协会积极开展各项工作，并取得良好的成绩，现汇报如下：

一、增强服务意识，努力做好作家队伍建设工作

2022年，协会新增加会员300余人，目前协会在册会员2600余人，是全国会员人数最多的省级网络作家协会。

会员人数众多，协会在作家的思想建设与专业技能提升等方面做了多次专业培训。

1月6日，省网协在中国网络文学小镇召开座谈会，进一步系统传达学习贯彻习近平总书记在中国文联十一大、中国作协十大开幕式上的重要讲话精神，协会二十余名网络作家参与座谈、学习。

8月15日，在省人社厅的支持下，省网协在长沙组织开展“湖南网络文学现实题材高级研修班”，本次培训班为期5天，共有68名网络作家参与学习。

12月26日，省网协共推荐120名作家参加由中国作协网络文学中心举办的“党的二十大精神专题线上培训班”。

在2021年湖南首次成功为网络作家评得职称的基础上，今年协会在

省作协、马栏山视频文创园的支持下，继续开展湖南网络文学专业职称专场评审，并于11月9日正式启动报名，此外，协会多次与统战部门、团委等取得紧密联系，为作家在政协委员、青联委员等方面争取政治安排。

在党建方面，省网协党支部于11月7日，联合省人社厅专技处党支部共赴益阳清溪村开展了学习党的二十大原文“对党忠诚”专题研讨主题党日活动。

二、努力建设中国网络文学小镇，创办国内一流网络文学基地

2022年，以小镇为核心，协会多次与湖南大学文学院、共青团湖南省委、开福区统战部等单位联合举办了各项活动。并与今日头条、阅文、七猫、爱奇艺、芒果TV、喜马拉雅等10余家头部企业签订电子版权分发与项目孵化协议；同时，引入奇虎文化（培训）、硬核文化（出版）、美西螈（有声）、漫无表情（动漫）等网文产业企业12家；与湖南大学、中南大学、杭州师范大学、安徽大学、江南大学、嘉兴学院、晋江文学等高校与行业机构开展网络文学评论生态建设合作，共同繁荣网络文艺；与农道、湖湘文创、宅设等文旅文创领域10余家企业达成战略合作；与沅江市、益阳谢林港镇、常德桃花源、郴州汝城等地展开文旅项目合作。

从始至终，小镇一直以“营建服务阵地、打造产业平台、办好品牌活动”为核心任务，以打造网络文学湘军和“文产新地标”为目标进行运营和对外合作。

三、力助作家潜心创作，优异作品频繁涌现

湖湘大地，一直有“文学湘军”的美誉，协会这一年来，不管是作品质量还是作品数量，都依旧处于全国领先水平，具体成绩如下：

愤怒的香蕉作品《赘婿》已经是连载的第11年，依然是阅文集团最火爆的作品之一。

妖夜新作《武碎星河》在番茄小说火热连载，并一直处于玄幻追读榜、

完读榜头名。

流浪的军刀新作《驾长车》与著名导演、演员吴京达成合作,目前已由登峰影业立项。

丁墨作品《乌云遇皎月》改编的影视剧在爱奇艺播出,收视火爆。

岑小沐作品《如果文物会说话》获2022年度七猫小说现实题材征文一等奖。

此外,极品妖孽、罗霸道、一桶布丁、独孤求剩、空留等作家新作均取得不错成绩。

2022年度湖南省儿童文学学会工作概况

笔墨当随时代，童真写就精品。2022年，湖南省儿童文学学会秉持“繁荣创作、共享平台、引领风尚”的办会宗旨，践行“举旗帜、聚民心、育新人、兴文化、展形象”的使命任务，引导全省儿童文学作家和文学爱好者推广阅读、创作精品，为时代传递最生动的情绪，为民族表现最富活力的呼吸，为读者呈现最有魅力的文化创作，在多个方面取得丰硕成果，为构建良好文学生态，开拓新的发展局面，推动湖南儿童文学繁荣发展贡献了自己的一份力量。

一、促进阅读推广，多种活动精彩纷呈

4月22日，世界读书日前夕，学会会员、长沙市雨花区砂子塘小学党支部书记、党史宣讲员杨松林带领孩子们阅读《半条棉被》。5月28日，学会总顾问、“笨狼妈妈”汤素兰，学会会长、湖南少年儿童出版社总经理、总编辑吴双英，副总经理吴华山等参加肯德基小候鸟基金公益关爱暨肯德基“笨狼的故事”阅读主题餐厅设立活动。5月27—28日，儿童剧《笨狼的故事》上演，学会部分会员组织观看。6月1日，学会副会长、儿童文学作家邓湘子受邀担任“渌江讲坛·建宸大课堂”第二季第三讲主讲。6月2日，汤素兰分别走进娄底市华建学校、涟源市芙蓉学校，开展了题为《让阅读点亮人生》的专题讲座，倡导学生多读书、读好书。7月9日，在2022梅溪湖童话夏令营开营仪式上，学会副会长谢乐军带来了题为《与小读者谈童话阅

读与写作》的讲座。8 月 4 日,学会副会长、湖南师范大学文学院教授李红叶以“今天,我们的孩子该如何阅读经典童话”为题进行安徒生逝世 147 周年特别直播。9 月 5 日上午,拼多多为湖南省祁东县启航留守儿童之家捐赠 8000 多册图书,谢乐军以《阅读的力量》为题做讲座。10 月 19 日,吴双英总编辑在湖南师范大学为编辑出版专业研究生讲授儿童文学出版课程。10 月 21 日,吴双英总编辑参加湖南师范大学与中南出版传媒的一流学科共建活动,并发表题为“寻找儿童文学的金蔷薇”主题演讲。同时学会会员单位《小学生导刊》导读活动蓬勃开展。

二、加强作品研讨,新品力作层出不穷

5 月 28 日,《笨狼的故事 · 漫画版》新书发布会在湖南图书馆举行,笨狼妈妈汤素兰、学会会长吴双英、湖南省图书馆馆长贺美华等出席活动。8 月 5 日,原创绘本《我的家乡十八洞》长沙首发。8 月 10 日,王跃文首部儿童文学作品《燕子亮亮地叫》新书发布暨研讨会在毛泽东文学院举行。8 月 27 日,第四届“红辣椒”儿童文学论坛以“湖湘童年与生态文明书写”为题成功举办。11 月 19 日,原创绘本《禾下乘凉梦——袁隆平的故事》长沙首发。学会吴双英、李红叶、邓湘子等参会。

三、确保作品质量,文学湘军奖励不断

2022 年是湖南儿童文学的丰收之年,这一年,汤素兰《阿莲》获毛泽东文学奖;彭湖《哑江》获“青年文学奖”;陈迎获 2021 年度冰心儿童文学新作奖幼儿文学类佳作奖;皮朝晖儿童话剧《清水塘 22 号》获评“金画眉”优秀儿童剧本;龙向梅《在孤山遇见你》获第十一届“周庄杯”全国儿童文学短篇小说大赛优秀奖;汤素兰绘本《我的家乡十八洞》进入“2022 年 8 月中国好书榜单”和中宣部出版局“奋进新征程 建功新时代”好书荐读活动 9 月书单;周静《豆老爷》入选第三届年度儿童文学新书榜推荐作品;阮梅《一个女孩朝前走》入选“2021 中国好书”,获评“2022 年向全国青少年推荐百种

优秀出版物”；龙向梅《从前有一个故事》（5 册）图书获评第二十三届深圳读书月“年度十大童书”。

四、做好日常运转，维护学会健康发展

2022 年 8 月 27 日，湖南省儿童文学学会召开了换届大会暨第二届第一次会员大会。湖南省原副省长唐之享、湖南省作协党组书记胡革平、湖南省民政厅社会组织管理局局长朱志明等领导出席会议。汤素兰主持会议，全体与会人员共同听取了本届工作报告、本届财务审计报告和换届筹备委员会工作报告；审议通过了学会新章程、会费标准；选举产生第二届理事会；选举产生第二届会长、副会长和秘书长。吴双英当选为新一届学会会长，邓湘子、李红叶、周静、周亚丽、袁姐、唐龙、蒋军荣、谢乐军担任学会副会长，秘书长由邓湘子兼任；大会宣读了聘任顾问的决定，聘请汤素兰为总顾问，王树槐、刘星保、胡坚为工作顾问，皮朝晖、刘定中、李少白、杨实诚、吴牧铃、陈蒲清、卓列兵、金振林、贺晓彤、陶永喜、黄亦鸣、龚旭东、蔡皋为专业顾问，唐之享等领导向各位顾问颁发了聘任证书。

学会微信公众号不定期推出儿童文学相关资讯，并保持月更 4 篇以上，充分发挥桥梁和纽带作用；积极开展支部活动，开展“观盛会，抒情怀”主题活动，致敬党的二十大；严格执行财务制度，按要求进行对账、报税等，维护学会正常运转；积极推进社会组织年度检查工作，顺利通过年检。

五、开展年选征集，推动阅读写作

“2021 湖南省儿童文学年度作品选”共征集到年度原创作品 49 篇，入选作品 26 篇，涉及童话、小说、散文、诗歌、故事、寓言、评论等多种体裁，包含李少白、蔡皋、汤素兰、吴双英、唐樱、邓湘子、李红叶、皮朝晖、黄亦鸣、陶永喜、陶永灿、龙章辉、宋庆莲、陈静、龙向梅、游军、向辉、吴礼鑫、诺亚（彭湖）、谢淼焱、袁姐、谭群、肖云、徐小英、刘希、刘天赐等老中青三代作家的佳作。2022 年 11 月年选顺利出版。

9 月到 11 月,由学会承办的 2022 年“我的书屋 · 我的梦”农村少年儿童阅读实践作品征集活动顺利开展。活动征稿启事阅读量达到 385 万,征稿总计将近 5 万件。11 月 2 日,由杨壮、汤素兰、吴双英、吴昕孺等组成的终评委,分别选出各组别一、二、三等奖作品共计 202 件。2022 年全国“我的书屋 · 我的梦”农村少年儿童阅读实践征稿活动获奖作品将由湖南少年儿童出版社出版。

2022 年度湖南省寓言童话文学研究会工作概况

2022 年，湖南省寓言童话文学研究会在省作协的正确领导和支持下，积极开展学术交流活动，促进创作繁荣，引导儿童阅读，积极服务会员，做出了新成绩，赢得了我省童话寓言作家、读者和学校、社会的广泛好评，为促进湖南乃至全国儿童文学创作繁荣发挥了重要作用。

一、成功主办了第三届谢璞儿童文学奖

2022 年，由省作协指导，我会主办的谢璞儿童文学奖进行了第三次评奖。此奖立足湖南，面向全国，此次评奖共收到参评作品 3000 余篇，20 篇作品获奖（湖南作家龙向梅、诺亚、廖军、李少白、张战、李菁、宋庆莲、小麦、陈静 9 人获奖），30 篇作品获提名奖（湖南作家熊婷婷、周步扬、李茂林、刘思伶、姚进军、方志鑫、刘蓉宝、肖智群 8 人获提名奖）。此奖在全国儿童文学及少儿期刊界受到广泛关注，人民网、新华网、光明网、学习强国、中国作家网、华声在线、新湖南、文艺报、文学报、湖南日报、潇湘晨报、长沙晚报等全国数十家媒体进行了报道。12 月 19 日，第三届谢璞儿童文学奖在谢璞先生家乡——中国雪峰蜜桔之乡湖南省洞口县举行了颁奖典礼，省委宣传部原副部长杨金鸢，省作协党组副书记、专职副主席游和平，中共邵阳市委常委、宣传部部长于金旺，洞口县委书记吴韬等领导和获奖代表百余人参加。

二、积极开展主题征文活动

开展“喜迎二十大·红色故事绘”征稿活动。为迎接中国共产党二十大胜利召开,厚植爱党、爱国、爱社会主义的情感,引领广大会员牢记时代责任,坚定跟党走、建功新时代,让红色基因、革命薪火代代传承,我会特开展“喜迎二十大·红色故事绘”系列征稿活动。此次活动立足湖南,面向全国,反响热烈,收到稿件近千篇,已在公众号陆续选发数十期佳作,将评出一等奖 10 篇、二等奖 20 篇、三等奖 30 篇。

主办第三届《漫画周刊》全国儿童漫画大赛。为繁荣儿童漫画创作,配合“双减”政策的推广落实而举办,面向全国成人和少儿漫画爱好者征稿,每年一届。2022 年,第三届全国儿童漫画大赛成人组、少儿组各评出金、银、铜奖作品 30 幅(组),在全国漫画和少儿期刊界反响热烈。

支持洞口县谢璞文学创作研究中心举办洞口县建县 70 周年征文活动。为迎接中国共产党二十大召开,庆祝洞口县建县 70 周年,特举办“喜迎二十大 抒写新洞口——庆祝洞口县建县 70 周年·身边的故事”征文活动,此次活动由我会指导,洞口县文旅广体局主办,洞口县谢璞文学创作研究中心承办。征稿历时半年,共收到稿件 200 余篇(首),优秀作品通过我会公众号陆续推出后,受到广大读者好评,社会反响热烈。经评委评审,18 篇(首)作品获一、二、三等奖,20 篇(首)作品获提名。并创办了文学刊《谢璞文学》(内刊),获奖作品在本刊发表。

三、开展“少儿报刊阅读季”活动

根据中国期刊协会和中国少年儿童报刊工作者协会倡议,我会联合《漫画周刊》等省内少儿刊积极开展 2022 年“少儿报刊阅读季”活动。为此,我会组织作家进校园,深入湖南省祁东县启航学校、武冈市城东中学、洞口县青龙完全小学等多所学校举办阅读讲座,受到师生热烈欢迎,参与人数上万。在活动中,我会联合各会员期刊共同倡议“中小学生每天课外阅读半小时”，呼吁孩子将阅读养成习惯，像吃饭睡觉一样，每天必不可少。

四、服务会员及推荐会员加入上级协会

我会运营的公众号及时传递信息，经常及时推介会员新书新作、会员动态及文学信息，为会员提供交流平台，全方位服务会员，如“会员动态”栏目，及时发布会员创作与研究动态，展示会员创作成果，并向全国少儿文学界进行推广宣传；或收集寓言童话创作征稿、评奖、出版信息，及时发布并积极推荐会员作品；争取《漫画周刊》等少儿刊的支持，开辟寓言栏目，发表作品向会员倾斜。谢璞儿童文学奖也向我省童话寓言作家倾斜。

2022 年，我会推荐了 4 名会员加入了省作协，3 名会员加入了中国寓言文学研究会，2 名会员加入了中国作家协会。

五、推介会员及作品，创作成果丰硕

湖南省寓言童话研究会公众号及会刊《漫画周刊》的公众号、新湖南号“魔术老虎读写会”及时传递儿童文学信息，经常推介会员及其新书新作。“会员动态”“寓言作家”等栏目及时发布会员创作动态及取得新成绩的消息，展示会员创作成果及形象，并在全国少儿文学界进行推广宣传，受到广泛关注；争取《漫画周刊》《小学生导刊》《小溪流》等少儿期刊的支持，开辟寓言栏目，发表作品向会员倾斜。

谢乐军出版了《魔术老虎的朋友》《奇怪的大王》等书。

皮朝晖出版《面包狼的故事》系列 10 本，包括《全能驾驶学校》《火车来了请开门》《面包动物园》《美味面包书》《糊涂先生与糊涂东西》《面包狼奇遇记》《面包狼司令》《积木小镇传奇》《坏习惯旅行团》《缺点国历险记》，湖南少年儿童出版社 2022 年 10 月出版。出版童话《全国儿童文学大奖书系 · 面包狼》，北京少年儿童出版社 2022 年 10 月出版。

龙向梅出版《从前有一个故事：龙向梅童话集》（5 册），广西师范大学出版社 2022 年 1 月出版。该书获第 34 届陈伯吹国际儿童文学奖、获评深

圳读书月“年度十大童书”。另,其诗歌《声音里住着小野兽》获第三届小十月文学奖诗歌组金奖;童话《变来变去的句子》获第三届谢璞儿童文学奖;小说《在孤山遇见你》获周庄杯全国短篇儿童小说大赛优秀奖;童话《住在盒子里的声音》获《东方少年》年度重点作品扶持项目奖。

刘青鹏出版短篇童话集《鸭子湖》,希望出版社 2022 年 3 月出版。

廖继波出版短篇云朵童话集《天上有个云朵国》,福建海峡文艺出版社 2022 年 11 月出版。

谢长华、方先义等会员也有新书出版。

龙向梅、诺亚、廖军、李少白、张战、李菁、宋庆莲、小麦、陈静等 9 人获第三届谢璞儿童文学奖;熊婷婷、周步扬、李茂林、刘思伶、姚进军、方志鑫、刘蓉宝、肖智群等 8 人获第三届谢璞儿童文学奖提名奖。

习近平总书记谆谆叮嘱:“文艺工作者要想有成就,就必须自觉与人民同呼吸、共命运、心连心,欢乐着人民的欢乐,忧患着人民的忧患,做人民的孺子牛。”2023 年,我们将认真贯彻落实湖南省第十二次党代会精神,在省作协的正确领导下团结会员开展活动,继续开创寓言童话文学创作新局面。

2022 年度湖南省文学评论学会工作概况

2022 年，是湖南省文学评论学会顶住新冠疫情压力，持续发力的一年。这一年，学会在省作协的指导下，在卓今会长的直接领导下，在龚旭东、罗宗宇、简德彬、杨厚均、佘丹清、龙永干、任美衡、吴投文、吴正锋、张建安、岳凯华、易彬、晏杰雄等副会长的大力协助下，克服了疫情、人力、经费短缺上的困难，从组织架构、平台建设、学术会议活动等方面开展了较有成效的工作。

一、继续完善组织架构，健全学会日常运行机制

在卓今会长及诸位副会长的领导下，学会的日常工作机制继续获得了大的改观，学会公众号"湖南文学评论学会""湖南省文学评论学会理事会"、湖南省文学评论学会会长及秘书长工作群等，继续得到维护、完善和加强，会员能够在此公众号中获取学会会议及其他重要事项通知。这些举措，从各个层级完善和便利学会的日常工作管理。截至目前，学会的组织机构已经得到了极大的改善。

二、推进平台建设，积极推进学会会刊编辑出版常态化

会刊《南方文学评论》已经成为广大会员参与学术活动、交流学术心得、分享学术智慧的重要学术平台。迄今，《南方文学评论》已经编辑出版

了第1、2、3辑,第4辑也即将出版,第5辑正在组稿当中,拟定于2023年正式出版。刊物的正常有序发展,离不开学会主管单位——湖南省作家协会的鼎力支持,胡革平书记、王跃文主席曾先后对会刊表示高度的重视,并多次保证和重申省作协将继续为《南方文学评论》的有序出版提供充足的经费保障。

三、继续开展学术交流,积极召开学术会议

2022年,虽然疫情依旧是我们日常生活中的关键影响因素,但我们还是努力克服困难,积极开展了相关的学术会议。在省作协的大力支持下,本年度举办了"青山碧水新湖南"生态文学学术研讨会暨湖南省文学评论学会首届理事论坛。会议较为圆满地举行,赢得了参会领导、专家、学者的高度赞誉。在全国学术界产生较好的影响,中国社会科学网、新湖南、红网、湖南社会科学院网等网站有报道。

回首一年工作,本学会还是收获了一些成绩。不过,也存在着不少不足,且面临着一些新的难题。例如,学会会员准入和退出机制的继续完善,会刊编辑、编务日常管理及出版、编辑经费长效保持和增长,会员信息及会员学术活动日常管理,等等,这些均需要我们在今后的工作中去落实和解决。

2023,本学会将继续推动学会日常工作的有序开展,积极组织和筹办学术会议。具体来说,主要有以下几项工作:

第一,继续加强会员管理,做好会员信息登记;继续完善学会会员准入和退出及日常管理档案。

第二,认真做好2022年度学会年检工作。

第三,组织和筹办好因疫情展期,原定在张家界学院召开的湖南省文学评论学会第五次年会。

第四,组织和筹办湖南省文学评论学会第六次年会。

2022 年度湖南省岳麓诗社工作概况

2022 年，岳麓诗社坚持以习近平新时代中国特色社会主义思想为指导，以迎庆党的二十大为主线，以缅怀、歌颂老一辈无产阶级革命家为重点，紧紧围绕党的中心工作开展诗词文化活动，抓重点、抓活动、抓创作，较好地完成了年初确定的工作任务。

一、赓续传统，浓墨重彩纪念、缅怀老一辈无产阶级革命家

为纪念刘伯承元帅诞辰 130 周年，受刘伯承元帅之子刘蒙将军委托，湖南省岳麓诗社、潇湘齐白石艺术研究院组织了“纪念刘伯承元帅诞辰 130 周年全国诗词大赛”，以格律诗词歌颂缅怀刘伯承元帅。共收到参赛作品 5000 余首，经评委评出一、二、三等奖 11 名、优秀奖 33 名，入编作品 500 余首。并将作品汇编成《手执青锋卫共和》一书。征稿期间，组委会还组织部分作者、艺术家赴涉县太行山刘伯承纪念馆实地学习采风。12 月 4 日，岳麓诗社召开了《手执青锋卫共和》一书出版颁奖座谈会。

为纪念无产阶级革命家、军事家黄克诚大将诞辰 120 周年，岳麓诗社、潇湘齐白石艺术研究院与郴州永兴县委共同在全国开展“纪念黄克诚大将诞辰 120 周年诗书画大赛”。共收到参赛作品 7000 余首（幅）。评选出诗词类获奖作品 17 首，优秀奖 10 名；书画类获奖作品 19 幅，优秀奖 8 名。获奖作品编辑成《一代楷模》一书，由岳麓书社正式出版。12 月 15 日，在黄克诚故居永兴县油麻镇下青村举行了“大将故里，清廉三湘”暨黄克诚同志诞

辰 120 周年书画展览,对全国诗书画大赛获奖者代表进行了颁奖。

二、喜迎盛会,热情讴歌党的二十大胜利召开

一是组织喜迎“二十大”联谊活动。10 月 10 日,湖南省岳麓诗社、潇湘齐白石艺术研究院与湖南江河能源有限公司联合开展“喜迎二十大、翰墨颂党恩”联谊活动。诗联添雅趣,翰墨生芳香。在湖南江河能源有限公司活动现场,艺术家们欢聚一堂,以喜迎“二十大”为主题切磋技艺,用书画艺术歌颂我们伟大的党,伟大的祖国,为党的二十大的胜利召开增添光彩,营造喜庆氛围。

二是积极组织诗人创作歌颂党的二十大的诗词作品。10 月 17 日诗社开办了一期“庆祝二十大,奋进新征程”的微信公众号栏目,发表了 100 位诗人的诗词作品。10 月 22 日,诗社在湖南日报组织发表《礼赞二十大、丹心向党吟》格律诗词一组。并在社刊《岳麓诗词》2022 年第四期开办了庆祝党的二十大胜利召开的专版,组稿发表诗词作品 200 余首。

三、助力基层,积极组织诗人、艺术家深入企业、农村采风

5 月 2 日,岳麓诗社在长沙市工人文化宫新建项目部与多家联袂举办“学党史 谱壮歌 创新业”主题诗书画创作活动。以文艺的形式,讴歌党、讴歌祖国、讴歌人民,展示湖湘人文风采,促进经济发展。

6 月 3 日,组织诗人、艺术家在“天倪庐”开展“颂端阳、学先贤、谱新章”活动。大家参观了湖南时务学堂故址,随后写诗、书法、绘画、唱歌、吟诵,一起度过端午佳节,以诗书画的艺术方式跨越时空,走近屈原。在端午诗词吟诵会上,诗友们用美妙的语言,抒发真挚的情感,诠释了对端午文化的理解,表达了对屈原这位伟大爱国诗人的无限怀念。

9 月 28 日,岳麓诗社与湖南省妇女儿童发展基金会、新君子文化基金在浏阳市小河乡田心村村民活动中心举行捐赠仪式,向田心村捐赠 20 万元,用于改善田心村村民生活、生产条件。组织诗人艺术家 50 余人参加了

活动。诗人和艺术家们现场创作诗书画作品60余幅，送书画艺术下乡，促进田心村经济文化建设。

10月13至15日，岳麓诗社组织诗书画艺术家赴汝城开展学习参观“半条被子的温暖”专题陈列馆。艺术家们在民俗广场、绿源当代艺术馆开展诗书画创作与交流，现场共创作墨宝30多幅。并创作了一组歌颂红色文化的诗词在《湖南日报》发表。

四、培养队伍，努力提升古典诗词创作水平

一是深入基层调研指导。3月4日，组织部分诗人、艺术家赴涟源市杨市镇调研采风。涟源市杨市镇是岳麓诗社创始人、第一任社长“中国桂冠诗人”高扬的故居。调研采风活动中收集到了大量的岳麓诗社创建初期的珍贵史料，并就创建“中华诗词之乡”工作进行了座谈交流，对如何进一步培养创作队伍，提升诗词创作水平，扩大诗词文化的影响力，以诗词文化带动杨市镇旅游开发，促进杨市镇乡村振兴提出了意见和建议。

二是培训创编队伍。为进一步提高《岳麓诗词》刊物质量，9月22日至24日，岳麓诗社在宁乡召开“诗词编辑工作培训会议”，围绕运用诗词文化唱响主旋律，弘扬传递正能量，助力乡村振兴，创作更多更好的高水平诗词作品进行深入探讨。会议重点就诗词创作、组稿编辑、作品点评进行了培训，并就下一步工作提出新的要求。

三是加强横向联系学习有益经验。7月25日，岳麓诗社在北京举行纪念齐良迟先生诞辰一百周年座谈会暨《齐门立艺》出版新闻发布会。座谈会由诗社老领导赵焱森主持。出席座谈会的有：齐良迟先生之子、国画家齐展仪先生，中华诗词学会顾问李文朝，中华诗词学会常务副会长、中华诗词杂志社社长范诗银，中华诗词学会副会长、《中华诗词》杂志主编高昌等。参会人员纷纷发言，深切缅怀白石老人和齐良迟先生，充分肯定《齐门立艺》一书的艺术价值。相互交流创作经验，传承优秀文化传统。

2022 年度湖南省作家协会
教师作家分会工作概况

2022 年,湖南省作家协会教师作家分会高举中国特色社会主义伟大旗帜,深入学习贯彻习近平新时代中国特色社会主义思想和党的二十大精神,立足新发展阶段,贯彻新发展理念,融入新发展格局。现将具体工作汇报如下:

一、做好会刊《爱你》编辑出版工作

完成会刊《爱你》杂志 2022 年 1 至 12 期编辑出版工作。《爱你》杂志每期 15 万字,全年出版总字数达 180 万字,编辑审稿字数 400 多万字。积极拓展(新)教师作者队伍,挖掘新生力量,以专辑形式重磅推出 12 位有潜力的教师作家作品,还推出了百余位新作者的作品。积极向名家约稿,打造期刊品牌,刊发鲁迅文学奖得主石舒清、艾伟,骏马奖得主黄毅、温新阶、朝颜,全国优秀中篇小说奖得主叶兆言,全国优秀短篇小说奖蔡测海,人民文学奖得主海飞等人的作品。刊物原创首发作品《七爷》被《微型小说选刊》2022 年第 7 期转载,《近处马安定》被《小小说选刊》2022 年第 7 期转载。

二、开展第二届教师文学奖评选

为鼓励教师原创文学创作，2022 年 1 月至 8 月，我们开展了第二届教师文学奖评选，初评阶段评选出各组 15 篇提名作品，在微信公众号“教师文学月刊”开启读者投票通道，共有 6.5 万名读者参与投票。终评阶段聘请《诗刊》主编李少君、湖南省作家协会副主席谢宗玉、安徽省作家协会副主席胡竹峰担任评委，评选出小说、诗歌、散文组首奖各 1 名，提名奖各 2 名，分别给予 10000 元/人（首奖，共 3 人）及 1000 元/人（提名奖，共 6 人）的奖励。

三、做好“安化乡村教师培训计划”

为落实中国作家协会 2021 年文学志愿服务示范性重点扶持项目“让文学的种子在教育基层生根”后续工作，切实服务好湖南省作家协会教师作家分会文学创作基地，2022 年 4 月 27 日至 29 日，举办“安化乡村教师培训计划”文学活动。三天的（行程）活动包括走访安化县紫薇中学、走访湖南省作家协会深入生活创作基地安化县龙塘镇沙田溪村、毛泽东文学院管理处主任谢宗玉专题讲座等多个环节，气氛热烈，影响力深远。7 月，我们联合安化县教育局举办“安化教师文学作品小辑”征稿，在 7 月 27 日安化教育网及其微信公众号发布了征稿启事，优秀作品已在会刊《爱你》2022 年 12 期“安化教师作品小辑”集中推出。

四、开展“新时代山乡巨变”教师文学征文大赛，推出“新时代山乡巨变”专刊

2022 年，是中国共产党第二十次全国代表大会召开之年。为全面贯彻落实习近平新时代中国特色社会主义思想，回顾新时代山乡巨变历程，我们举办了“新时代山乡巨变”教师文学征文大赛。征文启事于 4 月 15 发

布,收稿时间截至 6 月 30 日,共收稿 1000 余篇,我们从中评选出 17 件获奖作品,其中小说作品 4 件、诗歌作品 4 件、散文作品 9 件,于《爱你》2022 年 10 月推出“新时代山乡巨变”专刊。另外,专刊还推出了《新山乡巨变》作者余艳的最新力作《凤翔清溪》和《爱你》对她的专访。

五、持续宣传中国作协在湘系列活动

7 月 27 日至 8 月 3 日,《爱你》对中国作协在湘系列活动进行了系列报道,在湖南教育新闻网、“爱你杂志”微信公众号“教师文学月刊”推出作品 9 篇,其中重点原创作品 6 篇,包括《鲁院湖南省中青年作家高研班学员热议“新时代山乡巨变创作计划”和“新时代文学攀登计划”》《16 位教师作家谈新时代山乡巨变创作计划、新时代文学攀登计划》等,被红网、新湖南、湖南作家网、鲁迅文学院微信公众号、中国作家网、人民文学微信公众号等媒体转载。

六、吸纳并严格审核新会员

湖南省作家协会教师作家分会会员发展每年一届,2022 年度为第四届。经过严格审核,确定 86 人会员资格,至此,分会会员人数达 760 名。

2022 年度湖南省作家协会生态文学分会工作概况

湖南省作家协会生态文学分会自 2022 年 9 月 30 日成立以来，各项工作深得省作家协会、省生态环境厅党组关心。2023 年 5 月 29 日，省生态环境厅党组又召开会议，专题听取生态文学分会工作汇报，研究解决分会发展存在的具体问题。在各方面关心和大力支持下，分会迅速落实了工作经费和办公场所，各项工作顺利推进，生态文学已经成为我省生态文明建设的品牌。

一、重视生态文学创作，积极发掘优秀的生态文学作品

分会成立后创办了“湖南生态文学”微信公众号。该公众号自 1 月首发到 5 月份，已推出优质的生态文学作品 20 期，共 127 篇文章，刊发的作品既包括国内外生态文学经典作品，也包括会员作品和社会投稿。按计划到今年年底公众号将发布生态文学作品共 50 期，总量超过 300 篇。

积极展示及推荐湖南省优秀生态文学作品。筛选“青山碧水新湖南”生态文学学术研讨会及主题征文作品发布，带动读者们对生态文学的关注度。在公众号陆续推送“洞庭湖专刊”“大地文心专刊”，让湖南生态环境及湖南生态文学作者更集中地展示。文章在公众平台内总阅读量突破 2 万次，《潇湘晨报》、红网等媒体与平台进行了转载，《湖南生态环境》杂志对部分作品进行选刊。

二、促进会员交流学习,大力组织及参与生态文学活动

2023年3月,分会举办了首次文学采风活动。利用今年是习近平总书记提出"守护好一江碧水"五周年的关键时刻,组织湖区生态文学创作交流会",邀请常德、岳阳和益阳三市20余名湖区作家,赴益阳市南洞庭湖深入采风,并赴周立波故居清溪村参观学习,共创作作品20余篇,湖南生态文学公众号用两期专刊登载作品。省作协组联部负责人对此次活动进行了直接指导。

积极参与国内、省内生态文学活动。我会会员受邀参加了生态环境部、中国作家协会联合组织开展的生态文学采风活动,反映我国生态文学创作的作品获全国"我的环保故事"征文活动一等奖,积极协调王跃文、汤素兰、沈念等著名作家参加世界环境日国家主场和省级主场相关活动,我省生态文学创作多次获得生态环境部表彰与推介。我会还受邀参加湖南省文学研究所组织主办的生态文学研究会,与文学创作和研究领域的专家、学者进行学习与交流。

在2023年下半年,分会拟陆续开展生态文学采风、座谈会和征文活动。一是积极支持和参与第二届"青山碧水新湖南"生态文学主题活动,时间由省作协定。二是组织作家赴衡阳、湘西州、张家界三市开展采风,深入生态文明建设和污染防治攻坚战一线,实现我会会员至少参加一次以上文学采风活动。三是联合《十几岁》杂志开展生态写作征文比赛,大手牵小手,引导青少年参与环境保护,书写自然生态。四是组织召开分会理事会,表彰优秀创作者、研讨分会发展等事宜。五是组织召开岳阳生态文学研讨会,系统研究洞庭湖区生态文学创作现象。

三、分会规范运行,全力做好会员发展与服务工作

目前分会已设立会员代表大会及其理事会,成立了秘书处并开展分会相关事务,选举了代理主席、副主席、秘书长、副秘书长及名誉主席和顾问,

现有会员 70 人。通过微信群、公众号及成立大会、交流会、采风活动等连接，分会会员创作、阅读、学习、交流氛围浓厚。

做好信息收集与分享。将省内乃至国内的创作活动、生态文学活动及时传递给会员，鼓励创作与参与。分会的成立带动了全省生态文学创作与研究，2023 年以来，我会会员相继或即将在商务图书馆、百花文艺社出版作品。

分会下半年将继续加强会员服务。在发放第一批会员证的基础上，重点发现和培育生态文学创作新人，吸纳新的会员，壮大生态文学队伍。

2022年度湖南文学作品汇总

2022年度湖南长篇小说作品汇总

王跃文:《家山》,《当代》2022年第6期,人民文学出版社、湖南文艺出版社

水运宪:《戴花》,《收获·长篇小说》2022年冬卷,湖南文艺出版社

阎真:《如何是好》,《十月·长篇小说》2022年第5期,湖南文艺出版社

残雪:《迷人的异类生活》(第一部),《花城》2022年第4期

陈茂智:《红薯大地》,《民族文学》2022年11期

残雪:《激情世界》,人民文学出版社

陈茂智:《虎牙项圈》,辽宁少年儿童出版社

苏更生:《女人的秘密生活》,《当代》2022年第5期,人民文学出版社

万宁:《城堡之外》,《长篇小说选刊》(佳作推介)2022年第3期,湖南文艺出版社

谢长华:《猎神·虎王》《岩鹰雷鹏》《义犬金虎》《雪峰豺》,青海人民出版社

楚天舒:《天下湘军》,长江文艺出版社

刘大程:《黄兴》,四川民族出版

谢长华:《鹿原三唱》,三环出版社

苏启平:《读谱记》,北方文艺出版社

桑凯:《归去来兮》,团结出版社

龙良如:《窑》,团结出版社

向立成:《龙门守望者》,北方文艺出版社
殷当生:《归途》,英国百科图书出版社
谢长华:《地脑风暴》,哈尔滨工业大学出版社
何永洲:《拼布绣》,上海文艺出版社
袁姣素:《白驹过隙》,湖南文艺出版社
田润:《碧水为凭》,天津人民出版社

2022 年度湖南中短篇小说作品汇总

(一)中篇小说

少鸿:《去琅勃拉邦布施》,《湖南文学》2022 年第 6 期
向本贵:《玉石之间》,《湘江文艺》2022 年第 2 期
向本贵:《畔溪那边》,《时代文学》2022 年第 3 期
向本贵:《盛世家园》,《民族文学》2022 年第 7 期
叶之蓁:《水火张铁砣》,《中国作家·文学版》2022 年第 4 期
万宁:《这个世界会好吗》,《芙蓉》2022 年第 1 期
郑小驴:《南方巴赫》,《十月》2022 年第 6 期
舒文治:《忍者飞飏》,《芙蓉》2022 年第 4 期
易清华:《影钓》,《北京文学》2022 年第 7 期
易清华:《婚礼进行曲》,《广州文艺》2022 年第 1 期
易清华:《日记中的祖父》,《四川文学》2022 年第 10 期
学群:《两间半房子》,《湖南文学》2022 年第 7 期
楚荷:《龙兴石》,《福建文学》2022 年第 5 期
少一:《进门喜》,《清明》2022 年第 2 期
少一:《瓦西里的清白》,《湘江文艺》2022 年第 3 期
少一:《过称》,《民族文学》2022 年第 12 期
少一:《好大一个坑》,《湖南文学》2022 年第 11 期
秦羽墨:《欢迎来到莫索镇》,《长城》2022 年第 6 期

邹谨忆:《嘉禾》,《湖南文学》2022 年第 9 期
李健:《青杏》,《西湖》2022 年第 3 期
凌鹰:《葡萄园》,《湘江文艺》2022 年第 2 期
简媛:《去南方》,《青年文学》2022 年第 4 期
桂爱广:《红砖》,《湘江文艺》2022 年第 4 期
恨铁:《一个人的生死碑》,《清明》2022 年第 5 期
曾令超:《少年李小牛》,《中国作家·文学版》2022 年第 12 期
廖静仁:《两个老人一条江》,《湘江文艺》2022 年第 11 期 第 6 期
刘路一:《乌云散尽见青天》,《湘江文艺》2022 年第 11 期 第 6 期

(二)短篇小说

蔡测海:《荒路》,《雨花》2022 年第 3 期
蔡测海:《马车》,《芙蓉》2022 年第 1 期
蔡测海:《牧歌》,《边疆文学》2022 年第 1 期
蔡测海:《下一场雪》,《上海文学》2022 年第 4 期
蔡测海:《西南镜话》,《北京文学》2022 年第 6 期
蔡测海:《吴青梁子》,《湖南文学》2022 年第 7 期,《作品与争鸣》2022 年第 10 期
蔡测海:《河东街事》,《民族文学》2022 年第 8 期
蔡测海:《崇山·峻岭》,《湘江文艺》2022 年第 5 期
残雪:《书中宇宙》,《湖南文学》2022 年第 1 期
残雪:《西双版纳之夜》,《作品》2022 年第 1 期
残雪:《兵马俑》,《作家》2022 年第 2 期
残雪:《菜市场里的老人与猫》,《红岩》2022 年第 3 期
残雪:《蓝天下的花圃》,《天津文学》2022 年第 3 期
残雪:《蛤蟆村》,《上海文学》2022 年第 4 期
残雪:《文学人》,《四川文学》2022 年第 6 期
向本贵:《七步巷》,《湖南文学》2022 年第 5 期

向本贵:《桂花香》,《中国作家·文学版》2022 年第 4 期
向本贵:《腊八粥》,《清明》2022 年第 5 期
聂鑫森:《芭蕉冲的工人茶社》,《湖南文学》2022 年第 9 期
聂鑫森:《人生易老》,《满族文学》2022 年第 5 期
聂鑫森:《人在山外山·画眉》,《四川文学》2022 年第 10 期
聂鑫森:《古玩圈》,《小说月报》2022 年第 12 期
万宁:《千年古莲》,《湖南文学》2022 年第 11 期
马笑泉:《隐士协会》,《长江文艺》2022 年第 2 期
马笑泉:《离乡》,《民族文学》汉文版 2022 年第 9 期
沈念:《金钉子》,《中国作家·文学版》2022 年第 11 期
郑小驴:《蚂蚁,蚂蚁》,《雨花》2022 年第 12 期
于怀岸:《未来的酋长》,《青年作家》2022 年第 6 期
王子健:《宝贝布鲁斯》,《黄河》2022 年第 1 期
王子健:《枯山水》,《青年文学》2022 年第 4 期
王子健:《晚霞艺术家》,《青年文学》2022 年第 4 期
王子健:《不要说你已对我释怀》,《青年文学》2022 年第 4 期
王子健:《玉朗拖在胡志明市》,《作品》2022 年第 4 期
罗志远:《表演家》,《芒种》2022 年第 9 期
罗志远:《梦想家,关于爱》,《湖南文学》2022 年第 10 期
罗志远:《青歌》,《湖南文学》2022 年第 10 期
李晨玮:《胖白萝卜黑土坑》,《湖南文学》2022 年第 8 期
黄先智:《随波逐流》,《特区文学》2022 年第 1 期
绿釉:《虾线》,《湖南文学》2022 年第 12 期
玉珍:《恩枝的故事》,《湖南文学》2022 年第 12 期
刘瑶:《向小美的小镇日常》,《湘江文艺》2022 年第 5 期
秦羽墨:《蘑菇与爱情》,《滇池》2022 年第 9 期
江冬:《红姨》,《湖南文学》2022 年第 8 期
彭剑斌:《墨渍》,《湖南文学》2022 年第 10 期
彭剑斌:《欣泣集》,《滇池》2022 年第 7 期

马修:《镜中之鱼》,《上海文学》2022 年第 9 期
学群:《哐当哐当》,《西部》2022 年第 5 期
舒文治:《夜巡》,《作家》2022 年第 3 期
阿良:《疏通》,《北京文学》2022 年第 3 期
阿良:《题款》,《天津文学》2022 年第 8 期
阿良:《饭局》,《湖南文学》2022 年第 11 期
王琼华:《白玉凝脂》,《湖南文学》2022 年第 10 期
王琼华:《裕后街三题》,《湘江文艺》2022 年第 11 期
王琼华:《裕后街记趣二题(白眼)》,《参花》2022 年第 11 期(中)
江月卫:《树碑》,《北京文学》2022 年第 7 期
江月卫:《谋银》,《湖南文学》2022 年第 9 期
江月卫:《枫木寨的彩灯》,《民族文学》2022 年第 2 期
江月卫:《立碑》,《阳光》2022 年第 3 期
少一:《过路旧镇》,《福建文学》2022 年第 3 期
少一:《要案》,《海燕》2022 年第 8 期
少一:《在车上》,《啄木鸟》2022 年第 10 期
少一:《出警》,《边疆文学》2022 年第 2 期
裴非:《旧时光》,《湖南文学》2022 年第 2 期
裴非:《我们离星星有多远》,《湖南文学》2022 年第 12 期
赵文辉:《分家记》,《牡丹》2022 年第 3 期
赵文辉:《回家》,《湖南文学》2022 年第 3 期
赵文辉:《喝汤记》,《莽原》2022 年第 3 期,《小说选刊》2022 年第 7 期
赵文辉:《沉默的传菜生》,《小说月报》2022 年第 6 期
赵文辉:《接风宴》,《莽原》2022 年第 5 期
范朝阳:《孔雀》,《满族文学》2022 年第 6 期
邓润寅:《去年上广西》,《阳光》2022 年第 5 期
邓润寅:《今年》,《湘江文艺》2022 年第 2 期
邓润寅:《亿家人》,《湖南文学》2022 年第 10 期
谈雅丽:《半生漂在广福桥》,《湖南文学》2022 年第 1 期

谈雅丽:《欧亚梅尔》,《文学港》2022 年第 11 期
陶沙岸:《牛牯拉》,《湖南文学》2022 年第 3 期
吴刘维:《虎皮人》,《江南》2022 年第 1 期
吴刘维:《我炒菜的方式有点特别》,《湖南文学》2022 年第 6 期
吴昕孺:《无期》,《芙蓉》2022 年第 2 期
晓寒:《蓦然回首》,《绿洲》2022 年第 1 期
袁姣素:《三个人的晚餐》,《天津文学》2022 年第 3 期
郑正辉:《聚贤中餐馆》,《湖南文学》2022 年第 2 期
邓湘子:《夏月冬雪》,《湖南文学》2022 年第 6 期
李文锋:《三号营地》,《福建文学》2022 年第 5 期
余旦钦:《赈灾晚会》,《湖南文学》2022 年第 4 期
余旦钦:《良药》,《湘江文艺》2022 年第 4 期
简媛:《八月的最后一个周末》,《文学港》2022 年第 7 期
简媛:《遗产》,《海燕》2022 年第 2 期
张逸云:《魏长发的那些事儿》,《飞天》2022 年第 7 期
张黎华:《杨捉鱼决定骑马去云南》,《上海文学》2022 年第 8 期
孟大鸣:《斜屋》,《湖南文学》2022 年第 8 期
周拥军:《像风一样》,《湖南文学》2022 年第 9 期
严彬:《雪山镇》,《青年作家》2022 年第 9 期
严彬:《花谢花飞花满天》,《北京文学》2022 年第 12 期
兰奇夫:《给我一颗槟榔》,《绿洲》2022 年第 1 期
刘炳琪:《对面的背影》,《绿洲》2022 年第 2 期
陈爱民:《湘水谣》,《湖南文学》2022 年第 10 期
李祥佐:《槎源洞的底色》,《湖南文学》2022 年第 10 期
刘威成:《心病谁不曾有过》,《作品》2022 年第 11 期
杨长春:《淹窝来信》,《湖南文学》2022 年第 12 期
杨长春:《菜园里》,《湖南文学》2022 年第 2 期

(三)小小说

戴希:《妻不在家》,《当代人》2021 年第 11 期,《小说选刊》2022 年第 1 期

戴希:《追车》,《小说选刊》2022 年第 6 期,《啄木鸟》2022 年第 4 期

戴希:《朋友》,《北方文学》2022 年第 5 期

戴希:《过关》,《小说林》2022 年第 5 期,《小说选刊》2022 年第 12 期,

聂鑫森,袁炳发,符浩勇,欧阳华丽,伍月凤,胡亚林:《小小说选粹》,《湘江文艺》2022 年第 3 期

欧阳华丽:《秘制小鱼干》,《红豆》2022 年第 3 期,《小说选刊》2022 年第 4 期

欧阳华丽:《定心丸》,《啄木鸟》2022 年第 9 期

欧阳华丽:《小小说两则》,《芒种》2022 年第 4 期,《湘江文艺》2022 年第 9 期

凌鹰:《雨中》,《安徽文学》2022 年第 9 期

2022 年度湖南诗歌作品汇总

草树:《飞鸟与幕墙(组诗)》,《广州文艺》2022 年第 1 期

陈爱民:《我和家乡的老人》,《诗刊》2022 年 8 月上半月刊

陈爱民:《有鹰飞过》,《湖南文学》2022 年第 6 期

陈惠芳:《清溪村》,《诗刊》2022 年 4 月上半月刊

陈颉:《红枫是一座起落的城池(组诗)》,《北京文学》2022 年第 5 期

陈群洲等:《蓝墨水上游诗群》,《湘江文艺》2022 年第 2 期

邓朝晖:《那么多春天过去了(组诗)》,《文学港》2022 年第 4 期

邓朝晖:《你不在的日子(组诗)》,《北京文学》2022 年第 3 期

邓朝晖:《武陵春》,《西部》2022 年第 3 期

邓朝晖:《小团圆》,《湖南文学》2022 年第 7 期

董洪良:《这人世略有微凉更有烟火(组诗)》,《青春》2022 年第 12 期

高求忠:《莲花之水清兮》,《青春》2022 年第 12 期

胡小白:第十一届“十月诗会”青年诗人作品选辑,《十月》2022 年第 3 期

胡勇平:《折情为箫》,《湖南文学》2022 年第 4 期

华石:《侠客行》,《芙蓉》2022 年第 3 期

江世炎:《上苍的眼睛》,《湖南文学》2022 年第 4 期

康雪:《平静书(组诗)》,《山西文学》2022 年第 8 期

黎凛、贺双龙、湘子、梅苔儿、洪佑良、苏启平、黄泥界、田杰、朱恋淮:新丝绸之路城市诗群展/浏阳诗群,《绿洲》2022 年第 3 期

李春龙:《新院子》,《诗刊》2022 年 11 月上半月刊

李林毅:《橘颂》,《湖南文学》2022 年第 4 期

李群芳:《完整世界(外二首)》,《北京文学》2022 年第 5 期

梁尔源:《北京老火车站的钟声》,《诗刊》2022 年 6 月上半月刊

梁尔源:《梁尔源的诗》,《莽原》2022 年第 2 期

梁尔源:《母爱的深渊(组诗)》,《草原》2022 年第 11 期

梁尔源:《七十三个补丁的教义(组诗)》,《芒种》2022 年第 12 期

梁书正:《大地(组诗)》,《四川文学》2022 年第 12 期

梁书正:《在人间》,《芙蓉》2022 年第 2 期

梁书正:《祝福词(组诗)》,《安徽文学》2022 年第 3 期

刘娜:《另外的炊烟》,《诗刊》2022 年 12 月上半月刊

刘年:《深林里的童话》,《雨花》2022 年第 3 期

刘晓平:《行走在现代与记忆的诗意里(组诗)》,《天津文学》2022 年第 3 期

刘晓平:《遗忘的稻田(组诗)》,《阳光》2022 年第 4 期

刘羊、也人、刘娜、王琛、小北、苏启平、李红霞、毕兹卡、尹祺圣、唐陈鹏、胡小白:湖南青年诗人小辑,《诗刊》2022 年 4 月下半月刊

路云:《银园》,《诗刊》2022 年 11 月下半月刊

罗长江:《与一条河流相依为命(节选)》,《诗刊》2022 年 7 月下半月刊

马笑泉、刘娜、鲁子、林目清、吴兆娥:《诗语》,《湘江文艺》2022 年第 1 期

马笑泉:《比梦中所遇更澄明》,《芙蓉》2022 年第 1 期

茉棉:《青藏行》,《芙蓉》2022 年第 3 期

慕白:《回家的路还很长》,《湖南文学》2022 年第 2 期

欧阳白:《白云之下》,《湖南文学》2022 年第 2 期

师飞:《从我的窗口》,《诗刊》2022 年 2 月下半月刊

师飞:《师飞的诗(九首)》,《青年文学》2022 年第 2 期

宋庆莲:《田野上的启明星》,《民族文学》汉文版 2022 年第 9 期

谈雅丽、邓朝晖、向未、熊芳、唐益红、胡平、杨漾、大空、刘双红、陈小

玲、许立君、龙向梅、熊刚:桃花源诗群,《湘江文艺》2022 年第 3 期

谈雅丽、玉珍:她们的诗,《作品》2022 年第 6 期

谈雅丽:《春至》,《诗刊》2022 年 6 月下半月刊

谭克修:《虎形山的冬天》,《诗刊》2022 年 9 月上半月刊

谭克修:《橘子洲》,《诗刊》2022 年 2 月下半月刊

谭克修:《蚂蚁雄兵》,《诗刊》2022 年 9 月上半月刊

汤红辉:《我流落人间奔走》,《湖南文学》2022 年第 7 期

唐益红:《短诗钩沉》,《文学港》2022 年第 3 期

田湘:《北回归线》,《诗刊》2022 年 4 月上半月刊

文珍:《异乡记》,《中国作家·文学版》2022 年第 2 期

湘小妃、罗耀霞、田瑛、余艳萍、米祖:E 首诗,《诗刊》2022 年 3 月下半月刊

小北:《火塘纪事》,《芙蓉》2022 年第 2 期

杨清茨:《春天里,走过花市》,《诗刊》2022 年 10 月上半月刊

也人:《花期》,《诗刊》2022 年 12 月上半月刊

也人:《南风起》,《芙蓉》2022 年第 3 期

叶菊如、起伦:中国诗歌网诗选,《诗刊》2022 年 1 月下半月刊

禹爱民:《虚空辞》,《湖南文学》2022 年第 4 期

玉珍:《秋千上的少年》,《诗刊》2022 年 11 月下半月刊

玉珍:《月亮照耀我们(7 首)》,《长江文艺》2022 年第 8 期

张战:《书信》,《诗刊》2022 年 5 月上半月刊

2022年度湖南散文作品汇总

沈念:《大湖消息》,北岳文艺出版社

谭谈:《奔跑的山寨》,湖南文艺出版社

王开林:《湖南人的境界》,岳麓书社

刘克邦:《太阳花开》,百花文艺出版社

罗长江:《美丽千古的约会》,太白文艺出版社

丘脊梁:《一条河流的走向》,中国言实出版社

秦羽墨:《我在今生》,中国言实出版社

张觅:《小园香径:小镇姑娘的草木时光》,北方文艺出版社

魏佳敏:《云上的年轮》,北方文艺出版社

黄纪孝:《节庆里的故乡》《老家什》,广西人民出版社

刘明:《追寻沈从文的足迹》,湖南文艺出版社

谭谈:《有一个朋友在山西》,《中国艺术报》2022年7月22日

谭谈:《不留遗憾在人间》,《中国艺术报》2022年1月7日

王跃文:《香炉记》(外一篇),《湘江文艺》2022年第3期,《散文选刊·选刊版》2022年第7期

梁瑞郴:《曲靖二宝》,《星火》2022年第5期

梁瑞郴:《湖光山色大草原》,《芙蓉》2022年第1期

马笑泉:《阿坝行》,《民族文学》汉文版2022年第6期

沈念:《照见光芒》,《光明日报》2021年12月31日,《散文·海外版》2022年第3期转载

沈念:《大湖消息》,《人民文学》2022 年第 1 期

谢宗玉:《被误读的永州》,《湘江文艺》2022 年第 11 期

谢宗玉:《江南江北,尽是潇湘意象》,《湖南文学》2022 年第 11 期

谢宗玉:《一个背着赞美诗上路的狂僧》,《中国作家·文学版》2022 年第 12 期

石川:《难忘的桌山》,《湖南文学》2022 年第 12 期

刘克邦:《难忘的旅途》,《散文百家》2022 年第 2 期

刘克邦:《斯人如虹》,《湖南文学》2022 年第 5 期

秦羽墨:《在平原》,《文学港》2022 年第 2 期,《散文·海外版》2022 年 4 期转载

刘晓平:《奇美大化,有一条美丽的红水河》,《民族文学》汉文版 2022 年第 4 期

邓跃东:《斯万家那边的风景》,《散文》2022 年 11 期,《散文选刊》(上半月)2022 年第 12 期转载

王亚:《饮馔书》,《天津文学》2022 年第 9 期,《散文·海外版》第 11 期转载

孟大鸣:《电影往事》,《散文》2022 年第 4 期

凌鹰:《芭蕉花》,《当代人》2022 年第 4 期,《散文·海外版》2022 年第 8 期转载

周缶工:《读书与喂猪》《微雨燕双飞》,《散文》2022 年第 8 期

周缶工:《屋场那时节》,《湘江文艺》2022 年第 4 期,《散文选刊》(上半月)2022 年第 10 期转载

江月卫:《点赞》,《文艺报》2022 年 7 月 11 日

江月卫:《长高的村寨》,《文艺报》2022 年 9 月 5 日

王爱:《呼救者》,《当代人》2022 年第 3 期

王爱:《劫掠者》,《湖南文学》2022 年第 9 期

王爱:《治疗术》,《雨花》2022 年第 3 期

申瑞瑾:《两丫坪往事》,《天津文学》第 5 期

周万水:《石头和夜一样空旷》,《散文·海外版》2022 年第 11 期转载

周万水:《被一片树叶砸中》,《散文·海外版》2022 年第 2 期转载

李少岩:《一城山水》,《文学报》2022 年 9 月 15 日

张强勇:《生长在老宅里的树》,《散文》2022 年第 6 期

张强勇:《绿满百年矿山》,《人民日报》2022 年 8 月 3 日

舒维秀:《去白水滩寻旧器》,《人民日报·海外版》2022 年 6 月 27 日

舒维秀:《尝新节》,《文艺报》2022 年 9 月 14 日

舒维秀:《小城暖心人》,《人民日报》2022 年 6 月 11 日

杜华:《小镇裁缝》,《散文·海外版》2022 年第 5 期转载

唐树清:《榆树湾的灯火》,《文艺报》2022 年 8 月 1 日

唐树清:《季风掠过太阳坪》,《文艺报》2022 年 1 月 12 日

唐星火:《苗岭神泉》,《文艺报》2022 年 9 月 5 日

谢德才:《上洞街的鸭》《龙潭坪的粽子》,《散文·海外版》2022 年第 6 期,选入《2022 年散文·海外版精品集》

汪桂玲:《今天你有没有哭》,《散文·海外版》2022 年第 2 期转载

赵燕飞:《也是你的完美生活》,《福建文学》2022 年第 2 期

赵燕飞:《杨梅湖的翅膀》发“新湖南”,《散文·海外版》2022 年第 12 期转载,并入选《散文·海外版 2022 年精品集》。

周伟:《在山乡大地》,《文学报》2022 年 12 月 1 日

周伟:《幸福在路上》,《中国艺术报》2022 年 10 月 28 日

丘脊梁:《城陵矶看大江》,《人民日报》8 月 24 日大地副刊

张雄文:《雪峰村之晨》,《光明日报》2022 年 8 月 26 日

张雄文:《冷水江的气韵》,《人民日报》2022 年 6 月 20 日

蒲海燕:《天雷寨的灯火》,《民族文学》2022 年第 2 期

甘建华:《遥远的金银滩》,《文艺报》2022 年 7 月 25 日

甘建华:《祖先的山水清明》,《西部》2022 年第 1 期,《散文·海外版》2022 年第 4 期转载

蒲钰:《舞水在这里拐出一个湾》,《民族文学》2022 年 2 期

粟远和:《云天里的苗寨》,《文艺报》2022 年 2 月 16 日

姜雪峰:《乔迁之喜》,《文艺报》9 月 14 日

朱彩辉:《鼓寨及岩墙田》,《文学报》9 月 1 日

罗长江:《少年与白鹭洲》,《星星 · 散文诗》2022 年 7 月号

熊幽:《会笑的鱼》,《文学报》2022 年 2 月 24 日

肖辉跃:《等鸟来》,《散文选刊》(上半月)2022 年 2 期转载

肖辉跃:《醒来的河流》,《散文 · 海外版》2022 年 7 期转载

袁道一:《怀念鹰》,江苏版《少年文艺》2022 年第 10 期

黎孝民:《春日大荆湖》,《人民日报》大地副刊 2022 年 5 月 11 日

2022 年度湖南报告文学作品汇总

余艳:《清溪村记》,《芙蓉》2022 年第 1 期

欧阳伟:《种子的魔力》,《人民文学》2022 年第 10 期

张雄文:《燕啄红土地》,湖南人民出版社

尹红芳:《在红豆杉树下聆听》,《中国青年报》2022 年 8 月 9 日

刘双红、林朝志:《最后的“剩土”》,《时代报告 · 中国报告文学》2022 年第 1 期

胡小平:《陈家桥的美丽屋场》,《金融时报》2022 年 11 月 18 日

谭晓琴:《村原白描——乡村振兴走访纪实》,百花文艺出版社

龚盛辉:《北斗,争当天上最亮的“星”》,《人民日报》2022 年 10 月 31 日

纪红建:《在飞溅的焊花里……》,《 人民日报 》2022 年 8 月 15 日

杨丰美:《探秘无人区》《百变藏东南》《挺进第三极》,浙江教育出版社

曾散:《青春中国》,二十一世纪出版社集团

曾散:《追梦天使江梦南》,湖南电子音像出版社

徐文伟:《湘江边上种茶人》,《湖南日报》2022 年 11 月 18 日

王丽君:《春风拂过的心灵——赤脚医生张漫珍》,《时代报告 · 中国报告文学》2022 年 5 月

甘建华:《南岳文化的提灯人》,《湖南日报》湘江周刊 2022 年 7 月 1 日

“精准扶贫”书系:《精准扶贫在湖南 · 回望》(杨丰美)《精准扶贫在湖南 · 印记》(王丽君)《精准扶贫在湖南 · 手书》(赵成新、廖红兵、肖坤林、

易武整理)《精准扶贫在湖南·口述》(唐湘岳工作室整理),共 4 卷,湖南教育出版社

2022 年度湖南儿童文学作品汇总

汤素兰:《我的家乡十八洞》,绘本,湖南少年儿童出版社

汤素兰:《笨狼的故事 · 漫画版》,漫画,湖南少年儿童出版社

汤素兰、汤沐黎:《小老虎历险记》(七册),童话,浙江少儿出版社

王跃文:《燕子亮亮地叫》,绘本,湖南少年儿童出版

邓湘子、谢长江:《禾下乘凉梦 袁隆平的故事》,传记,湖南少年儿童出版社

邓湘子、谢长江:《袁隆平:一生一稻济天下》,传记,湖南科学技术出版社

邓湘子:《穿变色衣裳的树 百年百部精选注音书》,散文、童话合集,长江少年儿童出版社

邓湘子:《新家住在五棵樟》,小说,连载于《当代小学生》

吴双英:《鲲鹏》,小说,《湖南文学》2022 年第 9 期

吴双英:《裁缝妈妈》,小说,《创作》2022 年第 5 期

皮朝晖:《大奖书系 · 面包狼》,童话,北京少年儿童出版社

皮朝晖:《一年级的啰嗦》,小说,湖南少年儿童出版社

皮朝晖:《面包狼的故事》(10 本),湖南少年儿童出版社

皮朝晖:《安安弟弟成长故事》系列,小说,连载于《小溪流》(启蒙号)2022 年 1—12 月

皮朝晖:《奔跑鸭故事》系列,童话,《小学生导刊》(美绘版)2022 年 1—12 月连载

皮朝晖:《一袋脏话》,童话,《小学生拼音报》2022 年第 4 期

皮朝晖:《偷走时间的小偷》,童话,《胶东文学》2022 年第 6 期

皮朝晖:《笑嘻嘻的安武林》,散文,《花火》2022 年第 6 期

皮朝晖:《面包狼的七嘴八舌》,童话,《花火》2022 年第 7 期

龙向梅:《X 先生奇遇记》,童话,连载于《儿童文学》绘本版 2022 年 1—12 月

龙向梅:《从前有一个故事:龙向梅童话集》(5 册),童话,广西师范大学出版社

龙向梅:《落地惊神》,童话,《少年文艺》(上海)2022 年第 6 期

龙向梅:《多么惊险的事》,童诗,《儿童文学》故事版 2022 年第 7 期

龙向梅:《回到九号那一天》,童话,《儿童文学》经典版 2022 年第 7 期

龙向梅:《在孤山遇见你》,童话,《少年文艺》(上海)2022 年第 9 期

牧铃:《成年仪式》,中篇小说集 ,北方出版社

牧铃:《风雨前程》,长篇小说,江苏少儿出版社

牧铃:《红狐》,短篇小说集 ,安徽科技出版

牧铃:《绿皮列车的窗口》,散文集,希望出版社

牧铃:《奇书骏马佳山水》,《少年文艺》(江苏)2022 年第 4 期

诺亚:《黑的白的全都可以》,童话,中信出版社

诺亚:《云上日光》,小说,江苏少年儿童出版社

诺亚:《长在纸上的叽叽喳喳》,童话,湖南少年儿童出版社

诺亚:《不知道是什么的故事》,童话,《少年文艺》(江苏)2022 年第 1、2 期

诺亚:《好甜好甜的故事》,童话,《少年文艺》(江苏)2022 年第 5 期

诺亚:《拿走我的"噼咔噼咔"》,童话,《少年文艺》(江苏)2022 年第 10 期

游军:《母亲的三道茶》,散文,《少年文艺》(江苏)2022 年第 5 期

游军:《桂花开放幸福来》,散文,《少年文艺》(江苏)2022 年第 9 期

游军:《张六指的人》,童话,《花火》2022 年第 10 期

游军:《自然笔记——红薯带来的花样生活》,散文,《小学生导刊》

2022 年 1 月下旬刊

游军:《自然笔记——糯米·甜酒》,散文,《小学生导刊》2022 年 2 月下旬刊

游军:《自然笔记——油菜油菜》,散文,《小学生导刊》2022 年 3—4 月下旬刊

游军:《自然笔记——懒夹柳》,散文,《小学生导刊》2022 年 5 月下旬刊

游军:《自然笔记——艾从故乡来》,散文,《小学生导刊》2022 年 6 月下旬刊

游军:《自然笔记——稻田里的童年》,散文,《小学生导刊》2022 年 7 月下旬刊

游军:《自然笔记——紫苏时光》,散文,《小学生导刊》2022 年 8 月下旬刊

游军:《自然笔记——芙蓉花开》,散文,《小学生导刊》2022 年 9—10 月下旬刊

谭群:《猪小姐的空中日落店》,童话,《花火》2022 年第 1 期

谭群:《闪闪萤火虫》,童话,《小溪流·儿童号》2022 年 1、2 期

谭群:《隐形花》,儿童故事,《花火》2022 年第 5 期

谭群:《送你去远方》,小说,《小溪流·儿童号》2022 年第 5 期

谭群:《我的绿色星球》,童话,《小溪流·启蒙号》2022 年第 9 期

谭群:《秋天的那些花儿》,儿童故事,《小溪流·启蒙号》2022 年第 10 期

陈静:《稻花香里的迷藏》,散文集,湖南少年儿童出版社

陈静:《红薯洞》,散文,《十月少年文学》2022 年第 9 期

陈静:《蚯蚓路》,散文,《创作》2022 年 6 期

陈静:《种豆》,散文,《儿童文学》2022 年第 7 期

方先义:《河神娶亲》,童话,中信出版社

方先义:《龙隐书院 牧蟹郎君》,长篇儿童幻想文学,四川文艺出版社

方先义:《山怪赶集》,童话,《读友》2022 年第 6 期

方先义:《天铃鸟》,童话,《漫画周刊》2022 年第 2 期

陈茂智:《虎牙项圈》,小说,辽宁少年儿童出版社

邓建华:《少了三页》,散文,《少年文艺》(江苏)2022 年第 9 期

周静:《精卫之歌》《簪花的雷神》《田螺姑娘》《山神老头儿》《鸭蛋湖小岛》,童话,浙江少年儿童出版社

曹阿娣:《穿绿裙子的金鱼》,小说,湖南少年儿童出版社

陈光中:《出发吧! 少年》,小说,南京大学出版社

付怡冰:《亲爱的弟弟》《轮椅上的梦想》,图画书,湖南少年儿童出版社

胡天意:《狐狸的玉米地》,童话,《创作》2022 年第 2 期

胡天意:《梦境收集者》小说,《微型小说月报》2022 第 1 期

康沁芯:《下了一半的雪》,童诗,《伊犁河》2022 年第 2 期

康沁芯:《小仙女的香丝》,图画书,湖南少年儿童出版社

李彩红:《非虚构惊险》,小说,江苏少年儿童出版社

李婷婷:《歌声跨山海》,纪实故事,湖南少年儿童出版社

廖继波:《天上有个云朵国》,童话集,福建海峡文艺出版社

刘青鹏:《鸭子湖》,童话集,希望出版社

刘青鹏:《一张纸的故事》,童话,《少年文艺》(上海)2022 年第 4 期

刘天赐:《松鼠很想念》,童话,《小学生导刊》第 2022 年 25、26 期

刘希:《秘密当铺》,童话,《少年文艺》(江苏)2022 年第 7、8 期

毛云尔:《草木清香》,散文,《儿童文学》2022 年第 8 期

毛云尔:《归来的王》,童话,《儿童文学》2022 年第 4 期

阮梅:《左宗棠》,传记,湖南少年儿童出版社

宋庆莲:《夜晚》,小说,《儿童文学》故事版 2022 年第 9 期

唐池子:《我给带了黄面包》,诗集,希望出版社

唐池子:《活的万国建筑群》,童话,《少年文艺》(上海)2022 年第 5 期

陶永灿:《爷爷的夏牧场》,长篇小说,湖南少年儿童出版社

陶永灿:《归还》,小说,《小溪流》2022 年第 9 期

王子健:《冰糖心和她的天鹅》,童话,《创作》2022 年第 2 期

谢乐军:《魔术老虎的朋友》《奇怪的大王》,童话,北京少年儿童出版社

谢长华:《谢长华动物小说系列》(4 册)小说,青海人民出版社

杨巧:《依娜的火苗》小说,《少年文艺》(上海)2022 年第 12 期

于凤仪:《写作大玩家的脑洞大爆炸 · 灵感源于不同视角/愿者上钩》,《儿童文学》故事版 2022 年第 9 期

袁道一:《怀念鹰》,散文,《少年文艺》(江苏)2022 年第 10 期

周彦君:《镇长是一只透明的猫》,童话,《创作》2022 年第 2 期

邹谨忆:《行星方程式》科幻小说,浙江少年儿童出版社

2022 年度湖南网络文学作品汇总

流浪的的军刀:《军刀出鞘》,奇迹中文网
流浪的的军刀:《逆火救援》,番茄小说网
王文军:《巡察组》,喜马拉雅
三生三笑:《我不是村官》,云阅文学
三生三笑:《粤食记》,起点中文网
直上青云:《逆风的翅膀》,起点中文网
林淮岑:《纸上问青》,七猫中文网
岑小沐:《如果文物会说话》,七猫中文网
安如好:《机智的陪读爸爸们》,起点中文网
妖夜:《武碎星河》,番茄小说网
扮阳吃虎:《都市之万古狂仙》,番茄小说网
彭湃:《异兽迷城》,都市脑洞,番茄小说网,未完结
应景小蝶:《苗疆秘闻录》,咪咕文学网
扮鱼戏水:《我靠读书成圣人》,17K 小说网
一夕成道:《星际战争领主》,起点中文网
木林火焱:《大学开学,国士身份被全网曝光》,番茄小说网
莲沐初光:《孔雀城下小青衣》,掌阅文学
狂奔七七:《傅爷的小祖宗凶凶哒》,七猫中文网
七舒雨雾:《闪婚后,小娇妻马甲捂不住了》,番茄小说网
思小朵:《替嫁狂妻:马甲大佬她 A 爆全球!》,书旗小说网

轻舟:《冲喜夜,老公逼我让位白月光》,点众文学网

小十九镜:《农家悍妻有空间:种田搞钱养首辅》,掌阅中文网

萌大七:《偏执反派他宠我上天》,七猫中文网

2022 年度湖南文学评论作品汇总

赵炎秋:《延安时期的“民族形式”讨论及其反思》,《文艺争鸣》2022 年第 11 期

赵炎秋:《现实主义:中国文学理论的独特底色》,《中国文学批评》2022 年第 3 期

赵炎秋:《文艺要讲好中国故事》,《文艺论坛》2022 年第 1 期

赵炎秋、杨旭:《马克思主义经典作家与现实主义》,《江淮论坛》2022 年第 1 期

赵炎秋、樊祥:《20 世纪 30 年代之后现实主义创作方法在中国的确立与发展》,《复旦学报(社会科学版)》2022 年第 5 期

赵炎秋、胡晓芳:《中国古典小说虚构思想的发展——兼论虚构与艺术真实的关系》,《江西社会科学》2022 年第 2 期

季水河、江源:《文学主客体关系重审:马克思艺术生产论对萨特文论的影响》,《湘潭大学学报(哲学社会科学版)》2022 年第 4 期

李佑新:《从三重维度深入理解马克思主义中国化时代化新的飞跃》,《毛泽东研究》2022 年第 6 期

陈勋、王洁群:《论文学伦理中的审美与教化及其协调》,《哈尔滨工业大学学报(社会科学版)》2022 年第 6 期

毛宣国:《意象与形象、物象、意境——“意象”阐释的几组重要范畴的语义辨析》,《中国文艺评论》2022 年第 9 期

汤凌云:《论宗白华意境说建构对华严佛理的融摄与转化》,《文学评

论》2022 年第 6 期

汤凌云:《中国艺术“以形写神”的美学蕴涵》,《西南民族大学学报(人文社会科学版)》2022 年第 7 期

牟方磊:《论叶朗的“美在意象”说对现象学的接受》,《中国文学研究》2022 年第 3 期

杨向荣、雷云茜:《走向慢速审美现代性——竞速时代的文化镜像及其审美反思》,《探索与争鸣》2022 年第 7 期

李三达:《现实何以消失:论维利里奥的后人类主义视觉理论》,《文艺研究(湖大中文学院)》2022 年第 3 期

苏鑫龙、肖靓莎:《音乐批评的阐释性思维与方法探究——评《音乐批评的五种哲学视角》》,《中国教育学刊》2022 年第 11 期

陈勋、王洁群:《希利斯·米勒文学伦理批评演进中的人文主义思想》,《湘潭大学学报(哲学社会科学版)》2022 年第 6 期

王健:《论伊格尔顿文学批评中的“社会”及“未来”——从其 21 世纪理论中的“阅读”话题谈起》,《文艺理论与批评》2022 年第 4 期

周全:《阅读为何能提升主观幸福感——基于相对剥夺感和抑郁情绪的多重中介效应分析》,《图书馆论坛》2021 年第 2 期

刘长华:《希腊神话的理论推介与中国新文学叙事民族性的建构》,《文艺评论》2022 年第 2 期

熊江梅:《文明论视域下的中西历史演化叙事模式比较》,《东北师大学报(哲学社会科学版)》2022 年第 1 期

刘榴、文卫平:《经验、自我与伦理:戴维·洛奇小说中的疾病叙事与叙事治疗》,《湘潭大学学报(哲学社会科学版)》2022 年第 3 期

高明月:《论中国当代灾难文学创伤叙事的情感表达——以〈云中记〉〈余震〉〈花冠病毒〉为中心》,《南方文坛》2022 年第 3 期

董外平:《诗意化·拟真化·戏谑化——中国当代文学刑罚叙事的三种范式》,《中国文学研究》2022 年第 2 期

彭文忠、朱俊兰:《新世纪中国企业家创业自传的语体特征》,《文艺论坛》2022 年第 2 期

张晓萌:《“毕达哥拉斯文体”:布洛赫美学表述形态探析》,《中国文学研究》2022 年第 4 期

何建良:《新时代文艺“人民性”认识的新拓展》,《江西社会科学》2022 年第 5 期

李清良、王壮壮:《文明论视角下中国特色话语体系建构问题探析》,《周易研究》2022 年第 6 期

张锋:《习近平文艺精品力作论述的三个维度》,《文艺论坛》2022 年第 3 期

文浩:《不断发展和丰富的“文艺人民性”》,《文艺论坛》2022 年第 1 期

罗建文、杨希双:《论中国式现代化的本质特征和整体要求》,《理论探讨》2022 年第 6 期

王威峰、李红革:《以系统观念推动中华优秀传统文化传承创新》,《人民论坛》2022 年第 5 期

刘佳慧:《新文化如何赓续传统》,《中山大学学报(社会科学版)》2022 年第 3 期

李华文:《“唐山”与近代南洋华侨的家国情怀》,《南京社会科学》2022 年第 4 期

朱汉民:《中国文化基因与中华文明生命力》,《中国哲学史》2022 年第 4 期

刘志刚:《在“两个结合”中焕发传统文化新生机》,《人民论坛》2022 年第 6 期

汤素娥、唐珍名:《当代中国城镇化进程中乡愁的文化哲思及守望》,《湖南大学学报(社会科学版)》2022 年第 4 期

刘玉珂、胡笑笑:《湖南省红色资源赋能乡村振兴的多维价值与路径优化》,《湖南大学学报(社会科学版)》2022 年第 6 期

邓谦林:《激活红色经典 助推红色旅游》,《湖南日报》第 11 版,2022 年 7 月 14 日

杨小军、丁馨妍:《论中国共产党生态文明建设思想的整体性逻辑》,《湘潭大学学报(哲学社会科学版)》2022 年第 2 期

龙永干:《人性聚焦、归因警觉与笔致的传统及出新——论王跃文的权场叙事》,《中国文学研究》2022 年第 2 期

龙永干:《人性聚焦、归因警觉与笔致的传统及出新——论王跃文的权场叙事》,《中国文学研究》2022 年第 2 期

刘晓云:《王跃文小说中“屋”的隐喻认知构建——以〈漫水〉小说集为例》,《中国文学研究》2022 年第 2 期

刘敏婕:《王跃文:让孩子们看到山乡巨变》,《湘声报》第 6 版,2022 年 9 月 10 日

李慧娟、彭在钦:《生命之野的双重变奏——以精神分析法解读〈爱历元年〉的情爱叙事》,《牡丹江大学学报》2022 年第 8 期

袁姣素:《从古典审美构建现代语境下的文化认同——试论王跃文小说的整体表达与时代性》,《艺术广角》2022 年第 3 期

袁姣素:《吾心归处茶意长——邓跃东的茶散文》,《湖南文学》2022 年第 3 期

刘长华:《论尴尬书写与沈念小说——来自平凡人生和日常生活中的应对窘境》,《中国文学研究》2022 年第 3 期

卓今:《鸟兽率舞 万物生长——沈念非虚构作品〈大湖消息〉分析》,《当代作家评论》2022 年第 4 期

卓今《以梦为马,走读上海——读黄永玉的〈无愁河的浪荡汉子 · 走读〉》,《中国当代文学研究》2022 年第 3 期

卓今:《理性、灵性,以及藏在纸面下的诚——李敬泽文章印象》,《当代作家评论》2022 年第 6 期

王瑞瑞:《身体意识与生命本体诗学的建构——评沈念散文集〈大湖消息〉》,《文艺论坛》2022 年第 6 期

教鹤然:《沈念:将属于江河、湖泊的时光温柔挽留》,《文艺报》第二版,2022 年 11 月 9 日

杨道:《鲁奖散文奖得主沈念:生长地是写作的根据地》,《海南日报》B12 版,2022 年 11 月 7 日

晏杰雄、孙艺珑:《展示自我性生活整体的现象学范型——论何顿的写

实艺术》,《中南大学学报(社会科学版)》2022 年第 6 期

陈璐:《“文学史料”视域下的彭燕郊研究》,《中国现代文学研究丛刊》2022 年第 3 期

黄晓燕:《地方性叙事与记忆共同体的构建——以〈马桥词典〉与〈押沙龙,押沙龙!〉为例》,《中国文学研究》2022 年第 2 期

周爱勇、刘瑶、徐颖:《一次关于作家与批评家、生活与文学的“近距离对话”——“韩少功与新世纪以来汨罗江流域作家群”学术研讨活动综述》,《文艺论坛》2022 年第 3 期

许永宁、宋敏:《论梁鸿“梁庄三部曲”的“未完成性”》,《文艺评论》2022 年第 3 期

程明璐:《唱响脱贫攻坚主题文艺创作的“天籁之音”——评新民歌专辑〈一路飘香〉》,《文艺论坛》2022 年第 1 期

陈青:《权力与欲望的错位角逐——读楚荷中篇小说〈龙兴石〉》,《福建文学》2022 年第 5 期

龚爱林:《〈太阳照在桑干河上〉作为经典的启示》,《湖南文学》2022 年第 4 期

贺绍俊:《一部呼唤“亲亲”的小说——评万宁的〈城堡之外〉》,《长篇小说选刊》2022 年第 3 期

贺绍俊:《新南方文学的不同面孔》,《青年作家》2022 年第 9 期

贺绍俊:《将“新”当作动词来理解》,《青年作家》2022 年第 12 期

贺绍俊:《中国当代文学是各民族相互融合的文学》,《民族文学》2022 年第 10 期

沈念:《凝固在时间的锋芒里——读王子健三篇小说随感》,《青年文学》2022 年第 4 期

李作霖:《新的认知向度》,《诗刊》2022 年 7 月上半月刊

贺秋菊:《想象的惩戒——论郑小驴的“村庄”叙事》,《中国文学研究》2022 年第 3 期

黄菲莳:《生长在诗意乡土上的美丽乡村》,《民族文学》2022 年 11 期

刘威:《讲故事的白琳》,《当代人》2022 年第 5 期

陈丹:《湖上的絮语与密谈》,《湖南文学》2022 年第 7 期

丁莉娅:《元夕之冷》,《湖南文学》2022 年第 7 期

佘三定:《家族命运与时代变迁》,《湖南文学》2022 年第 11 期

杨淑尧:《黄源两篇佚文中的鲁迅与〈译文〉》,《新文学史料》2022 年第 1 期

高家鹏:《鲁迅小说中的“人,回不去”思想》,《鲁迅研究月刊》2022 年第 4 期

朱幸纯:《作为“现代的超克”的共同制作——花田清辉与〈故事新编〉》,《文学评论》2022 年第 2 期

谭桂林:《鲁迅抄经考论》,《中山大学学报(社会科学版)》2022 年第 1 期

易彬:《“鲁迅译〈小约翰〉”的若干文献问题论析》,《现代中文学刊》2022 年第 1 期

周仁政、杜娟:《文明论视野中的乡土叙事——〈故乡〉与鲁迅小说的社会批判》,《湖南师范大学社会科学学报》2022 年第 1 期

周仁政:《〈阿 Q 正传〉与鲁迅的辛亥革命史》,《鲁迅研究月刊》2022 年第 7 期

丰杰:《“世界公民”与“虚君共和”——〈一个青年的梦〉译介过程中的中西之辨》,《文学评论》2022 年第 6 期

胡志明、龚梦姣:《都市他性与乡土自性的冲突与绾合——论鲁迅小说的空间聚焦与身体隐喻》,《鲁迅研究月刊》2022 年第 1 期

龙永干:《邻里伦理与“自然之道”的隐喻——也论鲁迅的〈明天〉》,《鲁迅研究月刊》2022 年第 4 期

龙永干:《“油滑”与〈故事新编〉创作心理论析》,《湖南师范大学社会科学学报》2022 年第 5 期

宋丹:《林语堂〈红楼梦〉英译原稿底本续考》,《红楼梦学刊》2022 年第 1 期

易彬:《作家传记文献搜集与考订的难题——从穆旦翻译美国史资料说起》,《南方文坛》2022 年第 2 期

易彬:《邓之诚日记中的吴兴华——兼及作家传记文献的拓展与限度》,《华中师范大学学报(人文社会科学版)》2022年第5期

伍丹:《京派文学的散文化与母语文学传统的新创化》,《湖南师范大学社会科学学报》2022年第2期

谢力哲:《聂绀弩〈谈严刻〉发表前后》,《新文学史料》2022年第1期

黄莹:《新发现的冯雪峰笔名"何仲"及佚文》,《现代中文学刊》2022年第5期

王攸欣:《张爱玲英文小说在美国的发表困境》,《新文学史料》2022年第3期

傅建安:《晚清使臣域外纪游文学现代性借鉴的文化间性》,《南方文坛》2022年第4期

袁志成:《文人结社与清末民国旧体诗的现代上海书写》,《中南大学学报(社会科学版)》2022年第3期

张森:《呼应与异见——论"文学革命"与"美术革命"之关联》,《文学评论》2022年第6期

龚敏律:《论〈乐群〉杂志与世界左翼文学的译介》,《中国文学研究》2022年第4期

向阿红:《中国现代诗歌作品修改现象之考察》,《山东师范大学学报(社会科学版)》2022年第4期

谢力哲:《"转折"之际与"经典"之前:1946—1949年的〈围城〉批评及其文学史意义》,《文艺理论研究》2022年第1期

张弛:《晚清维新运动与中国"文学"观念的演进》,《文学评论》2022年第1期

郝二涛:《中国现代文论进步观念的"结"与"解"》,《中国文学批评》2022年第3期

谷文彬、张晓雪:《古典的遗传——论现当代作家对〈定婚店〉故事的重写》,《湘潭大学学报(哲学社会科学版)》2022年第1期

章育良、张淑芬:《五四时期〈新青年〉传播社会主义的文化心理路径》,《湘潭大学学报(哲学社会科学版)》2022年第5期

张点:《中国当代文学域外传播的新路径——以“纸托邦 · 短读计划”的译介为例》,《湖南科技大学学报(社会科学版)》2022 年第 4 期

赵树勤、李妍彦:《“红色经典”小说连环画改编的流变及其版本概览》,《文艺论坛》2022 年第 6 期

刘堃:《红色文学经典〈青春之歌〉在英语世界的译介研究》,《文艺论坛》2022 年第 1 期

梁海军、尹鹏凯:《女权主义视域下的法国丁玲研究》,《中国现代文学研究丛刊》2022 年第 1 期

胡艳:《〈兄弟〉的生存悖论》,《中国文学研究》2022 年第 4 期

龙腾、肖百容:《诗性人格何处寻——论迟子建小说中的理想人格建构》,《文艺论坛》2022 年第 5 期

曾艳钰:《流散、共同体的演变与新世纪流散文学的人类命运共同体书写》,《当代外国文学》2022 年第 1 期

谷文彬:《古典如何新绎:论当代作家对“鹅笼书生”故事的接受》,《文艺理论研究》2022 年第 5 期

梁小娟:《〈露沙的路〉的互文性解读》,《江汉论坛》2022 年第 6 期

卓今:《理性、灵性,以及藏在纸面下的诚——李敬泽文章印象》,《当代作家评论》2022 年第 6 期

卓今:《鸟兽率舞 万物生长——沈念非虚构作品〈大湖消息〉分析》,《当代作家评论》2022 年第 4 期

赵斌、王达敏:《中国小说现代转型中的空间“流动性”》,《江西社会科学》2022 年第 12 期

任美衡、匡文琪:《现代史诗创作主体的建构形态及其逻辑》,《文艺论坛》2022 年第 5 期

王彦杰、罗宗宇:《1949—1976 年中国少数民族文学外译的特点——基于中国大陆英译作品的考察》,《民族文学研究》2022 年第 4 期

刘弟娥:《在语言的密林里——杨文升长篇小说〈神山〉的民族叙事研究》,《南方文坛》2022 年第 1 期

漆凌云:《陈寅恪民间故事研究述评——兼论民间故事起源研究》,《民

族艺术》2022 年第 5 期

苏鑫龙:《生态美学视域下新民歌创作探微——以大湘西“一县一品”新民歌专辑为例》,《文艺论坛》2022 年第 2 期

肖云:《绘本化:跨文化交流背景下的民间故事重构——以“海上丝绸之路风情艺术绘本”系列为例》,《文艺论坛》2022 年第 3 期

易瑛:《“民间”的发现:论中国现代启蒙作家对民间信仰的书写》,《中国文学研究》2022 年第 1 期

欧亚美:《湘西苗族文化特质及其网状翻译传播模式研究》,《湘潭大学学报(哲学社会科学版)》2022 年第 6 期

刘叶红、周秋良:《游戏性与去游戏性——红色儿童文学经典中的空间表现》,《中国文学研究》2022 年第 3 期

吴玲英、聂青:《〈克拉拉与太阳〉中的后人类儿童主体及其主体性》,《湖南科技大学学报(社会科学版)》2022 年第 6 期

肖云:《“十七年”儿童文学中的劳动教育》,《当代文坛》2022 年第 3 期

聂茂:《新世纪网络小说的盛世叙事与中国气派》,《文学评论》2022 年第 4 期

禹建湘:《网络文学的别现代审美特征》,《社会科学辑刊》2022 年第 2 期

禹建湘、傅开:《网络文艺:虚拟与真实博弈下的符号世界》,《湖南大学学报(社会科学版)》2022 年第 6 期

贺予飞:《中国网络文学起源说的质疑与辨正》,《南方文坛》2022 年第 1 期

贺予飞:《我国网络小说创作的四大走向》,《当代作家评论》2022 年第 2 期

范明献、邱雅诗、谭慧媚:《2021 年国内原创文化类节目发展回顾及趋势分析》,《中国编辑》2022 年第 5 期

李沛霖、岳凯华:《新主流电影的叙事策略与新时代湖南电影的突围——以〈英雄若兰〉为中心的思考》,《文艺论坛》2022 年第 6 期

蒋卓伦、张建安:《论西方科幻电影中的“未来上海”形象》,《文艺论

坛》2022 年第 3 期

马一川、阳海洪：《重构“东方”：论当代中国电影的泰国想象》，《四川戏剧》2022 年第 12 期

杨迪：《文本互渗与协同视角下的国产系列影片》，《电影文学》2022 年第 2 期

杨迪：《新主流电影下的男性主体及其艺术呈现》，《电影文学》2022 年第 23 期

蒋海英：《试论张大磊电影中的东方美学》，《电影文学》2022 年第 1 期

张乾坤：《论新世纪国内喜剧电影批评的三大维度》，《电影文学》2022 年第 15 期

陈文敏、王作剩：《民族影视学：逻辑进路、范式转换与体系建构》，《民族艺术研究》2022 年第 3 期

王作剩：《“制播共同体”：新时代扶贫影视剧的制播特征与价值及其提升》，《新疆社会科学》2022 年第 3 期

潘建、王恋恋：《媒介融合视野下的当代国产奇幻片》，《电影文学》2022 年第 8 期

潘建、康霞：《英国“蓝袜”女性与 18 世纪莎士比亚戏剧复兴》，《湖南社会科学》2022 年第 3 期

刘利连：《赓续精神血脉 传承红色基因——红色歌舞剧〈蔡和森〉的叙事策略》，《文艺论坛》2022 年第 4 期

李丽：《词浅情深书史诗，言近旨远谱壮歌——大型交响合唱〈通道转兵组歌〉词作分析》，《文艺论坛》2022 年第 6 期

邓桂英：《技术时代的听觉关怀：论杜维明的听觉审美之思》，《安徽师范大学学报（人文社会科学版）》2022 年第 4 期

黄洪珍、杨雪梅：《媒体融合背景下电视地面频道供给侧改革路径探析》，《中国广播电视学刊》2022 年第 7 期

王丽萍、毕梦瑶：《网络悬疑剧〈隐秘的角落〉的叙事线索和策略》，《当代电视》2022 年第 10 期

曾慧林、刘上冰：《浪漫与沉实：论湖南现代话剧作家的湖湘文化精

神》,《 四川戏剧》2022 年第 6 期

郑坚、严远丹:《21 世纪工业题材银幕建构中的“去工业化”审美转型》,《电影评介》2022 年第 6 期

苏鑫龙、肖靓莎:《音乐批评的阐释性思维与方法探究——评〈音乐批评的五种哲学视角〉》,《中国教育学刊》2022 年第 11 期

2022 年度湖南作家作品获奖情况

1. 2022 年 4 月 23 日，第九届“中国童书榜”发布，邓西（邓玉红）《鲸歌岛的夏天》、彭学军《凤凰花开》、阮梅《一个女孩朝前走》、张品成《最后的比分》入选。

2. 2022 年 4 月 23 日，2021 年中国好书发布，《中国北斗》（龚盛辉著，山东文艺出版社）入选人文类好书，《一个女孩朝前走》（阮梅著，河北少年儿童出版社）入选少儿类好书。

3. 聂沛《雨中秭归行》在 2022 年 5 月 24 日公布的第二届“屈原诗歌奖”获奖名单中获得第二届“屈原诗歌奖”征文奖。

4. 2022 年 5 月 30 日人民文学出版社公布的《2021 青春文学》，彭湖《一无所有的春天》入选。

5. 2022 年 6 月 13 日公布的湖南省第十五届精神文明建设“五个一工程”入选作品：

特别奖：纪红建长篇报告文学《大战“疫”》

图书奖：余艳长篇报告文学《新山乡巨变》、杨丰美长篇报告文学《十村记：精准扶贫路 · 十八洞起航》、彭东明长篇纪实文学《一生的长征》、蔡测海长篇小说《地方》

6. 2022 年 7 月 12 日公布的 2021 年度“21 世纪文学之星丛书”，冯祉艾的评论集《寄寓的诗性与想象的超越》入选。

7. 2022 年 7 月 22 日揭晓的首届高晓声文学奖，沈念中篇小说《空山》获得“中篇小说奖”第一名。

8.《家山》《戴花》入选首批中国作协“新时代文学攀登计划”。

9. 2022 年 8 月 3 日揭晓的“2021 年度青花郎 · 人民文学年度奖”,80 后湖南诗人雷晓宇《薄雾》获得“2021 年度青花郎 · 人民文学奖诗歌奖”。

10. 2022 年 8 月 25 日,由中国作协主办的第八届鲁迅文学奖获奖名单揭晓,沈念的《大湖消息》、龚盛辉的《中国北斗》两部作品分别荣获散文杂文奖和报告文学奖。另外,8 月 22 日公示的提名作品名单显示,青年评论家黄菲药的专著《报告文学史论》入选了第八届鲁迅文学奖文学理论评论奖提名作品。本次鲁迅文学奖为鲁奖设立以来,湖南文学所获最佳成绩。本次获奖作品,展示了湖南文学的高质量发展成果!

11. 中宣部第十五届精神文明建设“五个一工程”奖,龚盛辉《中国北斗》获奖。

12. 2022 年 12 月 26 日,龙向梅《从前有一个故事》获第 34 届陈伯吹国际儿童文学奖最佳文字奖。

13. 2022 年 12 月 29 日颁布第三届“小十月文学奖”,龙向梅的诗歌《声音里住着小野兽(组诗)》获得诗歌组金奖。蒋双超《发芽的星星该如何处理》获得童话组佳作奖。

14. 王跃文《家山》入选 2022 年度收获文学榜。

● 附 录 ●

2022年湖南文学大事记

1月

1月1日,《人民文学》发布2022年01期卷首和目录,湖南作家沈念的最新非虚构作品《大湖消息》正式亮相。

1月4日,中南大学“当代文学读书会”暨湖南作家研究中心“原创文学讲堂”举行“二里半诗群双子座刘羊、贺予飞新年读诗会”。

1月7日,纪红建长篇报告文学《大战“疫”》品读会在毛泽东文学院举行。《大战“疫”》是一部“弘扬中国精神,凝聚中国力量”的全景式记录中国抗击新冠肺炎疫情主战场武汉抗疫的优秀作品。

1月8日,由《诗刊》社、《中华辞赋》杂志社、湖南省作家协会、张家界市委宣传部、张家界市文联在北京共同主办罗长江长篇叙事散文诗《大地五部曲》研讨会。《大地五部曲》是一部宏大立体的、展现湘西人文历史与自然生态的全景式诗篇。

1月8日,湖南省作家协会、湖南大学在长沙联合主办,湖南少数民族文学研究中心承办“湖南当代少数民族文学高峰论坛”。

1月8日,向未诗歌创作时代自觉性暨长诗《十二因缘》研讨会在常德举行。

1月13日至19日,第二届湖南省文学艺术奖评审结果对外公示,10部(篇)文学作品获得文学类(毛泽东文学奖),5名作家作品获得文学类(青年文学奖)。

1月15日,中国寓言文学研究会第九届全国会员代表大会上,谢乐军、肖惊鸿(女)、吴秋林、余途、周冰冰(女)、冰波6位湖南儿童文学作家、学者当选为副会长，余途兼任秘书长。

1月25日，省作协召开安全生产和消防工作会议。

1月28日，诺亚《地球奶糖》、邓湘子《河水拐弯》、李彩红《狼行天下》获《少年文艺》2021年度佳作奖。

1月30日上午，湖南省作协党组书记胡革平在永州看望86岁高龄的著名评论家胡宗健教授。

2月

2月4日，作家王跃文、张战夫妇携新作《喊山应》《张战的诗》来到湖南雪峰山雁鹅界，举行了一场别开生面的签名赠书与朗诵活动。古村雁鹅界虽然残雪尚存，但处处龙腾虎跃，家家披红挂彩，一派盎然春意。

2月26日，张家界市作家协会举办“喜迎二十大 绘就振兴梦”文学采风活动，并召开第五届全委会第二次全体会议暨党员大会。

2月22日至23日，中国作家协会书记处书记邱华栋率中国作协调研组来到湖南益阳，就筹建中国现当代作家签名版图书珍藏馆、建设中国作协文学实践基地等事宜开展实地考察。市委书记瞿海主持调研座谈会。。

2月25日，湖南省作家协会被评为中国作协2021年度“深入生活、扎根人民”主题实践先进集体，省作协副主席彭东明、青年作家李砚青被评为先进个人。

3月

3月5日，中国人民大学文学院、《人民文学》杂志社、湖南省作协在北京联合主办沈念散文《大湖消息》研讨会。中国作协书记处书记、《人民文学》杂志主编、著名批评家施战军出席并讲话。《大湖消息》2021年12月由北岳文艺出版社出版，《人民文学》2022年第一期刊发作品节选，部分作品在《天涯》《青年文学》等刊物发表，《散文海外版》《散文选刊》予以转载。书出版后，陆续入选了2022年一月华文好书榜、探照灯好书人气榜、《中国出版传媒商报》新书榜、《封面新闻·二月封面书单》、文学报三月好书榜，受到评论家和读者的高度关注。

3 月 7 日，省作协、银盆岭街道银星社区以及长沙市有关单位联合举办“巾帼向上展风采、春暖幸福满银星”志愿服务主题活动。

3 月 9 日，省作协组织开展“光影铸魂”电影党课主题党日活动暨送电影到社区志愿服务活动。

3 月 9 日，衡南县岐山联合学校举办青海《金银滩文学》诗歌专号朗诵会。

3 月 21 日，发布通知，面向全省征集第八届鲁迅文学奖参评作品。

3 月 26 日，中国报告文学学会第四次全国会员代表大会上，湖南作家纪红建当选为副会长。

3 月 28 日，韩少功向汨罗市图书馆捐赠一批珍贵图书，包括意大利文、波兰文、韩文版、香港版、台湾版的《马桥词典》《爸爸爸》《山南水北》《日夜书》《鞋癖》《随笔记》等。

4 月

4 月 1 日，《诗屋》发布 2021 年年度诗选目录。

4 月 1 日，省作协党组部署共产党人的精神谱系学习活动，组织干部职工学习《论中国共产党人的精神谱系》系列评论文章，推动党史学习教育常态化长效化。

4 月 23 日，湘潭市作家协会第六次会员代表大会召开，谢枚琼当选为新一届市作协主席，王家富、刘义彬、刘纲要、武正坤、彭代英为副主席，刘纲要为秘书长。

4 月 27 日，长沙市文联、毛泽东文学院、中共宁乡市委宣传部在毛泽东文学院举行胡宇散文集《璜塘湾》研讨会。

4 月 28 日，湖南省委宣传部、湖南省高级人民法院、湖南省作家协会、湘潭大学在长沙举行欧阳伟长篇报告文学《脊梁——记全国模范法官周春梅》首发式暨作品研讨会。

4 月 28 日，中国作协定点深入生活办公室、中国作协创作联络部、湖南省作家协会、中南出版传媒集团、中共益阳市委宣传部主办，湖南文艺出版社、益阳市文联承办的“《新山乡巨变》研讨会”以线上线下相结合的方式召开。同时，益阳清溪村举行两代原型人物见面会。

4月8日，湖南省作家协会启动“喜迎二十大 抒写新湖南”主题文学创作征文活动。

4月18日，省作协公布彭东明《母亲》、袁姣素《白驹过隙》、胡启明《超越生命的守望》、何永洲《生产队》、李婷婷《追星星的孩子》、罗畅《顶流星城》、贺显华《乡村崛起》、诺亚（彭湖）《云上日光》、梁学明（梁童）《响亮的咚咚喹》、郑正辉《粟娅》、杨厚均《新世纪以来汨罗江流域作家群研究》、魏佳敏《云上的年轮》、张觅《小园香径：故乡植物记》、程国利《乡愁》14项2022年度重点作品扶持项目及张雄文《燕啄红土地——时代楷模黄诗燕》、欧阳伟《热血春梅》、刘子华、官学荣《洞庭传奇》、戴志刚《永远的老兵》、汪本莲、王登会《长征姐妹花》、欧阳华丽《热土·赤魂》、刘佑平《血亲》、盘树高《探路》、曾小明、岳凯华《清水塘》、汤江峰《泽润东方——毛泽东与人民健康》、赵志超《韶峰作证——毛泽东和他的外婆家》11项“红色革命历史题材”创作专项选题。

4月19日，省作协确定李砚青《底火》、江月卫《并村》、谭博文《中国速度》、康沁芯《星星一样的孩子》、陈丹《关山咀》、韩生学《最远那个村——从山村一隅看山乡巨变》、王丽君《数字中国——咸嘉社区纪事》、谭晓琴《村原白描》等9个选题为2022年度定点深入生活项目。

4月22日，湖南省文学创作专业高级职称评审委员会评审通过梁奕、艾振民为文创一级作家，杨巧、杨丰美、袁姣素、熊春林为文创二级作家。

5月

5月7日下午，省作家协会组织召开青年干部座谈会。会议学习了习近平总书记关于青年工作的重要讲话精神。21名青年干部代表分享了自己的认识和体会。

5月10日，岳阳市作家协会第五次代表大会闭幕，舒文治当选为岳阳市作协第五届主席团主席，陈瑶、李清明、潘绍东、丘脊梁、葛取兵、方欣来、叶菊如、杨厚均、刘创、胡晟当选为副主席。

5月13日下午，新时代“山乡巨变”湘西画卷系列丛书策划会在怀化举行。湘潭大学出版社携手湖南知名报告文学作家韩生学、张雪云、尹红芳等三位老师合力打造“山乡巨变”的文学样本。

5 月 23 日，湖南省作家协会召开纪念毛泽东同志《在延安文艺座谈会上的讲话》发表 80 周年座谈会。

5 月 24 日，株洲市作家协会第九次代表大会胜利召开，张雄文当选为主席，王亚、何美琪、张冬娇、陈夏雨、易裕厚、姜满珍、聂耶、晏建怀、郭亮、黄旭阳当选为副主席。

5 月 27 日，湖南省作家协会、湖南文艺出版社、长沙市委宣传部、长沙市文联在长沙主办简媛长篇小说《棘花》研讨会。

5 月 28 日，衡山县成立作家协会，召开第一次会员代表大会，汤建红当选为主席。

5 月 29 日，彭湖的小说《一无所有的春天》入选人民文学出版社“岩层”书系《2021 青春文学》。

5 月 31 日，常德市“喜迎二十大 · 书写新常德”首届“丁玲杯”散文征文大赛。

6 月

6 月 2 日，中国散文学会、湖南省作家协会、永州市委、市政府在长沙启动 2022 中国（永州）山水散文节。

6 月 8 日，长沙市开福区成立作家协会，召开第一次会员代表大会，王彦珊（女）当选为主席。

6 月 18 日，著名评论家胡宗健去世，享年 86 岁。

6 月 18 日，怀化市作协为“庆贺建党 100 周年”和“百姓记事”两个征文活动进行颁奖。

6 月 18 日，湘潭举办“爱在人间——彭万里诗歌分享会”。

6 月 23 日，陈茂智长篇小说《虎牙项圈》由辽宁少儿出版社出版发行，该书曾入选《中国当代少数民族儿童文学原创书系》。

6 月 25 日，王亚在株洲举办《吃茶见诗》新书赏读会。

7月

7月3日至9日，湖南省第十一期专题文学（散文）研修班在永州开班，40多名学员将用脚步丈量永州这片热土，研习文章之法，共叙文学情怀，重读千古名篇，书写时代新篇。

7月4日，上午，省委书记、省人大常委会主任张庆伟到省作协调研，与作家艺术家代表座谈。张庆伟强调，要深入学习贯彻习近平总书记在中国文联十一大、中国作协十大开幕式上的重要讲话精神和对湖南重要讲话重要指示批示精神，紧扣举旗帜、聚民心、育新人、兴文化、展形象的使命任务，努力创作无愧于时代、无愧于人民的精品力作，为加快建设现代化新湖南提供强大精神动力。下午，省作协召开全体干部职工会议，传达学习贯彻调研、座谈的讲话精神。

7月8日，省作协联合《收获》杂志社、里程文学院在长沙举办“新青年”写作营座谈交流会。40余名80、90、00后青年作家代表参加了座谈交流。

7月9日，《洛夫纪念文集·诗歌卷》首发式暨诗作者朗诵会在在衡南县相市乡燕子山洛夫旧居举行。

7月13日至20日，鲁迅文学院湖南省中青年作家高级研修班在北京开班，49名学员由湖南省作协推荐，鲁迅文学院审定，经中国作家协会党组书记处批准后录取。在吸纳以往办学经验的基础上，充分结合学员特点，安排了高密度的课程、研讨和交流活动。

7月25日，袁送荣纪实散文集《沸腾的群峰》由湖南文艺出版社出版。

7月28日，“奋进新征程 精彩新长沙”第九届“三江笔会”启动仪式暨“生态文学的大江大河”专题研讨座谈会在长沙召开。

7月29日，湖南省作家协会在《湖南日报》发布《2021年度湖南文学发展报告》。

7月30日，中国作家“深入生活、扎根人民”新时代文学实践点在湘西十八洞村举办授牌仪式。这是全国首个实践点。

7月31日，中国作协“新时代文学攀登计划”启动仪式在周立波故里湖南益阳举行。中国文联主席、中国作协主席铁凝致辞，中国作协党组书记、副主席张宏森主持，湖南省委常委、省委宣传部部长杨浩东致辞，中国作协副主席李敬泽、吴义勤、陈彦、阎晶明出席。王跃文《家山》、水运宪《戴花》、田耳《纵浪》入选首批19个“新时代文学攀登计划”项目。

7月31日上午，中国作家协会第十届主席团第二次会议在湖南益阳举行。铁凝主持会议、张宏森作工作报告。

8月

8月1日上午，中国作家协会“新时代山乡巨变创作计划”启动仪式在湖南益阳隆重举行。周立波之子、北京大学外国语学院教授周小仪在启动仪式上发言。

8月1日上午，中国当代作家签名版图书珍藏馆启动仪式举行。阿来代表清溪书屋冠名作家接收书屋“金钥匙”，格非代表中国作协第十届主席团向珍藏馆赠书。

8月1日上午，中国作家“深入生活、扎根人民”新时代文学实践点授牌仪式在益阳清溪村举行。

8月1日下午，省委书记、省人大常委会主任张庆伟，省委副书记、省长毛伟明在长沙会见了中国文联主席、中国作协主席铁凝，中国作协党组书记、副主席张宏森一行。省政协主席李微微、省委副书记朱国贤出席。

张庆伟代表省委、省政府对铁凝、张宏森一行的到来表示欢迎，对中国作协给予湖南的关心支持表示感谢。他说：“当前，湖南深入贯彻落实习近平总书记关于文艺工作的重要论述，团结带领广大文学工作者开展重大主题创作和文艺实践，推出了大批脍炙人口的佳作。希望中国作协与湖南全面深化交流合作，在湖南经常开展文学活动，对湖南重点作品、文学人才加大支持，促进文化旅游深度融合，推动湖南文艺事业繁荣发展。”

铁凝感谢湖南省委、省政府对中国作协来湘活动的大力支持。她说：“中国作协将与湖南加强交流合作，推动新时代文学高质量发展。”

张宏森说：“中国作协将与湖南深化合作，共同书写新时代山乡巨变，攀登新时代文学的高峰。”

省领导谢卫江、杨浩东，中国作协领导李敬泽、陈彦、白庚胜、阎晶明，知名作家莫言、徐贵祥、毕飞宇、麦家、阿来、格非等参加会见。

8月5日，汤素兰儿童绘本故事《我的家乡十八洞》在长沙举办新书发布会。

8月6日，桑凯长篇小说《归去来兮》新书首发式暨作品研讨会在长沙举行。

8月10日，王跃文首部儿童文学作品《燕子亮亮地叫》新书发布暨研讨会在长沙举行。

8月12日，湖南省作协落实中国作协在湘系列活动及会议精神永州调研座谈会举行。

8月19日，《诗刊》社第38届“青春诗会”在衡阳石鼓书院开幕，现场授予衡阳“中国诗歌创业基地”，并为“湖南青年诗人联盟”授牌。

8月22日，湘乡作家刘向阳小小说集《送爸妈一支玫瑰》由江西高校出版社出版。

8月22日，中国作协第八届鲁迅文学奖评奖办公室公示了提名作品名单，沈念《大湖消息》、龚盛辉《中国北斗》、黄菲莳《报告文学史论》三部作品分别入选散文杂文奖、报告文学奖、文学理论评论奖提名作品。

8月25日，由中国作协主办的第八届鲁迅文学奖获奖名单揭晓，湖南作家沈念的《大湖消息》、龚盛辉的《中国北斗》两部作品分别荣获散文杂文奖和报告文学奖。本次鲁迅文学奖为鲁奖设立以来，湖南文学所获最佳成绩。本次获奖作品，展示了湖南文学的高质量发展成果。

8月25日，根据江月卫长篇小说《守望》改编的电影《在河之洲》在长沙首映。

8月27日，湖南省儿童文学学会换届大会暨第二届第一次会员大会在长沙顺利召开。吴双英当选为新一届会长，邓湘子、李红叶、周静、周亚丽、袁姐、唐龙、蒋军荣、谢乐军当选为副会长，秘书长由邓湘子兼任。

9月

9月1日，张雄文长篇报告文学《燕啄红土地——时代楷模黄诗燕》

《时代赤子——黄诗燕》两部新书，由湖南人民出版社正式出版发行。

9月2日至4日，张家界市作协组织"耕地保护在行动"文学采风活动。

9月8日下午，湖南省2022年老作家艺术家中秋座谈会在长沙召开。省委常委、省委宣传部部长杨浩东主持并讲话。座谈会上，杨浩东与老作家艺术家亲切握手，向他们致以诚挚的节日祝福，感谢他们为湖南文艺事业繁荣发展作出的贡献。

9月8日，第二届雁翼诗歌奖获奖名单揭晓，湖南青年诗人林萧荣获第二届雁翼诗歌奖大雁奖。

9月15日，由中国作协重点作品扶持办公室、湖南省作家协会、湖南株洲市委宣传部、湖南文艺出版社联合主办的万宁《城堡之外》研讨会在中国作家协会举行。《城堡之外》是万宁创作的第一部长篇小说，曾入选2019年中国作协重点扶持项目、湖南省现实题材重点项目等，2022年1月由湖南文艺出版社出版。

9月17日，新田县作家协会召开第二次代表大会，何一飞再次当选为作协主席。

9月18日，省作协"文学照亮三湘"大讲堂走进常宁市塔山瑶族乡，沈念主讲《繁星消失与星光永恒——谈谈文学阅读和写作》。

9月24日，作家沈念参加南京雨花台区西善桥初见·知旅共同体书房举行的"在世界文学之都与文学大家面对面"（第十一回）活动。

9月25日，鲁迅文学奖获奖者成果分享暨楚天舒长篇历史小说《天下湘军》研讨会在长沙举行。

9月28日，曾散报告文学《追梦天使江梦南》新书首发仪式暨江梦南成长事迹分享会在湖南师大附中雨花学校举行。

9月30日，黄亮斌《圭塘河岸》《湘江向北》等系列生态文学作品研讨会在省生态环境厅举行。

9月30日，湖南省作家协会生态文学分会成立大会在长沙召开，全国首个省级生态文学分会正式成立。

10月

10月8日，由《中国作家》杂志社、芒果TV共同主办的“2021—2022年度《中国作家》·芒果‘文学IP价值’排行榜评选”与“文学转化暨影视编剧高峰论坛”在京举行。

10月11日，由省作家协会主办，毛泽东文学院承办的湖南省第二十一期中青年作家研讨班在毛泽东文学院举行开班仪式。本期作家研讨班学习共计20天，集结了我省当前在文学创作上较为活跃、创作成绩较为突出的中青年作家，教学将根据实际情况，采取以讲座为主的方法，将聘请国内知名作家、学者、评论家授课并组织学员进行文学座谈、作品研讨、社会实践、党日活动等文学活动。

10月13日，岳阳市作协组织编写、湖南教育出版社出版的《十年，新时代的岳阳故事》公开出版，献礼二十大，礼赞新时代。

10月15日，张家和新书《雪峰山散记》在怀化举办新书发布座谈会。

10月16日上午10时，省作协机关及二级单位处级以上干部和一级作家等18人集中收看党的二十大开幕会实况直播，聆听习近平总书记所作的报告。

10月17日，《文艺报》发表专版文章《非凡十年·湖南：牢记殷殷嘱托书写时代荣光》。

10月24日，第三届谢璞儿童文学奖评选结果揭晓，8篇童话、3则（组）寓言、4首（组）童诗、3篇小说、2篇散文，共20篇作品获大奖，30篇作品获提名奖。

10月24日，省作协召开传达贯彻省委关于学习贯彻党的二十大精神部署会议。

10月27日，省人大常委会委员、省委宣传部原常务副部长蒋祖烜以《〈大地颂歌〉的故事与启示》为题，与湖南省第二十一期中青年作家研讨班学员一道分享了《大地颂歌》背后的故事，阐释了文艺精品创作的启示。

10月31日，湖南省作家协会第八届主席团扩大会议在长沙召开。会议传达学习党的二十大精神、全省传达学习党的二十大精神大会及省委常委会会议精神。会议审议通过了省作协2022年新发展会员名单,修订完善了《湖南省作家协会发表文学作品奖励制度》。

11月

11月7日,省作协组织召开中青年干部和作家学习党的二十大精神座谈会。

11月11日,学习贯彻党的二十大精神省委宣讲团报告会在省作协隆重举行。省委宣讲团成员、省科协党组书记、常务副主席王瑰曙同志作宣讲报告。

11月11日,瑶族作家陈茂智的长篇小说《红薯大地》由《民族文学》第11期推出。

11月12日,首届岳麓书会系列活动在长沙拉开帷幕。

11月15日,向立成的中短篇小说集《水神》由山西人民出版社出版发行。

11月14日,常德召开第八届原创文艺奖颁奖会议。

11月15日,残雪最新长篇小说《激情世界》由人民文学出版社出版,这部小说以30余万字的篇幅讲述了一座虚构蒙城里,几对青年阅读者的爱情故事。

11月26日,省作协以"传递书香 助力振兴"为主题的图书捐赠仪式走进安化县仙溪镇大溪村崭新的图书馆,助力乡村振兴。

12月

12月1日,第二批广东青年文学粤军创作扶持计划青年作家"名家导师制"学员名单揭晓,湖南青年作家林萧、蒋双超、李钊、邹贤中、何志军五人在列。

12月6日,中国散文学会正式批复同意授予永州为"中国散文之乡",同时在永州零陵建立"中国山水散文研学创作基地"。

12月13日,《湖南日报》发表胡革平署名文章《以党的二十大精神引领湖南文学高质量发展》。

12 月 15 日，《甘建华地理诗选》由百花洲文艺出版社出版发行。

12 月 16 日，长沙市作家协会第十次会员代表大会胜利召开，纪红建当选为主席，方雪梅、奉荣梅、易柯明、周光华（周缶工）、饶晗、晏杰雄、彭海燕（池雪）、王丽君、王彦珊（嫣青）、苏启平、向敬之、余海燕、钟伟凤（简媛）、曾散当选为副主席，张光宇为秘书长。

12 月 24 日，由省作协、省社科院联合主办，湖南文学研究中心、省文学评论学会承办的“青山碧水新湖南”生态文学学术研讨会暨湖南省文学评论学会首届理事论坛通过线下、线上相结合举行。

12 月 26 日，第 34 届陈伯吹国际儿童文学奖揭晓，中国绘本画家蔡皋先生因在中外儿童文学交流、推广和发展等领域做出的卓越贡献获得了特别贡献奖。

12 月 26 日，邝厚勤新著《诗路印痕 · 厚勤词存》《诗路印痕 · 厚勤文存》由中国出版集团旗下华文出版社出版。

12 月 30 日，王跃文 54 万字的长篇小说新作《家山》由人民文学出版社联合湖南文艺出版社推出，并举办线上新书发布会。作品描写南方乡村沙湾在上世纪上半叶的社会结构、风俗民情、耕织生活、时代变迁，它包含了王跃文的经历、思考和情感的人生积淀，凝聚了王跃文全部的生命体验和感悟。

组织机构

湖南省作家协会党组

胡革平　省作协党组书记

汤素兰　省作协主席、省文联副主席、湖南师范大学教授

游和平　省作协党组副书记、专职副主席、机关党委书记、一级调研员

湖南省作家协会主席团

汤素兰　主席

游和平　专职副主席

万　宁　副主席(兼)

马笑泉　副主席(兼)

刘清华　副主席(兼)

何　顿　副主席(兼)

余　艳　副主席(兼)

沈　念　副主席(兼)

胡丘陵　副主席(兼)

莫　傲　副主席(兼)

龚旭东　副主席(兼)

阎　真　副主席(兼)

彭东明　副主席(兼)

谢宗玉　副主席(兼)

湖南省作家协会部室负责人

龙　洋　省作协办公室主任

娄　成　省作协组联部主任

贺秋菊　省作协创研室主任

蒋丽萍　省作协机关党委（人事处）常务副书记（处长）

谢宗玉　湖南毛泽东文学院管理处主任

黄　斌　《湖南文学》主编